KB097716

독도함

| 일러두기 |

* 이것은 소설이다. 사건과 인물들, 업체들, 기관들 모두 작가의 상상력으로 만든 허구다.
* 무기의 재원은 모두 공개된 사실을 바탕으로 기술되었다.

독도함

김태우 · 배상열 장편소설

독도함

초판 1쇄 발행 2021년 3월 1일

지은이 김태우, 배상열
펴낸이 배선아
펴낸곳 (주)고즈넉이엔티

출판등록 2017년 3월 13일 제2020-000053호
주소 서울시 중구 청계천로 40, 12층 1203호
대표전화 02-6269-8166 **팩스** 02-6166-9199
이메일 gozknock@naver.com

ISBN 979-11-6316-140-0 03810

표지 및 본문 이미지 Designed by Freepik

해양 주권이 국가 안보의 시작이다

유삼남 성우회 회장
(전 해군참모총장, 전 해양수산부 장관)

이제 국가 안보는 바다 영토를 확실하게 지키는 데서부터 시작된다. 바다를 면하는 국가들의 해양 주권이 날로 강화되는 가운데 우리도 해군력 증진에 대한 필요성이 갈수록 높아지고 있다.

이번에 보게 된 전쟁소설 『독도함』에서는 군사력 중에서도 해군력이 얼마나 중요한지 잘 보여주고 있다. 잠수함전을 소재로 한 소설은 국내에 거의 없는 걸로 아는데, 이번에 본 소설은 해전의 첨단이라 할 수 있는 잠수함전을 실감나게 다루고 있어 놀라움을 금치 못했다. 무엇보다 잠수함에 대한 해박한 지식과 대함전의 생생한 묘사는 전문가에 가까운 면모를 보여주고 있다.

잠수함의 승조원들은 고립된 폐쇄 공간 속에서 모든 작전을 수행하기 때문에 그 어떤 군사 단위보다 단결과 리더십이 요구된다. 『독도함』에서도 국가의 안보와 승조원들의 생존을 책임진 함장의 판단력과 결단력이 돋보이는데, 실전도 이와 다르지 않다.

이 소설과 같은 전쟁이 절대 발생해서는 안 되지만, 소설 『독도함』을 통해 우리가 경계하고, 지켜내야 하는 영토에 대한 경각심은 충분히 가질 수 있을 것이다. 또한 독도함 승조원들의 희생이 주는 의미도 가슴에 깊이 새길 만하다.

소설 속 상황은 비록 현실은 아닐지라도 언젠가는 현실로 일어날 수도 있다는 위기의식을 느끼게 한다. 이런 차원에서 작가가 주는 소설의 교훈을 되새길 수 있기를 바란다.

독도함의 항해는 멈추지 않는다

원용석 독도사랑운동본부 총재

독도는 국가의 물리적 영토 이상의 상징성을 가지고 있기에 소설 『독도함』의 시작은 가히 충격적이었습니다.

독도를 사랑하는 국민의 한 사람이며 사단법인 독도사랑운동본부 총재로서 일본 군함과 전투기의 무차별 폭격이 자행되는 장면에서는 소설임에도 비분강개하지 않을 수 없었습니다.

허구에 불과한 픽션을 통해 오히려 그 어떤 논리나 표현보다 독도를 더 처절하게 실감할 수 있었다는 게 놀랍기만 합니다.

그리고 이 땅을 지켜내기 위해서는 목숨을 걸어야 한다는 메시지에 숙연해지지 않을 수 없었습니다.

오랜 역사를 통해 숙적인 일본은 여전히 그 존재 자체가 위협이고, 위험입니다. 도발의 습성은 천 년이 지나도록 여전히 그대로이며, 평화와 공존에 대한 의식은 갈수록 희박해지고 있습니다.

2021년 삼일절에 맞춘 『독도함』의 출간은 그런 면에서 더욱 의미

심장합니다. 더 위험해지는 일본을 우리는 어떻게 다룰 것인가. 소설은 격전지가 된 동해, 그 동해의 깊은 심해를 누비는 가상의 잠수함을 통해 분명하게 대답하고 있습니다.

일본보다 더 강해져야 한다고 말입니다.

책을 다 읽고 덮었을 때, 독도함은 내 가슴속으로 들어와 항해를 계속하고 있었습니다. 독도함의 함장과 승조원들도 그 모습이 눈에 선합니다.

독도는 이 시대의 우리가 반드시 지키고 보존해야 할 대한민국 영토이기 때문입니다.

독도함은 우리 시대의 이순신 정신

이부경 사단법인 이순신포럼 이사장

아! 이런 전쟁도 일어날 수 있는 걸까? 문득 청일전쟁, 러일전쟁이 떠올랐습니다. 당시 외세 열강의 틈바구니에서 강대국들은 무력한 나라였던 조선의 국토를 자신들의 전장터로 삼아 바다며, 땅이며, 사람이며 할 것 없이 유린했습니다.

이렇게 우리 땅에서 수많은 애꿎은 목숨들이 피를 흘린 끔찍한 비극은 임진왜란, 병자호란까지 거슬러 올라가면 더욱 참혹했습니다. 전쟁터가 되어버린 내 땅을 지키기 위해 온몸으로 막아내야 했던 백성들의 울부짖음이 들려오는 듯합니다.

이제 다시는 그런 전쟁에 휘말리지 않을 만큼 우리나라는 튼튼한 국방을 갖췄다고 믿고 있었는데, 소설 『독도함』은 그런 생각이 안일할 수 있다는 걸 보여주었습니다. 세계적인 국방력을 갖추고, 경제대국으로 성장했지만, 소설에서는 전쟁의 도화선에 불이 붙을 가능성은 언제라도 존재한다고 경고하고 있습니다.

국익만이 우선되는 첨예한 대립의 세계정세 속에서 결국 개인의 가치를 돌아보게 되었습니다.

그동안 이순신 리더십을 공부하러 다니며, 이순신포럼 회원님들과 전적지와 유적지를 돌아보았습니다. 필사즉생의 정신이 묻어나는 현장들과 상황에서 우리가 무엇을 배웠나 생각해 봅니다.

스스로를 이순신 장군처럼 생각하고 사는 것. 『독도함』에 나오는 사명감 투철한 함장 이하 승조원들이 우리에게 전해주는 애국심은 이순신 장군과 다를 바 없다고 느꼈습니다. 그들이 곧 이 시대의 이순신 장군이라는 걸 절실하게 깨달으면서 다시 한번 오늘을 살아가는 자세를 가다듬게 됩니다.

| 차례 |

1부 …… 패배하는 대한민국

2부 …… 영원한 승리

1부

패배하는 대한민국

서막

콰앙!

1미터나 되는 두께의 콘크리트 벙커가 박살났다.

일본 해군과 공군이 무차별 발사하는 미사일에 독도가 처참하게 물어 뜯겼다. 모습마저 바뀔 지경으로 퍼붓던 미사일 세례가 갑자기 그쳤다.

먼지가 걷힌 다음 지옥이 드러났다.

굶주린 맹수에게 물어뜯긴 것처럼 처참한 육체의 파편들과 시뻘건 뱀 같은 내장들이 흩어진 곳곳마다 붉은 개울이 흘렀다.

지옥의 표면에서 누군가가 움직였다.

온통 피에 젖어 비틀거리며 걷던 그가 호되게 엎어졌다. 팔을 짚고 일어서려다 흠칫 멈췄다. 그제야 팔 하나가 날아갔다는 것을 알아차렸는지 얼굴이 일그러졌다.

이를 악물고 일어나 자신을 넘어뜨린 것을 바라보았다. 누군지 알아볼 수 없을 정도로 너덜거리는 상반신을 망연자실 쳐다보다 그가 미친 듯 외쳤다.

이런 지옥에 왜 홀로 있는지 알 수 없었다. 심지어 이름조차 기억나지 않았다.

거품을 물고 발광하던 움직임이 그쳤다. 고통과 충격으로 흐려진 눈에 세차게 펄럭이는 태극기가 들어왔다. 철저히 파괴당한 독도에 흠집조차 없이 서 있는 게양대는 신기루 같았다.

홀린 것처럼 태극기를 바라보던 그의 기억이 되살아나기 시작했다.

가장 먼저 이름이 떠올랐다. 독도를 지키던 경찰 병력과 교대한 해병 중대의 지휘관이었다는 것까지 기억하고 핸드폰을 꺼냈다.

핸드폰에서 두 손으로 하트를 만든 여자 친구가 웃으며 그를 바라보고 있었다.

떨리는 손으로 핸드폰을 가슴에 품고 태극기를 향해 비척비척 다가갔다. 게양대 아래 쓰러진 해병 중대장이 배터리 떨어진 장난감처럼 움직이지 않았다.

일본 공군이 독도 상공을 뒤덮었다.

F-15J와 F-35B 전투기를 비롯한 항공력의 엄호를 받는 일본의 LCAC(쾌속공기부양정) 2대가 독도에 접안했다. LCAC가 토해낸 50여 명의 수륙기동단(해병대)이 조심스럽게 앞으로 나갔다.

그들의 표정은 승리와 거리가 멀었다. 그토록 자신들의 영토라고 떠들던 섬에 가장 먼저 상륙하는 영광은 오래가지 못했다. 다케시마를 탈환하는 역사의 선봉에 서게 되었다는 자부심은 드론이 전송한 동영상을 본 직후 말끔히 사라졌다.

"이렇게까지 처참하게 때릴 필요는 없었을 텐데……."

누군가 인상을 찌푸리며 말했다. 여러 명이 못 참고 속을 게워냈다. 그들은 상륙하기 전부터 다리가 후들거렸다,

"우리가 저렇게 죽는 것보다는 백번 낫겠지."

15년 넘게 군대 밥을 먹은 부사관이 덤덤하게 말했다. 동영상을 보고도 멀쩡한 사람은 그 부사관밖에 없었다.

"조심해서 움직여! 살아남은 적들이 노리고 있을지 모른다!"

대위가 주의를 주었다. 다케시마에 처음으로 일장기를 게양하는 무공을 눈앞에 둔 대위의 얼굴이 터질 것처럼 붉어졌다. 그러나 헬기가 그들을 앞질렀다. 대위가 부하들을 이끌고 죽을힘을 다해 달렸지만 일본 해군의 특전대를 태운 헬기가 이미 게양대에 접근한 상태였다.

서둘러 착륙한 헬기의 문이 열리는 순간 게양대 아래 시체가 벌떡 일어섰다.

"사, 살아있다!"

기겁하여 일제히 총을 발사하는 일본 특전대원들 틈으로 하나밖에 없는 팔에 마지막 힘을 모아 던진 수류탄이 파고들었다.

콰앙!

앙칼진 폭음과 함께 헬기가 피범벅으로 변했다. 온몸을 관통당한 최후의 해병대가 순교자처럼 하늘을 우러러 쓰러졌고, 참혹한 광경을 낱낱이 지켜본 동해가 비통하게 울부짖었다.

청와대, 지하 벙커

벙커의 분위기는 침몰하는 잠수함처럼 암울했다.

NSC(국가안전보장회의)를 주재하던 대통령이 깍지 낀 손으로 턱을 받치고 집요하게 모니터를 바라보았다.

그의 표정은 환자의 목숨이 걸린 수술에서 참담하게 실패한 의사 같았다. 별명마저 '외과의사'였던 대통령. 국회의원 시절부터 불합리한 사회적 조건들을 수술하듯 제거했던 그에게 닥친 난관은 차원이 달랐다.

이미 공군과 해군은 물론 해경까지 궤멸당한 상태였다. 대통령이 의사라면 병원의 문을 닫고도 남을 의료사고에 직면한 것과 다르지 않았다.

게다가 독도에 일장기가 게양되기까지 했다. 암석으로 이루어진 불모의 구획이었어도 독도는 결코 평범한 섬이 아니었다. 독도에 일장기가 게양되는 의미는 하나밖에 없었다.

파멸을 맞은 한국인은 대통령만이 아니었다. 국민들이 겪어야 할 고난이 눈에 선했다.

그러나 겉으로 보이는 표정은 조금도 흔들리지 않았다. 그가 주시하는 대상은 울산에 위치한 세계 최대의 조선소에서 가장 거대하게 건조한 유조선이었다.

대통령이 허리를 펴는 순간 모니터가 밝은 빛을 뿜었다. 조선소 앞바다에 정박해 있던 유조선이 핵폭탄이 작렬한 것처럼 엄청난 폭발을 일으켰다. 거의 동시에 조선소 곳곳이 불바다로 변했다.

"아까 출격한 일본 공군이 대대적인 공습을……."

국방부장관이 기어들어 가는 목소리로 말했다.

“안타깝지만 더 이상의 피해를 막기 위한 조치가 논의되어야 할 것 같습니다.”

국정원장의 표정도 침통했다.

“끝날 때까지는 끝난 것이 아니라는 말이 있습니다.”

태연하게 말하는 대통령의 모습에 실소마저 터져 나왔다. 제정신이 아닌 것 같다는 시선이 쇄도하는데도 모니터를 향하는 대통령의 눈동자는 미동조차 하지 않았다.

주역들

202X년 5월 12일 오후 6시 19분경, 진해의 잠수함사령부

“어이구, 아주 성대하게 차리셨구먼.”

사령부의 회관에 고위급 장교들이 나타났다.

부산하게 준비하던 승조원들이 황급히 부동자세를 취했다.

“필승!”

김태우 중령 이하 승조원들이 일제히 경례를 붙였다.

“이번 평가 최우수에 선정된 것 축하해.”

만성변비인 것처럼 떨떠름한 표정을 한 대령이 무성의하게 말했다.

“이번 평가가 아니라 ‘이번 평가에서도’라고 해야지.”

축하의 성격을 정정한 김덕수 준장이 웃으며 악수를 청했다.

“최우수 평가 2연패를 달성한 김태우 함장과 승조원들에게 행운이 함께 하기를 기원하네."

의례적인 태도로 축하를 건네는 준장의 표정도 흔쾌하지는 않아 보였다. 같은 레벨의 함장들도 달갑게 여기지 않는 표정들이 역력했다.

"바쁘실 텐데도 시간을 할애해 주셨으니 식사라도……."

"고맙지만 사양하지. 우리 같은 사람들이 사라져줘야 고생한 승조원들이 마음 놓고 자축할 수 있을 테니까."

"대령은 맡아놓은 분이니까 진급했을 때 단단히 한턱내라고."

김덕수 준장을 비롯한 장교들이 썰물 빠지듯 나간 다음에야 비로소 굳었던 분위기가 풀어졌다.

김태우가 지휘하는 장보고급은 잠수함 전력이 취약한 한국 해군에서도 가장 작고 노후했다. 1400톤에도 미치지 못하는 데다(미국의 핵잠수함 가운데 가장 작은 로스엔젤레스급이 7천 톤에 달했다) 1993년부터 2003년까지 아홉 척 취역한 장보고급은 신예 잠수함들이 취역하면서 도태되는 상황이었다.

김태우의 장보고급은 특히 노후가 심했다.

승조원들은 '고물상에서 받아줄지 의문'이라며 자조하기 일쑤였다. 그런 장보고급을 이끌면서도 까다롭기 짝이 없는 종합평가에서 두 차례나 최우수에 선정된 김태우는 모든 공을 승조원들에게 돌렸다.

"모두가 기다리고 있거든요!"

대위 계급장의 당차 보이는 여군 장교가 김태우를 재촉했다.

간호장교 박예린 대위는 물론, 부장(부함장) 주철범 소령과 작전관 최정우 대위를 비롯한 여러 승조원들이 김태우를 이끌었다. 그들과 더불어 케이크를 단숨에 자르고 나서 김태우가 마이크를 잡았다.

"사소한 임무라도 최선을 다하기를 바라며, 즐길 때도 최선을 다해 화끈하게 즐기도록!"

과묵한 김태우는 축사도 짧았다. 승조원들이 달려들어 김태우를 헹가래 쳤다.

적을 해치우는 것처럼 닥치는 대로 먹고 마시는 가운데 한 곡조 뽑으라는 성화를 이기지 못하고 김태우가 다시 마이크를 잡았다.

승조원들의 열렬한 박수가 터지고, 그의 애창곡이 은은하게 울려 퍼졌다. 묵직한 목소리로 부르던 노래가 중반쯤 지나자 갑자기 멈췄다.

김태우가 멍하게 정면을 바라보았다.

이게 뭐지? 귓속으로 싸아한 이명이 파고드는 불쾌한 느낌과 함께 승조원들이 흐릿하게 변하면서 자신을 중심으로 빙빙 회전하는 것 같았다.

대체 왜? 어지러움을 견디지 못한 김태우가 쓰러질 것처럼 비틀거렸다.

"취하신 것 같습니다."

박예린이 자연스럽게 나서서 부축했다.

"괜찮아, 괜찮아!"

김태우가 고개를 흔들며 일부러 소리쳤다. 다행히 어지러운 증세는 오래가지 않고 사라진 상태였다. 증세가 멈추니 감쪽같이 아무렇지 않은 것 같았다.

계속 자리에 머물려는 김태우에게 박예린이 신경질적인 시선을 던졌다.

"간호장교로서 휴식하실 것을 조언 드립니다!"

"박 대위 말대로 하는 게 좋겠습니다."

주철범과 최정우도 걱정스레 말했다.

김태우가 짐짓 허탈하게 웃으며 마이크를 넘겼다.

"나 때문에 회식을 중지할 수 없으니까 부장이 이끌도록 해. 나중에 확인해서 최선을 다해 즐기지 못했다는 불만이 나온다면 엄중하게 책임을 물을 테니까 확실하게 이끌어!"

주철범에게 자축을 맡기고 김태우는 미련 없이 밖으로 나갔다. 박예린이 따라나섰다.

"박 대위까지 빠지면 썰렁해질 텐데?"

"제게는 모든 승조원을 책임지는 함장님의 건강이 최우선입니다."

"말이라도 고맙군. 숙소로 가기 전에 커피나 한잔할까?"

김태우가 자판기에서 커피를 뽑아왔다.

"그동안 궁금했던 게 있는데 말해줄 수 있겠어?"

"답변하기 곤란하지 않은 질문이기를 바라겠습니다."

커피를 받아들고 박예린이 태연하게 웃었다.

"왜 잠수함을 택했나? 성적이 최상위권이어서 사령부에서 근무할 수 있었을 텐데?"

"잠수함 승조원 가운데 여성으로 제가 처음이라는 것 외에 다른 이유는 없습니다."

"그렇군."

예상했던지 김태우도 별 기색 없이 고개를 끄덕였다.

여군 최초로 잠수함의 보직을 받은 박예린은 원래 국가대표에 근접한 체육특기생이었다. 부상으로 선수 생활을 지속할 수 없게 되자 진로를 간호사관학교로 바꿨다.

4년 전에 뛰어난 성적으로 간호사관학교를 졸업한 박예린은 스물넷의 나이로 임관했다.

최상위 성적에 따른 포상으로 사령부에 배치될 수 있었음에도 박예린은 특혜를 받아들이지 않았다. 오히려 김태우의 잠수함에 자원한 다음 지금까지 계속 함께 하고 있었다.

"힘들지 않나?"

"충분히 견딜 수 있습니다."

대수롭지 않게 말했지만, 그럴 리 없었다.

일단 잠항하면 가장 기본적인 취침과 식사조차 제때 지켜지지 않는 잠수함에서의 근무는 그 자체로 고난이었다.

외부와의 환기가 되지 않는 상태에서 음식과 땀 냄새는 물론, 양변기가 하나밖에 없는 화장실을 사용할 때마다 배출되는 악취가 어디든 찌들어 있었다.

그뿐만이 아니었다. 제대로 씻는다는 건 상상도 할 수 없었다.

간단한 세면 정도가 고작이다 보니 승조원들이 작전을 마치고 잠수함 밖으로 나가면 다른 병사들이 질식할 정도였다. 잠수함 내 근무는 정말이지 어지간한 남자들도 견디기 어려웠다.

게다가 원리원칙에 철두철미한 김태우는 대단히 엄격했다.

정신을 차리지 못할 정도로 다그치고 혹독하게 훈련시키는 그와 함께 있다 보면 감각이 무뎌지는 바람에 오히려 몸이 부대끼는 불편은 덜 느낄 정도였다.

역대를 통틀어 가장 용맹한 함장으로 공인받은 김태우 휘하에서의 훈련과 작전까지 꿋꿋이 소화해내는 박예린은 가장 신임받는 부하 가운데 하나였다.

“드리고 싶은 말이 있는데 말입니다.”

커피를 마시고 숙소로 향하려던 김태우가 우뚝 멈췄다.

“함장님이야말로 사령부의 보직으로 가시는 것이 좋을 것 같습니다.”

“왜 그래? 박 대위도 취했어?”

“그동안 함장님을 보필했던 간호장교로서 드리는 조언입니다.”

박예린을 바라보는 김태우의 표정이 심각해졌다.

“내가 사령부로 가야 하는, 아니 잠수함을 떠나야 하는 이유는?”

“함장님의 건강 상태가 좋지 않기 때문입니다. 지금까지 건강관리에도 투철하셨겠지만, 모든 면에서 투철하기 위해 노력하는 자체가 극도의 스트레스로 작용하게 되거든요. 건강도 열심히 관리했던 중년 남성들 가운데 돌연사가 증가하는 추세이기도 하고, 돌연사의 원인이 과중한 업무로 인한 스트레스인 만큼…….”

“그래서 내가 돌연사라도 당한다는 말이야?”

“악담이나 하자는 게 아닙니다!”

박예린이 일부러 그를 똑바로 바라보았다.

“스트레스가 누적되면 갑자기 어지러워지거나 올바로 판단하지 못하는 상태에 빠지는 증상이 예견될 수 있습니다. 게다가 일단 작전에 들어가면 외부와의 연결이 끊기는 잠수함을 지휘하면서 모든 승조원을 책임져야 하는 만큼 지금이라도 사령부에서 근무하는 것이…….”

“박 대위도 알다시피 얼마 전에 실시한 종합검진에서 전혀 이상이 발견되지 않았는데?”

"아무래도 미심쩍은 부분이 있어 외부의 종합병원에 의뢰한 결과 방금 말씀드린 증상이 나타날 우려가 높다는 소견을 받았습니다."

"우리들은 어디의 소견을 신뢰해야 하지?"

김태우가 특유의 이글거리는 시선으로 박예린을 주시했다.

"나를 생각하는 마음은 진심으로 고맙게 생각해. 그러나 잠수함에 대해서는 모든 것이 극비인데도 함장의 건강 상태를 외부로 유출한 것은 중대한 위법행위일 수 있어. 만일 군사법정에 회부되면 간호장교로서의 명예와 경력을 비롯한 모든 것이 물거품이 될 수 있다는 것쯤은 굳이 자세히 말할 필요도 없겠지?"

김태우는 더 이상 말하고 싶지 않다는 의도를 분명히 했다.

"박 대위의 행동에 대해서는 비밀로 할 테니 박 대위도 나에 대한 외부의 소견을 비밀로 해둬."

그러나 박예린은 대답하지 않았다.

오히려 따를 수 없다는 항명의 의지가 엿보였다. 시선이 부딪치자 김태우의 눈썹이 꿈틀거렸다.

"함장으로서 다시 말하겠다! 알아듣겠나?"

"……알겠습니다."

박예린이 입술을 깨물며 마지못해 대답했다.

그 마음을 충분히 헤아렸기에 김태우는 박예린의 어깨를 힘 있게 두드렸다.

"아무튼 고맙다. 이만 돌아가도록."

박예린을 보내고 나서 김태우도 숙소로 향했다.

숙소로 막 들어서려다 말고 몸이 흠칫 멈췄다. 아까 노래를 부를 때 나타났던 아찔한 증세가 계속 떠올랐다. 하마터면 승조원들 앞에서 엎어지는 추태를 보일 뻔했던 그 순간이 아무래도 심상치 않았다. 만일 박예린의 경고가 사실이라면…….

"왜 혼자 있습니까?"

느닷없는 음성에 김태우가 화들짝 놀랐다. 늙수그레한 또래의 원사가 의아하게 바라보았다.

"젊은 사람들 노는데 끝까지 함께 있으면 민폐가 되거든요."

김태우가 멋쩍게 웃었다.

"그럼 노인네들끼리 한잔하시죠. 오늘 제가 당직인데 사무실에 감춰둔 양주가 있거든요. 물론 비밀은 지켜주시겠지요?"

김태우가 손을 흔들어 보이고는 성큼 원사를 따라갔다.

김태우와 원사는 고향이 같았다. 김태우가 임관했을 때 이미 5년 이상의 경력을 갖춘 부사관이었던 원사는 진중한 무게감이 느껴지던 김태우와 금세 통했다.

김태우가 진급하고 함장이 될 때까지 자신의 일처럼 기뻐하고 축하하던 원사는 허물없이 지내는 몇 되지 않는 동료이기도 했다.

"배운 게 도둑질이라고, 군대에서 잔뼈가 굵은 우리 같은 직업군인들이 사회에 나가서 뭐를 할 수 있겠습니까? 연금을 받을 수 있을 때까지 무조건 버티는 것밖에 방법이 없어요."

적당히 취한 원사의 입에서 나온 푸념은 훨씬 현실적이었다.

김태우도 급여와 아내의 맞벌이로 중학생 딸아이를 교육시키면서 그럭저럭 살아갈 수 있었다. 원사가 말하는 것처럼 정년이 될 때까지 군대에 붙어 있는 것밖에 대안이 없었다. 용맹한 잠수함 함장 김태우는 해군에서나 필요할 뿐이었다.

"그래도 함장님 같은 분들은 좋은 회사로 스카우트 될 수 있을 텐데 무슨 걱정입니까. 지금도 오라는 곳이 많다는 소문이 있던데요?"

김태우의 표정이 다시 한번 씁쓸하게 변했다.

그런 제안이 없는 것은 아니었지만 그에겐 범죄에 동참하라는 유혹과 다르지 않았다. 해군에서 받았던 연봉의 몇 배나 받는 대가로 기밀과 인맥을 넘기는 것은 나라를 지키기 위해 목숨까지 바쳐야 할 군인이 할 짓이 아니라고 여긴 것이다. 어떤 유혹에도 흔들리지 않는 김태우는 노후에 대한 걱정이 더더욱 늘어날 수밖에 없었다.

"혹시 담배 가진 것 있습니까?"

"예에? 내일은 해가 서쪽에서, 아니 아예 뜨지 않을 것 같습니다!"

어이없어하던 원사가 윗주머니에서 담배를 꺼낸 다음 불까지 붙여주었다.

"무슨 일 있는 겁니까?"

"함장은 몰래 양주 마시고 담배 얻어 피우면 안 됩니까? 허허!"

김태우는 짐짓 너털웃음을 짓고는 느긋하게 담배를 피웠다.

그를 바라보던 원사의 표정이 어둡게 변했다. 지금까지 알고 있던 김태우와 전혀 다른 사람이 앞에 있는 것 같았다. 오래도록 군대에서 생활했던 원사는 갑자기 태도가 바뀐 동료들 대부분이 불길한 상황과 마주쳤다는 것이 떠올랐다.

원사가 김태우를 다시 바라보았다.

아무래도 뭔가 이상했다. 애써 좋게 생각하려 해도 불길한 기분이 떨쳐지지 않았다. 원사가 나직하게 한숨을 쉬면서 술을 들이켰다.

같은 시간, 울산 K중공업의 조선소

단군호가 거대한 산악처럼 위압적인 규모를 과시했다.

어지간한 대형선박들도 옆에 있으면 놀이용 보트로 보일 정도였다. 머지않아 출항할 수 있을 정도로 완성된 단군호의 진수식에는 대통령까지 참석했을 만큼 기대가 높았다.

일반적인 유조선과 달리 단군호 내부에서는 특수부대 냄새를 짙게 풍기는 보안팀원들이 중무장한 상태로 삼엄한 경계를 펼쳤다.

청와대 경호가 무색할 정도의 경계는 아래로 내려갈수록 두터워졌다.

가장 하부의 공간은 무슨 일이 발생할 경우 사방에서 총탄이 빗발친대도 이상하지 않을 정도로 살벌한 경계가 24시간 펼쳐졌다.

"본부장님, 일어나실 시간입니다."

영화 속 사이보그를 연상케 하는 검은 정장 차림의 남자가 간이침대에 누운 사내를 집요하게 흔들었다. 얼굴이 끔찍한 화상 흉터로 뒤덮인 사내가 힘겹게 눈을 뜨고 일어났다.

"또 악몽을 꾸셨습니까?"

최정필이 자신을 흔들어 깨운 박정도를 올려다보며 식은땀을 닦았다. 언뜻 마주친 박정도의 눈빛에서 읽은 걱정은 서로 같은 경험을 했기에 느낄 수 있는 것이었다.

"또 그 사고……."

"어떻게 잊을 수 있겠어."

그의 음성은 시체의 입에서 나오는 것처럼 음산했다.

그들은 2015년 11월 2일의 새벽을 죽어서도 잊을 수 없을 것 같왔다. 여기 조선소에서 건조하던 잠수함에서 일어난 폭발사고, 그 사고로 일대가 아수라장이 되고 말았다. 사방이 피범벅이었던 현장은 끔찍하다는 말로는 한참이나 모자랐다.

그때 극비 프로젝트를 지휘하던 본부장마저 목숨을 잃었다.

최정필은 당시 프로젝트의 실무팀장이었는데, 그의 팀원들 상당수가 처참한 시체가 되었다. 기술팀과 보안팀을 비롯한 많은 요원들이 무참하게 죽어 나갔던 사고는, 아니 비극은 외부로 알려지지 않았다.

불행 중 다행이라 해야 할지, 최정필을 비롯한 핵심과 주축이 살아남았다.

이후 프로젝트가 다시 진행되기까지 1년 이상이나 걸려야 했다. 최정필이 본부장으로 승진한 다음, 팀원들을 노예처럼 혹사한 결과 어느덧 완성 단계까지 진행될 수 있었다. 그는 아직도 눈을 감지 못하고 조선소를 떠도는 동료들의 보이지 않는 채찍질을 고통스럽게 느껴야 했다.

"눈은 많이 불편해? 요즘 유난히 깜빡이던데."

"괜찮습니다. 조준할 때는 한쪽 눈만 필요하니까, 뭐 별로."

보안팀장 박정도는 괜히 못 알아들은 척 딴말을 했다. 그의 왼쪽 눈은 자신의 것이 아니었다.

그는 생사가 오가는 실전을 수십 차례나 겪었던 특수부대 소령 출신이었다.

P그룹에 스카우트 된 박정도는 그룹 전체는 물론, 한국 대기업의 모든 보안팀장을 통틀어도 최강으로 평가받았다. 2015년 당시 부팀장으로 근무하다 기적적으로 살아남았던 박정도도 팀장으로 승

진한 다음 더욱 든든하게 프로젝트를 지켰다.

"이제 마지막 단계만 남았습니다. 저희 보안팀도 '독도프로젝트'의 일원이었다는 것을 최고의 영광으로 여기고 있습니다."

"영광은 말로 완성할 수 있는 게 아니지."

박정도를 대동하고 최정필이 컨트롤 룸을 나섰다.

중무장한 보안팀원들에게 둘러싸인 두 사람이 단군호 하부의 거대한 공간으로 들어섰다.

내부에는 조선소가 감춰져 있었다. 축구를 하고도 남을 정도의 공간에는 거대한 기계와 부속을 운반하고 조립하는 중장비들이 그득했다.

게다가 그곳에서 건조되는 것은 일반적인 선박이 아니었다.

단군호의 내부에서 극비리에 건조되고 있는 것은 잠수함, 그것도 해군의 장보고급과 완전히 동일한 잠수함이 당장이라도 출격할 수 있을 정도까지 완성된 상태였다.

잠수함을 뚫어지게 바라보던 최정필의 시선이 박정도에게 향했다.

"독도프로젝트의 마지막 부품들은 언제 조달될 것 같나?"

"그런 통보는 아직 받지 못했습니다."

박정도의 입이 용접된 것처럼 닫혔다.

눈을 가늘게 뜨고 바라보던 최정필이 마이크를 통해 또박또박 명령했다.

"모든 것을 다시 한번 점검한다! 나사못 하나, 납땜 한 방울, 페인트칠까지 하나도 빼놓지 말고 완벽하게!"

그렇지 않아도 사력을 다하고 있던 기술팀이 이를 악물고 잠수함에 달라붙었다.

조명 아래서 일한 나머지 핏기가 사라진 기술팀의 파트들이 연동된 컴퓨터를 통해 처음부터 상세하게 체크하고 점검하기 시작했다.

잠수함에 있어 가장 중요한 요소는 물이 새지 않는 것이었다.

엄청난 수압을 견디고 달리면서 전투를 수행할 수 있는 기본은 100% 원형 구조였다. 동체의 단면이 완벽한 원형을 이루어야 수압이 골고루 분산되면서 속도를 낼 수 있었다.

용접된 동체의 이음매를 비롯한 모든 부위는 X선과 초음파를 비롯한 초정밀 검사가 요구되었다. 게다가 1/1,000,000,000의 오차조차 허용하지 않는 나노(nano) 단위로 원형을 확인하는 작업은 영혼을 갈아내는 것처럼 고통스러웠다.

내부는 더욱 치열했다.

신체를 제대로 움직이기 곤란한 비좁은 공간에서의 작업은 인간의 내면을 황폐화시켰다. 신경을 극도로 집중하는 그들은 나이보다 훨씬 늙어버렸다.

핏물이 떨어지지 않을까 싶을 만큼 충혈된 눈으로 매진하던 팀원 하나가 털썩 쓰러졌다.

그렇다고 특별한 일은 아니었다. 모두가 덤덤한 표정으로 작업에 집중하는 가운데 어디선가 달려온 의료팀이 쓰러진 팀원을 물건처럼 들것에 싣고 나갔다.

강제수용소에 갇힌 포로라고 해도 이상하지 않을 환경에서 작업에 매진하는 그들은 몇 년이나 여기 있었는지조차 감감할 정도였다.

단군호에서 나갈 수 있으려면 죽어서야 가능하다는 우스갯소리까지 나돌 정도로 외부와 완전히 차단당한 그들은 로봇처럼 움직이고 또 움직였다.

"여기는 전쟁터다! 어떤 이유로든 자신의 몫을 다하지 못하면 동료들이 대신해야 하는 만큼 건강도 각자 알아서 챙겨라!"

최정필이 외칠 때마다 얼음이 튀어 나오는 것 같았다.

단군호가 비밀스레 잉태한 괴물이 자신을 완성시킬 마지막 부품을 애타게 기다리는 것 같았다.

5월 13일 오전 10시 34분경, 청와대

벙커 분위기는 오늘도 밝지 못했다.

걸핏하면 독도를 자국 영토라고 억지를 부렸던 일본이 기어이 무력까지 동원한 탓이었다.

과거의 일본은 미국을 상대로 전쟁을 일으킨 다음 원자폭탄을 두 번이나 얻어맞고 항복했다. 이후 미국에 의해 군대를 가질 수 없고 전쟁을 벌일 수 없도록 규정한 '평화헌법 제9조'가 제정되었다.

그로 인해 일본은 원칙적으로 방어력 이상의 군사력을 보유할 수 없었다.

경제가 발전하고 국력이 세계에서 손가락에 꼽을 정도로 성장한 일본은 군사력도 강화되었다. 자위대 역시 세계적인 수준으로 강했지만 군대가 아니었다. 특히 자위대는 자의적으로 해외로 나갈 수 있는 길이 원천적으로 막힌 상태였다.

그랬던 일본이 최근 평화헌법 제9조를 폐기했다.

발목을 잡았던 족쇄를 떼어버린 일본은 즉시 독도를 향해 이빨을 드러냈다. 자위대를 군대로 재편한 일본의 위협은 잊을 만하면 반복했던 기존의 억지와 본질적으로 달랐다.

게다가 미국의 반응도 뜨뜻미지근했다.

'가장 유력한 동맹인 한국과 일본의 분쟁에 개입할 수 없으며, 두 나라가 슬기롭게 해결하기 바란다'는 성명을 발표하는 것이 고작이었다.

미국의 태도는 일본의 행동을 결정했다.

발표 직후 일본은 기다렸다는 듯 경찰력인 해상보안청은 물론, 해군과 공군까지 파견하여 압박하기 시작했다.

거침없이 야욕을 드러내는 일본에 극도로 분노한 국민이 들고 일어나는 가운데 NSC가 소집되었지만, 뚜렷한 대책이 나오지 못했다.

"잘 아시겠지만 일본의 배후에는 미국이 있고, 미국의 목적은 중국에 있습니다."

외교안보담당 특별보좌관이 심드렁하게 말했다.

국립대학의 정치외교학과 교수였던 그는 동물적인 감각과 분석력까지 겸했다고 평가받고 있었다. 대통령이 후보 시절이던 당시 선거캠프에 참여해 당선에 크게 활약한 그는 '총장'으로 불렸다.

특별보좌관으로 임명된 다음 차차기 대통령감으로 거론될 정도로 존재감을 발휘하고 있는 총장은 현재의 상황을 '돼지를 잡을 시기'에 비유했다.

"과거 미국의 레이건 행정부가 구(舊)소련을 붕괴시킨 다음 분열하게 만든 것과 달리, 이번의 미국은 중국을 마음대로 부려먹을 수 있는 하청공장으로 전락시키는 것에 목적이 있습니다."

이렇게 된 데는 중국이 자초한 결과라는 게 일반적인 견해였다.

시장경제를 적극적으로 받아들인 다음 체격을 극도로 팽창시킨 중국은 미국까지 넘보기 시작했다. 중국이 남중국해는 물론 태평양을 잇는 통로까지 장악할 목적으로 항공모함을 잇달아 취역시켰다.

이미 핵잠수함을 상당수 취역시킨 중국이 항공모함까지 보낸 것은 미국에 대한 도전이었다. 중요한 통로를 심각하게 위협받게 된 미국은 더 이상 말로 하려 하지 않았다.

외형적으로 중국이 미국에 이어 2위의 군사대국이라는 건 여전히 분명했다.

그러나 올림픽 금메달과 은메달의 차이와는 비교조차 되지 않는 격차가 둘 사이에 존재했다. 항공모함부터 규모와 성능이 하늘과 땅 차이였다. 그뿐 아니라 그들이 자랑하는 스텔스 전폭기 역시 미국에 비교하면 장난감 수준에 지나지 않았다.

특히 가장 중요한 실전 경험에서도 아예 상대가 되지 못했다.

미국은 모든 군대를 통틀어 하루라도 전쟁을 수행하지 않는 날이 없었다. 그런 미국과 그저 그런 주변 국가들과의 국경 분쟁이 실전의 전부인 중국이 대등하리라 여기는 전문가는 존재하지 않았다.

심지어 미국은 전쟁이 필요조차 없을 정도였다.

미국의 가장 무서운 무기는 달러였다. 그들은 물과 공기 이상으로 생존에 필수불가결한 달러를 원하는 만큼 찍어냈다.

종이에 도료를 바르고 찍어내는 달러의 실제 가치는 액면의 십분의 일에도 미치지 못했다. 그러나 달러 없이 생존이 가능한 개인과 국가는 존재할 수 없었다. 세계 경제에서 미국의 달러화와 중국의 위안화가 차지하는 비율이 바로 국력의 차이라고 해도 과언이 아니었다.

"군대는 가장 비생산적인 조직입니다. 우리만 하더라도 병력들에게 최저임금에 훨씬 미치지 못하는 급여를 주면서도 허덕이고 있지 않습니까?"

총장의 말에 모두가 한숨을 쉬었다.

그러나 미국의 군대는 인건비를 비롯한 모든 비용이 상상을 초월했다. 미국이 그런 군대를 세계 각지에 파견하고 어지간한 국가의 전력(戰力)을 초과하는 항공모함 전단을 11개나 유지하는 이유는 달러가 유통되는 통로를 지키기 위해서였다.

미국의 달러가 오가는 통로를 심각하게 위협한 대가는 가혹할 것이 분명했다.

중국도 당면한 현실을 모르지 않았겠지만, 지금까지 자신들을 성장시킨 동력을 중단할 수 없었다.

호랑이 등에 올라탄 것처럼 멈추는 즉시 발생할 반작용은 파멸이었다.

그리고 이제 와서 고개를 숙인다고 받아줄 미국이 아니었다. 오히려 이렇게 될 때까지 중국을 키웠다고 해도 무방할 정도였다.

"게다가 중국의 와해를 원하는 국가들이 적지 않습니다."

총장의 얼굴에 비웃음이 걸렸다.

중국이 2013년부터 강력하게 주창한 일대일로(一帶一路, One belt, One road) 국가전략마저 부메랑으로 돌아왔다.

새로운 실크로드를 표방하는 중국과 제휴하여 그들의 자본을 받아들인 국가들은 경제적으로 예속되기 시작했다.

중국의 차관에 의해 빚더미에 앉게 되고 모든 것을 빼앗기게 된 국가들이 중국이 망하기를 바랄 것은 길게 말할 필요조차 없었다.
게다가 중국의 자업자득 가운데는 바이러스도 포함되었다.
2019년 말, 유력 발원지 가운데 하나로 중국 후베이의 우한이 지목된 COVID-19(코로나 바이러스)의 피해를 겪지 않은 국가가 없었다. 추산조차 가능하지 않은 피해와 공포를 퍼뜨리고도 입에 발린 사과조차 하지 않는다는 비난을 받은 중국에 대한 혐오와 증오가 바이러스처럼 퍼져나갔다.
이런저런 이유로 인해 미국이 중국을 공격하기를 애타게 바라는 국가가 한둘이 아니었다. 그런 만큼 '중국이 미국에 의해 도살당할 시기'라는 총장의 주장은 전혀 이상하지 않았다.
미국이 원하는 도살 대상은 지도부와 국방력이었다.
머리와 주먹을 제거당한 중국의 인민들은 자신들이 뼈 빠지게 건설한 공장에 틀어박힌 다음 굶어 죽지 않을 정도의 급여를 받으면서 일해야 할 것이다.
인건비가 거의 들지 않는 제품에 자신들의 마크를 찍은 다음 비싸게 팔아먹는 미국의 지배력이 더욱 공고해질 것은 너무나 당연했다. 그런 상황에서 계속 도전을 그치지 않았던 중국은 대가를 치를 수밖에 없었다.
"그렇다고 해서 미국이 직접 나서는 일은 없을 겁니다."
이번에는 국정원장이 나섰다.
"그렇죠, 일본을 내세울 테니까."
총장이 가볍게 대답했다.
중국을 뒤흔들기 위해서는 지렛대가 필요했다.
일본이 군대를 가지고 전쟁을 벌일 수 있게 묵인한 미국은 일본을 지렛대로, 한반도를 지렛대의 고임돌로 사용할 작정이었다.

"제2의 '가쓰라-태프트' 협정이 은밀하게 체결되었다는 것에 모든 것을 걸겠습니다."

총장의 표정에 강한 자신감이 나타났다.

1905년에 미국과 일본이 밀약한 가쓰라-태프트 협정은 미국이 필리핀, 일본이 한반도를 식민지로 편입하는 것을 각각 용인한다는 내용이었다.

필리핀을 지금의 중국에 대입해야 한다는 것과, 일본이 다시 한반도를 차지하기 위해서는 전쟁을 필요로 하는 점이 과거의 협정과 달랐다.

"죄송하지만 일본과의 전쟁은 전혀 승산이 없습니다."

국방부장관이 한숨을 쉬며 말했다.

공군력과 결합된 일본의 해군력은 한국을 한참이나 압도하고도 남았다. 유일하게 우세한 육군을 일본에 상륙시킬 방도가 없는 이상, 지금이라도 전쟁이 벌어지면 파멸적인 결과가 초래될 것이 확실했다.

이순신 장군이 지하에서 통곡할 상황이 고착된 것은 어제오늘의 일이 아니었다.

미국이 자신들의 적과 직접 맞닿은 한국에게는 육군의 양성에 매진하고, 바다 건너에 있는 일본에게는 해군력에 주력한 나머지 이 지경에 이르렀다는 것은 말해봤자 입만 아팠다.

"장관의 잘못이 아닙니다. 현실이 그런 것을 어쩌겠습니까?"

총장이 국방부장관을 위로했다.

미처 싸우기도 전에 패배를 확정하는 관료들을 바라보며 대통령은 한숨이 절로 나왔다.

문제는 그들의 조국이 결코 약하지 않다는 점에 있었다. 지금의 국력이면 일본 해군을 위협할 수 있는 핵잠수함은 물론, 중국의 허술한 항공모함보다 훨씬 가성비가 뛰어난 항공모함까지 만들 수 있었다.

그럼에도 불구하고 상황이 이렇게 된 것은 국가를 움직이는 자들에 의해서였다.

각계각층에 포진한 그들은 일본인에 더 가까웠다. 일제의 이완용 무리부터 지금까지 한국의 발목을 잡고 버틴 적폐세력은 외과의로 불리는 대통령으로서도 제거가 가능하지 않았다.

대통령이 보기에 NSC도 그들에 의해 주재된다고 해도 과언이 아니었다.

총장이 다시 말하려는 순간, 일본 외무상 명의의 성명이 발표되었다.

'이제라도 독도를 반환하면 모든 책임을 묻지 않겠다'는 골자는 새로울 것도 없었다. 그러나 '독도를 반환하는 사안 이외의 모든 채널을 폐쇄하겠다'는 내용은 그렇지 않았다.

이번에도 대통령의 표정이 변하지는 않았지만 내심은 그렇지 못했다. 일본이 그나마 유지되었던 외교채널마저 폐쇄한 것은 최후통첩과 같았다.

국민은 지긋지긋하게 반복된 위협에 면역될 정도였지만, 이번에는 분명히 달랐다.

전쟁 직전까지 진입한 상황에서 최후통첩까지 입에 담은 이상 당장 포화가 작렬해도 이상할 것이 없었다.

예기치 않은 승리

202X년 5월 15일 오전 4시 51분경, NLL(북방한계선) 17km 남쪽 해저

세 척으로 편성된 잠수함 전단이 작전에 나섰다.

김태우가 지휘하는 장보고급도 북방한계선에 근접하고 있었다.

평균 수심이 1,400m에 달하는 동해의 심해에서 자신의 위치를 정확하게 파악하는 것은 숙달된 승조원들에게도 쉽지 않았다. 게다가 북한과의 경계가 얼마 떨어지지 않은 현재의 상태에서는 더욱 긴장할 수밖에 없었다.

“심도 그대로 유지하고 2분 후 반전변침!”

김태우가 나직하지만 묵직한 목소리로 명령을 내렸다. 210미터의 심도로 잠항하던 김태우의 잠수함이 유턴할 준비에 들어갔다.

“반전변침!”

김태우의 명령에 장보고급이 180도로 반전하기 시작했다.

"반전변침!"

조타장이 반복하여 복창하면서 완전히 유턴시켰다.

지금쯤은 전단을 지휘하는 손원일급은 물론, 함께 작전에 나선 다른 장보고급도 유턴을 마쳤을 것이었다.

진해의 사령부에서 출발하여 독도를 거쳐 북방한계선까지 순찰한 다음 귀환하는 정례작전 가운데 가장 위험한 고비를 넘겼다. 돌아갈 일만 남긴 승조원들에게서 안도하는 기색들이 역력했다.

"이제부터는 제가 맡을 테니 휴식을 취하시는 것이 어떻겠습니까?"

부장 주철범 소령이 다가와 말했다.

"아침 먹을 때까지는 내가 하지."

간단하게 대답한 김태우는 속으로 한숨을 쉬었다.

자축 회식을 했던 이후 작전에 나서기까지의 기간 동안 김태우는 외부로 나가 정밀종합검진을 받았다. 그 결과 박예린의 경고와 동일한 소견이 확인되었다.

게다가 전혀 예측하지 못했던 것까지 나타났다.

좌측 두뇌에 종양이 자라고 있다는 확진을 받은 김태우는 눈앞이 캄캄했다.

이번 작전이 끝나는 시기에 맞춰 수술을 예약한 상태였다. 수술은 어렵지 않다고 했지만 잠수함을 지휘할 수 없을 것은 분명했다.

정년이 될 때까지 사령부 구석에 앉아 눈칫밥이나 먹으면서 버틸 생각을 하면 한숨밖에 나오지 않았다.

"대령 진급과 손원일급 함장으로 내정되신 것 미리 축하드립니다."

작전관 최정우 대위가 설레발을 치듯 말했다.

지금의 주력은 1800톤급의 손원일급이었다.

김태우가 대령으로 진급하면서 2007년부터 2020년까지 아홉 척이 취역한 손원일급 가운데 하나의 함장으로 내정되었다는 소문이 파다한 상태였다. 김태우의 능력에 비하면 한참이나 늦은 감이 있었지만, 누구도 소문을 의심하지 않았다.

"함장님이 정말 부럽습니다."

"나는 자네들이 부럽다, 부러워."

김태우가 애써 덤덤하게 말했다.

김태우의 상태가 정상이라고 해도 함장을 맡는 것은 손원일급이 마지막이라고 봐야 했다.

해군이 2020년에 3500톤에 달하는 안창호급을 취역시킨 이후 현재까지 네 척이 확보되었다.

안창호급 하나가 손원일급 두 척을 대동하게 되면서 초기에 취역한 장보고급들의 상당수가 퇴역하는 상태였다. 김태우의 장보고급도 일본과의 전쟁 가능성이 대두되지 않았다면 퇴역했을 가능성이 높았다.

이번 작전을 마지막으로 함장을 그만두게 될 김태우에 비해 주철범과 최정우는 출세할 기회가 많았다.

특히 주철범은 함장으로 끝날 인물이 아니었다.

뛰어난 성적으로 사관학교를 졸업한 그도 사령부 대신 잠수함을 택했다. 그뿐 아니라 미 해군과 맺은 교류프로그램에 따라 교환장교로 파견되었을 때 발군의 자질을 보였다. 놀란 미 해군에서 스카우트를 제안하기까지 했을 정도였다.

그런 주철범이 앞으로 안창호급의 함장으로 진급하고 손원일급들을 이끄는 전단장을 맡는 것은 어렵지 않았다.

잠수함사령관은 물론, 해군참모총장까지 성장할 수 있는 인재 가운데서도 인재로 꼽히는 주철범이 부럽지 않을 수 없었다.

"이미 새로 부임하실 함장님에 대한 소문까지 나도는 실정입니다."

"작전과 관계없는 소리 그만두고 임무에 집중해!"

김태우가 다시 임무로 돌아가라며 외쳤다. 동시에 전투정보실이 바짝 조여졌다.

'잠수함의 천국'인 동해에는 미국과 일본은 물론, 러시아와 중국의 잠수함들까지 활개를 치고 돌아다녔다.

일본의 위협까지 가중되는 지금은 더더욱 긴장의 끈을 놓지 말아야 했다.

해군력이 비교조차 할 수 없이 강한 일본은 잠수함 전력도 질과 양, 모든 면에서 몇 배나 우세했다.

모든 면을 통틀어 잠시라도 긴장을 늦출 수 없었지만, 이제 자신과는 상관이 없어질 것이다. 앞으로 잠수함을 지휘할 일이 없을 테니까.

그러나 계속 함장을 맡을 수 있는 건강을 얻을 수 있다면 악마와도 거래할 수 있을 것 같았다.

김태우는 군인이었던 아버지가 새삼스레 떠올랐다.

특전사의 직업군인으로 작전에 나갔다가 사고를 당해 순직한 아버지는 외아들이 해군사관학교에 입학했을 때 얼마나 기뻐했는지 몰랐다.

김태우가 급한 연락을 받은 것은 2학년에 올라간 직후였다.

어머니와 함께 국군병원에 달려갔을 때 이미 아버지는 죽어가고 있었다. 마지막으로 정신을 모은 아버지가 바라보던 강렬한 눈빛은 죽을 때까지 잊을 수 없을 것 같았다.

비록 가족을 부유하게 보살피지 못한 가장이었어도 올곧은 군인이었던 그는 김태우의 우상이었다. 서울의 좋은 대학을 포기하고 해군사관학교를 지원한 것도 아버지처럼 조국을 지키는 군인이 되기 위해서였다.

임관 이후 지금까지 야전지휘관으로 일관하면서 가장 어려운 잠수함을 선택한 것도 아버지를 실망시키지 않으려는 마음이 강했기 때문이다.

그러나 이번 작전을 마친 다음 사령부로 가야 할 생각을 하니 기가 막혔다.

더구나 일본과의 전쟁이 언제 벌어질지 모르는 상황에서 잠수함을 떠나야 하는 현실은 더더욱 받아들이기 어려웠다.

같은 날 오후 3시 11분경, 독도 동남쪽에서 210km가량 떨어진 한일 중간수역

한국 해경과 일본 해상보안청이 날카롭게 대치했다.

양측의 헬기들은 물론, 초계기들까지 표정이 보일 정도로 근접 선회를 반복하는 중간수역은 당장이라도 전쟁이 벌어질 것처럼 위험하고 다급했다.

"즉시 적대행위를 중지하라!"

해경이 다시 외쳐도 해상보안청은 들은 척도 하지 않았다.

각각 20척가량으로 수효는 차이가 나지 않았지만 성능과 체격은 그렇지 않았다.

일본은 초계기 전력에서도 압도적이었다. 항속거리가 8천km에 달하는 신형 P-1초계기를 무려 100대 가까이 보유하고 있었다.

반면 한국은 항속거리가 6천km에 미치지 못하는 P-3C와 P-3CK가 주력이었다. 일본에 필적하는 미국의 P-8A를 도입한 물량까지 포함해도 20대를 약간 넘겼다.

지금도 일본의 초계기가 26대나 날아다니는 것에 비해 한국은 겨우 다섯 대가 얼쩡거리는 수준에 지나지 않았다.

극도로 긴장하여 대치하던 해경과 초계기들이 경악했다.

일본 초계기들의 사격통제장치 레이더가 뿜어지는 동시에 해상보안청의 함선들이 포신을 이쪽을 향해 돌렸다.

초계기가 사격통제장치의 레이더를 조준한 것은 미사일을 발사하기 직전의 상황과 같았다.

그뿐 아니라 이쪽을 향해 포신을 겨눈 것은 목에 칼을 들이댄 것과 같았다. 실탄을 발사하지 않는 상황에서 최고 등급의 위협을 당하는 해경이 일제히 창백해졌다.

"다시 경고한다! 적대행위를 즉시 중단하라!"

해경이 재차 경고했다. 그러나 상대방이 위협을 그치려 하지 않았다.

방아쇠에 걸린 손가락들이 자신의 것이 아닌 것처럼 덜덜 떨렸다.

이미 조준하고 있는 데다 피차 사정거리 이내로 바짝 접근한 이상 발사하는 포탄마다 명중시킬 수 있었다. 그러나 한 발이라도 발사하는 날에는 책임질 수 없는 사태가 벌어질 것이 분명했다.

일본 초계기들이 해경을 스칠 듯 근접하면서 위협하기 시작했다. 한국 초계기들도 어떻게든 막아보려고 했지만 수적으로 너무 딸렸다.

동시에 해상보안청의 함선들이 어서 때려보라는 것처럼 바짝 접근했다.

마침내 해경의 인내심이 한계를 드러냈다. 5천 톤급의 이청호함이 해상보안청의 함선을 들이받기 위해 측면으로 선회하는 순간, 살벌한 굉음과 함께 F-15K 편대가 전속력으로 다가왔다.

막강한 아군의 출현에 해경이 주먹을 휘두르며 환호했다.

그러나 일본도 가만있지 않았다. 기다렸다는 듯 일본 공군의 F-15J들이 나타났다.

이미 레이더에 잡히지 않는 F-35A까지 출격했을 것이 분명했다. 최강의 공군들까지 가세해서 대치하는 일촉즉발의 긴장에 바다가 끓어오르는 것 같았다.

같은 날 오후 6시 41분경, 강원도 양양 동쪽 15km 해저

"이제부터는 제가 맡겠습니다. 식사도 하셔야죠."

"그럼 부탁해."

김태우가 주철범과 교대했다.

중간 규모 아파트 거실 면적 정도밖에 되지 않는 전투정보실을 나가자마자 비좁은 통로가 나타났다. 장보고급의 통로는 두 사람이 겨우 지나갈 수 있을 정도로 비좁았다.

더욱 비좁아지는 격문을 지나가던 김태우가 갑자기 삐끗하면서 한쪽 무릎을 꿇었다.

"괜찮으십니까?"

뒤따라오던 최정우 대위가 걱정스레 말했다.

"아, 아무것도 아니야."

김태우가 망치에 맞은 것처럼 멍멍하게 울리는 머리를 흔들면서 일어났다.

정신을 수습한 김태우는 잠수함의 숙명이 새삼스러웠다.

패배한 탱크와 항공기에서 탈출할 수 있는 것에 비해 잠수함은 그렇지 못했다. 적에게 당하거나 사고가 발생한 잠수함에서는 탈출할 겨를이 없었다.

아득한 해저로 가라앉으면서 상상조차 할 수 없는 수압에 잠수함과 함께 짜부라지는 악몽을 몇 차례나 꾸었는지 몰랐다.

격문은 어떤 이유로 인해 침수되면 다른 구역까지 번지는 것을 막기 위한 장치였다.

격문을 지날 때마다 폐쇄할 상황이 발생하지 않기를 빌고 또 빌었다.

"필승!"

박예린이 밝은 표정으로 경례를 붙였다.

간호장교 박예린은 김태우의 정확한 상태는 물론, 이번 작전이 그에 의해 지휘되는 마지막 작전이라는 것을 알고 있는 유일한 승조원이었다.

"맛있게 드십시오!"

"자네들도."

가뜩이나 비좁은 공간에 쪼그리다시피 하는 식사라도 이때가 유일하게 행복했다.

화재 위험 때문에 굽거나 튀기지 못하고 찌거나 삶은 음식밖에 없었지만, 식사 시간만큼 즐거운 시간이 없었다.

그러나 김태우의 표정이 밝지 못했다. 물속에서 눈을 뜬 것처럼 시야가 뿌옇게 흐려지면서 다시 어지러워지기 시작했다.

주철범이 대신 지휘하는 전투정보실,

무료한 표정으로 임무를 수행하던 음탐관이 흠칫 놀랐다. 반사적으로 헤드폰을 꽉 밀착시킨 그는 모든 신경을 귀로 집중시켰다. 동시에 다른 요원들도 장비를 뚫어지게 주시했다.

"추진기관의 소음입니다!"

음탐장이 긴장한 목소리로 나직하게 외쳤다.

잠수함을 움직이는 모터나 스크루의 소음이 포착되었다는 외침에 전투정보실이 얼어붙었다.

"최대한 서서히 감속하고 비상경보 발령해!"

주철범도 나직하게 명령했다.

즉시 붉은 램프가 명멸하면서 잠수함의 속도가 떨어지기 시작했다.

모두가 반사적으로 일어나는데도 김태우는 움직이지 않았다.

아직도 멍하게 앉아 있는 그는 어지러움에서 깨어나지 못한 상태였다. 상태가 심상치 않다는 걸 감지하고 다가온 박예린이 어깨를 강하게 흔들었다.

"함장님! 비상입니다."

박예린이 최대한 억누른 음성으로 귀에 대고 외쳤다. 그제야 김태우가 흠칫 깨어났다.

다급한 상황이 파악되었는지 휘청거리면서도 서둘러 일어섰다. 소음이 발생하지 않도록 극도로 주의하면서 전투정보실로 향해 가는 그 거리가 마라톤 코스라도 되는 것 같았다.

"방위 2-7-4-4에서 미세한 소음이 포착되었다가 사라졌습니다."

이미 감속하는 조치를 취했던 주철범이 모니터를 가리켰다. 모니터에 표시된 흔적은 거의 정확한 9시 방향이었다.

"잠수함이 정지한 상태에서 평형을 유지하는 소음으로 판단됩니다."

잠수함이 가라앉기 위해서는 밸러스트 탱크(Ballast Tank)에 물을 채워야 하고 떠오르기 위해서는 반대로 물을 빼야 한다. 물을 채운다는 것은 그만큼의 공기가 빠져나가는 것이고, 물을 뺀다는 것은 그만큼의 공기가 주입된다는 의미였다.

또한 정지한 상태에서 좌표를 유지하기 위해서는 해류에 밀리지 않기 위해 스크루가 미세하게 회전해야 했다. 극도로 미약한 소음을 포착한 솜씨에 김태우도 감탄했지만, 계속 감탄만 하고 있을 수는 없었다.

"이 지점에서 잠수함의 소음이라니……."

김태우가 잔뜩 인상을 찌푸렸다.

지금의 상황은 매복한 적을 먼저 발견한 게 거의 확실했다. 언뜻 판단해봐도 북한 잠수함은 아니었다. 지금 상황에 매복해서 공격할 의도를 가진 적은 일본의 잠수함밖에 없었다. 어차피 전쟁이 벌어질 것 같으면 여기 해역에서의 매복도 충분히 고려할 수 있었다.

실제로 일본 잠수함이 기습할 목적으로 매복하고 있는 상태라면 김태우와 승조원들은 꿈에서조차 상상하기 두려운 위기에 직면한 것이다.

"아무래도 일본일 것 같습니다."

작전관 최정우 대위가 더 생각할 것 없다는 듯 말했다.

"그렇게 판단하는 이유는?"

"지금의 좌표에 매복했다가 기습을 가하면 의심을 사지 않을 수 있기 때문입니다. 얼마든지 북한에 떠넘길 수 있으니까요."

"……."

"성동격서가 분명합니다!"

주철범이 좀 더 확신을 가지고 말했다.

동쪽을 소란하게 만들어 이목을 집중시킨 다음 서쪽을 때리는 성동격서는 기본전술 가운데 하나였다.

주철범의 확신은 김태우의 추측과 방향이 같았다.

독도 방면과 중간수역을 소란하게 만들어 그쪽으로 주의를 돌리게 만든 일본이 엉뚱한 곳에서 공격하는 것은 얼마든지 가능했다.

"정체는 파악했나?"

"아직입니다."

잠깐 포착되었다가 사라진 미약한 소음으로 정체까지 파악한다는 것은 무리였다.

생각 같아서는 가장 확실하게 포착할 수 있는 '액티브 소나(active sonar, 능동소나)'를 발사하고 싶었다. 그러나 그랬다가는 동시에 이쪽의 위치도 노출될 수밖에 없었다. 더구나 다른 적이 매복하고 있다면 아주 확실하게 자살하는 결과가 초래될 게 자명했다.

하필이면!

마지막 작전에서 가장 두려웠던 상황과 마주치자 김태우는 이를 으스러지도록 악물었다.

다음 순간 그의 눈이 차갑게 일렁였다.

지금 상황에서 살아남을 수 있는 방법은 선제공격이 유일했다. 적이 탐지 당했다는 것을 눈치채지 못하고 있을 때 공격하는 것 외에 다른 방법이 없었다. 지금이라도 적이 먼저 공격을 감행한다면 끝장이었다.

"어뢰 발사 준비!"

승조원들의 얼굴에서 일제히 핏기가 사라졌다.

이런 상황에 대비해 무수한 훈련을 반복했지만 실제로 맞닥뜨리자 공포에 질리지 않을 수 없었다. 어뢰의 오발을 방지하기 위해 발사 스위치를 덮은 안전커버. 그걸 해제하는 장교의 손이 덜덜 떨렸다.

"1번에서 4번 발사관 대기하고 디코이(decoy) 사출 준비해!"

전투정보실이 다시 얼어붙었다.

디코이는 적이 발사한 어뢰를 유인할 목적으로 소음을 방출하는 기만체. 장보고급도 'TAU 2000' 디코이를 가지고 있었다. 디코이를 사출한다는 것은 이쪽을 향해 발사되는 어뢰에 대응하겠다는 의미인 만큼 두려움이 클 수밖에 없었다.

"액티브 소나를 때려 적이 확인되는 즉시 어뢰 발사한다!"

김태우가 단호하게 명령했다.

"적이 함께 발사하면요?"

최정우가 다급하게 말했다.

아직 확인되지 않은 적이 일본 잠수함이라면 놈들이 보유한 어뢰의 속도가 시속 90km를 초과했다. 핵잠수함도 어렵지 않게 따라잡을 수 있는 어뢰가 이쪽을 향해 발사될 수 있는 상황이라면 더더욱 김태우의 명령을 납득하기 어려웠다.

"다시 명령한다! 액티브 소나로 적을 확인하는 즉시 어뢰 발사해!"

음탐관이 이를 악물고 액티브 소나를 발사했다.

4초 정도가 지난 직후, 캄캄한 방에 갑자기 형광등이 켜진 것처럼 적의 실체가 명확하게 나타났다.

동시에 잔뜩 노리고 있던 어뢰가 발사되었다.

적을 탐지한 직후부터 SUT 중어뢰와 K-731 백상어 어뢰가 발사관을 빠져나가는 순간이 몇 년이나 되는 것 같았다.

"적도 어뢰를 발사했습니다!"

음탐관이 다급하게 외쳤다. 적과의 거리가 3km 정도밖에 되지 않는 상황에서는 최정우가 우려한 것처럼 마주 발사할 수밖에 없었다.

백상어처럼 능동적으로 추적하는 어뢰는 기만체로 떨쳐낼 수 있다. 와이어 유도방식과 액티브를 겸하는 SUT 같은 어뢰는 마주 발사한 어뢰를 피하기 위해 와이어를 끊으면 추적능력이 급격히 감소했다.

"디코이 사출한 다음 최대한 침묵하고 SUT는 확실하게 적을 포착할 때까지 유선유도를 계속해!"

김태우가 다시 외쳤다.

그때는 적도 동일하게 움직인 다음이었다. 적이 액티브와 유도어뢰를 각각 2발씩 발사한 상태에서 쌍방의 어뢰들이 빠르게 스쳐 지났다.

콰앙!

적이 사출한 기만체에 이끌린 백상어들이 허무하게 폭발했다.

선제공격이 실패로 돌아가자 승조원들이 사색으로 질렸지만 아직 SUT가 남아 있었다. 충격파가 사라지기도 전에 적이 발사한 어뢰들이 내뿜는 소나가 함체를 때렸다.

어뢰들이 500미터 이내까지 접근했다.

아무도 호흡 소리조차 내지 않았다. 바짝 접근한 어뢰에서 계속 소나가 발사되었다. 피에 굶주린 괴물들이 혀를 내밀어 더듬는 것처럼 섬뜩하기 짝이 없었다.

잠시 후 어뢰 하나가 덥석 미끼를 물었다.

그러나 다른 놈은 그렇지 않았다. 그놈이 누구를 고를까 망설이는 순간, 모두의 심장이 터질 것처럼 방망이질 쳤다. 마침내 결심한 그놈이 장보고급을 스치듯 지나쳐 디코이를 향해 질주하는 순간 여기서 발사한 SUT가 적을 포착했다는 신호가 들어왔다.

"와이어 끊고 기관전속!"

이제는 적이 발사한 유도어뢰를 피해야 했다.

전속력을 내는 순간 유도어뢰들이 이쪽을 향해 방향을 잡았다.

쾅! 콰앙!

적과 이쪽의 어뢰들이 거의 동시에 작렬했다.

여기서 발사한 SUT 하나가 간발의 차로 먼저 작렬하는 동시에 기만체를 따라갔던 적의 어뢰들이 폭발했다. 바로 곁에서 터지는 천둥 같은 굉음과 충격이 함체를 강타했다.

먼저 작렬한 SUT는 치명상을 입히지는 못했지만 정체불명의 적을 뒤흔들기에 충분했다.

게다가 강력한 근접폭발에 와이어까지 끊겼다. 적이 발사한 유도어뢰들이 이쪽으로 향하다 갑자기 만취한 것처럼 비틀거렸다.

쾅!

동시에 이쪽에서 발사한 두 번째 SUT가 작렬했다.

정확히 상대의 오른쪽 중앙을 강타한 SUT는 결정타였다. 폭발의 위력으로 쪼개진 균열을 통해 적의 잠수함 내부로 바닷물이 폭포수처럼 쏟아졌다. 소방호스보다 열 배 이상 강한 압력의 바닷물이 순식간에 내부를 점령했다.

벌어진 상처를 통해 공기가 빠져나간 잠수함은 최소한의 부력마저 잃었다. 쇳덩이에 지나지 않은 잠수함이 아득한 심해를 향해 급격히 가라앉으면서 끔찍한 비명을 질렀다.

빠른 속도로 500m까지 도달한 잠수함의 내부에서는 누구도 살아있지 못할 것이다.

수심 10m에서 가해지는 압력이 1이라면 500m의 해저에서는 50배의 압력을 받게 된다. 박살난 장비의 파편들과 으깨진 승조원들의 육즙으로 범벅된 잠수함이 트럭이 밟고 지나간 캔처럼 납작하게 눌렸다. 짓눌린 머리에서 눈알과 뇌수가 튀어나오고 입에서는 내장이 뿜어졌다.

단말마의 신음을 토하면서 심해 너머로 사라지던 잠수함이 느닷없이 폭발했다.

남아 있던 어뢰의 뇌관이 압력에 의해 격발된 것이다. 스스로의 위력에 의해 분해당한 잠수함이 지르는 비명이 해저에 메아리쳤다.

"괜찮으십니까!"

바로 곁에 있는 주철범의 목소리가 아득히 먼 곳에서 들리는 것 같았다.

그들에게 당한 잠수함이 질러대는 비명 같은 파열음과 경악한 아군들이 내뿜는 액티브 소나가 어지럽게 교차했다.

김태우는 다리가 사라진 것처럼 위태롭게 비틀거렸다.

머리가 빙빙 돌면서 정신까지 하얗게 바래지는 것 같았지만 결사적으로 버텼다. 거의 쓰러질 것 같았던 순간 코피가 터지면서 정신이 돌아왔다.

"아군 소나 이외의 징후는 없습니다!"

"다른 적은 존재하지 않습니다!"

주철범과 최정우가 동시에 외쳤다.

"통신 가능한 심도로 부상해!"

김태우가 쥐어짜듯 외쳤다. 목숨을 건 싸움에서 승리한 김태우의 잠수함이 거대한 고래처럼 심해에서 솟구쳤다.

같은 시간, 청와대

계속되는 위협에 NSC도 파김치가 되었다.

게다가 중국이 패착을 반복하는 바람에 그렇지 않아도 좋지 않은 분위기가 더욱 어두워졌다.

태평양과 연결되어 자신들의 생명선으로 기능하고 연관된 국가들의 목을 조를 수 있는 남중국해를 완전히 통제하려는 중국과, 절대 용납하지 않으려는 일본은 센카쿠열도(尖閣列島, 중국명 댜오위다오 釣魚島)에서 날카롭게 대립했다.

중국에게 센카쿠는 눈엣가시 이상으로 불편하고 위협적이었다.

이전부터 무력충돌까지 불사할 것을 강력하게 천명했다. 최신예 전폭기와 함대까지 파견하면서 인근을 지나는 미국의 군함마저 위협하던 중국이 꼬리를 내린 것은 어제 오전이었다.

중국이 '댜오위다오 때문에 분쟁이 발생하는 것을 원하지 않는다'는 성명과 함께, 파견했던 함대까지 철수시킨 것은 이틀 전에 일본이 발표한 최후통첩과 무관하지 않았다.

일본의 배후에 있는 미국의 비위를 더 이상 건드리지 않기 위해 중국이 꼬리를 내린 결과가 참담할 것은 어렵지 않게 예상 가능했다.

"호랑이에게 계속 떡을 바치다가 결국 자신까지 바치는 떡장수 꼴이로군."

대통령이 경멸스러운 표정을 감추지 않았다.

"계속 신경 쓰였던 그 방면에서의 위협이 제거된 일본이 안심하고 우리와의 전쟁에 집중할 수 있게 된 건 물론, 다음 차례를 스스로 정해주는 것 이상은 아닙니다."

총장도 싸늘하게 말했다.

이럴 때일수록 중국은 한국과의 유대를 강화하고 단호한 태도를 보여야 했다.

그러나 중국은 한국의 독도와 대등할 정도로 상징성이 강했던 도서(島嶼)를 포기하면서 오히려 스스로 발목을 잡았다.

잔뜩 허세를 부리다 막상 싸우게 되자 겁에 질린 양아치처럼 행동하는 중국에게 기대할 것은 아무것도 없었다.

"문제가 그렇게 간단하지 않습니다."

유도선수처럼 단단한 체격의 군(軍) 정보국장이 나섰다.

"대외 파트를 비롯해 저희들이 입수하고 분석한 것에 의하면 전쟁이 벌어질 경우 중국의 우세를 장담할 수 없었습니다."

국장의 보고에 의하면 오히려 중국에 불리하게 전개될 개연성이 높다고 했다.

현대 해전에 필수적인 항공모함과 이지스(Aegis) 함선은 중국이 더 많이 보유하고 있었지만, 일본은 질에서 앞서 있었다.

게다가 중국은 항공모함보다 위협적일 수 있는 잠수함 전력에서 우위를 장담하기 어려웠다. 일본이 가지지 못한 핵잠수함을 보유한 것은 사실이었다. 그러나 중국의 핵잠수함은 미국 핵잠수함의 발끝조차 따라가지 못했다.

실제로 중국의 핵잠수함은 2003년 이후 여러 차례나 일본에게 포착당하는 바람에 강제로 부상하기까지 했다.

그것은 항복이나 다름없는 치욕적인 패배였다.

일본이 마음만 먹는다면 자신들의 핵잠수함을 격침시킬 수 있다는 것을 입증한 이후 중국의 용기는 더욱 축소되었다.

"지금 중국이 센카쿠에서 철수한 것은 어쩔 수 없는 선택으로 보는 것이 타당합니다."

자칫 일본에게 밀리면 그렇지 않아도 극심한 어려움을 겪고 있는 내부의 반발은 명약관화했다.

그뿐 아니라 강제로 합병한 다음 무력으로 지배하는 티베트나 신장 위구르 같은 지역들이 봉기할 수도 있었다. 티베트와 위구르가 독립하게 되면 중국은 영토의 삼 분의 일이나 날아가는 동시에, 인도를 비롯한 국가들과 직접 얼굴을 맞대게 된다.

중국은 연쇄적인 신종 전염병 사태를 겪으면서 경제까지 극심한 위기에 몰린 상황이었다. 그런 상태에서 일본에게 밀리는 것은 최악 이상의 패착이었다.

그로 인해 지방을 실질적으로 지배하는 자들이 지역의 군대를 움직일 수 있게 되면 중앙에 통제되지 않는 군벌이 대두될 수도 있었다.

"새로운 군벌들이 티베트나 위구르와 손을 잡게 되면 어떻게 되겠습니까? 중국이 국제적인 비웃음을 감수하면서까지 센카쿠에서 후퇴하는 이유를 최악의 사태가 벌어지는 것을 막기 위한 고육계(苦肉計)로 파악하는 것이 타당할 것 같습니다."

국장의 발언은 외모답지 않게 차분하고 설득력이 충분했다.

"역지사지로 생각해보세요. 일본은 아주 정상적으로 행동하고 있습니다."

총장이 같잖다는 투로 말했다.

"사흘 굶어 남의 집 담장 안 넘을 군자 없다고 했습니다. 게다가 일본은 시퍼런 칼까지 들고 있는 상태거든요."

일본은 거의 파산 상태였다.

사상 최악의 지진과 쓰나미가 덮친 데다, 후쿠시마의 원전에서 방사능이 누출되는 사고까지 겹쳤던 2011년 당시 이미 무역 적자가 갈수록 누적되는 상태였다.

특히 후쿠시마의 사고는 경제를 비롯한 전반에 치명적이었다.

그나마 버팀목이던 내수마저 침체되는 바람에 모든 것이 최악이었다.

그런 상황에서 2019년 한국에 가했던 무역보복은 침체의 속도를 한 단계 더 가속시켰다. 게다가 엎친 데 덮친 격으로 코로나바이러스가 세계적으로 대유행했다. 방사능에 바이러스마저 겹치고 야심차게 기획했던 올림픽마저 불발되자 적자는 그야말로 눈덩이처럼 불어났다.

코로나바이러스의 가장 큰 피해국은 미국이었다.

천문학적인 경제 손실과 2차세계대전 전사자 수보다 많은 사상자가 발생하면서 온 나라가 충격에 빠졌다. 시시각각 피해 규모가 세계로 타전되면서 최고의 강대국이라는 위상마저 뒤흔들릴 정도였다.

미국은 당연히 모든 문제의 원인을 중국으로 돌리면서 바이러스의 발원지로 몰아붙였다. 내상을 외부화하여 완화하기 위한 조치로 피해가 커질수록 중국에 대한 압박 수위도 높아졌다.

그러던 가운데 인종차별에 따른 갈등이 대규모 유혈 폭동으로 번지는 등 국내 문제가 더욱 심각해졌다. 그때는 미국이 중국에 대한 공세를 본격화하는 시기였다. 자국의 주요 언론들도 외부로 눈을 돌리면서 중국을 공격하는 타이밍이 맞아떨어진 것이다.

그런 상황에서 한국은 신정부가 들어선 이후 전시작전권을 회수하려 하고 친중 전략을 구사하는 등, 미국의 우산에서 벗어나려는 움직임이 엿보였다.

미국으로서는 결코 용납할 수 없었다.

여러 가지 상황과 조건들이 맞물려 미국이 일본을 끼고 중국을 틀어막으려는 전략을 굳힌 상태였다.

그렇지 않아도 미국에 적극적으로 순종하며 기회를 엿보던 일본 입장에서 미국의 제안은 국내외 안팎의 파산과 도태의 위기에서 벗어날 수 있는 절호의 기회였다.

일본은 미국의 제안을 받아들이는 조건으로 한국의 독도와 울릉도를 요구했다. 즉, 일본이 독도와 울릉도를 무력으로 차지하더라도 미국이 묵인해주면 함께 전쟁을 치르겠다는 제2의 가쓰라-태프트 조약을 체결한 것이다.

이번 기회에 독도를 차지한다면 코로나와 경기침체로 인한 국민들의 모든 불만을 한 번에 날릴 수 있었다.

그뿐 아니라 동해의 영토소유권과 해상작전권을 거머쥐게 되고, 독도와 울릉도 주변 심해에 풍부하게 매장된 미래의 지하자원인 가스 하이드레이트(hydrate)와 동해의 어업권까지 독점하는 것도 충분히 가능했다.

"그래서 일본이 우리에게 전쟁을 거는 것이 정당하다는 겁니까?"

대통령이 나직하게 말했다.

"전쟁을 넓은 의미에서 경제를 획득하는 행위의 하나로 접근했을 때 역시 일본은 움직이지 않을 수 없게 됩니다."

총장의 발언을 종합하면 크게 세 가지였다.

일본이 거의 100% 승리하게 되어 있는 여건 자체가 전쟁을 부를 수밖에 없다는 것이 주된 원인이었다.

그리고 전쟁은 본질적으로 경제행위였다. 투자된 자금이 회수되지 못하면 도산하는 것처럼, 이긴다고 해도 지나친 지출로 인해 피해를 입을 수 있는 리스크에서 안전할 수 있다는 것이 두 번째였다.

"막대한 지출이 강요되는 지상전이 벌어지지 않고 공중전과 해전을 통해 승패가 갈라지기 때문에, 약간의 전투기와 함선을 상실하는 원가에 비해 얻어질 이득이 너무 거대하거든요. 천만 원 정도의 판돈을 걸고 수천억 이상을 딸 수 있는 아주 확실한 도박에 베팅을 하지 않으면 오히려 이상할 겁니다."

세 번째 요인은 전통적인 것이었다.

과거의 일본이 한반도를 침략하기 위한 명분으로 내세운 정한론(征韓論)은 아직도 유효했다. 특히 중국을 하청공장으로 전락시키려는 미국의 의도에 편승하기 위해서는 반드시 한반도를 발판으로 삼아야만 했다.

"그것은 대외적으로 알려진 이유에 지나지 않습니다."

국장이 차분하게 반박했다.

"그렇다면 '대외적으로 알려지지 않은 이유'에 대해서 설명해주시면 감사하겠군요."

빙글거리는 총장은 '네깟 군인 주제에 무엇을 안다고 나서느냐?'는 비웃음을 감추려 들지 않았다. 흘긋 총장을 바라보던 국장이 다시 말을 이었다.

"대외적으로 알려지지 않은 일본의 문제 가운데 먼저 지적될 것은 국민의식의 변화입니다."

일본국민은 민주국가의 국민으로 합당하지 않은 점이 적지 않았다.

공중도덕을 철저히 준수하고 절대 민폐를 끼치지 않도록 입력된 습관의 이면에는 공포가 존재했다. 약간이라도 거슬리면 베어버리는 사무라이에 의한 지배가 오래도록 지속된 결과였다.

대대로 그렇게 살았던 그들은 위에서 명령하면 무조건 따랐다.

심지어 방사능으로 인해 후쿠시마를 떠났던 주민들에게 올림픽을 치를 목적으로 돌아가라고 할 때도 이렇다 할 반발 없이 따랐다. 역시 올림픽 때문에 코로나바이러스의 위험을 은폐했어도 넘어갈 수 있었다.

문제가 싹튼 것은 한국에 비교되면서부터였다.

바이러스에 대한 한국의 선진적인 대처방식에 놀란 세계가 한목소리로 찬사를 보냈을 때 그들은 늘 그랬듯 애써 인정하지 않으려 했다.

그러나 자국민들이 무시 못 할 수효로 죽어나가기 시작하자 한국을 주목하지 않을 수 없었다. 어떻게든 국민을 구하려 노력하는 한국 정부와 사태를 만들어놓고도 전혀 책임지려 하지 않는 자신들의 정부는 비교하기조차 부끄러웠다.

이전부터 정부를 불신하던 사람들은 '촛불혁명'에 주목했다.

한국에 직접적으로 영향을 받은 그들이 정권 퇴진까지 외치기 시작했다. 자국민들 사이에서 한국처럼 국민의 힘으로 부패한 권력을 교체해야 한다는 자각이 스멀거리는 시기에 일본이 전쟁을 선택한 것은 두 사안 사이가 결코 무관하지 않음을 보여주었다.

"그럼 다음 이유는 무엇입니까?"

총장이 박수라도 칠 것 같은 표정으로 말했다.

"먼저 말한 이유가 이념적이라면 지금부터 제시할 이유는 현실적입니다."

대통령을 똑바로 바라본 국장이 다시 의견을 제시하기 시작했다.

"현재 일본이 당면한 가장 큰 문제는 7광구입니다."

7광구는 한국의 남부와 일본의 서쪽 사이에 원유와 가스가 엄청나게 매장된 것으로 추측되는 대륙붕 지역을 말한다. '아시아의 페르시아만'으로까지 수식되는 7광구는 최소한 8천조 달러에 달하는 이득을 얻을 수 있을 것으로 추정되었다.

"1978년부터 한국과 일본이 공동 개발하는 것을 골자로 하여 2028년에 만료되는 한일협정에는 독소조항이 포함되었습니다."

'7광구를 탐사 또는 개발에 관련하여 한·일 양국이 공동 개발한다'는 조항이 포함된 것은 언뜻 당연할 수 있다. 그러나 어느 한쪽이라도 동의하지 않으면 약간의 탐사나 개발조차도 불가능하다는 조항이 한국의 발목을 잡게 된다.

이후 대륙붕에 대한 국제규정이 일본에 유리하도록 바뀌었다.

일본은 기회를 놓치지 않고 중국과 함께 2009년 UN의 관계기관에 7광구를 자신들 쪽에 유리하게 꾸민 보고서를 수백 쪽 분량으로 제출했다.

믿기 어렵게도 이때 한국이 제출한 분량은 겨우 8쪽에 지나지 않았다. 게다가 100쪽이 넘는 정식문서를 만들어놓고도 10쪽도 되지 않는 예비보고서를 제출한 결과는 치명적이었다.

"국제기관에 의해 일본의 소유로 가닥이 잡힌 데다, '어느 한쪽이라도 동의하지 않으면 탐사나 개발이 불가능하다'는 조항에 의해 협정이 만료되는 2028년에는 일본에 귀속되어도 할 말이 없는 상태입니다. 당시의 정부가 일본을 위해 7광구를 바쳤다고 해도 과언이 아니니……."

"저로서는 납득하기 어렵군요."

총장이 다시 비집고 들어왔다.

"분하기는 하지만 협정을 어길 수는 없습니다. 마음에 들지 않는다고 협정을 폐기하는 나라가 어떻게 인정받을 수 있겠습니까? 북한 같으면 몰라도…….”

“제 발언이 아직 끝나지 않았습니다!”

총장을 날카롭게 노려보며 국장이 다시 말했다.

“7광구에 대해 처음부터 다시 시작해야 한다는 주장을 내세울 근거가 분명히 존재합니다.”

또한 국장에 의하면 세계의 여론도 나쁘지 않았다.

‘일본이 7광구를 독식하는 것보다는 한국과 양분하는 것이 백번 이득’이라는 여론이 대세가 될 수 있도록 만드는 것도 충분히 낙관적이었다. 지금의 상태로 나가면 2028년 이전에 가시적인 성과를 거둘 것이 분명했다.

그러니 일본으로서는 절대 묵과할 수 없었다.

그뿐 아니라 2028년에 이르면 전쟁으로 한국을 이길 수 있다는 보장마저도 희박해진다.

일본이 국내문제를 누르면서 7광구의 거대한 이득까지 독식하기 위해서는 이번 기회를 절대 놓칠 수 없었다.

대통령은 다른 이유를 떠올렸다.

한국이 불리한 처지에 놓이는 이유는 내부에도 존재했다. 각계각층을 장악한 친일세력 가운데 가장 폐해가 심각한 것은 언론이었다.

지금도 주요 언론은 ‘패배할 것이 분명한 전쟁을 피할 수 있는 유일한 방법은 불리하더라도 협상밖에 없다’고 거침없이 떠들어대었다. 오래전부터 일부 언론에 세뇌되다시피 한 극단적 친일세력들은 일장기까지 들고 나와 ‘절대 일본과 전쟁을 하면 안 된다’며 외치는 상태였다.

"그래서 좋은 방법이라도 있나요?"

대통령이 말했지만 뭔가 기대하는 눈치는 아니었다.

"물론입니다. 제 역할이 외교특보 아닙니까?"

총장이 일부러 여유를 부리며 웃었다.

"당연히 외교로 풀어가야 합니다. 외교로 얻을 수 없는 것은 전쟁으로도 얻을 수 없다고 했습니다. 지금이야말로 외교로 해결할 기회가 아닐 수 없습니다."

미처 말이 끝나기도 전에 참석자들의 시선이 집중되었다.

그럴 수밖에 없는 것이 일본이 남긴 유일한 외교채널이 '독도를 반환하기 위한 용도'였기 때문이었다.

"아무튼 지금 상황에서 유일한 채널이기 때문에 이용할 수밖에 없습니다. 일본이 유리하고 우리가 불리한 만큼 현실을 인정하고 대화로 풀어나가야 마땅합니다."

자신감 넘치는 총장을 바라보는 국장의 표정은 반대로 싸늘하게 굳어졌다.

주먹까지 움켜쥐던 국장이 움찔했다. 동시에 국정원장도 품으로 손을 넣었다.

긴급한 사안이 발생했을 때 직접 통화하게 되어 있는 핫라인을 연결한 두 사람 가운데 국정원장이 먼저 보고했다.

"NLL에 근접한 영해를 침범한 정체불명의 잠수함과 아군의 잠수함이 교전한 결과 전혀 피해를 입지 않고 격침시켰다고 합니다!"

바로 이어진 국장의 보고도 동일했다. 모든 수단을 동원해서 종합한 결과 전면적인 전쟁이 벌어진 것은 아니었다.

"일본 잠수함을 격침시켰다면 적어도 50명 이상이나 죽었을 텐데, 나중에 배상해야 할 액수만 늘렸군 그래!"

총장이 뱉듯이 말하자 국장의 인상이 험악해졌다.

"목숨을 걸고 싸워 공을 세운 장병들을 칭찬하지는 못할망정 그게 할 소립니까!"

국장이 흥분해서 외쳤지만 대부분은 달갑지 않은 표정이었다.

"그만들 합시다!"

대통령이 무겁게 외쳤다.

"국정원장과 잠시 논의할 것이 있으니까 지금 보고된 상황을 최대한 상세히 파악하도록 하세요."

도청 같은 수단이 완전히 차단된 기밀실로 국정원장을 대동한 대통령이 들어서자마자 눈을 감았다.

한동안이나 깊이 생각하던 그가 처방하는 것처럼 말했다.

"지금 즉시 공장에 연락하세요."

"무, 무슨 말씀이십니까?"

"방금 최신품을 구했다, 최대한 빨리 보낼 테니까 받을 준비를 갖추라고 말입니다."

"하지만 이미 준비되어 있지 않습니까?"

"판단은 그쪽에서 할 겁니다. 우리는 보내기만 하면 됩니다."

"말씀드리기 외람되지만 즉흥적으로 판단하기에는 사안이 너무 위중합니다. 부디 신중하게……."

"다시 말하겠지만 판단은 그쪽에서 할 테니까 우리는 보내기만 하면 됩니다!"

마지막 부품들

202X년 5월 15일 오후 6시 41분경(청와대와 거의 같은 시간), 울산 단군호

조선소가 갑자기 망하기라도 한 것처럼 적막했다.

항만을 온통 차지하고 누워 있는 단군호는 주변의 소음까지 빨아들이는 것 같았다.

내부로 내려갈수록 계절답지 않게 싸늘해졌다.

극비 프로젝트가 추진되던 하부 공간은 음산할 정도로 조용했다.

최정필이 직접 이끌던 팀과 기술팀, 보안팀이 전부 집결했다. 처형장에 끌려온 것처럼 긴장하는 그들 앞에 잠수함을 추진하는 엔진이 나타났다.

잠수함 내부에 있어야 할 그것들은 육체를 해부한 다음 신경과 혈관 다발로 연결된 심장과 폐를 들어낸 것처럼 기괴하게 보였다.

그것들과 병렬로 연결된 거대한 블랙박스 형태의 시스템모듈의 표면에 흐르는 무거운 광택이 불길한 호흡처럼 느껴졌다.

"지금부터 '독도시스템'의 1차 테스트에 들어간다!"

독도프로젝트를 이끄는 실질적인 책임자, 최정필이 얼음이 갈라지는 것처럼 서늘하게 외쳤다.

"잘 알고 있겠지만 우리가 독자적으로 건조한 잠수함은 이제까지의 잠수함들과는 완전히 다른 개념의 잠수함이며, 독도시스템은 핵잠수함 못지않은 성능을 갖게 해주는 동력원이다! 핵잠수함을 충분히 가질 수 있음에도 그러지 못했던 조국에 오히려 핵잠수함보다 뛰어난 성능의 잠수함을 바칠 수 있게 된 것은 최대의 영광이다!"

최정필이 노트북 형태의 키보드를 두드렸다.

모듈을 포함한 전체 시스템이 부스스 깨어났다. 싸늘하게 명멸하는 디지털 계기를 비롯한 모든 장비들이 '정상'을 지시하는 것을 확인하고 다시 외쳤다.

"지금은 시스템 자체의 성능을 확인하는 1차 테스트다! 외부와의 파워라인이 100% 차단되어야 하니까 다시 한번 확인해!"

긴장한 팀원들이 분주하게 움직였다.

잠시 후 당장이라도 쓰러질 것 같은 몰골의 부팀장이 머뭇거리며 나섰다.

"왜 그래?"

"독도시스템에는 아직 미처 발견하지 못한 오류가 있을 개연성이 적지 않습니다. 그러니까 모든 과정을 처음부터 다시 체크할 필요가……."

"지금 제정신이야? 시스템을 초기화한 다음 처음부터 다시 점검하려면 최소한 일주일 이상이 소요된단 말이야! 이미 보고도 됐고 우리 K중공업은 물론, 그룹 전체의 명예가 걸린 이상 일정대로 진행할 수밖에 없어!"

"팀장님, 그룹의 명예도 중요하지만 무사히 완성하는 것이 가장 중요합니다! 사흘만 시간을 주시면 날밤을 새워서라도 테스트를 100% 확실하게 통과할 수 있게 할 자신이 있습니다. 재점검할 수 있도록 허락해주십시오."

부팀장은 전에 없이 완강했다.

그를 노려보듯 바라보던 최정필은 기가 막힌 나머지 실소마저 터뜨릴 지경이었다.

"이번의 테스트는 여러 차례나 점검하고 확인한 다음 이상 없다는 네 보고에 의해 일정이 잡혔어!"

"팀장님! 다시 한번……."

최정필이 대답 대신 곁에 있던 박정도에게 권총을 건네받았다.

그에게 프로젝트는 전쟁이었다. 핵잠수함에 뒤지지 않는 잠수함의 심장으로 장착하기 위해 형언하기 어려운 노력과 희생을 감수하면서 겨우 완성할 수 있었다.

일본에 의해 촉발될 전쟁이 언제 발발할지 모르는 이상 한시라도 빨리 실전에 배치해야만 했다. 그런 사실을 너무나 잘 알고 있을 부팀장이 왜 이렇게 나오는지 납득할 수 없었다.

"당장 네 위치로 돌아가 테스트 준비해!"

"이미 한 차례 실패를 경험한 상태입니다!"

"뭐?"

최정필은 하마터면 방아쇠를 당길 뻔했을 정도로 경악했다.

박정도까지 소리 없는 비명을 지르는 표정인데도 부팀장은 조금도 두려워하지 않았다.

"우리는 2015년 11월……."

"닥치지 못해!"

당시의 처참했던 폭발사고는 금기 가운데서도 금기였다.

그때 조선소의 중앙에서 군함과 잠수함을 건조하는 특수선사업부에서 발생했던 폭발사고는 떠올리는 것조차 끔찍했다. 그걸 태연하게 입 밖에 내며 부팀장이 최정필을 똑바로 쳐다보았다.

"그날의 실패가 반복되지 않게 하기 위해서라도 재점검이 필요합니다!"

"그만 위치로 돌아가."

이번에는 최정필이 차분해졌다.

그에게서 좀처럼 눈을 떼지 않고 바라보던 부팀장이 절망적인 몸짓으로 돌아섰다.

"지금부터 1분 후에 전투잠항 환경으로 돌입한다. 수면을 주행하는 데 가동되는 디젤엔진은 정지하고 해저 주행 용도의 배터리로 체인지 해!"

전체 상황을 보여주는 대형모니터는 물론 최정필 앞에 설치된 모니터에도 미세한 이상조차 나타나지 않았다.

"전투잠항에 돌입했으면 시스템모듈에 전원 투입 준비해!"

대기해 있던 기술팀이 즉시 움직였다.

모든 팀원들이 돌격 명령을 기다리는 결사대처럼 무섭게 집중했다.

"이제부터 출력증폭에 들어간다. 모든 안전장치 다시 확인한다!"

이번에도 전혀 이상 없는 것을 확인한 최정필의 가슴이 터질 것처럼 두근거렸다.

어서 전원을 투입해달라고 유혹하는 것 같은 시스템모듈 앞에 서서 최정필은 여전히 주저했다. 좀 전에 부팀장이 입에 담았던 금기가 계속 떠올랐다.

그때 눈앞에서 펼쳐졌던 지옥의 내부가 다시 재현될 것 같은 두려움에 사로잡힌 것은 최정필뿐만이 아니었다. 부팀장을 비롯한 모두가 애타게 바라보았다.

하마터면 '중지!'를 외칠 뻔했던 최정필이 진저리치며 두려움을 털어냈다.

어차피 두려움도 극복해야 할 난관 가운데 하나였다. 마지막으로 모든 것을 확인하고 그는 크게 호흡을 삼켰다.

"파워 투입시켜."

마침내 그들의 모든 것을 갈아 넣어 개발한 심장에 파워가 투입되었다.

기다렸다는 듯이 시스템모듈이 요염하게 깨어나기 시작했다.

전류와 부하가 순차적으로 증가하면서 주고받는 모든 신호와 값들도 정상적이었다.

성공을 확신한 모두가 서로를 얼싸안고 만세를 부르려는 순간 느닷없이 경보가 울렸다.

압력이 급격하게 팽창하면서 배관이 뱀처럼 뒤틀렸다. 디지털 장비들이 제멋대로 명멸하는 것을 멍한 눈길로 바라보던 그의 눈앞에서 시퍼런 불꽃이 번득였다.

날카로운 폭음과 함께 최정필이 비명을 지르면서 잠에서 깨어났다.

눈을 떴어도 악몽에서 벗어나지 못한 최정필은 사우나에 들어간 것처럼 식은땀이 줄줄 흘렀다.

그가 악몽에서 완전히 깨어나기에는 약간의 시간이 더 필요했다.

1차 테스트가 참담하게 실패했던 장소가 단군호 내부가 아닌 외부의 특수사업부라는 것을 비롯한 사실들이 하나씩 떠올랐다.

악몽에서 깨어난 다음에도 꿈에서 만났던 부팀장이 말했던 실패가 생생했다.

최정필이 지금의 상태로나마 살아남을 수 있었던 것은 기적에 가까웠다. 그러나 팀원들의 상당수는 기적을 수혜 받지 못했다.

영원히 헤어진 동료들을 떠올리며 최정필은 깊은 한숨을 쉬었다.

"이번에는 조금 일찍 깨어나셨습니다."

박정도의 말에 최정필이 흠칫했다.

거액을 빌려준 사채꾼처럼 시도 때도 없이 방문했던 악몽의 후반부가 떠오르지 않았다.

머리가 날아간 부팀장이 어디서 나오는지도 모르는 비명을 지르면서 자신의 멱살을 움켜잡는 것이 다음 순서였다.

프로젝트팀은 물론, 팔다리가 날아가고 내장까지 튀어나온 기술팀원들과 보안팀원들이 울부짖는 가운데 용서를 구하다가 깨어나야 했다.

그런데 이번에는 악몽의 후반부를 꾸지 않은 상태에서 깨어났다는 것에 생각이 닿는 순간, 박정도의 핸드폰이 울렸다. 최정필이 핸드폰을 귓가로 가져가는 박정도를 가만히 올려다보았다.

"예, 알겠습니다."

극히 간단하게 통화를 마친 박정도가 비장한 눈길로 최정필을 바라보았다.

"가장 핵심적인 부품이 준비되었다고 합니다."

같은 날 오후 8시 26분경, 동해시 해군 1함대

항만에 특전대가 빈틈없이 깔렸다.

조명이 전혀 없는 항만을 장악한 특전대는 약간이라도 이상한 기미가 보이면 방아쇠를 당길 태세였다.

바다에도 고속정들이 빈틈없이 경계하는 가운데 기진맥진한 장보고급에서 김태우가 비틀거리며 나왔다.

"빨리 내리셔야 합니다!"

복면을 쓰고 갑판에 오른 해군특전대원이 명령에 가깝게 말했다.

"이쪽입니다!"

이미 대기 중인 마린온(Marine On) 헬기가 시동을 걸고 있었다.

헬기에서 내뿜는 강풍에 휘말려 김태우가 일순 비틀거렸다. 특전대원들이 양쪽에서 팔짱을 끼고 이끌었다.

"이륙하겠습니다!"

탑승하자마자 기장이 외쳤다.

동시에 결박이라도 하는 것처럼 안전벨트가 채워졌다. 급히 이륙한 마린온이 비명 같은 엔진 소음을 휘날리며 검푸른 바다 같은 하늘로 녹아들었다.

"어디로 가는 건가!"

악을 쓰듯 말했지만 누구도 대답하지 않았다.

강제로 끌려가다시피 하는 김태우는 상황이 어떻게 돌아가는 것인지 종잡을 수 없었다. 정체불명의 적을 격침한 다음 통신심도로 부상하여 보고하자마자 '최대한 빨리 1함대로 가라!'는 명령을 받았다.

배터리가 방전되기 직전까지 달린 끝에 동해시의 1함대에 닿은 김태우는 아직도 정신이 없었다. 마지막 작전에 나섰다가 꿈에서조차 상상하기 두려운 상황과 맞닥뜨린 것이 겨우 두 시간 전이었다.

하마터면 기습당할 뻔했다가 먼저 발견하여 적을 격침시켰을 때 가슴 저 아래부터 그득 차오르던 희열이 아직도 부글부글 끓었다.

더 이상 잠수함장을 맡을 수는 없겠지만, 목숨을 걸고 싸워 승리한 군인으로서의 기쁨은 죽어서도 잊지 못할 것 같았다.

비록 사령부의 구석에서 눈칫밥이나 먹다 떠나더라도 실전에서 체득한 경험은 조국을 지키는 데 더없이 중요한 자산이 되리라 확신했다.

게다가 지금은 일본과의 전쟁이 심각하게 대두되는 상황, 쓰러져 죽는 한이 있더라도 동료와 후배 함장들에게 오늘의 경험을 백번 천번 말해줄 수 있었다.

오직 그런 일념밖에 없었던 김태우는 1함대로 간 다음 영문도 모른 채 강제로 헬기에 태워져야 하는 이유를 도무지 알 수 없었다. 꿈을 꾸는 것인지 헷갈리는 순간 머리 왼쪽이 갈라지는 것처럼 지끈거렸다.

같은 날 오후 11시 31분경, 울산 K조선소

두 번째로 갈아탄 마린온이 추락하는 것처럼 하강했다.

잠수함의 급속잠항과 차원이 다른 기동력에 숨이 막혔다. 동시에 헬리포트(Heliport)를 장악하고 있던 보안팀이 일제히 K-1 소총을 장전했다.

"마지막 부품들 가운데 핵심부품이 도착했습니다!"

"주소지에 무사히 도착할 때까지 절대 방심하지 마라!"

박정도가 최정예 팀원들을 대동하고 나갔다.

긴장이 최고조에 달한 보안팀이 빈틈없이 김태우를 감쌌다.

김태우는 보안팀에 촘촘하게 둘러싸여 승강기로 안내되었다. 승강기 문이 열리는 순간 내부에 대기하고 있던 박정도가 더 이상 단정할 수 없는 자세로 경례를 붙였다.

"지옥에 오신 것을 환영합니다."

얼떨결에 경례를 받고 승강기로 들어가자마자 아래로 내려가기 시작했다.

아주 중요한 포로처럼 둘러싸인 김태우는 새로운 의혹이 솟구쳤다. 헬기에서 내린 자신을 포위하다시피 감싼 이들에게서 특수부대의 냄새가 펄펄 풍겼다.

게다가 방금 경례를 붙인 지휘관으로 보이는 검은 정장은 사람을 적지 않게 죽여 본 게 분명했다. 느닷없이 저승으로 끌려온 것처럼 혼란이 극에 달할 무렵 승강기가 멈췄다.

"이쪽입니다."

강하게 쏟아지는 조명에 눈이 부셨다. 눈을 찡그린 채 김태우는 박정도의 안내를 받아 조심스럽게 따라갔다.

"여기까지 오시는 데 불편하지는 않으셨습니까?"

역광을 등진 채 미라처럼 서 있던 비쩍 마른 사내가 손을 내밀었다.

이번에도 얼떨결에 악수를 하던 김태우는 저도 모르게 흠칫 놀랐다. 얼굴이 흉측하게 일그러진 사내가 자신을 향해 징그럽게 웃었다.

"프랑켄슈타인은 아니니까 안심하십시오."

"……."

"함장님을 모시게 된 이유를 말씀드리기 전에 먼저 보여드릴 것이 있습니다."

거대하다 못해 광활한 벽처럼 보이는 정면의 하부가 직사각형으로 밀려 나갔다.

김태우는 밀려 나간 공간으로 안내되었다. 어리둥절해서 어디다 눈을 고정시켜야 할지 몰랐다. 그것도 잠시 그의 눈이 찢어질 것처럼 부릅떠졌다.

"마음에 드십니까?"

최정필이 그제야 부드럽게 웃었다. 당황한 건 김태우였다.

장보고급과 완전히 동일한 잠수함 앞에 선 그는 입이 다물어지지 않았다. 너무나 이질적인 장소에서 너무나 익숙한 것과 마주친 김태우는 꿈을 꾸는 것만 같았다.

같은 시간, 독도 남방 720km 지점 공해(公海)

평화로운 바다와 어울리지 않는 집단이 살벌하게 움직였다.

최신예 이지즈 마야급을 위시한 아타코급과 공고급, 아시가라급 등등의 이지스와 준이지스 아키즈키 및 호위함 무라사메급을 포함하는 함대가 바다를 위압했다.

일본 함대의 중심에 자리 잡은 두 척의 항공모함은 본래 헬기를 탑재하는 상륙지원함이었다.

이후 수직이착륙이 가능한 F-35B를 탑재할 수 있게 개조된 이즈모와 카가는 과거 진주만을 기습했던 항공모함들의 후예를 자부했다.

"한국 해군은 왜 나타나지 않지?"

이즈모의 갑판에서 쌍안경으로 바다를 감시하던 부사관이 느긋하게 말했다.

"너 같으면 나타나겠냐?"

곁에 있던 동료가 경멸스럽게 웃으며 대답했다.

"사람이라면 분수를 알아야지."

부사관과 그의 동료는 한국인을 식민의 대상 이상으로 생각하지 않았다.

한국을 바라보는 그들의 시각은 패망하던 시기에서 거의 진전하지 않았다.

"오늘따라 바람이 찬데 빨리 교대했으면 좋겠군."

"그러게 말이야. 이러다 감기라도 걸리면……."

"이봐, 말조심해!"

날카로운 호통이 터졌다.

겨우 넘겼다고 안심한 이후 다시 창궐한 바이러스에 무수한 인명 피해를 본 일본인들은 감기라는 말만 들어도 소름이 끼쳤다. 어느 사이에 감기를 말하는 것조차 금기가 된 상태였다.

“빨리 전투가 벌어지면 좋겠어.”

“동감이야.”

“전쟁이 끝나면 경기가 좋아지겠지?”

“그렇겠지. 우리 일본이 다시 도약하게 될 테니까.”

그들은 이미 다 이긴 것처럼 여유가 넘쳐 보였다.

협력과 공존 대신 다시 전쟁을 택한 일본에게 UN의 권유 따위는 사용하고 버린 마스크보다도 못했다. 한반도 방향을 바라보는 그들이 비릿하게 웃었다.

괴물의 비밀

202X년 5월 16일 오전 00시 03분경, 울산, 단군호

"이쪽입니다."

박정도가 컨트롤 룸으로 안내했다.

다시 최정필을 만나게 된 김태우는 준비된 소주와 김치찌개에 비로소 허기를 느꼈다. 그러나 여기로 오게 된 이유에 대해서는 아직도 알 수 없었다.

"함장이 거둔 승리를 진심으로 축하합니다."

다시 악수를 건네는 최정필의 손바닥에서 싸늘한 냉기가 스며들었다.

얼어 죽은 시체와 악수를 하는 것 같아 죽을 고비까지 넘긴 김태우도 소름이 끼쳤다.

"모든 채널을 통해 알아본 바에 의하면 함장에게 당한 적은 일본의 소류급 가운데 하나가 분명합니다."

일본은 2009년부터 4200톤에 달하는 소류급을 열두 척이나 취역시켰다.

보다 신예의 슈퍼소류도 취역한 상태였지만, 먼저 취역한 오야시오급과 소류급이 일본 잠수함 전력의 핵심이었다.

"놈들이 설마 그렇게 나올 줄은 전혀 예상하지 못했습니다."

이번에는 김태우가 말했다.

일본이 소류급을 매복시킨 것은 한국의 약점을 찌르기 위한 것으로 추측되었다.

한국이 2010년에 발생한 '천안함 사건'을 북한의 잠수함에 의한 소행으로 규정한 것은 일본도 잘 알고 있었다.

그런 상태에서 소류급이 매복 기습 공격에 성공하고 한국의 주요 언론들이 다시 북한에 의한 소행으로 보도하면 이번에도 그렇게 굳어질 거라고 판단했을 것이다.

"부담이 될 수 있는 잠수함 전력 가운데 하나를 미리 제거하면서 자신들을 대변하는 언론을 이용해 분열을 일으키려는 의도였는데, 오히려 함장이 먼저 발견하는 바람에 카운터를 먹일 수 있었습니다. 우리 영해를 침범해서 매복했다가 당한 만큼 놈들도 입을 다물 수밖에 없을 테니까요."

"그런 말이나 하려고 여기까지 부른 건 아닐 텐데요?"

"물론 아닙니다. 설명하자면 시간이 필요하니까 일단 한잔하시죠."

최정필이 대답도 기다리지 않고 소주를 따랐다.

"지금부터 남자 대 남자로 마시는 걸로 합시다! 아니, 그보다 말을 트는 것부터 먼저 하지."

더없이 날카로운 최정필의 시선이 정면으로 틀어박혔다.

"무슨 이유로?"

김태우가 밀리지 않고 시선을 맞받았다.

"나이도 같고 김태우, 당신이 임관하던 해 나는 제대했으니까, 불만 없겠지?"

"다른 이유는?"

"나는 여기를 이끄는 본부장으로 프로젝트를 완수하고 있고, 너는 잠수함을 이끄는 함장으로 실전에서 공을 세웠으니까 대등할 수 있겠지."

"손해 보는 것 같지만 그렇게 하지."

"그런 의미에서 한 잔 더!"

주거니 받거니를 반복하며 순식간에 두 병을 비우고 나서야 최정필이 나직하게 말했다.

"잠수함은 크게 재래식 잠수함과 핵잠수함으로 구분될 수 있어."

"나는 현역의 잠수함장이야. 게다가 실전까지 경험……."

"다 듣고 나서 반박해!"

최정필이 홀짝 잔을 삼켰다.

"재래식 잠수함 가운데 가장 유명한 독일의 U보트를 비롯한 잠수함들은 '일정 시간 잠수가 가능한 배'에 지나지 않아. 일단 수면 위를 달리면서 디젤엔진을 가동해 발생한 전력을 배터리에 충전하다가 상황이 발생하면 잠항하여 배터리를 동력으로 움직였으니까."

재래식 잠수함은 배터리가 빨리 소모되었다.

그뿐 아니라 호흡에 대한 문제까지 겹치기 때문에 주기적으로 부상하여 충전하면서 환기를 해야 했다. 어쩔 수 없이 부상했다가 발각되는 바람에 격침당한 잠수함이 헤아릴 수 없을 정도였다.

선체를 전부 부상하지 않고 호흡장치인 스노클을 수면 위로 올리는 방식을 사용할 수도 있었다. 그러나 소음이 큰 디젤엔진 때문에 포착당할 위험이 급증하는 것은 마찬가지였다. 그런 면에서 김태우가 지휘하던 장보고급도 2차 대전 당시의 잠수함들과 다르지 않았다.

"물론 AIP시스템에 대해선 잘 알고 있겠지?"

어이없게 최정필을 바라보던 김태우가 또박또박 대답하기 시작했다.

"Air Independent Propulsion. 공기가 필요 없는 추진체계."

AIP는 잠수함이 2~3주 동안 부상하지 않고 계속 잠항할 수 있도록 해주는 기술이었다. 외부 공기 유입을 위해 주기적으로 물 위로 떠올라야 하는 디젤 잠수함의 방식보다 적에게 노출될 가능성을 줄여주었다.

물을 전기분해 하면 수소와 산소가 발생한다. 그 과정을 반대로 하여 수소와 산소를 반응시켜 물과 전기를 발생시키는 것이 수소발전기다. 현재 AIP에는 수소발전기에 산소와 수소를 투입하여 잠수함 내에서 전기와 물을 생산하는 방식이 주로 사용되고 있다.

AIP로 20일 정도의 잠항이 가능해진 잠수함들 가운데 최강으로 인정받는 게 일본의 소류급이었다.

그러나 AIP로 모든 것이 해결된 것은 아니었다.

연료전지를 이용해 잠항할 수 있는 시간은 속도에 비례했다. 20일 정도의 잠항기간은 4노트, 그러니까 시속 7.5킬로미터 이하의 속도로 잠항할 때를 기준으로 산출되었다. 그렇지 않고 최대속도로 달리면 불과 다섯 시간 정도밖에 출력이 유지되지 못했다.

가장 뛰어난 AIP를 채용한 잠수함이라도 원자력에너지를 이용하여 최대속도에서 무한한 잠항이—식량과 정신적인 문제 등으로 인해 최대한 6개월—가능한 핵잠수함과의 격차는 어쩔 수 없었다.

"다시 말하겠는데 무엇 때문에 나를 불렀지?"

"핵잠수함과 대등한, 아니 오히려 뛰어난 잠수함을 지휘하고 싶지 않나?"

"벌써 취했어?"

어이없게 바라보던 김태우가 보란 듯이 잔을 비웠다.

"나도 다시 말하겠는데, 핵잠수함보다 뛰어난 잠수함을 지휘하고 싶은 생각 없나?"

"여하튼 술은 고마워."

하마처럼 소주를 들이켜다 김태우는 흠칫했다.

너무나 진지한 최정필의 표정을 바라보다 여기에 온 다음 목격했던 잠수함을 떠올렸다.

"설마 그 장보고급이?"

"설마가 아니라 사실이야."

최정필이 대형 모니터를 가리켰다.

"우리는 독도프로젝트를 통해 최대속도에서 50일 정도의 잠항이 가능한 잠수함을 개발했어."

김태우가 반신반의하는 눈빛으로 최정필을 바라보았다.

"놀라기는 아직 일러. 저 잠수함의 외부 소재는 탄소섬유를 통해 강철보다 100배나 강한 소재로 외피를 둘렀고, 내부는 탄소섬유와 특수강철을 이용해서 더욱 튼튼해. 심해에서도 외부압력을 견딜 수 있는 최대 잠항능력을 가진 잠수함이야. 거기다 내부의 특수강철과 외부의 탄소섬유 사이에는 압축된 나노특수섬유로 방음과 보온성을 높여 내부의 소리가 외부에 전달되는 것을 막아주고……."

설명을 듣던 김태우가 따지듯 말했다.

"저 잠수함이 아무리 스텔스라고 해도 함체를 추진하는 스크루에서 발생하는 소음을 잡지 못하면 무의미해. 빨리 달리면 달릴수록 스크루에서 발생하는 기포가 증가하고 깨짐에 따라 발생하는 소음도 비례적으로 증가하게 되니까, 미국의 최신예 잠수함도 그런 문제를 해결하지 못했어."

"우리는 헬리콥터에서 그 문제를 해결할 방법을 발견했어."

헬기에 꼬리날개가 있는 이유는 추진력을 발생시키는 날개가 회전하면서, 회전하는 방향으로 동체가 따라 회전하는 것을 상쇄하기 위해서였다.

그런데 러시아가 개발한 헬기 가운데는 꼬리날개를 없앤 대신 기존의 날개에 날개 하나를 더 추가한 모델이 있다.

같은 축의 위아래 설치된 날개들이 서로 반대 방향으로 회전했다. 불필요한 회전여력을 상쇄하여 헬기의 평형이 유지되도록 할 의도는 적절하게 성공했다.

"러시아가 개발한 헬리콥터의 이중날개를 스크루에 적용했지. 같은 축에 설치되고 반대로 돌아가는 스크루가 서로에게서 발생하는 기포에 의한 소음을 상쇄할 뿐 아니라, 속도와 효율까지 높여주는 효과까지 얻을 수 있었으니까."

"스크루의 소음을 없애는 것은 그렇다 치고, 잠수함이 잠항할 때 함체가 물을 가르면서 발생하는 소음과 항적(航跡)은 어떻게 하는데?"

잠수함이 해결해야 할 소음은 내부에서 발생하는 자체의 소음과, 지금 말한 것처럼 속도를 높이는 과정에서 물과 마찰하면서 발생하는 소음 및 스크루가 회전하면서 발생하는 것으로 구분된다.

내부와 스크루의 소음이 해결되었다고 해도 잠수함이 속도를 높이면서 발생하는 소음까지 잡는 것은 불가능에 가까웠다. 잠수함이 속도를 높일수록 물과의 마찰은 증가할 수밖에 없었다.

전투기의 속도가 증가함에 따라 공기와의 마찰이 비례하여 증가하는 것과 동일했다.

아무리 뛰어난 스텔스 전폭기라고 해도 레이더에 잡히지 않을 뿐이었다. 비행할 때 발생하는 소음과 음속을 돌파할 때 발생하는 소닉붐(sonic boom) 같은 충격파는 보통 전폭기와 다를 것이 없었다. 그렇게 접근해도 도저히 믿기 어려웠다.

"방금 말한 잠수함의 외부에는 소나와 자기탐지장치를 비롯한 음파와 주파를 흡수하고 레이더에 잡히지 않는 스텔스의 외피를 둘렀어. 고래의 매끄러운 표면에서 아이디어를 얻었지. 그렇게 큰 덩치임에도 빠른 속도를 내며 유영할 수 있는 것은 피부 표면이 매끄럽기 때문이야. 그래서 우리는 잠수함에 스텔스 기능을 지닌 특수도료를 도포했어. 그렇게 함체가 물을 가를 때 발생하는 소음과 항적 문제를 해결했지. 이미 데이터로 충분히 검증되었으니까 믿으라는 말밖에 할 말이 없어."

가장 미세한 나노 섬유로 표면처리를 해 저항력을 최대한 줄인데다 또한 스텔스 효과가 더욱 증가되었다는 설명까지는 굳이 할 필요가 없었다.

"게다가 핵심 가운데 하나인 초고성능의 그래핀 소재로 만든 배터리는 급속 충방전이 가능해. 충격이나 온도, 습도에도 폭발성이 전혀 없는 최고성능의 배터리란 말이야. 저 잠수함에 사용되는 추진 모터는 세계 최초로 개발된 가동 및 발전이 동시에 되는 특수 모터가 장착되어 있어, 전자파가 발생하지 않고, 무접촉으로 열이 나지 않으며, 소음도 거의 없는 모터이고, 가동되는 에너지의 80%를 재발전해서 배터리에 재충전하여 잠항능력을 기존의 3배를 높인 세계 최고의 스텔스 잠수함이야!"

이 기술을 개발한 주체는 글로벌 강소기업인 '동아전기공업'이라는 중소기업이었다.

그런 여러 애국적 기업들이 헌신적으로 제공해 집약된 결과물이라는 것에 대해 더 상세히 말하기는 어려웠다. 시간을 아낄 필요도 있었지만, 말해준다고 해도 김태우 같은 군인이 이해할 수 있는 내용들이 아니었다.

다시 한 번 최정필을 황당하다는 눈길로 바라보던 김태우가 소주를 벌컥벌컥 들이켰다.

지금 말한 모든 내용이 사실이라고 가정하는 것은 다음이고, 여기서 단독으로 개발했다는 것이 더욱 믿기지 않았다.

"말해줘도 될까?"

김태우를 데려온 박정도가 고개를 끄덕였다.

"불곰사업을 알고 있나?"

"물론."

불곰사업은 1991년 당시 대한민국의 정부가 구소련에 14억 7천만 달러의 차관을 제공한 것에서 기인한다. 소련이 붕괴한 다음 러시아가 채무를 승계하였지만, 러시아 역시 도저히 상환할 능력이 되지 못했다.

협상 끝에 원금과 엄청나게 불어난 이자를 최대한 상환하고, 부족한 부분은 러시아의 무기와 군사기술로 대체하는 것으로 합의하게 된다.

그로 의해 러시아는 당시의 최신예 T-80 전차와 장갑차를 비롯한 대공미사일 등등의 주력 무기와 기술을 제공했다. 그것이 바로 불곰사업이다.

그런데 김태우의 기억에 의하면 불곰사업에는 잠수함이 포함되지 않았다.

그러한 의문을 떠올린 순간 최정필이 다시 말을 이었다.

"우리가 소련에 막대한 차관을 제공하고 러시아에 의해 불곰사업이 이행되기 위해서는 먼저 국교가 수립되어야 했지."

한국과 소련이 정식으로 국교를 수립한 시기는 1990년 9월 30일이었다.

그런데 실질적으로 국교 수립에 이바지한 주역은 정치인이나 외교관이 아니었다. 그때 비공식으로 소련을 방문하여 당시 대통령이던 미하일 고르바초프를 만난 사람은 기업가였다.

"둘 사이에 오간 대화 가운데는 시베리아를 개발하는 조건으로 블라디보스토크를 넘겨받는 내용도 포함되어 있었어. 만일 소련이 붕괴되지 않았더라면 그때 이미 북한과 철도가 연결되어 유럽과 직통으로 이어지는 건 물론, 시베리아의 막대한 자원이 철도와 블라디보스토크를 통해……."

"잠수함에 대해서나 말해!"

"아, 그때 소련에 1억 달러를 빌려줬는데, 당연히 돌려받지 못한 상태였지. 우리가 나중에 러시아가 받아들이지 않을 수 없는 협상을 제시했어. 그때부터 러시아와 특급기술을 공유할 수 있었는데, 일본이 무역 도발을 시도한 이후부터 더욱 긴밀하게 협력하게 되었어. 그 결과물이 바로 저…… '독도함'이야."

"그렇다면 러시아도 저런 잠수함을 가지고 있다는 건가?"

"글쎄……."

최정필이 대답을 흐렸다.

그러나 김태우의 가슴은 이미 터질 것처럼 뛰었다. 지금 들은 주장이 사실이라면 독도함은 오히려 핵잠수함보다 뛰어났다. 핵잠수함은 원자로를 냉각하기 위해 24시간 펌프를 가동하기 때문에 지속적으로 소음이 발생할 수밖에 없었다.

반면 독도함은 전기모터로 추진되어 은밀한 잠항이 가능했다.

게다가 스텔스에 스크루의 소음과 항적까지 걱정할 필요 없는 독도함은 무적의 잠수함이었다. 그런 잠수함을 지휘할 수 있다면! 그게 가능하다는 게 꿈을 꾸는 것처럼 믿겨지지 않았다.

"유조선 내부에서 건조하다 보니 가장 작은 장보고급이 선정되었어. 그리고 어뢰와 식량을 보다 많이 탑재하기 위해 대대적인 개조가 필요했지. 어뢰를 제외한 모든 무기는 물론 기만체까지도 제거했는데, 그런 것들을 제외하면 잠수함을 움직이고 전투에 필요한 모든 것이 장보고급과 동일해. 지금이라도 함장과 승조원이 투입되면 바로 작전에 나설 수……."

"잠깐, 궁금한 게 하나 더 있어."

이번에는 김태우의 날카로운 눈길이 최정필에게 향했다.

"핵잠수함은 식량을 비롯한 보급을 보충하고 정비하면 다시 잠항하여 얼마든지 작전이 가능하겠지만 독도함은 어떻지? 혹시 최대한 50일 정도의 파워 증폭 기간이 지나면 너희들이 개발한 시스템이 완전히 방전되어버리는 것 아냐?"

"……."

최정필이 그 부분에 대해서는 대답하지 않았다. 김태우의 표정이 싸늘하게 굳어졌다.

"기왕 말한 김에 한 가지만 더 물어보자! 처음부터 내가 함장으로 내정된 것은 아니었지?"

"그동안 전역한 잠수함 승조원들 가운데 서른일곱 살 미만으로 장보고급을 경험했던 인원을 위주로 선발했지. 그러나 가장 중요한 함장을 확보하는 것은 아무래도 수월하지 않았어. 함장으로서의 능력도 능력이지만, 무엇보다도 정신력이 강해야 했으니까."

일본과의 전쟁 가능성이 급격히 높아지자 전역한 함장 가운데 가장 유능했다고 평가되었던 예비역으로 낙점하는 쪽을 선택했다. 그때 김태우가 결정적인 공을 세웠다. 대통령이 판단하고 결정한 결과 김태우로 급선회하게 된 것이었다.

"그동안 확보한 승조원들은 여기에 있으니까 가급적 빨리 독도함을 지휘해……."

"이번에도 함장이 문제군."

"무슨 말이지?"

"내가 함장에 적합하지 않은 사람이라는 거지, 정밀진단에서 그렇게 나온 상태에서 여기에 종양까지 발견되었다고 하더군."

김태우가 손가락으로 머리를 톡톡 두드렸다.

"아무래도 미심쩍었던 나머지 MRI를 찍어보니까 좌측 두뇌에 작은 호두 크기의 종양이 자라고 있는 거야. 작전을 마치고 수술한 다음 정년이 될 때까지 사령부에서 눈칫밥이나 먹을 작정이었거든. 가장 중요한 두뇌에 종양이 발생하는 바람에 봉급이나 타먹는 직업군인으로 전락할 사람에게 독도함을 맡길 수는 없겠지?"

"……."

"나를 높이 평가한 것은 고맙지만 우리 해군의 잠수함장이라면 누구나 그 정도는 싸울 수 있어. 그러니까 처음 염두에 두었던 예비역 선배를 모시는 것이 좋을 것 같군."

"……."

"여기에서 보고 들었던 모든 것은 비밀로 할 테니까 돌아갈 수 있게 해주면 고맙겠어."

소주를 병째로 들이켠 다음 김태우가 비틀거리면서 일어섰다.

"잠깐!"

최정필이 김태우를 불러 세웠다.

"좀 전에 파워 증폭 기간이 지나면 독도시스템이 완전히 방전되는 것 아니냐고 물었지?"

"그래서?"

"사실이다!"

최정필을 다시 어이없게 바라보던 김태우가 피식 웃음을 터트렸다.

"50일도 확실하지 않지?"

"시스템이 방전될 때까지 싸울 필요는 없어! 독도함의 성능이라면 열흘 이내에 전쟁을 끝낼 수 있을 테니까 그때까지만 버티면 돼!"

"집어치워! 아무리 명령에 따라야 하는 군인이라도 부하들까지 죽음으로 내모는 작전은 절대 받아들일 수 없어!"

"죽음이 두렵나?"

"죽음이 두렵지 않은 사람도 있나?"

김태우가 서늘하게 대답했다. 그를 바라보는 최정필의 눈빛도 싸늘해졌다.

"너를 비롯한 승조원들은 병역의 의무에 따라 징집된 병사들이 아냐! 스스로의 의사로 군대를 선택하고 혈세로 생계를 유지했으면 국가를 위해 앞장설 수 있어야지. 징집된 젊은 병사들은 몇 푼 되지도 않는 돈을 받으면서 갖은 위험을 겪는 판에 직업군인이 위험을 피하려 해? 겨우 이런 놈 따위에게 독도함을 맡기려 했다니, 지나가던 개가 웃을 지경이다."

"망할 자식!"

김태우가 최정필의 멱살을 움켜잡았다.

"잠수함을 타고 작전에 나가보기나 했어! 적에게 당하거나 고장으로 잠수함과 함께 아득한 해저로 가라앉는 공포를 알기나 해? 게다가 나는 실전까지 겪었다! 매복한 놈을 먼저 발견하여 격침시켰지만 그때 우리가 약간만 늦었다면 해저로 침몰하는 것은 나와 부하들이었을 거야. 이렇게 안전한 데서 위협 없이 근무하는 너 같은 놈들 따위가 뭘 안다고……."

"이렇게 안전한 데라고 했나?"

김태우의 손을 뿌리치고 최정필이 캐비닛을 확 열어젖혔다. 그리고 손을 더듬어 뭔가를 꺼냈다. 여기저기 불타고 이지러진 노트북이 힘겹게 부팅되었다.

"네가 말한 안전한 장소에서 어떤 일이 발생했는지 보여주지."

당시의 사고가 발생한 장소는 조선소 중앙에서 군함과 잠수함을 건조했던 특수선사업부였다.

노트북의 액정에 나타난 광경을 다 보기도 전에 김태우가 부르르 떨었다.

불타고 뒤엉킨 고깃덩이들 사이에 나뭇가지처럼 삐져나온 것은 인간의 팔다리였다.

시뻘건 뇌수가 튀어나온 상태로 나뒹구는 머리의 눈과 마주친 김태우는 퍼마신 술이 일시에 깨는 것 같았다.

"그 머리는 부팀장의 잔해야. 그런 사고에서 내가 이런 몰골로라도 살아남고 저 사람도 눈 하나만 잃은 것은 그야말로 천행이었지."

"……."

"현장을 수습한 비상대책팀이 동영상을 촬영한 것은 사고 원인을 파악하기 위해서였어. 나중에 병원에서 정신을 수습한 내가 그 동영상을 복사해달라고 했지. 왜 그랬을 것 같나?"

"……."

소주를 잔 가득 따라 한 모금에 마신 최정필이 자신의 얼굴을 가리켰다.

"내가 얼굴을 고치지 않은 이유도 다르지 않아. 결심이 흔들릴 때마다 거울을 보면서 각오를 다지기 위해서였으니까."

"……."

"그 사고가 발생한 다음부터 나는 내가 살아있다고 여기지 않았거든. 실제로 가족들은 내가 그날 당한 사고로 인해 죽은 줄로 알고 있어. 미치도록 가족들이 보고 싶을 때도 흉터를 만지면서……."

"그만해!"

일그러진 눈으로 김태우를 바라보며 최정필이 다시 말했다.

"독도함을 가장 잘 아는 조직은 직접 설계하고 만든 나와 팀원들이겠지만, 우리들이 직접 몰고 나가 싸울 수는 없겠지. 모든 일에는 전문가가 필요한 법이니까……."

"그래서 어쩌라는 거야!"

최정필이 대답 대신 천천히 일어섰다. 박정도가 뒤따랐다.

두 사람이 나간 다음 혼자 남은 김태우는 부들부들 떨리는 손으로 소주를 컵에 따라 연거푸 삼켰다.

선택의 몫을 던져두고 나간 빈자리를 노려보며 머리를 휘저었다.

어쩔 수 없는 상황이라는 걸 스스로도 인정할 수밖에 없었다. 그러나 어쩔 수 없는 선택은 얼마나 가치가 있는 것일까?

승조원들의 얼굴들이 떠올랐다.

하나같이 웃는 낯이었지만 슬픈 표정이 그늘처럼 드리워져 있었다.

5월 17일 오전 7시 33분경, 울산 단군호

눈이 움푹 들어간 김태우 앞에 해장국이 차려졌다.

"소주가 모자라나? 아니면 시간이 모자라나?"

최정필이 소주를 따르려 했다. 그러나 이미 김태우가 수저를 든 다음이었다.

며칠이나 굶은 것처럼 허겁지겁 퍼먹으면서 깍두기를 우적거리던 김태우가 툭 던지듯 말했다.

“독도함의 무기체계는 어떻지?”

흘긋 김태우를 쳐다보곤 최정필이 설명하기 시작했다.

“독도함이 가진 무기는 어뢰밖에 없어.”

그가 의미하는 어뢰인 KHS-100도 보통의 어뢰가 아니었다.

KHS-100은 시속 800km를 초과할 수 있게 설계되었다. 어뢰의 진로에 고압의 가스를 분사하여 순간적으로 바닷물을 사라지게 만든 다음 로켓처럼 가속할 수 있는 러시아의 초공동(超空洞)어뢰 ‘쉬크발(Shkval)’을 기반으로 개발한 무기였다.

KHS-100도 독도함에 못지않은 쾌거였다.

그러나 김태우는 조금도 놀라지 않았다. 해장국을 깨끗하게 비우고 나서 그는 최정필을 향해 또박또박 말했다.

“지금부터 함장으로서 명령한다! 독도함의 승조원들은 그동안 함께 했던 부하들이 아니면 절대 안 돼!”

“독도함은 극비 가운데서도 극비라 승조원들도 존재가 부정될 수밖에 없어. 그래도 괜찮겠나?”

“누군가 해야 할 것 같으면 당연히 현역이 해야지! 그리고 어뢰는 SUT를 최대한 포함시키고 디코이도 장착해!”

“잠깐! SUT는 그렇다고 해도 최대한 공간을 확보하기 위해 기만체까지 제거했기 때문에…….”

“독도함의 함장으로서 다시 명령하겠다. SUT 최대한 포함시키고 디코이 장착해.”

김태우가 부하에게 타이르는 것처럼 말했다.

방아쇠를 당기려는 사냥꾼 같은 그의 시선에 박정도까지 가슴이 철렁 내려앉았다.

34분 정도 지난 시간, 청와대

“함장이 확정되었다고 합니다.”

기밀실에서 국정원장의 보고를 받고 대통령은 무겁게 고개를 끄덕였다.

“다행이군요.”

“여기서 준비했던 제품은 돌려보내도록 조처했습니다.”

"그래야겠지요. 그런데…….”

대통령이 흘긋 국정원장을 바라보았다.

“함장에 대한 다른 보고는 없습니까?”

“그쪽에서 확정한 이상 특별하게 드릴 말씀은 없습니다.”

“알았습니다.”

대통령이 피곤한 안색으로 손을 저었다.

눈치를 살피던 국정원장이 조심스레 말했다.

“함장이 결정되었으니 가급적 빨리 승조원들을 투입한 다음 2차 테스트가 진행될 계획입니다.”

독도함은 단군호 외부에서는 오직 두 사람만 알고 있는 극비 가운데서도 극비였다. 그런 독도함이 빠르게 완성되고 있는데도 대통령의 안색이 밝지 못했다.

“2차 테스트 다음에는 어떻게 진행됩니까?”

“그야…… 곧바로 3차 테스트가 진행되겠지요.”

국정원장이 의아한 표정으로 대답했다.

“마지막 3차 테스트까지 이상 없이 통과하면 어떻게 되지요?”

모든 테스트가 끝난 다음에는 굳이 말할 필요조차 없었다. 국정원장에게 대통령이 다시 말했다.

“독도함이 전쟁에 투입될 필요가 없었으면 좋겠습니다.”

“그렇지만 미국이 중국을 더 이상 방조하지 않으려는 상황에서 일본을 필요로 하는 이상…….”

“항상 일본이 문제였습니다. 앞으로도 그렇겠지만.”

일본이 평화헌법 제9조를 폐기할 때부터 선택의 여지가 없었다.

한반도가 다시 일본에 넘어가면 순망치한의 위기를 겪게 될 중국마저 멀뚱히 바라보는 가운데 위기의 폭포를 향해 급격히 접근하는 상태였다.

“이제라도 독도함을 정식편제에 포함하는 것이 어떻겠습니까?”

“안 됩니다!”

대통령이 단호하게 반박했다.

“건조를 비롯한 모든 것을 그쪽에 일임하는 대신 독자적인 작전권을 부여하기로 했지 않습니까. 전쟁이 벌어지지 않는 상황을 감안해서도 독도함의 정체가 노출되는 일은 절대 없어야 합니다.”

“원칙은 그렇지만, 현재 해군의 전력으로 보아서는 절대적으로 독도함이 필요할 것 같아 드리는 제안입니다.”

국정원장이 다시 말했지만 대통령은 완강하게 고개를 저었다.

“원칙은 지키라고 있는 것입니다. 그리고 국정원의 원칙도 정보를 관장하는 것인 만큼 독도함에 대해 더 이상 말하지 마세요!"

"죄송합니다. 나라를 걱정하는 마음이 앞서다 보니 외람되었던 것 같습니다."

국정원장이 과하다 싶을 만큼 허리를 깊이 숙였다.

그를 내보내고 나서도 대통령의 안색은 펴지지 않았다.

국가의 위기를 가리킨 시간이 서서히 다가오고 있었지만, 비례해 무력감도 커지고 있었다. 여기서 시간을 이대로 멈출 수만 있다면 무슨 수라도 쓰고 싶었다.

절망……. 대통령은 그 단어를 떠올리고 화들짝 놀랐다.

최후까지 꺼내지 말아야 할 단어가 자신의 마음을 알아챈 듯 불시에 튀어나왔다. 세상에서 가장 깊은 고독의 시간이 함께 흐르고 있었다.

불안한 함장

202X년 5월 18일 오전 2시 13분경, 대구 공군기지

"카디즈(KADIZ, 대한민국 방공식별구역)에 박쥐 네 마리가 접근한다!"

상공에서 감시하던 조기경보기 E-737 피스아이의 경보에 F-15K들이 긴급출격에 들어갔다.

"저 개새끼들은 잠도 없나!"

욕설을 퍼부으며 활주로를 박차는 조종사들의 눈에 핏발이 섰다.

이미 독도와 공해 방면으로 대응출격을 계속하는 상태였다.

게다가 일본의 F-15J들이 수시로 카디즈에 근접하는 바람에 쉴 겨를이 없었다. 그로 인해 F-35A와 F-15K 등등의 주력 전폭기는 물론, 조기경보기와 급유기들까지 피로가 극에 달했다.

오후 5시 7분경, 단군호

거의 완성된 독도함이 2차 테스트를 기다리는 단군호 상부의 공간에는 살벌한 긴장이 그득했다.

중무장한 보안팀원들과 어울리지 않게 고기 굽는 냄새가 솔솔 풍겼다. 간부들이 사용하는 식당에 모인 승조원들은 불안한 기색을 감추지 못했다.

"아까운 쇠고기 태우지 마라."

김태우가 장난스레 말했다.

그러나 누구도 선뜻 고기를 먹기 위해 젓가락을 들지 못했다.

그들은 아직도 어안이 벙벙한 상태였다. 여기로 오게 된 과정이 너무나 비상식적이었다. 함장 김태우부터 그랬다. 그는 동해시의 1함대로 가라는 명령을 받은 다음 감쪽같이 사라져버렸다.

승조원들도 '최대한 빨리 귀환하라'는 명령을 받고 서둘러 진해의 잠수함사령부로 귀환해야 했다. 그다음엔 체포당하듯 격리되었다.

이후 여기로 보내진 승조원들은 황당한 심정을 감추지 못했다.

사라졌던 김태우가 눈앞에 버젓이 나타난 것이다. 더구나 어딘가 생소한 분위기를 풍기면서.

박예린이 보기에도 김태우는 어쩐지 변한 것 같았다.

가장 이질적으로 느껴지는 것은 그의 눈빛이었다. 이글거리는 대신 차분하게 가라앉은 눈빛. 변한 것은 눈빛만이 아니었다.

다시 만난 김태우가 한 말에 박예린은 물론, 부장 주철범과 작전관 최정우를 비롯한 모든 승조원들이 넋을 잃었다.

핵잠수함이 부럽지 않을 독도함의 승조원이 된다니!

그 자체가 쉽게 받아들이기 어려웠다. 게다가 전쟁이 벌어진 직후 그들의 장보고급이 실종되는 것으로 처리된다는 말에 두렵지 않을 승조원은 여기 아무도 없었다.

"다시 말하겠지만 독도함의 승조원이 되는 즉시 존재가 부정될 수밖에 없다. 그러나 강요하지는 않겠어. 함께할 의사가 없는 사람은 내 명예를 걸고 돌아갈 수 있도록 조치할 테니까 내일 아침까지 의사를 분명히 밝혀라."

"내일 아침까지 갈 것도 없겠네요."

박예린이 팔을 걷어붙이고 꽃등심을 듬뿍 집어 들었다.

"일단 배부터 채운 다음에 말할게요."

상추에 싸서 입이 미어지도록 한 입 삼킨 박예린은 덥석 소주까지 잔에 부어 마셨다.

"어휴, 이제야 살 것 같네."

모두의 시선이 엉뚱하게 굴다시피 하는 박예린에게 집중되었다. 그녀는 입을 우물거리며 느긋하게 말했다.

"나는 함장님을 따를 겁니다."

"생사가 달린 문제야, 일단 결정하면 번복할 수 없는 만큼 신중하게 판단해라!"

김태우가 그녀의 성급한 선택에 못을 박듯 강조해 말했다.

"제가 함장님을 개인적으로 좋아하는 건 사실이지만, 그런 이유 때문에 하나밖에 없는 목숨을 걸 정도로 어리석지는 않아요."

"……."

"전쟁이 벌어지면 장보고급에 승함해 있어도 죽을 위험이 높거든요. 그럴 것 같으면 독도함에서 싸우는 게 백번 나아요. 함장님에 의하면 독도함은 핵잠수함에 뒤지지 않는다고 하니까, 충분히 살아남을 수 있지 않겠어요?"

박예린이 말한 것처럼 일단 전쟁이 벌어지면 해군이 패배하는 것은 시간문제였다.

장보고급들의 운명도 결정적인 만큼 독도함에 있는 것이 오히려 안전할 수 있다는 건 그냥 하는 말이 아닐 수도 있었다.

"그리고 잠수함이 아무리 뛰어나도 지휘관이 무능하면 살아남기 어렵다는 건 상식입니다. 제가 독도함에 승함하기로 한 건 함장님이라면 얼마든지 믿을 수 있다고 판단한 결과입니다."

"저도 독도함에 승함하겠습니다. 제가 살아있는 건 함장님 덕분이니까요."

작전관 최정우 대위도 결정했다.

"전투가 벌어졌을 때 저희를 방패로 삼은 함장님의 판단은 진정한 살신성인이었습니다."

주철범이 미소를 머금고 다시 말했다.

그때 매복했던 소류급도 우리의 잠수함 전대가 세 척으로 편성된다는 것쯤은 당연히 알고 있을 것이었다. 매복하고 있다 걸려드는 아군들을 공격한 다음 이탈하려는 적의 의도는 파악했지만 아군에게 알릴 방법이 당시엔 없었다.

잠수함이 일단 잠항에 들어가면 레이더 같은 장비에 탐지되지 않는 반면, 자신도 외부와의 연결이 끊어지게 된다. 함께 작전에 나선 손원일급과 다른 장보고급에게 알릴 수 없는 이상 김태우가 직접 판단할 수밖에 없었다.

"그 상황에서는 누가 함장이라도 그렇게 했겠지."

김태우가 대수롭지 않게 말했지만 결코 쉽지 않은 선택이었다.

혹시 있을지도 모르는 또 다른 적에게 발각될 것까지 감수하고 액티브 소나를 때린 것은 적의 공격을 자신에게 집중시키기 위한 의도였다.

다행히 다른 적이 없었기에 망정이지, 하마터면 적이 발사한 어뢰에 당했을 가능성도 다분했던 상황을 생각하면 지금도 소름이 끼쳤다. 김태우의 판단력과 지휘력을 다시 상기한 승조원들이 앞 다투어 동참을 결정했다.

"함장님! 이렇게 뜻깊은 순간에는 건배를 해야죠."

"좋아, 박 대위가 건배를 제안하지."

"함장님을 비롯한 모든 승조원은 죽어도 함께 죽고 살아도 함께 사는 거죠? 맞으면 잔을 들어주세요!"

김태우가 먼저 잔을 들자 모두가 따라 잔을 들었다.

"지금부터 제가 '사즉' 하면 여러분은 '필생'으로 화답해주세요. 사즉!"

"필생!"

모두가 우렁차게 외쳤다.

절체절명의 명량해전을 앞둔 이순신이 질타했던 '살려고 하면 반드시 죽을 것이고, 죽기로 싸우면 반드시 살 수 있다'는 '생즉필사 사즉필생(生卽必死 死卽必生)'의 각오를 함께 삼켰다.

"앞으로 내가 지휘할 수 없는 상황이 발생하면 부장이 지휘권을 넘겨받도록 해."

"함장님! 무슨 말씀을……."

묵묵하게 곁에 있던 주철범의 표정이 당혹스럽다는 듯이 변했다.

"내가 독도함의 함장을 수락할 수 있었던 건 부장을 비롯한 승조원들을 믿었기 때문이야. 특히 전체 부장들을 통틀어 가장 유능하다고 평판이 자자한 데다…… 당장이라도 함장을 맡을 수 있는 자네의 보필을 받을 수 있는 함장이 몇이나 되겠어?"

"과찬이십니다. 아직도 배울 것이 많습니다."

"그렇지 않아. 앞으로 내가 제대로 지휘할 수 없게 되면 즉시 권한을 인수하도록 해."

"함장님, 그만하세요."

박예린이 톡 끼어들었다.

"지금은 전투에서 이긴 걸 자축하면서 앞으로의 출발을 다짐하는 자리잖아요? 그런 자리에서 왜 자꾸 부정적인 상황을 떠올리세요."

"박 대위, 우리가 당면할 상황은 전쟁이야. 앞으로 어떤 위기와 맞닥뜨릴지 알 수 없기 때문에 미리 말해두는 거야."

"만일 함장님께 긴급한 상황이 발생하면 간호장교인 제가 알아서 판단할 테니까 더 이상 그런 말은 하지 마세요."

기관총처럼 쏘아붙이곤 박예린이 김태우의 잔을 채웠다.

"모두가 독도함의 승조원으로 새롭게 출발하는 자리에서 분위기를 저하시킨 벌칙으로 애창곡을 부르셔야 하겠습니다. 함장님은 지금 즉시 노래 일발 장전!"

"발사!"

승조원들이 힘껏 외쳤다.

박예린의 성화에 결국 일어선 김태우가 목을 가다듬었다.

승조원들을 둘러보는 그의 눈에 잔잔히 습기가 맺혔다. 앞으로 자신들에게 닥칠 일이 무엇인지 당장은 알 수 없겠지만, 누구라도 아는 게 있었다. 지금 자신들이 죽음을 각오하는 선택을 내렸다는 걸. 그 길에 동참하겠다는 결정이 저마다의 인생에서 얼마나 극단적인지를.

그의 애창곡 '이름 없는 새'가 애잔하게 식당에 울려 퍼졌다.

나는 한 마리 이름 없는 새
새가 되어 살고 싶어라
아무도 살지 않는 곳 그곳에서 살고 싶어라
날 부르지 않는 곳 바로 그곳에서
나는 한 마리 이름 없는 새로 살리라
길고 기나긴 어둠 뚫고서 날아가리라 하늘 끝까지……

한껏 웃으며 손뼉으로 박자를 맞추던 박예린은 터지려는 울음을 겨우 참아내고 있었다.

전역하는 날까지 함장이기를 원했다가, 두뇌에 발생한 종양으로 인해 잠수함을 떠나려던 김태우는 기가 막히게도 다시 함장이 되어야 했다.

박예린은 차라리 잘됐다고 생각했다. 이렇게 된 이상 하루라도 빨리 전쟁에 뛰어드는 것밖에 다른 방법이 없었다. 그리고 박예린 자신도 끝까지 김태우와 함께할 수밖에 없었다. 그녀에겐 그게 운명이라고 여겨졌다.

최정필도 컨트롤 룸에서 독도함의 승조원들이 결정되는 광경을 지켜보고 있었다.

소주가 그의 손에서 입으로 몇 차례나 기계적으로 움직였다.

최정필은 기어이 무거운 한숨을 내쉬었다.

정말 한숨에도 무게가 있다면 살면서 이렇게 무겁게 느껴지긴 정말 오랜만이었다.

"저도 한 잔 주십시오."

최정필이 어이없다는 얼굴로 박정도를 돌아보았다.

그동안 로봇처럼 임무에만 매진했던 보안팀장이었다. 그가 대놓고 먼저 술을 달라고 한 적이 없어 뜻밖으로 받아들여졌다.

그의 다음 말을 듣고서야 잘못 듣지는 않았다는 걸 알았다.

"혼자 드시면 심심하지 않습니까?"

"일단 앉아."

잔을 주고받기 시작하면서부터 비로소 박정도가 인간처럼 보이기 시작했다.

"1차 테스트를 무사히 마친 것을 늦게나마 축하드립니다."

1차 테스트는 김태우가 합류하기 이전에 끝나 있었다. 앞으로 잠항 상태에서의 2차 테스트가 예정되어 있었다. 그 테스트까지 무사히 마쳐야 비로소 밖으로 나가 마지막 테스트에 임할 수 있었다.

"정말 감개무량합니다."

박정도가 감회 어린 눈으로 저 멀리 묵묵히 몸을 뻗은 독도함을 바라보면서 천천히 잔을 들이켰다.

"그때는 저희 팀도 많이 죽었는데, 출격이 얼마 남지 않았다니까 믿기지 않습니다."

"더 줄까?"

"물론입니다."

어느새 박정도는 소주를 생수처럼 홀짝홀짝 들이켜고 있었다. 잔을 툭 내려놓으며 그가 목표를 노리는 킬러처럼 냉혹한 눈길을 던졌다.

"제가 받은 명령 가운데는 어떤 이유로든 독도프로젝트가 실패하거나 독도함이 출격하지 못하는 상황이 발생하게 되면 모든 것을 깨끗이 지워버리라는 것도 포함됩니다."

"그럴 경우 가장 우선적으로 지워버릴 대상이 나를 비롯한 팀원들이겠군?"

"당연하지 않습니까!"

박정도가 다시 소주를 삼켰다.

"그럴 일은 없을 테니까 안심하고 마셔."

박정도가 이게 자신의 대답이라는 듯 잔을 부딪쳐왔다.

최정필도 건배를 했다.

불안을 삼키듯 맑은 술이 그들의 식도를 타고 위 속으로 숨어들었다.

같은 시간, 청와대

이번에 대통령을 생각에 잠기게 만든 대상은 김태우였다.

군정보국의 보고도 받고 있던 대통령은 김태우 함장에 대해 어느 정도는 알고 있었다.

그가 누구보다 뛰어난데도 불구하고 승진이 늦은 원인은 매사에 원리원칙으로 대응했기 때문이었다. 뛰어난 능력을 가졌으면서 원리원칙을 준수하는 사람이 환영받는 조직은 드물었다.

특히 폐쇄적이고 수직명령 체계로 이루어진 군대는 더더욱 그럴 수밖에 없었다.

최근 김태우가 세운 공은 분명히 놀라웠다. 그러나 그 자체로 거의 내정되었던 독도함의 함장이 바뀔 수는 없었다. 김태우가 독도함의 함장이 될 수 있었던 건 평소에 보여준 훌륭한 능력에 원리원칙의 준수까지 포함된 결과였다.

그렇지만 김태우가 내정된 다음 민간병원에서 진료 받은 기록까지 보고가 들어왔을 때는 대통령도 흔들릴 수밖에 없었다.

그때 군 정보국장은 단호하게 김태우를 지지했다.

대통령이 확실하게 믿을 수 있는 극소수에 포함된 국장의 지지도 김태우의 선택에 분명히 긍정적이었다.

그렇다고 국장이 확고한 근거를 제시한 것은 아니었다. 그가 내세운 것은 그때까지의 평가와 성과 및 '군인의 직감'이 전부였다.

역사에도 해박한 지식을 가진 대통령은 과거 일본의 침공을 불세출의 지략으로 물리치고 성웅(聖雄)으로까지 추앙받는 영웅을 잘 알고 있었다.

전쟁이 벌어지기 직전까지 존재감이 희미했던 그는 과거시험의 합격순위는 물론, 진급을 비롯한 모든 것이 평균에서 한참이나 아래였다. 그의 진급이 늦었던 결정적인 원인도 '지나치게 뛰어난 능력과 원칙의 철두철미한 준수'였다.

그러나 임진왜란 당시의 조선과 지금은 달랐다.

그때와 같은 게 있다면, 압도적인 무력을 가진 일본이 전쟁을 걸어온다는 것밖에 없었다. 김태우를 이순신에 대입하고 독도함이 거북선이라고 해도 지금의 일본은 공군력까지 압도적이었다.

더구나 임진왜란 때 조선을 도왔던 중국과 같은 원조 국가도 없었다.

중국에 해당하는 건 미국인데, 미국은 일본의 배후에 있지 않은가. 그것 말고도 그때와 다른 것은 너무나 많았다.

이런 상태에서는 이순신이 살아온다고 해도 다시 한 번 일본을 무찌르고 나라를 지킬 수 있을 것 같지 않았다. 그래도 할 수 있는 것은 해야만 했다. 일단 믿기로 한 사람을 끝까지 믿어주는 것도 대통령의 의무 가운데 하나였다.

같은 시간, 단군호

"여기로 오기 전에 여러 차례 작전에 나섰지만 그때마다 어떻게 표현하기 어려울 정도로 두려웠습니다. 차라리 한바탕 전투가 벌어졌을 때가 훨씬 숨통이 트이더군요."

박정도가 그답지 않게 말이 많았다.

대꾸도 하지 않는 최정필을 흘긋 쳐다보고는 한마디 더 했다.

"함장이 어뢰에 SUT를 포함하라고 명령한 것은 그렇다고 해도, 없애버린 기만체를 굳이 다시 장착할 필요가 있습니까? 독도함은 완벽한 스텔스……."

"소총이든 권총이든 특등사수인 너희들은 무엇 때문에 대검을 가지고 다니는데?"

박정도를 머쓱하게 만들고 최정필이 다시 한 잔을 비웠다.

나중에 김태우에게 물어본 결과 충분히 수긍할 수 있었다.

뼛속까지 야전지휘관인 김태우는 아무리 최신무기라도 확실하게 검증되지 않은 것을 신뢰하지 않았다.

실제로 미국에서 과거 최신예전폭기인 F-4팬텀을 개발했을 때 공대공미사일을 과신했던 나머지 기관포를 장착하지 않았었다.

그러다 베트남전쟁 당시 맞닥뜨린 미그기들과의 공중전에서 의외로 공대공미사일이 적중하지 않았다. 심지어 발사조차 되지 않아 혼쭐이 난 다음에야 부랴부랴 기관포를 장착했다.

현재 최강인 F-22랩터에도 구식 20mm M61A2 발칸포가 기본무장으로 장착될 정도였다.

그런 사례들을 보더라도 독도함에 다시 기만체를 탑재할 것과 SUT도 포함하라는 김태우의 명령은 근거가 확실했다.

"아무래도 불안합니다."

타박을 당해 머쓱해진 박정도가 홀짝 술을 삼켰다.

"뇌종양에 가장 좋지 않은 것이 스트레스인데, 전투만큼 극심한 스트레스가 어디 있습니까? 저런 상태로 독도함을 지휘하다가 발작이라도 일으키는 날에는……."

"군대의 명언 가운데 '군인정신은 제정신이 아니다'라는 말도 있어."

푸읏! 다시 소주를 삼키던 박정도가 사레가 들렸다.

"지금 농담할 때입니까!"

"오랫동안 호흡을 맞추고 실전경험까지 갖춘 승조원들을 가장 효율적으로 지휘할 수 있는 사람은 그들을 훈련시킨 함장밖에 없겠지. 그리고……."

최정필이 다시 한 잔을 삼켰다.

"용장 밑에 약졸 없다는 말 역시 틀리지 않아. 부함장 주철범은 김태우보다 나으면 나았지 절대 떨어지지 않고, 작전관 최정우도 뛰어나니까 김태우를 얼마든지 대체할 수 있겠지. 물론 가장 좋은 것은 김태우가 끝까지 제정신으로 지휘하는 것이겠지만."

"승조원들과 함께 죽을 때까지 싸우다가 말입니까?"

"너, 취했어?"

박정도를 바라보는 최정필의 눈동자가 싸늘하게 가라앉았다.

"칼자루를 잡은 사람 앞에서 헛소리를 뱉을 정도로 취하지는 않았습니다."

다시 한 잔을 삼킨 후 박정도가 흘긋 시선을 던졌다.

"제가 오래도록 몸담았던 군대를 떠난 이유가 두 가지 있습니다."

"일단 돈 때문이겠지?"

"그렇습니다. 아무리 명예를 먹고 사는 군인이라도 처자식은 밥을 먹고 살아야 하니까요. 여기서 스카우트를 제안하면서 제시한 액수가 어마어마하더군요. 제가 아니라 누구라도 눈이 뒤집힐 정도였으니까요."

"두 번째 이유는?"

"더 이상 전우들을 잃지 않을 수 있다고 판단했기 때문입니다."

최강의 특수부대에 자원한 다음 역대 최우수 성적으로 훈련을 수료하고 실전에 투입된 박정도는 원치 않은 상황들과 조우해야 했다. 실전은 물론 훈련 상황에서도 전우들을 잃기는 마찬가지였다.

먼저 대기업에 스카우트된 전우들이 좋은 대우를 받는 걸 보면서도 오직 명예 하나로 남아 있던 박정도는 실수로 어린 신병을 잃은 다음 전역을 신청했다.

"여기서 겪게 될 상황들을 알았다면 그래도 그냥 군대에 있었을 겁니다."

하마터면 자신마저 죽을 뻔했던 이곳의 사고는 군대에서 겪었던 비극보다 몇 배나 더했다. 그나마 군대에서 죽거나 불구가 되면 공로를 인정받고 보상을 받을 수 있는 반면, 극비 가운데서도 극비로 진행되는 프로젝트에서의 죽음은 그렇지 않았다.

몇 번이나 벗어나고 싶었지만 국가를 지키기 위한 프로젝트를 직접 지킨다는 대의명분은 모든 것에 우선했다.

"예기치 못한 사고라도 운이 좋으면 본부장님이나 저처럼 살아남을 수는 있죠. 그러나 저들은……."

박정도의 흐릿한 눈이 모니터를 향했다.

김태우를 중심으로 흥겹게 어울리는 승조원들의 모습이 마지막 성찬을 즐기는 사형수들처럼 보였다.

"여기까지 왔는데 어쩌겠어. 피차 최선을 다할 수밖에."

최정필도 나직하게 한숨을 쉬었다.

스스로 잔을 따르던 박정도가 모니터를 주시했다. 절반쯤 로봇으로 되돌아간 그는 승조원들 가운데 누군가를 날카롭게 노려보았다.

전쟁의 뇌관

202X년 5월 20일 오전 8시 13분경, 일본 요코스카

도쿄만 입구에 위치한 요코스카에 영구기지를 둔 7함대가 출격할 태세에 들어갔다.

건조 비용이 4조가 넘게 들어간 최신예 이지스 순양함 줌왈트(Zumwalt)가 선두에 나섰다. 9천5백 톤의 타이콘데로가급 이지스 순양함 세 척과 타이콘데로가급보다 약간 작은 여덟 척의 알레이버크급 이지스 구축함이 외곽을 형성했다.

각종 지원함과 보급함은 물론, 7천 톤에 달하는 샌프란시스코급 핵잠수함 네 척이 해저에서 눈을 부릅뜨고 경계하는 가운데, 핵추진 항공모함 로널드 레이건(USS Ronald Reagan)이 함대의 중심에 존재했다.

레이건은 90대가 넘는 함재기와 헬기까지 포함하면 무려 11만

톤을 초과했다.

레이건 단독의 위력만으로도 어지간한 국가쯤은 우습게 여길 정도였다.

게다가 다른 기지에서 합류한, 4만 톤을 초과하고 수직이착륙의 F35-B를 20대 넘게 가진 강습상륙함 아메리카를 포함하는 상륙함이 세 척이나 포함되었다. 그뿐 아니라 1만을 초과하는 해병원정단까지 포함된 7함대는 외계인들과 싸워도 지지 않을 것 같았다.

곧 시작될 '해로(海路)의 자유작전'으로 인해 출격 준비에 부산한 요코스카는 미국의 영토가 분명했다. 일본 해군도 요코스카에 사령부와 주력함대를 배치하고 있었지만, 7함대에 비하면 소꿉장난에도 미치지 못했다.

사세보와 오키나와는 물론 괌에도 주요 전력을 배치했을 뿐만 아니라, 한국과 대만을 비롯한 여러 아시아 국가들까지 강력하게 영향을 끼치는 7함대가 지배자라는 데 누구도 이의를 제기할 수 없었다.

"……센카쿠를 지나 대만해협을 통과한 다음 베트남과 난사군도 북방을 경유하여 말레이시아와 브루나이 사이의 해로를 통과할 것입니다. 이후 유턴하여 난사군도 남측과 브루나이를 거치고 필리핀을 경유하여 귀환하는 것이 개략적인 경로입니다."

7함대를 지휘하는 기함 블루리지(USS Blue Ridge)에서 모델처럼 말끔하게 보이는 작전참모가 브리핑을 시작했다.

사령관을 비롯한 모든 참석자들은 작전의 개요를 충분히 숙지한 상태였다.

작전의 동선 자체가 중국을 극도로 압박하는 한편, 머지않아 벌어질 한국과 일본 사이의 전쟁에서 멀찍이 떨어질 의도였다.

중국에 강력하게 경고하기 위할 목적으로 로널드 레이건을 비롯한 세 척의 항공모함들이 동원되었던 이전의 작전에 비하면 규모가 작았지만, 미국이 마음먹고 나선 이상 무슨 일이 벌어질 거라는 건 분명했다.

그뿐 아니라 두 척의 항공모함이 이끄는 전투단이 말라카해협 바로 너머에서 대기하고 있었다. 여차하면 그들까지 출격하겠지만, 7함대는 그들 없이도 충분하다는 자신감이 철철 넘쳤다.

"어떻게 될 것 같나?"

사령관이 느긋하게 질문했다.

"아무래도 해전에서 승부가 갈릴 것으로 예상됩니다. 한국 해군이 동원할 수 있는 규모는 1, 3함대와 가장 강한 7전대 및 별도로 편성된 함대를 포함하는 32척이며, 일본 해군은 전체 4개 함대에서 차출한 2개 함대 및 역시 별도로 편성된 기동함대를 포함하는 37척입니다."

작전참모가 슬쩍 눈길을 돌려 사령관을 주시했다.

"전체적인 수효는 그리 차이가 없지만 성능과 규모에서 비교하기 어려울 정도로 격차가 벌어져 있습니다. 일본은 1개 함대만으로도 전체 한국 해군을 압도하고, 전투에 직접 가담할 수 있는 초계기의 규모와 성능 역시 일본이 5대1 이상으로 우세합니다. 모든 상황으로 판단할 때 현재의 상황에서 격돌한다면 일본 해군이 10% 미만의 손실로 한국 해군을 바다에 쓸어 넣을 수 있습니다."

해전의 승부를 결정짓는 항공력은 일본이 네 척의 항모 가운데 두 척을 투입한 것에 비해 한국은 하나도 없었다.

한국 해군도 강습양륙함 독도함―이름만 같은 함선―과 마라도함을 보유하고 있었지만, 일본 해군이 개조한 항모들처럼 F-35B를 탑재하지 못했다.

기껏 헬기밖에 탑재하지 못한 한국 해군의 강습양륙함들과 F-35B를 20대나 탑재할 수 있는 일본 해군의 개조항모들은 대학생과 유치원생 이상의 격차가 발생했다.

"상대가 되지 않기는 이지스도 마찬가지입니다."

적의 미사일과 항공력에서 자신과 함대까지 방어할 수 있는 것은 물론, 탄도미사일의 탐지와 요격까지 가능한 이지스함을 한국이 3척 가진 것에 비해 일본은 10척이나 보유했다.

이지스를 제외한 한국의 구축함들이 부분적인 방어력을 가졌다면, 자신을 충분히 지킬 수 있는 일본의 구축함들은 매서운 공격력까지 갖추고 있었다.

"현재 한국의 구축함이 12척밖에 되지 않는 것에 비해 일본은 3배가 넘는 37척이나 되며 양과 질의 모든 면에서……."

"해군 전력이 전부는 아니지 않은가?"

사령관이 바다 건너 불구경하는 것처럼 말하자마자 기다렸다는 듯 답변이 나왔다.

"한국 공군이 투입할 수 있는 최대 규모는 F-35A 20여 대와 F-15K 40여 대 및 KF-16 60여 대 정도입니다. 반면 일본 공군은 F-35A 70대 이상에 F-15J와 F-2도 한국 공군의 2배 이상을 투입할 수 있기 때문에……."

"그런 수치는 어떻게 산출되었지?"

"한국 공군이 F-35를 45대 보유하고 있기는 해도 기체의 수리와 정비 등으로 인하여 100% 활용할 수 없고, 다른 방면의 방어 등등에 따른 요소들을 감안하면 독도 방면에 20대 이상을 투입하기 어렵습니다. F-15K와 KF-16도 말씀드린 요소를 포함하여 산출한 것이며, 거기에 급유기의 보유 격차까지 포함시키면 4대1 정도의 격차가 발생할 수밖에 없습니다. 그리고……."

작전참모가 스크린을 가리켰다.

이즈모와 카가를 중심으로 하는 일본 함대가 실전을 방불케 하는 훈련에 임하는 광경이 나타났다.

"두 척의 개조항모에 탑재된 F-35B가 40대에 이릅니다. 일본 공군이 보유한 F-35A의 3분의 1에 달하는 규모입니다. F-35 기종에 제한하면 우리와 비교해도 그리 꿀리지 않을 정도입니다. 현재 한국은 F-35B를 탑재할 수 있는 3만 톤급의 양륙함을 건조하고 있지만, 빨라도 3년 후에나 진수가 가능한 상태입니다."

"일본이 지금 전쟁을 하려는 이유 가운데 하나가 될 수 있겠군."

"그뿐 아니라 울산 등지의 중공업들에서 건조하는 4척의 이지스함들도 아직 완성되지 못했기 때문에, 일본으로서는 지금이 전쟁을 걸 수 있는 적절한 타이밍인 셈입니다."

더구나 일본이 미국으로부터 대량으로 구입한 조기경보기 E2D 어드밴스트 호크아이는 동시에 3천 개 이상의 목표 탐지가 가능했다.

지휘통제 능력까지 갖춰 '하늘의 사령부'로 불리는 E2D는 특히 F-35 기종을 탐지할 수 있는 기능까지 보유한 것으로 알려졌다. 조기경보 능력에서도 압도적인 일본이 한국의 주력 F-35A마저 탐지할 수 있게 된다면 아예 게임이 되지 않을 가능성이 컸다.

"그것 외에도 일본 해군의 잠수함 가운데 오야시오급과 소류급에다 슈퍼소류까지 포함하는 25척 이상이 출격에 나설 것으로 판단됩니다. 전투가 예상되는 모든 전력을 통틀어 잠수함 전력이 가장 격차가 적다고 해도 상대적으로 그렇게 비칠 뿐입니다. 일본이 보유한 대잠초계기의 규모와 성능을 대입하면 역시 한국에 극히……."

"충분히 알아들었으니까 그만하지."

사령관이 과장된 동작으로 손을 저었다.

"이제부터 장병들을 최고로 잘 먹이도록 해! 잘 싸우려면 먼저 잘 먹어야지. 그리고……."

말을 중단한 사령관의 눈빛이 순간 매섭게 번득였다. 긴장한 참모들이 자세를 바로 했다.

"최고로 잘 먹여야 하는 장병들 가운데는 나도 포함된다는 걸 명심하도록."

폭소와 함께 브리핑이 끝난 다음, 7함대가 서서히 움직이기 시작했다.

같은 시간, 단군호

거의 날밤을 새우고 있어 몰골이 말이 아닌 최정필에게 기술팀장의 보고가 들어왔다.

"지시하신 대로 기만체를 2발 장착했습니다."

"어뢰는?"

"우리가 개발한 KHS-100 초공동어뢰와 기존의 SUT를 50대 50의 비율로 무장시켰습니다."

그렇다면 KHS-100과 SUT가 각각 12발, 그렇게 해서 24발을 무장시키는 것은 적지 않은 노고였을 것이다.

"수고했어. 곧 2차 테스트에 들어갈 테니까 기만체와 어뢰들이 제대로 발사될 수 있는지 다시 한번 확인해."

보고를 받는 와중에도 최정필은 온몸에서 피곤이 줄줄 흐르는 것 같았다.

"생각보다 빨리 끝난 것 같습니다."

곁에 있던 박정도가 덤덤하게 말했다.

"기만체를 장착하느라 까먹은 시간을 보충하기 위해서는 철야를 계속할 수밖에 없겠어."

독도함의 심장과 같은 시스템모듈을 비롯한 엔진과 장비들은 가장 중요한 테스트를 앞두고 있었다. 잠수함이 건조되었던 단군호 하부의 공간을 바닷물로 채워 잠항 환경을 조성한 다음 독도시스템의 기본 성능을 확인하는 것이 먼저였다.

설계 성능을 최대한 아니, 그 이상으로 이끌어내는 2차 테스트에 독도프로젝트의 성패가 달려 있었다. 만일 전혀 예기치 못했던 심각한 문제가 발생하거나, 그로 인해 출격하지 못하는 사태가 발생하는 것은 상상조차 하기 어려웠다.

그보다 두렵다는 표현이 더 적당할 것이다.

2차 테스트를 무사히 통과하고 단군호 밖으로 나갔다가 돌아오는 마지막 3차 실전상황 테스트까지 성공적으로 마칠 수 있다면 목숨까지 바칠 수 있을 것 같았다.

"그런데 과연 기만체가 필요합니까? 어떤 탐지도 무용지물인 스텔스의 피부를 두르고 초공동어뢰까지 가졌는데……."

박정도는 아무래도 계속 마음에 걸리는 모양이었다.

"디코이를 다시 장착하고 어뢰도 성능이 검증된 SUT를 포함시키라고 명령한 사람은 내가 아니라 함장이야!"

최정필이 짜증스럽게 뇌까렸다.

"네가 할 일은 보안을 책임지는 거야! 쓸데없는 소리 지껄일 시간 있으면 애들에게 순찰이나 한 번 더 돌라고 해!"

전쟁 발발이 열흘 정도밖에 남지 않았다는 분석을 접한 최정필은 더욱 신경이 날카로워졌다. 자신이 전쟁 전문가는 아니어도 전쟁의 성패가 준비와 보급에 달렸다는 것쯤은 알고 있었다.

그런 측면에서 한국의 본토에 상륙하거나, 반대로 한국이 본토에 상륙하는 상황에 대비할 필요가 없는 일본은 준비에 필요한 시간과 노력을 대폭 줄일 수 있을 것이다.

보병사단들이 전선으로 추진되기 위해 요구되는 이동수단과 보급은 물론, 막상 전쟁에 투입된 이후의 상황을 생각하면 답이 나오지 않았다. 기계화사단들도 크게 다를 게 없었다.

그런 상황들에서 자유로운 일본은 아주 수월하게 전쟁 준비를 마친 상태나 마찬가지였다. 일본이 당장 침공해도 이상할 게 없는 상황에서 신경이 곤두서지 않으면 오히려 이상할 것 같았다.

"정보파트 분석에 의하면 전쟁이 코앞이야. 우리 미사일 전력은 기대할 만하지 않나?"

"그 부분도 기대하지 않는 것이 좋을 겁니다."

박정도가 간단하게 대답했다.

한국이 실전배치한 탄도미사일과 장거리순항미사일 등등의 원거리 타격전력이 일본을 적지 않게 위협하는 것은 사실이었다.

그러나 일본의 대비도 만만치 않았다.

곳곳에 미사일요격시스템을 배치한 데다 추가로 배치되는 이지스함선이 가세하면 공격으로부터 피해를 최소한으로 줄일 수 있었다.

"일본은 요격시스템을 가동할 필요조차 없을 겁니다. 독도에 일장기가 휘날리는 순간 청와대가 뒤엎어질 테니까요. 그때는 남아있는 육군도 우리의 군대가 아니게 될 개연성이 높습니다."

"그런 사태를 막기 위해 우리가 죽을 고생을 하고 있는 거다! 기술팀이 마지막 점검을 마치는 즉시 2차 테스트에 들어갈 테니까 너희 보안팀도 단단히 각오해!"

"물론 각오하고 있습니다. 그런데……."

"그런데 뭐야? 바쁘니까 빨리 말해!"

"부함장 말입니다."

"부함장이 왜?"

박정도를 바라보는 최정필의 눈빛이 수상한 낌새를 느낀 것처럼 달라졌다.

"아무래도 이상합니다."

이상하다…….

박정도가 내뱉은 이상하다는 말의 뉘앙스를 최정필은 어느 정도 짐작할 수 있었다. 부함장 주철범…….

최정필도 이미 그에 대한 정보를 접했다.

정보에 의하면 그는 부유한 집안의 외아들로, 당시의 입시 성적으로는 원하는 대학은 어디든 들어갈 수 있었다. 그런데도 해군사관학교를 지원했는데, 부모가 군대를 택한 것을 극심하게 반대했다는 것부터 납득하기 어려웠다.

"그게 뭐가 이상해? 애국심이 투철하고 국가관이 확고하면 얼마든지 그럴 수 있지. 어린 나이에 국가를 위해 헌신하려고 결심한 자체가 기특하구먼. 나도 그런 아들이 있었으면 한이 없겠어. 왜, 부잣집 외아들이라서? 부잣집 외아들은 해군 장교가 되지 말라는 법이라도 있나?"

최정필이 대수롭지 않다는 투로 대꾸했다.

그러나 사실은 그렇지 않았다. 보안을 책임지는 박정도가 부함장 주철범에 대해 거론했을 때는 그럴만한 이유가 있을 것이 분명했다. 그런 상황에서 최정필이 부정적으로 반응하는 것은 객관적인 결과를 도출하기 위한 의도에서였다.

"또한 미 해군에 교환 장교로 갔을 때 스카우트 제안이 들어왔는데도 받아들이지 않고 복귀한 사실 역시 석연치 않습니다."

계속해서 박정도는 국가가 양성한 인력이 제대로 관리되지 않고 있다는 점을 지적했다.

특히 공군의 조종사들이 민항기로 이직하는 것은 문제가 대단히 심각했다. 전투기 조종사 하나를 양성하기 위해 막대한 비용이 들어가는데도 민항기로 이직하는 사례가 급증하는 추세였다.

박정도가 조종사들의 사례를 들먹이자 오히려 최정필은 그들을 옹호했다.

"괘씸하기는 하지만 조종사들도 먹여 살려야 할 가족이 있는 만큼 어쩔 수 없지 않나? 그런 일은 민간기업에서도 드물지 않게 발생하고 있으니까……."

"문제는 주철범이 해군이라는 점입니다."

공군의 조종사 출신들이 억대 이상의 연봉을 십 년 이상 받을 수 있는 반면 해군 출신들은 그럴 수 있는 기회가 흔하지 않았다. 방위 산업체나 군납업체에는 자리가 많지 않고 군에서의 인맥이 끊기면 그만둘 수밖에 없었다.

그런 현실을 놓고 보면 미 해군에서 스카우트를 제안받은 것은 로또에 당첨된 것이나 다르지 않았다. 주철범의 집안이 부유하다고 해도 부모는 당연히 미국에서 성공하기를 간절히 바랐을 것이다.

그런데도 단칼에 거절한 주철범은 상식적으로 납득되지 않았다.

실제로 그러한 선택을 놓고 아직도 주변에서 말이 많은 만큼 박정도가 의아하게 여기는 것도 이상하지 않았다.

"나도 미국에서 스카우트 제의받은 적 있다고, 그것도 나사(NASA)에서 말이야. 그런데 거절했지. 내가 거절한 나사가 아무렴 최정우가 거절한 미 해군보다 못할 것 같아?"

"……."

"굳이 내가 아니라도 우리 팀원들 가운데는 그 정도 레벨에 오른 인재들이 적지 않아. 조국을 위해, 미국을 비롯한 유수의 국가들이 스카우트 제안을 해왔을 때 단호하게 거절하고 박봉을 받으면서도 갖은 고생을 겪고 있는 나와 팀원들도 의심받아야겠군 그래?"

"……."

"지금 말한 것들보다는 주철범이 미국에 있을 때 일본 정보국이 접근했다는 것 같은 내용들이 훨씬 어울릴 것 같은데? 미인계를 비롯한 온갖 유혹에도 전혀 흔들리지 않는 바람에 일본 놈들까지 혀를 내두르면서 나가떨어졌다는 것도 곁들여서 말이야."

한국을 움직이는 대기업들의 정보력은 국정원보다 못할 것이 없었다.

특히 세계적인 네트워크까지 구축된 P그룹의 정보파트는 정평이 나 있었다.

그런 전문 정보집단에게 주철범을 비롯한 승조원들이 자궁에 착상되었을 때부터 시작해 현재에 이르기까지 탈탈 터는 건 일도 아니었다.

“설마 정보파트에서 승조원들에 대한 정보를 보내지 않은 건 아니겠지?”

“물론 받았습니다.”

“그럼 더 이상 말이 필요 없겠군.”

“저는 이제부터 시작입니다.”

“무슨 이유로?”

최정필의 음성이 한껏 가라앉았다.

지금부터 기대 미만의 이유가 나오는 날에는 각오하라는 경고가 분명했다.

“예감…… 때문입니다.”

“지금 뭐라고 했어?”

최정필이 뭘 잘못 들은 것 같다는 표정으로 말했다.

“예감 때문이라고 했습니다. 저는 예감을 무시하지 않습니다. 제가 무수한 실전에서 살아남아 독도프로젝트의 보안팀장을 수행할 수 있는 이유 가운데는 예감도 포함되니까요.”

잘못 듣지 않았다는 게 분명해지자 최정필의 표정이 이지러졌다. 그제야 누구나 알고 있는 사실을 앞세워 접근했던 이유까지 알게 되었지만, 표정이 풀리지 않았다.

"그래서 예감을 시험할 수 있게 해달라는 건가?"

"부탁드리는 것이 아니라 통보를 드리는 겁니다."

"헛소리 집어치워! 당장 전쟁이 벌어져도 이상하지 않을 정도로 급박하다는 걸 누구보다도 잘 알고 있는 사람이 그게 할 소리야?"

"보안과 안전은 제 관할입니다!"

박정도의 표정에 어느새 섬뜩한 날이 섰다.

"독도프로젝트가 성공할 때까지 보안과 안전을 책임지는 사람으로서 필요하다고 판단되는 조치를 실행할 것을 분명히 통보했습니다."

박정도가 목소리를 높이고 나서 곧장 부팀장을 호출했다.

"부팀장은 최대한 빨리 김태우 함장 이하 모든 승조원들을 그쪽으로 보내. 이미 그쪽에서 인원들이 대기하고 있으니까……."

"안 돼, 그럴 시간 없어!"

"시간 낭비는 본부장님이 하고 계십니다! 조치가 끝날 때까지 여기서 기다리십시오!"

박정도가 박차고 일어났다. 동시에 밖에 있던 보안팀원들이 컨트롤 룸을 장악했다.

"이 자식들이 무슨 짓을 하는 거야? 당장 비키지 못해!"

감금당한 최정필은 격분했지만 누구도 비켜서지 않았다.

일사불란한 보안팀의 움직임을 보니 이미 계획했던 일이 분명했다. 이건 박정도가 목숨을 내놓고 꼭 하겠다는 것이나 마찬가지였다. 더는 말릴 수 없었다. 하극상은 나중에 단단히 처리하면 될 것이었다.

어쩔 수 없이 자리에 앉은 최정필이 분을 삭이면서 모니터를 바라보았다.

독도함에 달라붙어 매진하던 기술팀원 가운데 하나가 코피를 쏟으며 쓰러졌다. 어디선가 나타난 의료팀이 사용하지 못하게 된 물건을 치우는 것처럼 들것으로 옮기는 광경을 바라보며 최정필이 나직하게 한숨을 쉬었다.

폭발사고로 인해 죽고 불구가 된 수효만큼 저렇게 쓰러져 사망하거나 폐인이 된 인력이 적지 않다는 사실이 새삼스러웠다. 독도프로젝트가 여기까지 진행될 수 있었던 주역은 최정필을 비롯한 연구개발팀이 아니라 저들이라고 해도 결코 과언이 아니었다.

"너!"

최정필이 부팀장을 불렀다.

"너희 팀장의 예감이 항상 맞아떨어졌나?"

"대부분 그랬습니다."

박정도와 함께 특수부대에서 활약했던 부팀장이 건조하게 대답했다. 그를 바라보던 최정필이 다시 말했다.

"너는 왜 여기에 들어왔지? 연봉이야 그렇다 해도 편하고 안전하게 일할 수 있는 자리가 적지 않았을 텐데?"

부팀장은 박정도의 오른팔이자 실전경험이 풍부한 대위였다.

그가 박정도를 따라 전역을 신청했을 때 오라는 곳이 적지 않았다고 들었다. 대형 경비보안업체로 가면 억대 이상의 연봉을 받으면서 직원들이나 관리하며 놀고먹다시피 근무할 수 있었다. 그럼에도 의리를 저버리지 않기는 다른 팀원들도 마찬가지였다.

"후회되지?"

"솔직히 그렇습니다. 여기의 내막을 약간이라도 알았다면 절대 지원하지 않았을 테니까요."

"지금이라도 내보내줄까? 경비업체는 우리 그룹에도 많……."

"저희들을 쫓아내는 유일한 방법은 하루라도 빨리 독도함을 출격시키는 것밖에 없습니다!"

부팀장이 단호하게 잘라버렸다.

"그리고 팀장님은 정당하게 임무를 수행하고 있습니다. 조치가 끝날 때까지는 여기에 계십시오."

"독도함 승조원 가운데 배신자는 존재하지 않아!"

"팀장님은 그것을 입증하고 있는 겁니다."

물러서지 않고 반박한 부팀장이 최정필의 휴대폰을 압수했다.

보안팀원들에 의해 인터컴을 비롯한 통신장비까지 차단당한 컨트롤 룸에서 최정필은 씁쓸하게 웃는 것 말고 달리 할 게 없었다.

같은 시간, 청와대

"드디어 시작이군요."

모니터를 바라보던 총장이 건조하게 말했다.

굳이 말하지 않아도 7함대가 요코스카를 나서는 이유를 모르는 사람은 없었다.

"물론 해군의 준비도 완벽하겠지요?"

총장의 질문을 받았지만 국방부장관은 고개를 들지 못했다. 그들을 바라보던 군 정보국장이 헛기침을 하고 말했다.

"객관적으로 우세하다고 해서 반드시 이기는 것은 아닙니다."

"그런 실례를 들어주시면 감사하겠는데. 가급적 널리 알려진 것으로 말입니다. 적벽대전이니, 명량대첩이니, 고리타분한 역사 이야기는 하지 않으시는 것이 좋고요. 지금 우리가 당면한 적들은 초음속전폭기에 항공모함까지 가지고 있으니까요."

"말씀하신 초음속전폭기에 항공모함까지 가졌던 미국도 베트남에서 패배했습니다."

"……."

"아무렴 당시의 미국이 지금의 미국만 못하겠으며, 지금의 우리가 무기조차 변변치 않았던 당시의 북베트남보다 못할 것 같습니까? 강한 자가 이기는 것이 아니라 이기는 자가 강한 것입니다."

국장에게 매섭게 당했지만 총장은 그래도 빙글거리면서 말했다.

"그렇다 칩시다, 그런데 미국의 정가에 새로운 맥아더가 나타났다는 소문이 나돈다고 하는데……."

다분히 비유적인 표현이었다.

굳이 더글러스 맥아더를 거론한 것은 그가 전쟁을 승리로 이끈 위대한 군인으로만 기억되는 것을 원치 않았다는 이유 때문이었다.

도쿄에 총사령부를 설치하고 일본을 통치하면서 거의 신으로까지 추앙받던 맥아더는 백악관까지 점령하려는 야망에 불타올랐다.

7함대 사령관도 비슷한 면모를 보이고 있었다.

도쿄에 근접한 요코스카에 근거지를 두었고, 언론들도 그가 군인으로 퇴역하는 것을 원하지 않았다.

미국의 위상과 영향력이 저하되는 상황에서 중국을 손봐야 한다는 여론이 비등하자 7함대에 기대가 집중되는 상태였다. 언론이 부추기고 정계에서 주목하다 보니 사령관도 여론을 의식하지 않을 수 없었다.

"아이젠하워에 이은 장성 출신 대통령이 되려면, 이번 작전에서 확실하게 보여주려고 할 겁니다. 타협의 여지없이요. 반드시 공을 세울 수밖에 없는 상황인 만큼 전쟁을 원하지 않는 우리에게 좋을 게 아무것도 없습니다."

"아이젠하워와 맥아더가 백악관에 입성할 수 있을 정도로 공을 세운 건 의심의 여지가 없지만, 현재 7함대 사령관이 대통령을 노린다는 건 너무 지나친 것 같은데요?"

국장의 반박에 총장이 피식 웃었다.

"중요한 건 당사자들로 하여금 그런 꿈을 꾸게 만드는 겁니다. 미국의 언론은 얼마든지 그럴 수 있습니다. 목숨까지 걸고 움직이게 조종할 수 있으려면 백악관 정도는 주입해야지요."

애들을 가르치는 것처럼 또박또박 짚어가며 말하던 총장의 시선이 이번엔 대통령을 향했다.

"그러나 우리의 현실은 꿈을 꿀 여유조차 허락하지 않습니다. 최악의 현실을 피할 수 있는 유일한 수단은 외교밖에 없다는 걸 다시 말씀드릴 수밖에 없……."

우우웅!

총장의 말이 끝나기도 전에 미군이 경상북도 성주에 설치한 사드(THAAD, 고고도 미사일 방어체계)기지의 AN/TPY2 X-밴드레이더에서 최고 출력이 뿜어졌다. 사드가 방어모드에서 탐지모드로 전환하는 동시에 지금까지 잠잠했던 미 공군기지들이 바쁘게 움직였다.

미군 해외 주둔기지 가운데 최대 규모인 캠프 험프리스(Camp Humphreys, 평택기지)를 비롯한 캠프들도 비상이 걸렸다.

일본도 즉시 반응했다.

오키나와를 비롯한 주요 기지들이 탄창을 분배하기 시작했다. 그뿐 아니라 괌의 앤더슨 공군기지에 대기하고 있던 미 공군의 전략 폭격기들이 출격 태세에 돌입하는 것은 물론, 인도와 대만과 베트남 등등의 국가들 움직임도 심상치 않았다.

청와대 밖에서 벌어진 전격적인 움직임에 총장이 맞아떨어진 예언이라도 한 것처럼 의기양양해했다.

"중국을 향한 거대한 포위망이 형성되었습니다."

국정원장이 침통하게 말했다.

몰이꾼과 사냥꾼의 역할을 겸하는 7함대가 조용히 지나갈 리 만무한 이상 전쟁이 벌어지는 것은 시간문제였다.

"마지막 기회일 것 같으니 제게 전권을 부여……."

침을 튀기던 총장이 대통령에게 가로막혔다.

"아까 미국에서 새로운 맥아더가 나타난다고 한 것 같은데요?"

"그렇습니다."

"미국인들은 맥아더를 끝장나게 만든 게 한반도에서 벌어진 전쟁이라는 사실을 알고나 있습니까?"

상기돼 있던 총장의 표정이 싸늘하게 굳었다. 그를 포함한 모두를 바라보는 대통령의 표정은 더욱 단호해졌다.

"마지막으로 말하겠는데 일본과는 어떤 대화도 가능하지 않습니다. 일본이 무릎을 꿇겠다는 의미의 대화만 가능합니다!"

오후 4시 37분경, 단군호

김태우의 주먹에 얼굴이 휙 돌아간 박정도가 하마터면 쓰러질 것처럼 휘청거렸다.

"한 번만 더 우릴 모욕했다가는 죽는다!"

김태우가 으르렁거리듯 외치며 분노를 드러냈다. 그는 즉시 승조원들을 이끌고 돌아갔다.

일그러진 표정으로 박정도가 부러진 이빨을 뱉었다.

김태우의 주먹은 예상보다 훨씬 강했지만 맞아줄 수밖에 없었다.

거짓말탐지기까지 동원하고 점심도 먹이지 않으면서 포로를 고문하는 것처럼 계속된 조사는 성과가 없었다.

주철범 때문에 시작했지만 혼자만 끌고 올 수는 없어 전체 조사가 실시된 것이다.

모든 승조원들을 포로처럼 가혹하게 압박한 끝에 주철범은 혐의가 없는 것으로 나타났다. 그것도 김태우보다 좋은 결과가 나온 이상 맞아 죽어도 할 말이 없었다.

"어이구, 내 예감이 정확하게 맞아 떨어졌군 그래."

최정필이 고소하다는 듯 이죽거렸다.

"네놈 때문에 까먹은 시간은 어떻게 할 거야!"

"몸으로 때우겠습니다."

몸으로 때우겠다는 말은 말 그대로였다.

박정도는 그 자리에서 엎드려뻗쳐 자세를 취했고, 최정필이 기다렸다는 듯 몽둥이를 들었다.

최정필은 박정도의 원리원칙이 이런 매로 고쳐질 리는 없다는 걸 잘 알고 있었다.

그럼에도 이런 상황을 연출하는 것은 지금이 한시가 급했고, 선택 하나하나가 많은 사람들의 목숨을 좌우할 수 있기 때문이었다.

잘못된 선택은 그만큼 위험하다는 걸 피차 알기에 최정필은 미련 없이 몽둥이를 휘둘렀다.

5월 23일 오전 11시 29분경, 대만해협

대만해협에 진입한 7함대는 거칠 것이 없었다.

E2D 어드밴스트 호크아이들이 상공에서 감시하는 한편 가장 먼저 FA-18슈퍼호넷과 F-35C 라이트닝II들이 로널드 레이건의 캐터펄트를 박차고 날아올랐다.

아메리카를 비롯한 강습양륙함에서 수직 이륙한 F-35B들도 합세했다.

전자전기 EA-18G 그라울러까지 가세하자 함대의 상공이 살기와 굉음으로 가득 찼다. 그러나 애써 기획된 세기의 퍼포먼스에 전혀 반응이 없었다.

"너무 조용하군."

사령관도 실망한 표정을 감추지 않았다.

미 해군의 군함 한두 척이 대만해협을 통과해도 거품을 물고 뒤집어지던 중국이 입이 사라진 것처럼 조용했다.

입이 마르게 자찬하던 항공모함을 비롯한 함대는 7함대가 요코스카를 나서기도 전에 기지에 틀어박혔고, 미 해군의 항공모함을 잡을 목적으로 실전 배치했다는 둥펑미사일도 코빼기조차 비치지 않았다.

"해협을 벗어나기 전에……."

작전참모가 말을 흐렸다.

참모들도 자신들의 사령관이 어떤 기대를 받고 있는지 잘 알고 있는 만큼 이번 작전으로 공을 세울 방법에 골몰하고 있었다. 그러나 중국이 철저하다 싶을 만큼 대응하지 않는 바람에 어떻게 해볼 도리가 없었다.

"놈들의 공군은 마중 나와 있지?"

"그렇습니다만 캐디즈(CADIZ, 중국 방공식별구역)에 바짝 붙어 있는 바람에……."

참모 가운데 누군가 대답하다 말을 흐렸다. 스크린을 노려보던 사령관이 주먹을 불끈 쥐었다.

4대의 J-20 편대가 캐디즈에 바짝 접근해 비행하고 있었다.

중국이 미국의 F-22와 F-35에 이어 세 번째로 개발한 스텔스전폭기 J-20의 조종사들은 처음의 긴장에서 해방된 상태였다. 자신들의 방공식별구역 내부에 있는 데다, 스텔스라는 자부심 덕택이었다.

단일전력으로는 세계 최강인 7함대를 견제하는 임무를 마치고 돌아가면 그것만으로도 대접을 받을 것이 분명했다.

느긋한 비행이 이어지고 있을 때였다.

"미, 미사일입니다!"

갑자기 부편대장이 기겁해서 외쳤다.

전혀 예상치 못한 상황에서 뭘 어떻게 해볼 도리조차 없이 위험이 들이닥쳤다. 방심하던 그들을 향해 느닷없이 나타난 공대공미사일이 덮친 것이다.

라이트닝들이 20Km도 되지 않는 거리까지 접근했을 때까지도

J-20은 전혀 눈치채지 못했다. 그 결과는 참혹했다. 4대의 J-20은 피할 겨를조차 없이 잇달아 격추당했다.

그들은 모르고 있었지만 이미 7함대의 조준에 잡힌 다음이었다.

적어도 미국의 스텔스기들과 대등하다는 확신은 그들의 생각에 지나지 않았다. J-20은 일찌감치 인도 공군을 비롯한 주변 국가들의 방공망에 포착당한 상태였다.

J-20에 대한 정보를 입수한 미국이 자체적으로 개발한 시스템에 배합하고 가공해서 얻어진 결과물은 물론 극비에 부쳤다.

게다가 J-20은 모조품들이 그렇듯 본질적인 약점을 해결하지 못했다.

출력을 높이기 위해 엔진이 커지는 바람에 탐지가 더욱 쉬워진 데다 속도마저 느려졌다. 진짜 스텔스 F-35C와 마주친 짝퉁 스텔스 J-20은 전멸당하는 것으로 대가를 치렀다.

"얼마든지 반격해보라고 해."

사령관이 느긋하게 미소를 입에 물었다.

잠시 후 발표될 미국의 공식입장이 '중국 공군이 먼저 미사일을 발사한 행위에 대한 자위권 행사'로 나온다는 것에 연봉을 걸 자신이 있었다.

마음먹고 나선 미국에게 중국이 할 수 있는 것은 펄펄 뛰면서 비난하는 것밖에 없었다. 섣부르게 보복에 나섰다가는 어떤 꼴을 당할지 너무나 잘 알고 있는 만큼 더 이상의 피해와 망신을 당하지 않도록 자제하는 것이 그나마 유일한 대응이었다.

"파티를 준비할까요?"

"당연하지 않나?"

이미 난리가 벌어지고 있었다.

격추를 기록한 팀의 정비사들이 으쓱거리면서 공을 세운 기체에 킬마크(Kill-Mark)를 칠할 준비까지 서둘렀다. 그들을 바라보던 사령관도 만족감을 감추지 않았다. 공격하라는 명령을 내린 것은 자신이었지만 여론을 대신한 것에 지나지 않았다.

절반의 성공

202X년 5월 24일 오후 4시 14분경, 단군호

"지금부터 2차 테스트에 들어갈 테니 현장에 남아 있는 인원들은 신속히 대피하도록!"

날카로운 사이렌과 함께 급박한 외침이 터졌다.

마지막까지 남아 독도함의 외부를 확인하던 기술팀원들까지 대피한 직후 김태우의 명령이 떨어졌다.

"잠항 준비!"

독도함의 해치가 닫혔다.

모든 장비가 정상 작동하는 것을 확인하고서야 김태우가 다시 명령을 내렸다.

"잠항 실시!"

즉시 거대한 마력의 펌프 4대가 작동했다.

동시에 보다 빨리 물을 채우기 위한 목적으로 공기를 배출하려는 고출력의 환기 모터가 숨 막힐 정도로 빠르게 회전했다. 독도함을 만들었던 모든 것들이 깨끗하게 치워진 공간에 바닷물이 급격히 차오르기 시작했다.

"함체를 고정하는 체결장치 이상 없음."

"잠망경 심도까지 이상 없음."

수위가 높아짐에 따라 팀원들의 긴장도 급격히 상승했다.

높아진 긴장을 견디지 못한 나머지 졸도하는 팀원까지 나타나자 최정필이 더욱 매섭게 질타했다.

"우리는 세계에서 가장 뛰어난 엔지니어들이다! 자신을 믿고 동료들을 믿어라!"

팀원들이 다시 집중하는 순간 만수위에 도달했다.

잠시 후 플로트(Float)에 연결된 안테나가 수면에 올라왔다. 독도함에서 내보낸 안테나 케이블을 통한 교신이 이루어지는 가운데 소리 없는 환호가 퍼져나갔다.

"필요 이상으로 긴장하지 마라. 그동안 했던 대로 하면 된다."

독도함에서도 김태우가 대원들에게 집중을 요구했다.

승조원들은 자신들에게 부여된 임무와 조작할 장비, 이동할 통로 등등 독도함의 운용에 필요한 모든 것을 눈감고도 외울 정도였다.

독도함은 그들이 운용했던 장보고급과 놀랍도록 일치했다.

다른 것이 있다면 스노클링에 필요한 장비가 없다는 정도에 지나지 않았다. 독도함에 함께 들어온 기술팀이 혀를 내두를 정도였는데, 빠르게 적응한 승조원들을 보면 장보고급에 있는 것 같은 착각마저 불러일으켰다.

그러나 극도로 긴장되는 것은 어쩔 수 없었다.

비록 단군호의 내부라고 해도 엄연히 잠항 상태인 것은 분명했다. 예기치 못한 실수가 치명적인 결과를 초래할 수 있었다.

특히 박예린은 안절부절못했다.

의무실의 장비와 약품을 확인하고 점검하는 것 외에 아무런 임무가 부여되지 않은 그녀는 승조원 가운데 가장 한가했지만, 심정은 그렇지 못했다. 당장이라도 전투정보실로 달려가고 싶은 것을 참고 있느라 가슴이 새카맣게 타들어가는 것 같았다.

"빈틈없이 점검하고 확실하게 보고해."

김태우가 다시 묵직하게 소리쳤다.

심장이나 마찬가지인 독도시스템과 전력의 발생에 필수불가결한 산소, 수소탱크를 비롯한 배터리의 성능 확인과 점검이 가장 우선이었다.

추진장치와 적을 탐지하고 공격하고 방어하는 전투장비와 통신장비, 산소발생장치는 물론 하다못해 수도꼭지와 양변기까지 모든 것을 일일이 확인하고 점검해야 했다.

"이상 없습니다!"

주철범의 보고를 받자마자 김태우가 다시 호출했다.

"모든 것이 정상이다. 다음 과정으로 들어가도 되겠나?"

"사인이 있을 때까지 기다려!"

최정필도 아무 이상 없다는 보고를 받은 상태였다.

독도함과 무선으로 연결된 장비들이 지금까지의 과정에 전혀 문제가 없다는 것을 지시했어도 최정필은 다음 과정으로 넘어가기를 꺼려했다.

보다 못한 박정도가 담배를 건넨 다음 불까지 붙여주었다.

평소 같으면 꿈도 꾸지 못할 행동이었지만 최정필은 달게 담배를 피웠다.

"지금부터 출력 테스트에 들어가겠다! 반복한다, 지금부터 출력 테스트에 들어가겠다!"

마침내 올 것이 오고야 말았다.

샤프트에 스크루가 연결되지 않은 상태에서 독도시스템의 출력을 최대한 이끌어내는 테스트가 가장 중요했다.

또한 그것은 가장 위험하다는 의미였다. 이전처럼 폭발사고라도 발생하는 날에는 모든 것이 끝장이었다.

당연히 최정필은 팀원들과 직접 테스트를 해보고 싶었다.

그러나 잠항한 독도함 내부에서 직접 테스트하기 위해서는 잠수함을 운용해본 경험이 필수적이었다. 그동안 무수하게 거쳤던 시뮬레이션 데이터와 김태우를 믿을 수밖에 없었다.

"추진출력을 5%씩 순차적으로 상승시켜!"

드디어 테스트가 시작되었다.

지시를 내린 최정필의 안색이 방금 꺼낸 A4용지처럼 창백해졌다. 곁에 있던 박정도의 입술도 바짝 말랐다.

"……출력 10%, 모든 시스템 및 부하 정상이다. 출력 15%, 모든 시스템 및 부하 정상이다. 출력 20%, 모든 시스템 및 부하 정상이다."

최정필은 무선을 통해 전송되는 데이터를 외면했다.

독도함에서 전달되는 통신을 돈 많은 아버지의 유언처럼 집중하는 최정필은 정신이 바짝바짝 구워지는 것 같았다.

"출력 55%, 모든 시스템 및 부하 정상이다. 출력 60%, 모든 시스템 및 부하 정상이다. 출력 65%, 모든 시스템 및 부하 정상이다."

출력이 상승할수록 최정필의 심장이 터질 것처럼 두근거렸다. 당장이라도 귀를 틀어막고 도망치고 싶었지만 그럴 수 없는 자신이 원망스러웠다.

"출력 80%, 모든 시스템 및 부하 정상이다! 출력 85%, 모든 시스템 및 부하 정상이다! 출력 90%, 모든 시스템 및 부하 정상이다! 출력 95%, 모든 시스템 및 부하 정상이다! 출력……."

설계 최고출력에 도달하기 직전 갑자기 통신이 지직거리며 끊겼다.

"이, 이럴 리가!"

최정필의 입에서 저도 모를 탄식이 터져 나왔다. 지금 상황에서 통신 장애라니, 말 그대로 있을 수 없는 일이었다.

"제어와 계측장비들은 100% 정상입니다!"

팀원들도 패닉에 빠졌다.

기술팀 가운데 통신을 담당하는 팀은 아예 사색으로 질렸다. 이런 상황은 변수에도 없던 일이었다.

미친 듯 키보드를 두드리며 확인해도 입출력 값을 포함한 모든 것이 정상이었다.

"어떻게 된 거야!"

독도함 내부에서도 긴장이 터질 것 같았다.

"아, 아직 모르겠습니다."

통신반도 미치기 일보 직전이었다.

"차라리 물을 빼고 처음부터 다시 시작하는 것이 어떻겠습니까?"

박정도가 이를 악물고 외쳤다.

"안 돼! 오류를 잡는 것도 테스트의 일환이야. 지금 상태에서 테스트를 마치지 않으면 의미가 없어!"

최정필이 단호하게 잘라 말했다.

이 상황이 얼마나 큰 위험 요소를 안게 되는 건지 모르는 바는 아니었다. 만일 최고지휘부에서 전쟁의 향방을 뒤바꿀 수 있는 작전을 송신한 상태에서 지금처럼 통신이 말을 듣지 않는다면 어떻게 될까!

"아, 다시 통신이 연결되었습니다!"

기술팀장이 울먹이는 음성으로 보고했다.

"원인 파악했어?"

"정확한 원인은 아직 나타나지 않았지만, 아무래도 '노이즈(noise)'에 의한 것으로 여겨집니다."

엔지니어들은 전자기회로에서 불필요한 간섭을 일으키는 노이즈를 부모를 해친 원수처럼 여겼다. 갖은 대비책이 개발되었지만 완전히 차단하는 것은 가능하지 않았다.

아무리 그래도 세대를 앞선 수준의 기술이 아낌없이 투입된 독도함의 가장 중요한 테스트에서 노이즈에 의한 통신불량이 발생했다는 것은 도저히 납득될 수 없었다.

"앞으로는 이상 없겠지?"

"저를 비롯한 기술팀 전부의 목숨을 걸고 맹세할 수 있습니다!"

"좋아, 계속 진행하겠다!"

다시 통신이 연결된 사이에 출력과 시스템의 모든 부하들이 100%에 도달해 있었다.

물론 그것으로는 충분하지 않았다. 설계출력에서 150% 이상 초과하는 출력을 30분 이상 뿜어내는 가혹한 조건에서도 무리 없이 견디는 테스트까지 통과해야 했다. 전쟁에서 어떤 상황이 발생할지 모르는 만큼 이제부터가 진짜 테스트였다.

"지금부터 독도시스템을 1단에서 2단으로 체인지한 다음……."

최정필의 지시가 끝나기도 전에 예상치 못한 경보가 울렸다.

불길한 벨소리가 급박하게 퍼지고 붉은 램프가 번득이는 동시에 경보가 발생한 포인트와 장소가 모니터에 나타났다.

"이건 또 뭐야!"

"발전모터에서 과전류로 인한 이상이 발생했다는 경보입니다."

기술팀장이 거의 죽어가는 목소리로 보고했다.

독도시스템은 아무것도 없는 상태에서 동력을 발생시키는 마법 상자가 아니었다. 발전모터를 통해 입력된 동력을 증폭시켜야 했는데, 그중 하나에서 과열반응이 생긴 나머지 모터의 코일이 타들어가면서 발생한 연기가 누설된 것 같았다.

"다시 확인해! 독도시스템에서 문제가 발생한 건 아니지?"

최정필도 다시 사색이 되었다.

만일 그래핀 배터리가 기반이 된 독도시스템에서 문제가 발생했다면 프로젝트 자체가 실패였다. 기술팀이 사력을 다해 확인한 결과 처음에 보고한 대로 발전모터에서 비롯된 문제가 확실했다.

이 사고의 원인인 발전모터는 국산이 아니었다. 독도함도 모든 장비와 부품의 100% 국산화가 가능하지 않았다. 장보고급의 원형인 독일의 209급을 카피 생산할 때 부품들은 당연히 독일제가 사용되었다.

가장 핵심적인 독도시스템을 제외한 부품 가운데 상당수는 그동안 성능이 충분히 검증된 독일제를 비롯한 원제품을 사용할 수밖에 없었다.

“큰일입니다!”

박정도까지 표정이 얼어붙었다.

모터의 코일이 타면서 발생한 유독한 연기는 물론, 절연액체가 기화된 가스까지 자욱하게 퍼졌다.

“당장 바닷물 배출하고 외부에서 강제로 해치를 개방하는 즉시 응급반 투입시켜!”

다급하게 외치는 최정필의 심장이 터질 것처럼 격렬하게 뛰었다.

이건 방금 전에 나타난 노이즈 따위가 아니었다. 독도함에 소요되는 모든 것은 나사못 하나라도 철저히 검사했는데 하필 가장 핵심적인 모터에서 이런 불량이 나타나는지, 미칠 것만 같았다.

“저도 들어가겠습니다!”

박정도가 외치는 순간 모니터에 김태우가 나타났다.

“우리는 걱정하지 말고 계속 진행해!”

김태우를 비롯한 승조원들은 산소통이 결합된 구급복장을 착용한 상태였다.

“연기와 가스가 누설되는 공간은 이미 폐쇄시켰어. 모든 승조원이 상황에 대비하고 있으니까 삼십 분 정도는 버틸 거야, 당황하지 말고 침착하게 진행해.”

“안 돼! 너무 위험하니까 바닷물을 배출시키는 즉시…….”

“함장으로서 명령한다. 테스트 계속 진행해.”

“알았다, 이 자식아!”

이빨을 으스러지도록 깨물며 최정필이 팀원들을 질타했다.

“출력 110%! 모든 시스템 및 부하 정상이다!”

차례차례 단계를 밟아 오를 때마다 최정필을 비롯한 모든 팀원들의 영혼이 졸아드는 것 같았다. 세상에 두려울 것 없을 정도로 담대한 박정도마저 숨이 막혔다.

"……출력 150%, 모든 시스템 및 부하 정상이다!"

와아아! 그제야 호흡하는 것조차 잊고 집중하던 모두가 멈춰둔 숨을 뿜어냈고, 그건 곧바로 함성이 되어 터져 나왔다.

중무장한 보안팀들까지 눈물을 쏟으며 소리를 질러댔다.

생사의 기로를 간발의 차로 벗어난 순간은 단순히 안도하는 정도가 아니라 그야말로 죽다 살아온 기분들이었다.

미친 것처럼 날뛰는 그들을 바라보다가 최정필이 퍼뜩 정신을 수습했다.

"모든 것을 충분히 테스트했으니까 독도시스템을 비롯한 전원과 부하를 순차적으로 다운시켜. 전원을 최소한으로 유지한 다음 우리가 들어갈 때까지 기다리고."

"성공을 진심으로 축하드립니다!"

힘차게 박수를 치면서도 박정도가 짓궂은 표정으로 손을 내밀었다.

"필요 없게 된 물건은 돌려주셔야지요?"

인상을 찡그리던 최정필이 품속에서 꺼낸 권총을 돌려주었다.

오후 7시 29분경, 단군호

예정에 없던 회식이 벌어졌다.

김태우를 비롯한 독도함의 승조원들과 최정필이 이끄는 프로젝트팀 거의 전부가 참석했다. 기술팀도 문제가 발생한 발전모터를 교환하기 위한 인원을 제외한 대부분이 참석했다.

"각 팀장과 부팀장을 비롯한 모든 팀원들, 고생들 많았고 김태우 함장과 승조원들도 수고 많으셨습니다."

최정필이 먼저 잔을 들었다.

독도프로젝트가 진행된 이후 처음 맞는 전체 회식이었지만 분위기가 달아오르지 않았다.

특히 2차 테스트까지 성공적으로 마친 개발팀의 분위기는 초상집이나 다름없었다. 그동안 겪었던 갖은 고생은 물론, 처참하게 죽어간 동료들을 생각하면 차마 술이 넘어가지 않았다.

"제가 한마디 해도 되겠습니까?"

이번에는 김태우가 잔을 들고 일어섰다.

"앞으로 이런 사고가 다시 발생한다면 어떤 일이 있더라도 돌아와서 본부장님 이하 모든 팀원들을 죽여버리겠습니다! 부디 저희들이 돌아오는 일이 없도록 해주십시오!"

"그럴 일 없을 테니까 안심하고 드세요."

최정필이 웃으며 받았지만 분위기가 변하는 건 아니었다.

승조원들 역시 살아있는 상태에서 마지막으로 마시는 술이라는 생각에 우울하기는 마찬가지였다. 승조원들 가운데 박예린이 짓궂게 웃으며 일어섰다.

"액땜을 했으니까 앞으로 재수가 좋을 겁니다! 반드시 이기고 돌아올 테니까 그때 다시 모여서 밤새도록 마시자고요."

박예린이 주변에 있는 팀원들과 건배를 했다.

일부러 쾌활하게 구는 그녀를 중심으로 회식 비슷한 분위기가 퍼져나갔다. 잠시 후 김태우와 최정필도 애써 느긋해하며 동참했다.

"부함장님도 한잔하시죠?"

박정도가 주철범에게 잔을 내밀었다.

"소주 두어 병은 우습게 마신다는 것쯤 알고 있으니 사양하실 필요 없습니다."

"아직 조사가 끝나지 않은 모양이죠?"

주철범이 태연하게 잔을 받았다.

"공식적으로는 끝났습니다."

박정도도 아무 일 없던 것처럼 대답했다.

"아무튼 죄송하게 되었습니다."

"공식적인 사과입니까?"

"그렇다고 할 수 있겠죠."

건배하는 박정도의 표정이 이지러졌다.

엉덩이에 남아 있는 몽둥이의 흔적보다 예감이 빗나간 것이 훨씬 고통스러웠다.

5월 25일 오후 6시 11분경, 대만해협

"적입니다!"

로스엔젤레스급 공격원잠 샤이엔(USS Cheyenne)의 음탐관이 굳은 얼굴로 말했다.

7함대의 주요 전력 가운데 하나인 샤이엔의 7천 톤에 달하는 함체가 팽팽하게 긴장했다.

함장은 물론, 함대를 추적하는 적을 잡기 위해 매복했던 샤이엔의 승조원들 표정이 잔뜩 상기되었다.

"쑹급 039타입! 방위 1-3-6-8! 거리 4,200! 심도 230!"

걸려든 건 중국이 최초로 자체 개발한 2,250톤의 재래식 잠수함 가운데 최신형이었다. 039A타입은 절대 만만치 않았다. 이지스와 초계기의 경계를 뚫고 여기까지 따라온 것을 보더라도 보통이 아니었지만, 불행하게도 샤이엔에게 탐지당하고 말았다.

조준에 잡힌 순간 즉시 어뢰가 발사되었다.

기겁한 쑹급이 기만체를 사출하면서 도주했지만 어뢰가 훨씬 빨랐다. 시속100km에 달하는 최신 MK48-Mod9 어뢰가 쑹급을 물어뜯을 것처럼 돌진했다.

쾅!

처참하게 부서지며 쑹급이 지르는 비명이 7함대 전체에 포착되었다.

샤이엔을 비롯한 모든 승조원들이 주먹을 휘두르며 환호했다.

뭐 하나 거칠 것 없이 작전이 진행되자 사령관의 표정은 더 이상 기쁠 수 없었다.

연속된 격추와 격침은 자신이 원하는 장소에 데려다줄 티켓을 예약하는 것과 같았다. 처음에는 백악관이 도저히 닿을 수 없는 다른 세계처럼 여겨졌지만 지금은 그렇지 않았다.

사령관과 더불어 분위기가 최고조로 치솟은 7함대가 당당하게 해협을 통과했다.

같은 시간, 단군호

독도함 내부는 매캐한 냄새가 자욱하게 가라앉아 있었다.

과부하로 불타버린 발전모터를 교환한 다음 계속 환기를 했어도 흔적이 사라지지 않았다. 다시 바닷물을 채우고 모든 것을 점검하다 보니 어느 틈에 저녁 먹을 시간이 되었다.

승조원들과 식사를 마친 김태우가 전투정보실로 돌아왔다.

“이번 테스트는 완벽하게 끝났지만 마지막 테스트가 남아 있어. 아직 긴장 풀면 안 돼.”

“여전히 불안한 요소들이 적지 않습니다.”

주철범이 나직하게 말했다.

“우리는 이제 막 진수한 상태에 지나지 않습니다.”

선박이 진수했다고 해서 모든 것이 끝나는 것은 아니었다.

그때부터 문제점을 보완하고 항해에 요구되는 모든 것에 합격점을 받을 수 있는 상태가 되어야 비로소 취역할 수 있는 것이다.

특히 군함은 취역에 이르는 과정이 더욱 중요할 수밖에 없었다. 독도함이 이제 겨우 진수한 것에 지나지 않는다는 주철범의 주장은 충분히 타당했다.

“물론이다. 전투에 가장 중요한 탐지와 KHS-100 등등의 테스트는 하나도 이루어지지 않았어. 가급적 빨리 밖으로 나간 다음 테스트를 실시해야지.”

“스크루가 연결된 실제 환경에서의 최고출력 테스트를 비롯한 주행과 회피는 물론, 한계심도의 잠항과 급부상 등등은 자연스럽게 실행할 수 있겠지만, 탐지와 공격은 어떻게 할 계획이십니까?”

"당연히 실전상황에서 테스트해야지 않겠나."
"그렇다면 선제공격을 감행할 계획입니까?"
언제나 차분했던 주철범의 표정이 굳어졌다.
일본과의 전쟁 가능성이 급격히 높아지긴 했지만, 일본이 외교적 접촉을 완전히 걸어 잠그지 않은 것도 사실이었다. 그런 상황에서 선제공격을 감행할 것처럼 말하는 김태우, 그를 보는 주철범의 표정이 심상치 않았다.
"놈들의 해군력이 압도적인 만큼 선제공격을 당하는 날에는 아군의 피해가 상상을 초월하겠지. 그런데도 공격을 당할 때까지 기다리면 어떻게 되겠어?"
"불필요한 행동으로 전쟁이 촉발될 게 우려돼서 드리는 말입니다."
"장차 잠수함사령관은 물론이고 참모총장 물망까지 오를 인재답지 않군."
그를 바라보는 김태우의 눈에서 은연중에 실망의 기색이 비쳤다.
"우리는 놈들의 매복까지 경험했어. 그때 조금이라도 빨리 감지하지 못했으면 동해의 해저에 가라앉은 잠수함은 우리의 장보고급이었을 개연성이 100%였는데도 그런 말이 나올 수 있나?"
"……."
"아무렴 내가 선제공격을 감행할 것 같나? 우리는 선전포고도 없이 진주만을 기습한 일본 해군 따위가 아냐. 우리가 비록 대한민국 해군의 정식편제에 포함되어 있지 않더라도 일본군처럼 비겁하게 공격하지는 않아."
"……."

"긴장을 풀어보려고 한마디 한 것 가지고 그렇게 심각하게 반응하는 걸 보니 부장의 상태가 좋지 않은 것 같군. 당분간 작전관에게 대행하도록 할 테니까 걱정 말고 휴식부터 취하도록 해."

김태우가 고개를 돌려 최정우를 불렀다.

"내가 휴식을 취하는 동안 작전관이 당직하도록."

네? 최정우가 뜻밖의 명령에 의아한 눈길을 던졌다.

"무슨 문제라도 있나?"

"아, 알겠습니다."

최정우에게 전투정보실을 맡기고 김태우는 곧장 함장실로 향했다.

고시원의 쪽방보다 비좁은 침대에 무너지듯 몸을 누이고는 깊은 한숨을 쉬었다.

테스트에서 갑자기 통신이 나가는 것 정도는 충분히 예상할 수 있었다. 아무리 최첨단으로 설계되었다 해도 얼마든지 그런 오류가 생길 수 있었다.

두 번째로 나타난 발전모터의 과열로 생긴 사고는 김태우로서도 당황스러울 만큼 뜻밖이었다. 그러나 지금까지 무수한 훈련을 반복하고, 목숨까지 걸고 싸워 이긴 실전경험까지 갖춘 그는 침착하게 판단할 수 있었다.

김태우가 다시 한숨을 쉬었다.

그가 가장 두려웠던 상황은 뇌종양의 증상이 느닷없이 나타나는 것이었다. 만일 테스트에 들어갔을 때 그랬다면 무사히 끝나지 않았을 것이 분명했다.

"예정했던 게이트 개방 테스트 시간이 2분밖에 남지 않았다! 모든 승조원은 혹시 발생할지 모르는 충격에 대비하라!"

스피커에서 최정우의 목소리가 들렸을 때 김태우는 세 번째로 한숨을 쉬었다.

단군호에서 독도함을 내보내기 위한 목적으로 측면의 선체에 거대한 게이트가 설치되었다. 독도함이 최종 테스트를 실시하기 위해 밖으로 나가려면 당연히 게이트가 정상으로 작동하는지부터 테스트를 해야 했다.

2차 테스트가 무사히 끝난 이후 게이트의 정상작동 여부도 실시하게 되어 있었다.

그러나 발전모터 연소 사고가 발생한 이후 연기되었다가 다시 실시하기로 통보되었다. 이번에도 김태우가 직접 확인할 것으로 여겼던 최정우는 그가 자신에게 당직을 맡기자 의아하지 않을 수 없을 것이었다.

"10초 후에 게이트가 개방된다! 다시 반복한다, 모든 승조원들은 혹시 발생할지 모르는 충격에 대비하라!"

곧이어 묵직한 충격이 독도함을 흔들었다.

단군호의 바닥에 고정된 독도함의 오른쪽 측면이 서서히 움직이면서 완전히 개방되었다.

바다와 처음으로 연결된 독도함이 울부짖는 것 같았다. 전쟁으로 향하는 출구에 직면한 김태우가 아프게 눈을 감았다.

움직이는 괴물

202X년 5월 26일 오후 3시 47분경 독도 남방 650km 지점, 공해

일본 함대는 맹훈련을 계속했다.

특히 잠수함을 탐지하는 부서들은 매시간이 실전과 같았다. 대잠헬기와 초계기들도 쉴 틈이 없는 상태에서 잠수함들까지 24시간 탐지를 계속했다.

"대잠탐지 이상 없습니다!"

이즈모의 함교에서 보고를 받은 연합사령관의 얼굴이 펴지지 않았다.

"다시 반복해!"

연합사령관이 나직하게 명령했다.

미 해군과 연합한 훈련에 여러 차례나 참가했던 그는 한국의 잠수함이 만만치 않다는 걸 누구보다도 잘 알았다.

"과민하신 것 같습니다."

작전참모가 느긋하게 웃으며 말했다.

"한국 잠수함들이 미 해군과의 연합훈련에서 놀라운 전과를 올렸지만 어디까지나 훈련 상황이었을 뿐입니다. 장보고급과 손원일급은 물론, 최신예인 안창호급에 대한 모든 정보를 가지고 있는 만큼 전쟁이 벌어지는 즉시 모조리 격침시킬 수 있습니다."

"예상과 결과는 일치하지 않는 경우가 많아."

연합사령관이 흘긋 작전참모를 바라보았다.

"과거 미드웨이에서 우리 해군이 참패하리라고는 누구도 예상하지 못했어. 당시 우리 해군이 아무렴 미 해군보다 약했을 것 같나?"

"……."

"몇 배나 강했던 우리 해군을 패배시킨 것은 자만심이라는 내부의 적이었어."

"죄송합니다!"

"죄송할 시간 있으면 위험할 수 있는 요소를 한 번이라도 더 검토해!"

차갑게 내뱉고는 연합사령관이 다시 훈련을 독려했다.

그가 판단하기에도 압도적으로 승리할 것이 분명했지만, 전쟁이 끝난 다음 원하는 자리로 가기 위해서는 피해를 줄이는 것도 중요했다.

연합사령관이 바라보는 정면에서 느닷없이 정체불명의 잠수함이 나타났다.

쾌속으로 다가온 잠수함이 일본 함대를 비웃기라도 하듯 바짝 근접했다가 침투했던 반대 방향으로 돌아 나왔다.

신경을 있는 대로 곤두세운 일본 함대는 그들의 소속이 아닌 잠수함이 바로 곁에서 활보하고 있는데도 눈치조차 채지 못했다.

"근처에 잠수함입니다!"

음탐장의 보고에 김태우의 눈썹이 꿈틀했다.

여기서 마주치는 잠수함은 적일 수밖에 없었다. 마지막 테스트에 나선 다음 귀환하려는 타이밍에 마주친 일본 잠수함인데, 독도함을 전혀 눈치채지 못하는 것 같았다.

"테스트를 충분히 실시한 만큼 가급적 빨리 귀환하는 것이 좋을 것 같습니다."

부장 주철범이 나직하게 말했다.

"아니야, 추적해!"

김태우가 고개를 저었다.

곧 독도함의 음탐반이 적의 음문(스크루가 회전하면서 발생하는 소음)을 입력했다.

같은 급의 잠수함이라도 사람의 지문처럼 음문이 달랐다. 음문을 알아내기 위한 목적으로 우방의 잠수함들끼리도 서로를 추적하기에 혈안이 되기 일쑤였다.

"추적하는 잠수함은 소류급 가운데 토류로 판명되었습니다."

토류는 12척의 소류급 가운데서도 2021년에 마지막으로 실전 배치된 최신예였다.

가장 강한 적과 마주쳤지만 독도함의 누구도 두려워하지 않았다. 특히 이미 소류급을 격침시켰던 어뢰반은 자신만만했다.

"최대한 근접해."

김태우가 명령했다. 속도를 높이면서 앞으로 나아가는 독도함에 토류가 일으킨 항적이 느껴질 정도로 근접했다.

"거리는?"

"350미터입니다."

소류급의 동체 길이가 84미터라는 것을 감안하면 군밤을 쥐어박을 수 있을 정도로 근접했다. 그렇게 가까운데도 토류는 조금도 눈치채지 못했다.

"공격할 생각이십니까?"

작전관 최정우 대위가 눈을 빛내며 말했다.

독도함이 탐지당하지 않는 것을 확인한 이상 공격하고 빠져나가는 것은 얼마든지 가능했다.

이미 소류급 가운데 하나를 잡은 데 이어 토류까지 격침시키면 일본의 잠수함 전력에 상당한 타격을 입힐 수 있게 된다.

게다가 독도함을 운용하면서 실전상황을 직접 경험하는 것만큼 확실한 테스트가 없었다. 어뢰반을 비롯한 승조원들이 마른침을 삼키며 명령을 기다렸다.

"저놈은 나중에 죽인다!"

최정우를 비롯한 승조원들이 아쉬운 탄성을 터뜨렸다.

토류에 대한 정보 입수가 끝난 것을 확인하고 김태우가 나지막이 명령했다.

"기관전속. 전속력으로 귀환한다."

급격히 가속한 독도함이 순식간에 토류를 앞질렀다.

"뭐, 뭐야?"

토류의 음탐반이 화들짝 놀랐다.

바로 곁에서 급작스럽게 가속하는 독도함에 의해 발생한 압력의 변화는 토류 같은 최신예 잠수함이 아니더라도 어렵지 않게 감지할 수 있었다. 한국 잠수함을 극도로 경계하는 상황인 만큼 이러한 정보는 함장에게 즉시 보고되었다. 그러나 압력 변화를 일으킨 독도함은 흔적조차 드러나지 않았다.

"밀도가 다른 바닷물이 서로 충돌하면서 발생한 현상으로 보입니다."

"그렇다면 소음이 먼저 캐치되어야지!"

함장이 추궁했지만 누구도 명확하게 분석할 수 없었다.

"아무리 뛰어난 장비라도 100% 완벽할 수는 없습니다."

보다 못한 부함장이 담당사관들을 두둔했다.

함장이 마지못해 수긍한다는 듯 고개를 끄덕이고 나서야 토류는 본래의 임무로 돌아갔다. 그들이 당면했던 괴이한 상황은 굳이 보고하거나 공유할 필요가 없었다.

독도함의 분위기는 함박눈이 내리는 크리스마스이브처럼 들떴다.

실전 투입을 앞두고 실시한 마지막 테스트를 이렇다 할 어려움 없이 완벽하게 끝낸 승조원들은 기쁜 기색을 숨기지 않았다.

김태우도 충분히 만족할 수 있었다.

특히 스텔스 기능과 탐지 능력은 그로서도 놀랄 정도였다.

그렇다고 긴장이 늦춰지는 것은 아니었다.

앞으로 어떤 상황을 어떻게 맞닥뜨릴지 알 수 없었다. 모든 것을 책임져야 하는 함장의 의무와 계급장의 중량이 무겁게 가슴을 눌렀다.

"미국 핵잠수함들이 떼거리로 덤벼도 이길 수 있을 것 같지 말입니다!"

박예린도 환하게 웃었다.

묵묵히 승조원들을 바라보던 김태우의 시선이 최정우를 향했다. 아직도 흥분이 가라앉지 않은 그의 눈빛이 이글거리는 것 같았다. 김태우가 대뜸 물었다.

"작전관은 이번 테스트를 몇 점이나 주고 싶지?"

"백점 만점에 98점 주고 싶습니다."

"나와 다르지 않군. 그렇다면 미비한 부분은 어디에서 발생했지?"

"먼저 개인적으로 드리고 싶은 말씀이 있습니다."

"말해봐."

"제가 함장님이라면 귀환하지 않을 것 같습니다."

느닷없는 발언에 한껏 들떴던 전투정보실이 급격히 가라앉았다. 모든 눈길이 최정우에게 집중되었다.

"지금 무슨 말을 하는 거야!"

주철범이 신경질적으로 외쳤다. 다소 과민한 반응이었다.

"계속해."

김태우가 손을 들어 막자 최정우가 이어 말했다.

"머지않아 전쟁이 벌어질 것 같으면 마지막 테스트까지 완벽하게 마친 상태에서 귀환할 필요가 있겠습니까? 우리는 지금 준비된 상태로도 얼마든지 싸울 수 있습니다! 단군호로 돌아가지 말고 놈들 곁에 바짝 붙어 있다가 우리 해군을 공격하기 직전에……."

"테스트가 아직 끝나지 않았어. 우리가 귀환한 다음 이번에 실시한 각종 데이터를 분석해 미흡한 점을 수정하고 보정해야 비로소 모든 테스트가 끝난다. 가급적 빨리 돌아가는 것이 우리가 당면한 임무야."

"독도함의 지휘권은 함장님께 있지 않습니까?"

"테스트가 끝나기 전에는 최정필 본부장의 통제에 따라야 한다는 것, 최 대위도 잘 알고 있지 않나? 우리는 대가를 받기 위해 성과를 내야 하는 민간 팀이 아냐. 조국을 위해 목숨까지 바쳐야 하는 군인이라는 사실을 다시 한번 명심해!"

"……."

"작전관의 뜻을 모르는 바 아니다. 나 역시 누구보다도 빨리 전선으로 나가 싸우고 싶으니까…… 너무 의기소침해하지 마라."

최정우의 어깨를 두드려주곤 이번엔 주철범을 향해 시선을 돌렸다.

어차피 전쟁을 피할 수 없는 상황에서 최정우와 상반된 주철범의 태도는 신경에 거슬릴 만큼 계속 마음에 들지 않았다. 게다가 이미 실전을 겪었으면서도 최정우처럼 적극적이지 않는 그에게 실망감이 차오르기 시작했다.

"작전관이 내게 말하는데 함부로 나서도 되나?"

"최 대위가 주제넘은 말을 하려고 들기에……."

"주제넘은 건 부장이라는 생각은 안 드나!"

김태우가 평소답지 않게 사정없이 꾸짖었다.

전에 없던 함장의 엄격한 행동에 전투정보실의 분위기가 싸늘해졌다.

당혹해하는 승조원들을 아랑곳하지 않고 다시 꾸짖으려다 김태우는 건전지가 모두 닳은 인형처럼 그대로 멈췄다.

느닷없이 코피가 쏟아졌기 때문이다. 매복했던 적과 목숨을 걸고 싸웠던 때와 흡사한 증상이 나타나자 그는 정신을 수습하기 위해 안간힘을 썼다.

"그동안 너무 과로하셨어요. 어서 휴식을 취하셔야 합니다."

박예린이 서둘러 조치했다.

"괜찮아, 괜찮아……."

"지금은 저의 지시를 따르셔야 해요."

"내가 의무실에 있는 동안 작전관이 지휘를 대행한다. 불만 있나?"

대번엔 표정이 일그러지는 주철범을 무시하고 김태우가 의무실로 향했다.

박예린의 시선에는 안타까움이 그득했다. 말단 승조원들도 함부로 꾸짖지 않았던 김태우가 바로 아래 주철범을 저렇게 신경질적으로 대하는 것은 데미지 때문이었다.

이미 뇌종양이 발생한 상태에서 잔혹한 실전까지 겪었던 김태우는 갈수록 사고기능이 원활하지 못할 것이다. 이런 상태로 전쟁에 뛰어들면 어떻게 될지 두렵기만 했다. 그녀의 시선이 미세하게 비틀거리는 함장의 다리에 붙어 떨어질 줄 몰랐다.

5월 26일 오후 7시 33분경, 청와대

"마지막 테스트도 성공적으로 끝났다고 합니다."

기밀실에서 국정원장의 보고를 받고도 대통령은 잠시 말이 없었다.

"혹시 독도함 내부의 문제점 같은 것은 발견되지 않았습니까?"

대통령의 질문에 국정원장이 바로 대답했다.

"전혀 그렇지 않습니다. 함장을 비롯한 승조원들의 사기도 최고라고 합니다."

"다행입니다."

그제야 대통령이 모처럼 밝게 말했다.

"외람된 말씀이지만 독도함을 해군에 편제시키는 것밖에 대안이 없을 것 같습니다."

"그 문제에 대해서는 안 된다고 분명히 말하지 않았습니까!"

대통령의 표정이 다시 딱딱해졌다.

"독도함이 해군에 인도되는 즉시 공개될 텐데, 가장 엄중하게 비밀이 유지되어야 할 독도함을 스스로 공개한다는 게 말이 된다고 생각하십니까? 그것도 국정원장이라는 사람이 그런 건의를 할 수 있는 겁니까!"

"현실이 그렇지 못하기 때문에 드리는 말씀입니다."

국정원장도 심각한 표정을 감추지 않았다.

"그런 규모의 사업이, 게다가 몇 년이나 끌어오면서 비밀이 유지될 것으로 보십니까?"

"……."

"차라리 독도함을 공개해서 위력을 드러내면 전쟁을 억지할 수……."

"거듭 말하지만 절대 안 됩니다!"

대통령의 표정에 섬뜩한 날이 섰다.

"독도함은 그쪽과의 약속대로 진행합니다. 출격할 때까지 절대 비밀을 유지할 테니까 더 이상 말하지 마세요."

국정원장이 한숨을 쉬며 돌아섰다.

핏발 선 눈으로 국정원장을 노려보는 대통령의 주먹이 부들부들 떨렸다.

피로에 지쳐 그의 얼굴은 누렇게 떠 있었다. 군 정보국을 통해 별도의 보고를 받고 있는 대통령은 지금 누구도 믿을 수 없었다. 국가의 고립이 자신의 고립과 다르지 않다는 극단적인 생각이 그의 불안한 영혼을 조금씩 잠식해가는 것만 같았다.

5월 27일 오전 8시 28분경, 단군호

박정도의 경호를 받으며 최정필이 독도함으로 향했다.

각자 장비를 휴대한 팀원들과 기술팀이 줄줄이 따랐다. 해치를 통해 내부로 진입하는 것은 최정필도 처음이었다.

"필승!"

김태우를 비롯한 승조원들이 일제히 경례를 붙였다.

굳은 표정으로 답례하는 최정필의 어깨가 부르르 떨렸다.

열정과 생명을 갈아 넣었던 나날들이 떠오르자 지그시 감은 그의 눈에 눈물이 배어났다. 그가 참여하기 훨씬 이전부터 시작된 프로젝트가 끝났다는 사실이 비로소 체감되었다.

모든 것을 쏟아 부은 사람들에 의해 만들어진 독도함은 일본 함대가 전력으로 경계하는 바로 옆을 통과해도 탐지당하지 않았었다.

게다가 일본의 최신예 토류에 바짝 근접해도 전혀 눈치채지 못했다는 보고를 받았을 때는 얼마나 기뻤는지 몰랐다.

완벽에 가까운 성공을 거두었다는 보고를 접한 모든 팀원들이 그 자리에서 감격의 눈물을 흘리며 토했던 환호와 함성은 죽어서도 잊을 수 없을 것만 같았다.

이제 마지막 점검을 마치고 보정수치가 입력되면 독도함은 여기를 떠날 것이다.

앞으로 만나지 못할 김태우와 그의 승조원들을 생각하면 기쁨도 잠시, 차마 그들을 똑바로 바라볼 수 없었다.

"이럴 시간 없습니다!"

박정도의 채근을 받자 그제야 최정필이 눈을 떴다.

바로 앞에 선 김태우의 완강하게 악문 턱이 미세하게 떨렸다.

둘은 묵묵히 악수를 나눴다. 승조원들과도 차례를 악수를 나누며 격려하다 박예린 앞에 서자 자신도 모르게 혀를 찼다.

"여자라고 얕보지 마십시오! 반드시 승리하고 돌아올 테니까 지난번처럼 회식이나 단단히 준비해두십시오!"

당차게 외치는 박예린의 눈에서 별빛 같은 광채가 일렁였다.

최정필과 박정도를 비롯한 모두는 죽을 때까지 그녀의 모습을 잊을 수 없었다.

같은 시간, 독도

"준비된 사수로부터 사격개시!"

중대장이 담담하게 명령했다.

100% 자원자로 편성된 중대가 다시 사격에 돌입했다. 개인화기 K-2는 물론, 기관총과 유탄발사기, 박격포 등의 공용화기들까지 적이 나타날 바다를 향해 불을 뿜었다.

전투 목적 이외의 병력을 제외하고 자원을 받았을 때 모든 해병대가 응했었다.

그들의 선배들 역시 '나의 아들과 손자가 독도를 지킬 수 있도록 해 달라'며 청원했었다.

외아들을 제외하고 무작위로 선발한 결과 '독도는 반드시 우리가 지켜야 한다'는 해병대의 숙원이 마침내 이루어질 수 있었다.

국민의 성원과 눈물을 뒤로하고 독도에 들어온 그들의 일과는 복잡하지 않았다. 자신들의 무덤이 될 벙커를 점검하고 방어훈련과 사격을 실시하는 것이 전부였다.

"실탄을 아끼지 마! 미진하다고 여기는 대원들은 얼마든지 사격을 계속해!"

격려하며 외치던 중대장이 고개를 들어 새삼스레 독도를 바라보았다.

불모라고 표현하기조차 척박한 표면에 숫자를 헤아릴 수 있을 정도로 드문드문 나무가 자라고 있는 독도는 이름 그대로 외로운 섬이었다.

의무적으로 결사대에 자원한 다음 선발되었다는 통보를 받았을 때의 기분은 죽어도 잊히지 않을 것 같았다. 게다가 여자친구가 임신했다는 것을 알게 되었을 때는 한숨조차 나지 않았다.

일단 집에 알렸을 때 해병대를 나온 아버지는 애써 담담했지만 어머니는 거의 실성하다시피 했다. 울부짖기는 여자친구도 마찬가지였다. 서럽게 울어대는 어머니와 여자친구가 꿈에서까지 나타나는 바람에 제대로 수면을 취하기도 어려웠다.

결사대로 선발되고 독도에 도착하기까지의 시간은 너무나 빨랐다.

마침내 독도에 닿은 중대장은 난감한 상황과 조우했다. 그동안 독도를 지켰던 경찰 병력이 한사코 교대하려 하지 않았다.

말로 설득하는 게 통하지 않아 군법까지 들먹여 위협을 가한 끝에야 그들을 내보낼 수 있었고, 그렇게 교대한 직후부터 절망이 파도처럼 밀려들었다.

독도는 천혜의 감옥이었다.

세계적으로 유명한 마술사들조차 탈출을 포기할 정도로 험난한 바위로 이루어진 외로운 섬은 해병대의 무덤으로 제격이었다. 아무튼 자원하여 들어온 이상 살아서 나갈 생각은 추호도 없었다.

"오늘은 생선회로 회식하지 말입니다!"

사격을 마친 말년병장이 바다를 가리켰다. 유탄과 박격포탄이 작렬한 바다에 물고기들이 부옇게 떠다니는 것이 보였다.

"저걸로는 부족할 것 같은데?"

"걱정 마시지 말입니다!"

침투용 보트를 몰고 나가 수류탄을 집어던지면 넘치도록 잡을 수 있었다.

그렇게 하지 않아도 작살을 들고 잠수하는 것으로도 충분했다. 벌써부터 입맛을 다시는 대원들을 바라보다가 중대장이 피식 웃으며 권총을 뽑아들었다.

"전투식량 현지조달 작전은 나까지 사격을 마친 다음 실시하도록."

아무리 긴장으로 팽배한 분위기를 누그러뜨리려 해도 한 발씩 발사할 때마다 절망이 튀어 나가는 것만 같은 기분은 어쩔 수 없었다.

소총과 기관총의 소음에 익숙해진 갈매기들만이 권총의 발사음 따위는 전혀 개의치 않는다는 듯 유유히 허공을 떠돌았다.

5월 27일 오후 2시 13분경, 단군호

"끝났습니다!"

팀장의 보고를 받자마자 최정필이 전투정보실로 향했다.

기다리고 있던 김태우가 무거운 시선을 던졌다. 대뜸 협박부터 늘어놓았다.

"다시 한번 모터가 연소되는 사고가 발생하면 네놈들 전부 죽여 버리겠어!"

"그럴 일 없을 테니까 안심하고 출격해."

최정필이 김태우 못지않게 무겁게 대답했다.

프로젝트와 잠수함의 책임자가 나누는 몇 마디 대화는 그 자체로 묵직한 쇳덩이를 주고받는 것만 같았다. 나가려다 말고 최정필이 멈칫했다.

"아, 깜빡할 뻔했군."

그가 주먹 속에 꼭 움켜쥐고 있던 리모컨을 건넸다. 만일의 경우 자폭할 용도의 리모컨을 건네받은 김태우의 눈에서 싸늘한 광채가 일렁였다.

"필승!"

리모컨을 넘긴 최정필이 먼저 당부하듯 경례했다.

정중하게 마주 경례한 김태우가 더 이상 말이 필요 없다는 듯 승조원들을 향해 돌아섰다.

잠시 후 보안팀원들의 호위 속에서 최정필은 묵묵히 전투정보실을 빠져나갔다. 족쇄가 매달린 것처럼 무거운 걸음으로 나서는 그의 뒤를 팀원들이 묵묵히 따랐다.

이를 악물고 마지막으로 사다리를 오르는 박정도의 눈이 자꾸만 흐려졌다.

여러 차례나 전우를 잃어야 했던 그에게 김태우를 비롯한 승조원들이 형언할 수 없이 애틋했다. 특히 쾌활하던 박예린의 모습이 더욱 가슴을 저몄다.

마지막으로 박정도가 빠져나오자마자 하부 공간이 완전히 폐쇄되었다.

다시 바닷물을 채운 다음 독도함에서 완전히 준비되었다는 통신을 보냈다.

"아직도 부함장을 의심하나?"

"……."

"가장 혐의가 없는 것까지 의심할 이유가 되다니, 아무래도 정상이 아니야."

"……."

"이번 프로젝트가 끝나는 대로 너는 해고야!"

"인사위원회에 회부되는 것도 각오하고 있습니다."

지체 없이 대답하는 박정도의 표정은 그리 심각하지 않았다.

존재를 부정당하면서까지 자원한 김태우와 승조원들에 비하면 인사조치를 거쳐 해고당하는 것은 아무것도 아니었다.

"저는 상관없습니다. 지금도 오라는 곳이 많으니까요."

박정도가 흘긋 최정필을 바라보았다.

"본부장님은 앞으로 어쩌실 계획입니까?"

독도함이 출격에 나서면 최정필이 할 일은 거의 없었다.

전쟁이 벌어진 다음에는 개발을 맡은 최정필의 팀 대신 정보와 보급과 의료지원을 운용하는 팀이 전면에 나서야 했다. 역시 최고로 구성된 팀이 이미 가동되고 있는 만큼 최정필은 그들이 필요로 하는 것들을 제공하는 역할에 그쳐야 했다.

"아무려면 어때, 이길 수 있으면 그만이지."

흉터 때문에 북받치는 감정이 표정으로 드러나지는 않았지만, 자신들이 만들어낸 독도함으로 인해 전쟁에서 승리할 수 있다면 얼마든지 목숨을 바칠 수 있었다.

"이긴 다음에는요?"

그때는 무얼 하고 있을까? 최정필이 문득 생각에 잠겼다.

새로운 얼굴과 신분을 가지고 아무도 모르는 곳으로 가 여생을 보낼 생각을 해보지 않은 건 아니었다.

상부에서도 그렇게 해주겠다고 약속했지만 지옥을 경험한 그로서는 평범하게 살아갈 수 없었다. 먼저 간 동료들을 생각해서라도 깨끗하게 최후를 마치는 것이 도리였다.

"왜 쓸데없는 소리를 하고 있어!"

신경질적으로 반응하던 최정필이 흠칫거렸다.

"부디 살아서 다시 만납시다!"

박정도가 피를 토하는 것처럼 외쳤다.

그에겐 프로젝트에 뛰어든 순간부터 전쟁이었고, 최정필은 목숨과도 바꿀 수 있는 전우가 되었다. 살아서 만난다는 것이 그들에게 남은 유일한 희망이었지만, 여전히 기약할 수 없는 허무한 희망이기도 했다. 눈물을 쏟으며 목이 터져라 외치는 그를 바라보던 최정필도 목이 메었다.

예기치 못한 위기

202X년 5월 27일 오후 9시 35분경, 독도함

"아빠, 더 빨리 밀어줘!"

네 살배기 딸아이가 까르르 웃으며 페달을 밟았다.

하나밖에 없는 어린 자식이 자전거를 타는 모습은 눈물겹도록 감동적이었다.

"뭐 해? 더 빨리 밀어달라니까!"

딸아이의 채근에 힘껏 미는 순간 손이 허전했다. 자전거가 눈앞에서 순식간에 사라진 것이다.

사방을 둘러봐도 아무것도 보이지 않았다. 문득 깨달았다. 갑자기 홀로 남았다는 것을. 김태우는 덜컥 겁이 났다.

"자식 걱정할 때가 아닌 것 같은데요?"

웨딩드레스를 눈부시게 차려입은 아내가 나타났다.

딸이 태어나기도 전의 모습이었다. 아내를 처음 만났을 때, 그대로였다.

맞벌이를 하면서 자식을 기르고 살림을 꾸리는 생활에 지친 중년 여성이어야 할 아내의 변신을 김태우는 멍한 눈길로 바라보았다. 아내가 야속하게 말했다.

"이번 결혼기념일도 당신은 함께 하지 않는군요."

아, 그제야 기념일이 떠오르자 말할 수 없이 민망해졌다. 뭐라고 변명할 거리를 찾던 김태우는 다시 딸아이가 사라진 걸 깨닫고 흠칫 놀랐다.

일단 아이부터 찾아야 했다. 아이를 찾아 나서려던 그는 아내에게 가로막혔다.

"그렇게도 자식을 위하는 사람이 스스로 죽을 길을 찾아 나서나요? 더구나 애꿎은 승조원들까지 떼죽음으로 몰고 가려고요?"

극비 가운데서도 극비를 태연하게 내뱉는 아내를 다시 황망한 눈길로 바라보던 김태우는 이내 숨이 턱 막혔다. 아내의 팔이 다가들었다. 무서운 힘으로 자신의 멱살을 잡은 아내의 눈이 새파랗게 타올랐다.

"가족을 지켜야 할 사람이 왜 죽지 못해 안달이야!"

"나, 나는 조국과 국민을 지켜야 할 군인이잖아."

"당신도 군인이기 전에 가장이야, 당신은 여기 남아서 나와 자식을 지켜야만 해. 그래야 한단 말이야!"

"나는 조국을……."

어디서 나타났는지 모를 권총이 아내의 손에 들려 있었다. 아내가 천천히 팔을 들어 김태우의 머리를 겨눴다.

"머리도 성치 않은 주제에?"

김태우는 주저했다.

아무리 재촉해도 원하던 대답을 듣지 못한 아내는 기어이 방아쇠를 당겼다.

날카로운 굉음과 함께 머리가 박살나는 순간 김태우는 소스라치며 깨어났다. 걱정스레 바라보고 있는 박예린과 눈이 마주치자 그제야 안도의 한숨을 쉬었다.

출격을 앞둔 상태에서 누적된 피로를 이기지 못하고 잠깐 선잠이 들었던 모양인데, 잠을 비집고 들어온 꿈이 너무나 생생했다.

딸이 중학생이라는 것에 생각이 닿자 김태우는 불길한 꿈에서 완전히 해방되었다.

"출격 24분 전이군."

시계를 확인하며 김태우가 나직하게 말했다.

현재 상황은 전쟁 직전에 근접해 있었다.

공군들이 대치하는 것은 독도함의 능력 밖이었고, 해군과 해경이 일촉즉발로 대치하는 가운데서 선택의 여지가 없었다. 독도함은 해군이 대치하는 방향으로 출격해야 했다.

전쟁에서 이기기 위한 목적으로 건조된 독도함이 일본 해군을 공격하여 재기불능의 타격을 입히는 것은 당연했다. 그러나 해경들까지 위기에서 구하는 것은 물리적으로 가능하지 않았다.

"다른 방법이 없지 않습니까?"

최정우가 김태우의 속을 들여다보기라도 한 것처럼 말했다.

"그렇습니다. 해군에 집중하는 것이 본래의 작전입니다."

주철범도 당연하다는 표정으로 김태우를 응시했다.

“좋아! 출격하는 즉시 전속력으로 달려야 할 테니까 승조원들이 임무를 단단히 숙지할 수 있도록 주의를 환기시켜.”

독도함의 상태는 이제 최상이었다.

3차 테스트에서 완벽에 가까운 결과를 얻은 만큼 적을 모조리 동해에 쓸어 넣을 자신이 충만했다. 운이 따라준다면 궁지에 몰릴 게 뻔할 해경도 구할 수 있을 것 같았다.

그래도 김태우를 비롯한 모두의 가슴은 불안하게 일렁였다.

출격의 카운트다운이 다가올수록 불안감도 증폭되는 것 같았다. 단군호를 나간 다음 마주칠 전쟁의 실체는 물론 목적을 달성한 이후에 닥칠 현실은 상상하기조차 두려웠다.

자신은 함장으로 모든 것을 책임져야 마땅했고 그럴 준비가 되어 있었지만, 주철범과 최정우를 비롯한 장래가 창창한 장교들과 부사관들은 달랐다.

그들에게 너무나 무거운 무게의 책임을 강요하는 것만 같아 그저 가여울 뿐이었다. 말할 수 없이 처참한 심정으로 승조원들을 둘러보던 김태우는 박예린과 눈이 마주쳤다.

오직 자신을 믿고 죽음에 동참한 승조원들 가운데 박예린은 특히 애처로웠다. 지금이라도 내보낼 수 있기를 간절히 바랐지만 그녀의 눈은 단호하게 거부했다.

그래, 다 함께 가는 거다…….

이제는 돌이킬 수 없었다. 깊게 호흡을 들이마신 김태우가 의자에서 일어났다.

“너무 긴장하지 마…….”

콰앙!

김태우가 승조원들을 격려하는 순간, 어디선가 느닷없는 폭음이 울려 퍼졌다.

폭음에 반응하듯 거의 동시에 단군호가 지진에 휩쓸린 것처럼 요동쳤다.

충격에 휘말린 독도함의 승조원들이 갈피를 잡지 못했다. 김태우도 휘청하면서 쓰러졌다. 호되게 찧은 이마에서 피가 주르륵 흘러나왔다. 알싸한 통증이 밀려왔다. 이건 꿈이 아니었다!

“어서 함장님을 살펴!”

주철범이 박예린을 향해 악을 쓰듯 외쳤다. 이마가 찢어져 부상을 당한 김태우가 이를 악물고 흔들리는 정신을 추슬렀다.

느닷없는 폭음과 충격에 가장 먼저 반응한 사람은 최정필이었다.

이미 한 차례 끔찍한 실패를 경험했던 그는 폭음이 고막에 닿는 순간 감전이라도 당한 것처럼 온몸이 찌르르했다.

벌떡 일어나 반사적으로 모니터를 바라보았다.

그러나 모니터를 통해서는 독도함 내부에서 어떤 상황이 벌어지고 있는지는 알 수 없었다.

“비상상황이다! 매뉴얼에 의거해 행동해!”

박정도가 외치기도 전에 보안팀, 기술팀을 가리지 않고 미친 듯 뛰어다녔다.

잠시 후 단군호 좌현 후미의 선체 바닥 외부에 폭탄이 설치되어 있었다는 것과, 폭발에 의해 미국의 핵잠수함이 여유 있게 드나들 수 있을 정도의 구멍이 뚫렸다는 것이 파악되었다.

이건 있을 수 없는 일이야!

최정필이 다시 한번 절규했다.

1차 테스트에서 발생한 사고를 딛고 마지막까지 도착한 순간, 이번에는 단군호 자체가 공격을 당했다. 누군가 빤하게 들여다보고 있었다는 느낌에 소름이 돋자 최정필은 박정도를 향해 악을 썼다.

"어떤 놈들이 저지른 짓이야?"

"그건 나중에 보고 드리겠습니다. 침수구역을 자동으로 폐쇄하는 장치는 이미 작동했습니다. 전체적으로 심각한 피해로 이어지지는 않았습니다. 다행히 독도함 역시 무사한 것 같습니다."

"카운트다운 같은 것들 전부 생략하고 최대한 빨리 독도함 출격시켜!"

독도함을 고정시켰던 장치는 이상이 없었다. 그것만으로도 천만다행이었다.

오래도록 자신을 속박했던 쇠사슬에서 풀려난 독도함이 서서히 떠오르는 게 보였다.

독도함이 게이트를 향해 몸을 틀었다.

"이런 꼴을 당하려고 엉뚱한 부함장에게 신경 썼나!"

갈라지는 목소리로 외치며 최정필이 박정도를 노려보았다.

"아무리 단군호 내부에서 진행되었다고 해도 지금까지 비밀이 지켜진다는 자체가 상식적이지 못합니다! 아무렴 미국과 일본이 바보일 것 같습니까?"

낮과 밤을 가리지 않고 지상의 동전까지 식별할 수 있는 정찰위성은 물론, 지상을 24시간 세분해서 스캐닝 할 수 있는 무인기들까지 횡행하는 세상에 기밀이 지켜진다는 것은 감히 자신하기 어려웠다.

"직감이지만 군이 개입되었을 것 같습니다."

그 정도의 폭탄을 입수하고 은밀하게 잠입하여 설치한 다음, 타이밍에 맞춰 격발할 수 있는 능력까지 갖춘 조직은 하나밖에 없었다.

독도함을 극비리에 건조했던 이유 가운데는 군을 믿기 어렵다는 이유도 포함되었다.

게다가 군대를 지휘하는 자들 가운데는 반역자들까지 엄연히 존재했던 만큼 군과 거리를 둘 수밖에 없었다.

특히 울산의 조선소에서 진행되던 1차 테스트가 참담하게 실패한 다음에는 아예 유조선 내부로 옮기게 되었다. 이후 국가의 통제를 받지 않는 여기에서 독도함을 만들었는데도 결국 공격을 당했다는 게 원통할 뿐이었다,

심장이 터져 죽을 것 같은 분노를 누르고 범인을 추려나가던 최정필에게 뭔가가 번뜩 스쳤다,

그랬었군, 그때도 네놈들이…….

"보, 본부장님! 크, 큰일입니다!"

이번에는 기술팀장이 다급한 목소리로 보고했다. 최정필은 다시 가슴이 철렁했다.

"호들갑 떨지 말고 침착하게 보고해!"

"게이트가 열리지 않습니다!"

"뭐라고? 다시 말해봐!"

"폭발로 인한 충격으로 게이트가 이동하는 레일이 어긋나는 바람에……."

단군호의 측면에는 독도함이 나가고 들어올 수 있도록 하기 위한

목적의 출입구가 설치되었다. 출입구를 개폐하는 거대한 게이트 하부는 정교한 레일로 구성되어 있었다.

게이트는 별도로 구동하는 모터의 힘을 받아 여닫게 되어 있는데, 폭발의 충격으로 레일이 비틀리는 바람에 게이트가 움직이지 않는다는 보고가 들어온 것이다.

엎친 데 덮친다더니…….

최정필은 기가 막힌 나머지 헛웃음마저 나왔다.

"게이트가 열리지 않는다면 독도함이 출격하지 못하는 것 아닙니까?"

폭발에도 로봇 같던 박정도의 표정이 결국 일그러졌다.

"어차피 단군호는 지워버릴 수밖에 없겠지만 독도함이 출격할 수 있을 때까지만 시간을 줘!"

"절대 그럴 수 없습니다! 일본 놈들이 언제 쳐들어올지 모르는 이상 지금 당장이라도……."

"나도 남겠다."

"지금 뭐라고 하셨습니까?"

"내가 끝까지 책임질 테니까 독도함이 나갈 때까지 기다려. 이건 명령이야!"

어이없게 바라보던 박정도가 권총을 꺼냈다.

"지금부터 명령권은 제게 있습니다! 그리고 본부장님은 가장 먼저 지워야 할 대상입니다!"

권총의 안전장치를 해제하고 박정도가 최정필을 똑바로 겨누었다.

"무슨 짓이야!"

“반복하겠지만 지금 상황에서는 누구라도 의심받지 않을 수 없습니다. 게다가 본부장님은 독도함에 대한 비밀을 누구보다도 많이 알고 있지 않습니까!”

“내가 내통이라도 했다는 거야? 말이 되는 소리를 해야지!”

타앙!

총소리와 함께 반사적으로 주먹을 움켜쥔 최정필이 딱딱하게 얼어붙었다. 총소리를 듣고 밖에 있던 부팀장과 보안팀원들이 뛰어들었다.

“지금 즉시 ‘화이트아웃(whiteout)’ 상황에 돌입해!”

흠칫한 부팀장이 리모컨을 꺼낸 다음 빠르게 조작했다. 요소요소에 설치된 고성능폭약의 기폭장치에 전원이 투입되었다.

“실행자는 내가 유일하도록 설정하고, 프로젝트 팀원들은 물론 단군호에 있는 모든 인원들을 독도함이 있는 장소로 집결시켜. 명령에 따르지 않거나 빠져나가려는 인원은 사살해버려!”

“알겠습니다!”

부팀장이 나가려는 순간 최정필이 싸늘하게 웃었다.

“밥값도 못하는 등신 같은 놈들이 모든 것을 망치고 싶어 안달이군.”

“헛소리 듣고 있을 시간 없어! 본부장님과 컨트롤 룸은 내가 직접 처리할 테니까…….”

“단군호를 공격한 조직은 그들이야!”

순간 박정도를 비롯한 보안팀원들이 딱딱하게 굳어졌다.

“정확히 말하면 그 가운데서도 드러나지 않은 특수공작팀이겠지. 1차 테스트의 실패도 그놈들에 의한 것이 분명해.”

"설마……?"

박정도의 입에서 신음이 비집고 나왔다.

군함과 잠수함을 비롯한 국방사업을 추진하는 구석에서 은밀히 진행되던 독도프로젝트는 특히 보안에 신경을 곤두세울 수밖에 없었다.

그러던 2015년에 1차 테스트가 실패한 다음에는 아예 유조선 내부에서 진행하는 것으로 변경되었다. 최정필을 주축으로 하는 프로젝트팀이 다시 가동된 것은 2016년 말이었다.

프로젝트팀이 단군호 내부에 들어가 성과를 올리기 시작할 무렵 정권이 교체되었고, 전폭적인 지원을 받은 프로젝트가 급격히 성장하면서 그들과의 공조도 이루어질 수 있었다.

"심부름센터만도 못한 놈들이 어떻게……?"

박정도가 경멸스럽게 말했다.

그들에게는 프로젝트의 일정과 진행 상황을 보고하면서 이쪽의 애로사항을 전달하는 것 이상은 주어지지 않았다.

"네가 말하는 심부름센터만도 못한 놈들에게 두 번이나 당했어."

1차 테스트 때의 그 일은 최정필은 물론 박정도까지도 사고라고 여길 수밖에 없을 정도로 정교했었다.

"그렇다면, 그의 특수공작팀이 테스트 당시의 프로젝트팀이나 기술팀, 보안팀에 침투……?"

"그때의 개발팀과 기술팀, 보안팀에 침투한 것은 물론, 어쩌면 총괄하는 본부장이 개입되었을 개연성도 결코 배제할 수 없겠지. 정말 지독한 놈들이야, 여기에도 침투했을지 모르니까."

보안팀원들마저 흠칫 놀라 서로를 바라보았다.

"말씀이 사실이라면 청와대도 위험하다는 얘기 아닙니까?"

곁에 있던 부팀장이 다급하게 말했다.

리모컨을 확인하는 박정도의 손이 덜덜 떨렸다.

같은 시각, 청와대

"역시 합참의 안건대로 공군력으로 승부를 걸 수밖에 없겠……."

대통령의 말이 끝나기도 전에 국정원장이 급하게 다가왔다.

귓속말로 속삭이던 그가 기밀실로 갈 것을 권했다. 그러나 대통령이 고개를 저었다.

"즉시 모니터하세요!"

급격히 확대되는 단군호는 뭔가 이상했다.

그동안 외부에 존재를 드러내지 않았던 보안팀원들이 갑판에 쫙 깔렸다. 게다가 침투용 고무보트가 빠르게 달리면서 잠수요원들을 바다로 투입시켰다.

조선소 전체가 발칵 뒤집히고 인근의 군부대까지 출동하는 게 마치 전쟁이 벌어진 것 같았다.

"울산의 K중공업에서 북한의 소행으로 추정되는 폭탄테러가 발생했다고 합니다!"

직통라인을 확인한 국방부방관이 다급하게 보고했다.

그를 바라보는 군 정보국장이 허탈하게 웃었다.

국장도 동시에 핫라인을 받았지만 보고할 필요조차 느끼지 못했다.

"북한의 소행이라는 증거가 있습니까?"

대통령이 이상할 정도로 차분하게 질문했다.

"아직 확증은 없습니다만, 울산이 어디 보통 지역입니까? 외곽을 경계하는 해병대를 비롯한 병력은 물론, 특수부대 출신으로 편성된 자체 보안팀의 삼엄한 경계를 뚫고 폭탄테러를 자행할 수 있는 집단은 아무래도……."

말을 흐리는 국방부장관을 딱한 눈길로 바라보는 대통령의 표정에 쓴웃음이 떠올랐다.

"이렇게 척척 협조하는데도 일본이 쳐들어오지 않는다면 그게 오히려 이상하겠군. 내가 일본 수상이라도 공격하지 않고는 견디지 못할 것 같으니까."

의아하게 쳐다하는 국방부장관을 무시하고 대통령의 시선이 다시 모니터를 향했다.

"이미 두 번째인 데다 타이밍까지 이렇게 절묘할 수 있다니, 과연 대단한 놈들이군. 안 그런가?"

대통령은 분노를 감추지 않았다.

그의 냉소가 누구를 향한 것인지 상대도 모를 리 없었다. 대통령을 향하는 국정원장의 표정이 야릇하게 비틀렸다.

패배하는 대한민국

202X년 5월 27일 오후 11시 27분경, 독도 방향의 카디즈

일본 전투기들이 대규모로 접근한다는 경보를 받고 공군이 출격에 나섰다.

지겹도록 반복되는 도발에 대응해 출격하는 조종사들도 맥이 빠졌다.

"상황이 끝날 때까지 절대 긴장 풀지 마!"

질타하는 편대장들도 맥이 빠지기는 마찬가지였다.

마하2를 초과하는 최대속력으로 급격히 독도에 접근하는 F-15K의 레이더에도 적기들이 잡히기 시작했다.

F-15J의 무장에도 사거리 180km에 달하는 AIM-120D 암람(AMRAAM, 장거리 공대공미사일)이 포함된 데다, 언제든지 교전이 벌어질 수 있었기 때문에 대응출격에 나설 때마다 피가 마르는 것 같

았다.

"이상합니다! 놈들이 회피할 기미가 없습니다!"

속도를 줄이는 편대장기의 부조종사가 예사롭지 않다는 투로 말했다. 후속하는 KF-16편대들도 의아하기는 마찬가지였다.

AIM-120D 암람이 날아갈 수 있는 180km는 연료를 전부 사용했을 때의 최대사거리였다.

60에서 80km 정도가 적절한 사거리였기 때문에 90km쯤 근접하면 회피하는 것이 피차 좋았다. 실제로 지금까지 그랬던 F-15J들인데, 80km에 근접하는데도 회피할 기미가 없었다.

"알고 있어. 명령하기 전에는 절대 먼저 발사하지 마!"

편대장이 지시하는 순간 새로운 적이 포착되었다.

조기경보기 E-737 피스아이와 편대의 교신이 급증했다. 지금 접근하는 적과 후속하는 적을 합치면 F-15J 35대와 F-2 54대나 되었다. 그에 따라 한국 공군도 급격히 증강되었다.

"기습이다!"

느닷없이 모니터에 밝은 점들이 나타났다. 그것들과의 거리가 불과 20km 정도밖에 되지 않는 것을 파악한 F-15K 편대들이 일제히 경악했다.

갑자기 모니터에 나타난 밝은 점들은 일본의 F-35A가 발사한 공대공미사일, 스텔스 내부의 무장창에 수납되어 있던 AIM-120D 암람을 발사하기 위해 꺼내자마자 탐지된 것이었다.

일본의 육상기지에서 출격한 32대의 F-35A와 이즈모와 카가에서 발진한 17대의 F-35B에서 발사한 98발의 AIM-120D 암람이 초속 1400m의 속도로 한국 공군을 향해서 날아갔다.

"회피해!"

기습을 당한 F-15K 편대들이 반사적으로 흩어지면서 방해전파를 발사했다.

동시에 기동에 방해되는 보조연료탱크를 떨어뜨리고 미사일을 현혹하기 위한 알루미늄 채프(Chaff)까지 투사하는 순간, 급격히 접근한 F-35들이 다른 선물을 선사했다.

AIM-9 사이드와인더는 전투기에서 입력한 목표를 스스로 탐지해 찾아가는 암람과는 달리 목표에서 발생하는 적외선을 탐지해 추적했다.

"플레어(Flare) 투사해!"

AIM-9를 속이기 위해 고열을 뿜는 플레어까지 투사했다. 그러나 AIM-9도 쉽게 속아주지 않았다.

초기의 열추적미사일은 열을 가장 확실하게 포착하기 위한 목적으로 적기가 배기열을 뿜는 배후의 위치에서 발사해야 했다. 이후 유선전화기에서 휴대폰처럼 비약적으로 진화한 AIM-9는 비행하는 기체의 표면이 공기와 마찰하면서 발생하는 미세한 열까지 탐지할 수 있었다.

일단 목표를 발견한 다음 그 방향으로 발사하기만 하면 알아서 포착하고, 자신의 속도와 진행방향을 목표의 속도와 진행방향에 대입하여 적중할 수 있는 좌표로 날아가기까지 하는 AIM-9는 암람보다 훨씬 무서웠다.

그게 전부가 아니었다.

매복기습을 당한 F-15K들이 회피하느라 정신을 차리지 못하는 틈을 찔러 바짝 접근한 F-15J들이 암람을 퍼부었다.

처음의 F-35A가 암람을 발사하고 후속하는 F-15J들이 암람을 퍼붓기까지는 불과 30초 정도밖에 지나지 않았다. 그러나 기습당한 F-15K들이 잇달아 격추되기에는 충분한 시간이었다.

한국 공군도 가만히 당하고만 있지는 않았다.

F-15K 편대가 반격하면서 후속하던 KF-16편대도 암람을 발사했다. 동시에 뒤에 매복해 있던 F-35A 편대가 일제히 암람을 발사했다. 그러나 F-15J들이 충분히 예측하고 있던 데다, AIM-9의 사거리 밖에 있었기 때문에 피해가 한국 공군에 비할 수 없이 경미했다.

그뿐 아니라 일본의 조기경보기들도 눈을 번득였다.

한국 공군의 F-35A들이 일제히 암람을 발사하는 순간, 넓게 퍼져 있던 12대의 E2D어드밴스트 호크아이에 의해 입체적으로 위치가 포착되었다. 세계 최고 수준의 탐지능력을 자랑하는 E2D들이 연동하며 집중했다. 일본의 E2D들은 중국 공군의 J-20을 탐지한 미군의 경험도 공유하고 있었다.

마침내 흐릿하게나마 한국 공군의 주력 F-35A의 흔적을 잡은 E2D들이 일제히 환호했다. 조기경보기들과 정보를 공유하면서 표적을 지정받은 F-35A와 F-35B, F-15J 편대들이 급가속 했다.

"놓치지 마라!"

살아남은 F-15K와 KF-16 편대들이 전속력으로 추격하는 순간 뒤에서 사이드와인더가 달려들었다. 그때까지 존재를 감추고 있었던 14대의 F-35A들이 절호의 위치에서 발사한 AIM-9이 표적을 향해 날아갔다.

E2D들이 지시하는 방향으로 급가속하다 한국 공군의 주력을 포착한 일본 공군이 환호성을 질렀다. F-35A와 F-35B들이 남겨둔

사이드와인더를 발사하는 순간 한국 공군도 마주 발사했다.

수효에서도 일본 공군이 압도했지만 공중전 능력도 F-15 계열이 최강이었다.

AIM-9가 치열하게 교차하고 필사적으로 회피하는 가운데 까마득한 상공으로 치솟았던 F-15J들이 먹이를 노리는 독수리처럼 덮쳐들었다.

같은 시간, 청와대

대통령을 비롯한 모두가 입이 없어진 것처럼 침묵하는 가운데 한국 공군이 일방적인 열세를 면치 못했다.

기관포까지 난사하는 근접전에 들어가자 아군이 확실히 잘 싸웠다. 그러나 기습을 당한 상태에서 당한 최초의 피해가 너무 컸던 데다 F-35A들까지 격멸당한 상태였다.

적들에게 뛰어들어 좌충우돌하던 F-15K와 KF-16들이 불나방처럼 스러져갔다. 7대의 F-35A와 24대의 F-15K, 38대의 KF-16들이 손가락으로 헤아릴 정도로 줄어들었다.

독도 상공에서 벌어지는 격렬한 공중전을 탄식하며 바라보던 국방부장관과 합참의장을 비롯한 관계자들이 고개조차 들지 못하고 침통해했다.

"이렇게 될 거라는 거, 이미 예상하지 않았습니까?"

군 정보국장이 담담하게 말했다.

"어차피 상실한 전력에 대해서는 더 이상 미련을 둘 이유가 없습니다. 어떤 이유로든 가용되지 못하는 전력에 대해서도 마찬가집니다."

국장이 흘긋 대통령을 바라보았다.

"기왕 말한 김에 개인적인 생각을 말씀드려도 되겠습니까?"

대통령의 허락을 얻은 다음 국장이 다시 말했다.

"해군이 결전에 나설 때와 동시에 장거리 미사일을 비롯한 수단을 사용하면서 특수부대를 침투시키는 작전을 사용하는 것이 어떨까 합니다."

국장이 '개인적인 생각'을 전제하고 말한 것은 이미 확립된 전략이었다.

그것은 또한 일본과의 전쟁이 벌어지는 상황에서 유일하게 사용할 수 있는 전략이기도 했다.

일본이 최후통첩을 건네기 이전부터 각 군의 특수부대는 물론, 비밀리에 길러낸 비정규전 대대들까지 대기하고 있었다.

그들을 수송하기 위한 수단들도 대기하는 중이었다.

수송기와 침투정과 참수리고속정에다 심지어 해군의 잠수함들에도 특수병력이 탑승된 상태였다.

"아무렴 일본이 가만히 있을 것 같습니까?"

총장이 대놓고 빈정거렸다.

일본 역시 그런 상황에 대비하고 있을 거라는 건 말할 필요조차 없었다.

현재 파견한 함대 이외에도 2개 함대를 더 보유하고 있고, 촘촘한 감시체계까지 배치한 일본에 침투한다는 것은 자살하는 것과 다르지 않았다.

"미사일로 공격하는 동시에 특수부대를 출격시켜야 합니다!"

군 정보국장이 단호하게 말했다.

일단 침투에 성공하면 상황이 달라질 수 있었다. 후쿠오카나 오사카 같은 대도시를 마비시키거나, 공군기지와 보급기지를 공격하면서 교란하는 것은 충분히 가능했다.

"미사일로 일본을 공격했다가는 동일하게 보복당할 빌미를 제공하게 됩니다. 부산과 대구에 미사일이 떨어지고 포항의 제철단지와 평택의 반도체단지가 박살나면 누가 책임질 건가요?"

총장이 다시 냉소적으로 대답했다.

"한심하기는 특수병력도 마찬가집니다. 소란이나 피우고 돌아다니다가 보급이 떨어지면 끝장인데, 그에 대한 보복으로 일본이 제주도를 비롯한 도서 지역에 지상병력을 상륙시키지 않는다는 보장이 있습니까? 그리고!"

날카롭게 말하는 총장의 얼굴에서 웃음기가 사라졌다.

"위기를 벗어나기 위해 북한과 협력하고 공조해야 한다는 따위의 헛소리는 꿈에서도 나와서는 안 됩니다."

"그렇게 단정적으로 말하는 이유가 뭡니까?"

국장이 일그러진 표정으로 말했다.

"정보를, 그것도 군에 대한 정보를 책임진다는 사람이 북한이 일본을 향해 미사일을 발사한 직후부터 자동적으로 미국이 개입하게 된다는 사실조차 모르고 있습니까?"

총장이 한심하다는 표정을 감추지 않았다.

"우리와 연합한 북한이 일본을 공격하고 미국이 개입하는 날에는 수습이 아예 가능하지 않게 됩니다. 그때는 미국의 동맹에서 탈락하게 될 뿐 아니라 일본 역시 최소한의 아량조차 베풀 수 없게 되는 만큼 북한과의 협력은 절대 입에 담지 말아야만 합니다. 알아들으시겠습니까?"

대답 대신 벌떡 일어난 국장이 총장의 멱살을 잡았다.

"가급적 빨리 항복해야 한다는 개소리를 너무 장황하게 하는군 그래."

국장의 손에 지그시 힘이 들어갔다. 총장이 뿌리치려 했지만 어림도 없었다.

"그만하세요! 그 사람은 아직 특별보좌관의 신분입니다!"

캑캑거리는 총장을 경멸스럽게 바라보던 대통령의 시선이 모니터를 향하는 순간, 새로운 적이 출몰했다. 40대 이상의 F-15J와 두 배가 넘는 F-2의 대편대가 부산해협 방면으로 접근하고 있었다.

나타나지는 않았어도 최소한 30대 가량의 F-35A가 포함되었을 것이 분명했다.

대기하고 있던 한국 공군이 출격했지만 누구도 기대하지 않았다. 한국 공군의 F-35A까지 탐지한 호크아이들에게 지휘를 받는 적들이다. 그런 그들을 향해 달려드는 것은 불길 속으로 뛰어드는 것과 다르지 않았다

독도 동남방향, 한일중간수역

매복했던 일본 공군이 한국 공군에게 기습을 가하기 직전, 일본 초계기들과 해상보안청의 함선들이 일제히 빠져나갔다. 어떻게 된

상황인지 알 수 없었던 한국 해경과 초계기들은 일단 남았다.

기습에 이은 공중전이 벌어지자마자 두 대의 F-2가 이쪽을 향해 전속력으로 날아왔다.

공대공 무장을 갖추지도 못했고, 최고속도가 800km에도 미치지 못하는 한국의 초계기들에게 F-16을 개조한 F-2는 저승사자보다 무서웠다.

잠시 후 F-2들이 AIM-9을 발사했다. 살아남기 위해 플레어를 있는 대로 사출하면서 몸부림치던 다섯 대의 초계기들이 잇달아 격추당했다.

"기관포를 사용할 걸 그랬습니다, 초계기 따위에 사이드와인더는 너무 아깝거든요."

"배부른 소리 그만하고 귀환하자!"

더할 수 없이 안전한 작전을 완수한 F-2들이 느긋하게 귀환하기 시작했다.

그들이 돌아가자마자 일본의 P-1 초계기들이 군침을 흘리며 나타났다. 잔뜩 굶주린 26대의 초계기들이 21척밖에 되지 않는 해경 함선들에게 달려들었다.

가장 먹음직한 제물은 역시 6천 톤을 초과하는 최신함정 삼봉함과 바로 아래의 이청호함이었다. 최강의 공대함미사일 AGM-84L하푼과 일본이 개발한 91식 공대함미사일이 퍼부어졌다.

카카카캉!

76mm 주포와 40mm 부포는 물론, 20mm 발칸까지 불을 뿜으며 대항하던 삼봉함과 이청호함이 거의 동시에 당했다.

두 척의 주력함이 전투력을 상실하는 것을 시작으로 잇달아 격침당하기 시작했다.

승패가 갈리기에는 긴 시간도 필요하지 않았지만, 이미 갈린 승패 후에도 무자비한 초계기들은 공격을 멈추지 않았다. 몇 척 남지도 않은 해경 함선들이 절망적으로 발사하는 포성은 죽어가는 자가 지르는 비명 같았다.

상황을 보고 받은 도쿄의 통합막료감부(統合幕僚監部, 합동참모본부에 해당)는 희색이 만연했다.

전쟁의 명분이 된 독도를 차지하기 위한 첫 단추를 성공적으로 꿰었다고 판단한 통합막료감부가 다음 작전으로 돌입할 것을 명령했다.

한국 해경이 몰살당한 직후 80대에 달하는 일본 초계기들이 잠수함을 수색하는 작전에 돌입했다.

바다에 떨어진 다음 소나를 뿜어 잠수함을 탐지하는 소노부이(sonobuoy)가 촘촘히 투하되었다.

소노부이를 떨군 초계기들이 소나는 물론, 자기(磁氣)와 항적까지 감지하여 잠수함을 찾는 청진기 같은 탐지장비를 바다에 늘어뜨리고 샅샅이 훑었다.

"안창호급입니다!"

한국 해군 최강의 잠수함을 발견한 초계기가 환성을 질렀다.

동시에 인근에 있던 초계기들까지 몰려들었다. 목표를 포착한 P-1 초계기들이 Mk46 경어뢰와 자체 개발한 97식 경어뢰를 쏟아 붓듯이 투하했다.

탐지당한 안창호급이 디코이를 있는 대로 사출하면서 과부하가 걸릴 정도의 속도로 심해의 급경사를 내달렸다.

그러나 경어뢰가 두 배 이상이나 빨랐다.

초계기들이 투하한 경어뢰들이 자전거를 추격하는 오토바이처럼 순식간에 안창호급을 따라잡았다.

일부 경어뢰가 디코이를 따라가는 가운데 유혹을 뿌리치고 가장 빨리 따라붙은 Mk46 경어뢰가 스크루에 작렬했다. 안창호급이 비틀거리는 순간 다른 어뢰들이 동체를 물어뜯었다.

콰앙!

3천5백 톤에 달하는 안창호급의 함체가 너덜너덜해졌다.

처참하게 당한 안창호급의 가운데가 쪼개지면서 50명의 승조원들과 함께 아득한 해저를 향해 곤두박질쳤다.

안창호급이 당한 다음 바다가 여기저기서 뒤집혔다.

처참한 최후를 맞는 한국 해군의 잠수함들에게서 뿜어지는 단말마의 비명이 해저에 메아리쳤다.

마지막 남은 F-15K가 적을 향해 뛰어들었다.

독도 상공을 새카맣게 뒤덮은 적들 가운데 F-35A를 발견한 F-15K의 조종사가 기회를 잡았다는 듯 미소를 입에 물었다.

레이더에 잡히지 않을 뿐, 일단 시야에 들어온 F-35A는 더 이상 스텔스가 아니었다. 게다가 F-35A는 어서 죽여 달라는 듯 공격하기에 가장 좋은 배후를 환하게 드러내고 있었다.

"오케이! 락온(Rock on)!"

뒷좌석의 부조종사가 득의양양하게 외치는 순간 F-35A를 조준에 넣은 조종사가 AIM-9M 사이드와인더를 발사했다. 완벽하게 포착한 사이드와인더가 급속히 가속했다.

F-35기종들은 엔진이 배기하는 열을 식히고 탐지당하지 않게 하는 장치가 있었지만, 이렇게 가까운 거리에서는 소용없었다. F-35A가 미처 플레어를 뿌릴 사이조차 없이 AIM-9M이 맹렬하게 달려들었다.

콰앙!

다시 거대한 오렌지 빛 불덩이가 피어났다.

명중시킨 조종사가 미친 듯 웃어댔다. 절망과 환희가 뒤섞인 기묘한 웃음은 곧 그치고 말았다. 지금 발사한 미사일이 마지막이라는 것에 생각이 닿은 조종사가 기관포의 트리거를 잡는 순간, 급박한 경보와 함께 사방에서 미사일이 날아들었다.

조종사가 플레어를 있는 대로 투사하면서 기체를 급격하게 비틀었다.

동시에 배기가스에 연료를 분사하는 애프터버너(after burner)까지 가동하여 최대한으로 가속했다. 겨우 미사일을 떨쳐내는 순간 부조종사가 숨 가쁘게 외쳤다.

“아홉 시 하방에 적기입니다!”

급히 좌측 아래를 향하는 조종사의 고글에 F-15J가 비쳤다.

감각적으로 기체를 뒤집는 배면비행으로 전환한 조종사가 트리거를 눌렀다.

카라라락!

M61A1 발칸이 뿜어낸 시뻘건 예광탄이 F-15J의 조종석으로 빨려 들어가는 것처럼 적중했다. 20mm 발칸포탄에 관통당하면서 조종사의 몸통이 찢기고 피와 내장이 뿜어지는 광경이 똑똑히 보였다.

조종사가 다시 한 번 포효했다.

이미 F-15J와 F-2를 하나씩 잡은 데 이어 F-35A와 또 하나의 F-15J까지 격추한 기쁨은 어떤 것으로도 표현할 수 없었다. 게다가 놈들에게 당했을 전우들의 복수까지 해준 감격도 더해졌다.

그러나 미처 포효가 끝날 사이도 없이 다시 경보가 울부짖었다.

본능적으로 기수를 들어 올리는 순간, 거대한 도끼가 후려 패는 것 같은 충격이 기체를 뒤흔들었다. 반사적으로 대응한 덕택에 격추를 모면할 수 있었지만 엔진 하나가 꺼져버렸다. 겨우 움직일 수 있는 상태에서 다른 미사일이 따라붙었다.

"어때, 괜찮아?"

조종사가 다급하게 말했지만 부조종사는 대답이 없었다.

이를 악문 조종사가 발칸을 퍼부으면서 돌진했다. 기겁한 F-2가 간신히 피하는 순간 사인드와인더가 작렬했다. 애꿎게 휘말린 F-2까지 폭발한 다음 불타는 파편과 잔해가 화산이 분출하는 것처럼 쏟아져 내렸다.

같은 시간, 단군호

단군호 내부는 아수라장이었다. 기술팀원들이 미친 듯이 움직이며 사투를 벌였다.

"현재 12% 개방되었습니다!"

"반복해!"

최정필이 갈라진 목소리로 외쳤다.

게이트가 본래의 위치로 돌아갔다가 다시 열렸다. 시간이 없는 상황에서 폭발의 충격으로 비틀린 레일을 펼 수 있는 방법은 게이트를 밀었다가 후퇴하는 것을 반복하는 것밖에 없었다.

쿠웅!

강철과 강철이 격돌하는 충격과 함께 게이트가 겨우 눈에 띌 정도로 밀렸다. 원위치로 돌아간 게이트가 다시 전진하면서 충격하는 순간 날카로운 경보와 함께 멈췄다.

"설정된 부하를 초과했기 때문에 과부하계전기가 작동했습니다!"

"동력을 2호기로 전환한 다음 1호기의 과부하계전기를 복구시켜!"

게이트를 움직이는 거대한 모터에 파워를 공급하는 MCC(motor control center)에 기술팀이 달려들었다.

전쟁터와 다름없이 혹독하게 돌아가는 현장에서 연일 작업에 매진하던 기술팀 가운데 하나가 살인적인 피로를 이기지 못하고 깜빡 조는 순간 전력 케이블과 접촉하고 말았다.

펑!

시퍼런 불꽃이 튀면서 기술팀원이 불덩이가 되었다.

동료가 산 채로 불타는 처참한 광경에 넋을 잃은 팀원들이 멍하게 바라보았다.

"뭣들 하고 있어? 빨리 동력 전환하고 과부하계전기 복구하라니까!"

최정필의 고함에 흠칫 깨어난 기술팀이 새까맣게 타버린 동료의 시체를 치웠다.

주먹으로 눈물을 훔치면서 다시 작업에 나서는 그들을 바라보던 최정필은 자신도 모르게 온몸이 덜덜 떨렸다.

"한 대 피우십시오."

최정필에게 박정도가 담배를 권했다.

"이미 우리가 참패하고 있습니다."

식사를 마치고 커피라도 마시는 것처럼 덤덤하게 말하더니 박정도는 자신도 담배를 꺼내 물었다. 독도 인근과 부산해협에서 벌어진 공중전에서 말 그대로 전멸당하는 바람에 공군 전력의 40%가량이나 상실하고 말았다. 남은 공군력으로는 영토를 지키기에도 벅찼다.

거의 동시에 일본의 초계기들에게 공격당한 해경 함정들 역시 한 척도 살아남지 못했다.

남은 것은 해군밖에 없었지만, 기대하기 어렵기는 해군도 마찬가지였다.

"우리 해군과 놈들 해군의 격차가 공군에 비교할 수 없을 정도라는 것은 굳이 말씀드릴 필요가 없을 줄 압니다. 아마 오늘 중으로 결판이 날 것 같은데……."

"그래서 포기하라는 거야 뭐야!"

"현실을 직시하라는 말입니다."

박정도가 길게 연기를 내뿜었다.

"해군까지 패배할 것은 불을 보듯 뻔합니다. 전쟁에서 패배하면 일본 놈들이 요구하는 것은 무엇이든 내줘야 하겠지요. 특히 독도함처럼 전쟁의 향방을 가를 수 있는 전략무기가 놈들에게 넘어가는 것은 막아야……."

"닥치지 못해!"

박정도의 멱살을 움켜잡고 최정필이 악을 쓰다 제풀에 지쳤다.

"저도 한국인입니다."

박정도가 손바닥에 담배를 비벼 껐다.

"그것도 특수부대 출신으로 직접 나라를 지켰고, 독도함이 완성되는 모든 과정을 함께 했던 제가 아무렴 독도함에 대한 애착이 없겠습니까?"

"그래서 시간은 얼마나 줄 수 있어!"

박정도가 대답 대신 리모컨을 꺼냈다.

"마지막 순간까지 독도함이 나가지 못한다면 그때는 어쩔 수 없습니다."

"그래, 그때는 어쩔 수 없다는 거 안다. 그때는……."

최정필이 절망적인 한숨을 내쉬는 순간 박정도가 다시 말했다.

"어차피 저도 마지막까지 함께 남을 수밖에 없습니다. 단군호가 공격당한 책임은 죽음으로 갚아야 할 테니까요."

"……."

"죽기 전에 함장을 비롯한 승조원들이 출격하는 광경만은 반드시 보고 싶습니다. 그럴 수 있도록 기운을 내십시오!"

"당연히 그래야지! 그런데 처자식까지 있는 사람이 함께 죽을 필요는 없을 것 같은데?"

"쓸데없는 소리 할 시간 있으면 일이나 하십시오!"

박정도가 벌컥 화를 내면서 최정필을 일으켜 세웠다.

아내와 자식이 있기는 최정필도 마찬가지였다. 1차 테스트를 참담하게 실패한 다음 반드시 프로젝트를 성공시키겠다는 일념으로 스스로 죽은 것으로 위장해 사회적 삶을 포기했지만, 그럴수록 가족들이 절실하게 보고 싶었다.

먼발치서나마 가족들을 볼 수 있지 않을까 하는 희미한 기대마저도 이제는 물거품이 되었다. 자식 같았던 아니, 그들의 분신 같았던 독도함을 내보내지 못하다면 죽은 다음에도 먼저 간 동료들을 대할 면목이 없었다.

"1호기는 그냥 두고 2호기의 마그네트를 용량이 큰 것으로 교환해! 그리고 과부하계전기도 떼어버려!"

이를 악물고 독도함을 바라보던 최정필이 피를 토하는 것처럼 외쳤다.

같은 시간, 청와대

의기양양한 일본 함대를 바라보던 대통령이 건조한 목소리로 지나가듯 말했다.

"그리스 신화의 제우스가 사용하는 방패가 이지스(Aegis)인가요?"

"처음에는 제우스가 사용했다가 사랑하는 딸 아테네 여신에게 물려주었습니다."

군 정보국장이 정정했다.

신들을 방어하는 무적의 방패 이지스는 현실에도 존재했다.

구축함이나 순양함에 탑재된 슈퍼컴에 연동되어 이지스시스템의 눈 역할을 하는 레이더부터가 기존과 완전히 달랐다. 360도 회전하는 기존의 레이더는 탐지하지 못하는 대역이 발생할 수밖에 없었다.

반면 이지스함의 눈으로 기능하는 위상배열레이더는 고정된 상태로 전방위의 탐지가 가능했다. 그뿐 아니라 인공위성은 물론 조기경보기와 초계기의 레이더까지 연동할 수 있는 이지스시스템은 거대한 생명체 같았다.

이지스시스템을 탑재하여 200개 이상의 목표를 탐지할 수 있고 동시에 20개 이상을 요격할 수 있으며, ICBM(대륙간탄도미사일)까지 추적하여 파괴할 수 있는 이지스함은 현대 해군의 선택이 아닌 필수였다.

자신은 물론 함대까지 방어할 수 있는 이지스함을 한국이 3척 가운데 2척을 내보낸 반면, 일본은 10척 가운데 6척을 내보냈다.

물론 이지스라고 해서 다 같은 이지스가 아니었다.

규모와 연식 등등이 감안된 공격력과 방어력을 대입하면 거의 5대1 정도의 차이가 발생했다. 이지스가 아닌 함선들에서 발생하는 격차도 적지 않았다. 한국 해군이 자신과 함대를 부분적이나마 지킬 수 있는 함선은 5척밖에 되지 않는 데다, 나머지는 자신을 지킬 능력조차 변변치 못했다.

반면 일본 해군은 이지스에 필적하는 준이지스와 최소한 스스로를 지킬 수 있는 함선으로 편성된 상태였다. 그렇게 추산하면 전력의 격차는 8대1을 상회할 정도였다.

현실에서의 격차는 8－1=7의 산술적 결과로 나타나지 않는다. 여덟 명과 한 명이 싸우면, 그것도 체격과 주먹이 훨씬 뛰어난 여덟 명은 아무런 피해를 입지 않으면서 손쉽게 한 명을 죽일 수 있게 된다.

그런 격차를 확신했기 때문에 전쟁을 벌였다고 해도 과언이 아니었다. 게다가 공군과 잠수함 전력까지 궤멸당한 한국은 더더욱 격차가 벌어질 수밖에 없었다.

같은 시간, 독도함

게이트가 레일에 부딪히는 충격이 퍼질 때마다 독도함 내부의 분위기가 암울하게 가라앉았다.

"이렇게 될 줄은 몰랐어."

김태우가 어두운 목소리로 중얼거렸다.

적에게 당하거나 사고로 인해 아득한 해저로 가라앉는 악몽보다 훨씬 더한 상황을 맞게 될 줄은 꿈에서조차 짐작하지 못했다.

무덤 속처럼 어두운 분위기 가운데서도 주철범이 이상할 정도로 차분했다. 그래서일까, 김태우가 그를 향해 그동안 궁금했던 걸 물었다.

"왜 잠수함을 지원했나?"

주철범의 입에서 바로 대답이 나오지 않았다.

그가 굳이 잠수함을 지원할 필요는 없었다. 얼마든지 사령부나 주요한 함선으로 배치받을 수 있었는데도 굳이 잠수함을 택한 이유가 궁금한 적이 있었다.

박예린이야 그렇다고 해도 장차 참모총장까지 바라볼 수 있는 인재가 왜 잠수함을 택했는지 이해할 수 없었던 것이다.

"제 입장에서는 처음부터 좋은 보직을 받고 노른자위 과정을 밟으면서 승진하는 것은 어렵지 않았습니다. 그러나 군인이라면 야전에서 승조원들과 함께 생활하면서 갖은 고생을 겪는 게 당연하다고 생각했습니다. 기왕 그럴 바에는 가장 가혹하고 인기가 없는 잠수함을 지원하는 것이 옳다고 생각했고요. 함장님도 그러셨을 것 같은데요?"

주철범의 반문에 김태우가 헛웃음을 터트렸다.

그제야 자신도 그랬다는 것에 생각이 닿자 어이없게 웃고 말았다.

"그럼 미국에 갔을 때는 왜 기회를 잡지 않았어? 그들에게 스카우트되었으면 정말 좋았을 텐데."

미 해군이 먼저 손을 내민 이상 한국 해군의 눈치를 볼 것도 없었다.

그때 미군의 손을 잡았다면 한국에서와는 비교할 수 없는 부와 명예를 얻을 수 있었는데도 기회를 마다한 그의 처신은 아직도 미스터리였다.

"모든 것이 완성된 미국보다는 여기에서 일하는 것이 훨씬 보람될 것으로 판단했기 때문입니다. 그리고 미국에서는 아무리 노력해도 해군참모총장이 될 수는 없으니까요. 최초의 잠수함 함장 출신 해군참모총장은 물론, 전군(全軍) 참모총장까지 노릴 수 있으려면 계속 여기에 있어야 가능할 수 있을 테니까요."

직접 본인에게 듣고 보니 감탄이 절로 났다.

능력이 뛰어난 줄만 알았지 그렇게 포부가 클 줄은 미처 몰랐던 김태우가 주철범을 다시 보았다. 그러나 지금 주철범이 당면한 현실은 너무나 가혹했다.

"부장은 잠수함을 지원하지 않았거나 미국의 제안을 받아들였어야 했어."

"함장님을 원망하진 않으니까 자책하실 필요 없습니다."

주철범이 넉살 좋게 웃으며 대답했다.

곁에 있는 최정우와 문득 눈이 마주치자 김태우는 차마 말이 나오지 않았다.

마지막 테스트를 확실하게 성공했을 때 단군호로 귀환하지 말아야 한다는 주장을 수용했어야 했다고 뼈저리게 후회하는 순간 그가 말했다.

"이렇게 된 이상 운명을 받아들일 수밖에요. 우리는 절대 일본을 이길 수 없는……."

"무엇 때문에 그렇게 말하지?"

어느 사이에 전투정보실에 들어선 박예린이 날카롭게 최정우를 노려보았다.

"우리 독도함은 이미 액땜을 했어! 그런 만큼 전혀 걱정할 것 없어!"

"액땜이라니, 그게 무슨 말이야?"

곁에 있던 주철범이 의아하게 말했다.

"제가 이미 말하지 않았나요? 여러 차례나 안전성이 확인된 발전 모터의 과열로 인해 사고가 발생한 건 보통 일이 아니었어요. 테스트 상황에서 발견되었기에 망정이지 만일 출격한 다음에 발생했다고 생각해보세요, 그게 액땜이 아니면 뭐겠습니까?"

"차라리 그랬으면 좋았을 뻔했어. 어떻게든 탈출하려는 시도는 해볼 수 있었을 테니까."

"그것뿐만이 아니에요. 우리가 독도함에 승함한 다음 실시한 설계 성능 테스트의 마지막 단계에서 갑자기 통신 불량이 발생했거든요."

"그래서?"

"세계에서 가장 뛰어난 잠수함에다 최신의 상태인 독도함의 테스트에서 구닥다리에서나 발생할 수 있는 현상이 나타났다는 것 역시 정상적으로 납득할 수 없는 일입니다! 그것 역시 액땜으로 충분하지 않을까요?"

당차게 외친 박예린이 강렬한 눈빛으로 김태우를 보았다.

"함장님, 두 번이나 액땜을 했으니까 반드시 나갈 수 있습니다!"

"그거 허무맹랑한 미신 아닌가?"

최정우가 피식 웃으며 말했다.

"함부로 말하지 마! 작전관의 책임을 맡은 장교가 어떻게든……."

박예린이 반박하려는 순간 김태우가 손을 저으며 말렸다.

최정우의 주장을 따랐어야 했다고 다시 후회하던 김태우의 표정이 설핏 떨렸다.

갑자기 머릿속으로 바늘뭉치가 쏟아지는 것처럼 마구 찔러대는 통증에 정신이 없었다. 이미 호되게 머리를 부딪치는 바람에 적지 않은 상처를 입은 상태에서 내부에서까지 쑤시기 시작하자 견디기 어려웠다.

심상치 않다는 걸 느낀 박예린이 의무실로 갈 것을 권했다.

"대수롭지 않으니까 너무 걱정하지 마."

김태우가 일부러 얼굴에 웃음을 띠며 고개를 저었다.

"지금은 출격 명령이 내려진 상황이다. 독도함이 무사히 출격할 수 있도록 모두가 최선을 다하기 바란다."

"알겠습니다!"

절도 있게 경례를 붙이고 박예린이 전투정보실을 나갔다. 잠시 후 식혜와 건강음료를 준비한 박예린이 모든 부서를 돌아다니기 시작했다.

5월 28일 오전 1시 19분경, 독도 남동 72km 해역

함대의 중심에 엄호된 독도함과 마라도함의 기색도 밝지 못했다.

그들을 포함하는 다른 함에서 발진한 헬기들이 함대의 상공을 선회하는 가운데 긴장이 급속히 두터워졌다.

한국 해군이 보유한 세 척의 이지스 가운데 서해의 2함대에 배치된 세종대왕함을 제외한 율곡이이함과 서애유성룡함에 극도의 긴장이 흘렀다.

두 척의 이지스와 이전에 취역시킨 대조영함과 왕건함, 강감찬함이 실질적인 주력이었다. 가장 초기에 개발된 광개토대왕급 두 척을 제외한 나머지들은 자신을 지키기에도 벅차거나 그럴 능력 자체가 없었다.

한국 해군은 사령관부터 갓 배치된 신병까지 당장이라도 공격하고 싶었다. 그러나 공군의 지원을 받을 수 없는 상태에서 선제공격을 기다릴 수밖에 없다 보니 그만 미칠 것 같았다.

"옵니다!"

마침내 공격이 시작되었다.

일본 공군이 대규모로 접근하는 가운데 초계기들이 불길한 광채를 뿜었다. 일본의 초계기들이 일제히 발사한 공대함 하푼미사일은 3백 발이 넘었다.

초계기들과 반대 방향에서 접근한 F-35A와 F-35B, F-15J와 F-2에서 발사된 공대함미사일도 5백 발이 넘었다.

게다가 일본 해군까지 공격에 들어갔다.

기다리고 기다리던 한국 해군이 즉시 대공방어에 들어갔다.

사거리가 150km에 달하는 SM-2 함대공미사일이 불꽃을 뿜으며 솟구쳤다. 각각 50km와 20km의 사거리를 가진 해궁과 시스패로우가 대기하는 가운데 아군이 일제히 해성 대함미사일을 발사했다.

하푼과 SM-2가 처절하게 치고받는 곁에서 아군과 적 함대에서 발사한 함대함미사일들이 스칠 듯 교차했다.

독도함과 마라도함까지 방어에 나섰다. 시스패로우는 물론, 9km의 사거리를 가진 램미사일과 골키퍼시스템이 발사할 태세에 돌입했다. 마지막 근접방어체계인 골키퍼시스템은 30mm 7연장 발칸을 분당 4,200발이라는 엄청난 속도로 발사할 수 있었다.

SM-2를 뚫고 나온 40여 발의 공대함과 함대함미사일에게 시스패로우가 달려들었다.

그러나 시스패로우도 서너 발이 달려들어야 요격이 가능한 데다, 고장으로 인해 발사되지 않는 런처까지 나타났다. 그 결과 13발의 미사일이 시스패로우를 비집고 돌진했다.

동시에 미사일을 교란하기 위해 일제히 사출된 알루미늄 채프가 함대의 상공을 뒤덮었다.

우우웅!

채프가 사출되면서 램미사일이 발사되었다.

런처 하나에 여섯 발이 장전된 램미사일들이 다급하게 튀어나갔지만 그래도 일곱 발이 살아남았다. 램까지 저지하지 못하자 골키퍼들이 나설 차례였다.

골키퍼는 접근하는 미사일을 1500m 이내에서 포착하여 500m 거리에서 잡을 수 있었다. 그러나 1초에 340m 이상의 초음속으로 덮치는 미사일에게는 그야말로 눈 깜짝할 사이에 지나지 않았다.

카카카카캉!

골키퍼들이 토해낸 30mm 포탄이 두터운 탄막을 형성했다.

골키퍼에 장전된 포탄들은 단순한 포탄이 아니었다. 목표에 근접하면 자폭하여 파편을 뿌리는 근접신관이 채용된 30mm 포탄들이 촘촘하게 날아갔다.

5발은 탄막을 뚫지 못하고 폭발했지만 2발은 그렇지 않았다. 골키퍼까지 제친 두 발의 미사일이 광개토대왕급과 울산급 호위함을 향해 사납게 돌진했다.

쾅! 콰앙!

2천톤급의 울산급과 3천 톤을 초과하는 광개토대왕급이 일격에 격침당했다. 박살난 육체의 파편이 날아오르고 불덩이가 된 수병들이 단말마의 비명을 지르며 바다에 뛰어들었다.

한국 해군의 공격을 여유 있게 막아낸 일본 해군이 다시 공격을 준비했다.

1차 공격으로 한국 해군의 방어력을 크게 훼손시킨 다음의 공격이 훨씬 치명적이었다. 게다가 이번에는 잠수함들까지 공격에 나섰다.
바다 아래에서 거대한 양변기가 물을 내리는 것 같은 소음이 들끓은 직후 전봇대를 연상시키는 UGM-84 잠대함미사일이 치솟았다. 한국 해군의 이지스는 잠수함에 대한 공격과 방어도 충분히 가능했지만, 방어력이 급격히 고갈된 지금은 그렇지 못했다.
쾅!
두 척의 이지스를 중심으로 결사적으로 방어하던 가운데 이번에는 가장 먼저 대구함이 당했다. 세 발의 미사일에 물어뜯긴 2천8백톤급의 대구함이 순식간에 격침당한 직후 폭음과 충격파가 속출하기 시작했다.
램마저 소모하고 골키퍼밖에 없는 독도함과 마라도함은 거대하지만 초식동물처럼 무력한 먹이에 지나지 않았다.
각각에서 날아오른 헬기들이 미사일의 진로를 가로막았다. 헬기들이 육탄으로 막고 골키퍼들이 처절하게 싸웠어도 쇄도하는 미사일을 막아낼 수 없었다.
마지막까지 싸우던 유성룡함의 골키퍼가 날아가는 것을 끝으로 결정적인 해전이 멈췄다.
처참하게 격멸당한 함대의 상공에는 임무에 실패한 채프가 알루미늄 도금을 반짝이며 나부꼈다. 형체를 알아볼 수 없는 전사자와 겨우 살아남은 생존자들을 품은 동해가 비통하게 울부짖었다.

2부

영원한 승리

운명의 순간

202X년 5월 28일 오전 2시 51분경, 일본 제6항공단 고마쓰 공군기지

넉 대의 F-15J 전투기가 활주로에 나섰다.

레이저유도폭탄과 공대함 AGM-84 하푼을 주렁주렁 장착한 F-15J들에게 GPU(Gound Power Unit, 지상전원공급장치)가 연결되었다.

"임무 다시 확인하고 체크리스트 점검해!"

첫 출격에 나서는 편대장이 명령을 내린 다음 자신도 점검하기 시작했다.

전쟁이 벌어지기 전의 일본 공군에게 한국 공군은 감히 맞서 싸울 수 있는 상대로 여겨지지 않았다. 훨씬 신형의 기체에 한 수 위 기량을 가진 데다, 무서운 적개심까지 무장한 한국 공군의 조종사들은 너무나 두려운 존재들이었다.

실제로 독도 상공에서 벌어진 공중전에서 F-15K 혼자서 F-15J 둘과 F-2 하나는 물론, F-35B마저 격추시켰다. 그뿐 아니라 미사일마저 떨어진 상태에서 마지막 순간까지 싸우던 그 F-15K가 또 하나의 F-2까지 저승으로 끌고 갔다는 소문이 파다하게 퍼진 상태였다.

그렇게나 강했던 한국 공군이 결정적으로 패배한 것은 어제, 그러니까 시간으로 따지면 불과 네 시간도 지나기 전이었다.

전력이 40%가량이나 줄어든 한국 공군이 동해를 비롯한 해상의 영공을 지킬 여력을 상실한 상태였지만, 첫 출격에 나서는 F-15J의 조종사들은 아무래도 꺼림칙했다. 특히 지금처럼 공대공 무장까지 최소한으로 갖춘 상태에서 한국 공군의 F-15K와 맞닥뜨리는 것은 상상조차 하기 두려웠다.

"아군들이 엄호해주겠지요?"

"당연하지 않나!"

부편대장을 타박하고 나서 편대장은 다시 한 번 생각했다.

이미 한국 공군은 내륙은 몰라도 울산까지 방어할 여유가 없을 것이다. 그런 상태에서 다른 기지에서 출격한 아군들의 엄호를 받을 것이기에 안심해도 될 것 같았다.

"충분히 안전이 확보된 상황이니까 두려워할 것 없어."

"그런데 왜 울산을 공격하라는 겁니까?"

다시 부편대장이 질문했다.

편대장도 궁금하기는 마찬가지였지만 그런 질문은 해서는 안 되는 것이었다.

편대장이 주의를 주려는데 GPU가 전원을 공급할 준비에 들어갔다. 엔진에 시동이 걸리는 순간 가장 큰 부하가 걸리기 때문에 GPU의 도움이 반드시 필요했다.

그으으응!

2기의 프랫&휘트니 F100-100엔진이 거대한 출력을 뿜기 시작했다.

"최초로 한국의 본토를 공격하는 작전에 나선 만큼 반드시 성공하고 귀환하라!"

관제탑의 격려까지 받은 F-15J가 차례로 이륙하기 시작했다.

다른 조종사들이 가장 안전한 작전에 나서면서도 수당까지 챙길 수 있는 그들을 부러운 눈으로 바라보았다.

오전 4시 2분경, 단군호

"일본 공군이 이쪽으로 향하고 있습니다!"

박정도의 보고에 최정필이 맥없이 웃었다. 이제는 분노할 힘조차 없었다.

"다른 조선소들은?"

"오직 여기로만 향하고 있습니다!"

망할! 정보기관이 어느 선에선가 일본과 연계되어 있다는 추측은 의심의 여지가 없었다.

단군호가 워낙 거대하고 대비가 탄탄한 나머지 공작에 실패하자 배후에 있는 일본에 정보를 넘겨준 것이 분명했다. 그렇지 않고서야 이렇게 타격 목표를 정확하게 설정할 수는 없었다.

"지시한 작업을 완료했습니다!"

기술팀장이 악을 쓰듯 보고했다.

"그래, 수고 많았어."

기술팀장의 절박한 목소리에 비해 최정필의 반응은 맥이 빠져 있었다. 영혼이 빠져나가는 것처럼 깊은 한숨을 내쉬며 일어섰다.

"그렇게 해도 괜찮을까요?"

"뭐가?"

"훨씬 용량이 큰 마그네트로 교환하고 안전장치까지 제거해도……."

박정도가 그답지 않게 말을 흐렸다.

1호기의 마그네트가 과부하를 견디지 못하고 손상되었을 때 '동력을 2호기로 전환하고 1호기의 과부하계전기를 복구시키라'고 외쳤던 최정필이 지시를 변경시킨 것이다.

남아 있는 2호기의 마그네트를 훨씬 용량이 큰 것으로 교환하면서 과부하를 차단하는 계전기까지 떼어버리라는 지시는 그 방면을 잘 모르는 박정도가 보기에도 너무나 위험했다.

"그러다가 모터까지 타버리면……."

"다른 방법 있어?"

최정필의 반문에 박정도가 입을 다물었다.

기도하는 것처럼 눈을 감은 채 최정필이 갈라지는 목소리로 외쳤다.

"지금부터 이쪽에서 컨트롤 할 테니까 모든 인원은 신속히 단군호 밖으로 나간 다음 최대한 멀리 이동해!"

"따를 수 없습니다!"

기술팀장을 비롯한 모든 팀원들이 명령을 거부했다.

이글거리는 눈으로 끝까지 함께 하겠다고 외치는 그들을 먹먹한 표정으로 바라보던 최정필은 그만 목이 메었다.

"부팀장에게 명령한다!"

박정도가 냉혹하게 외쳤다.

"즉시 보안팀을 이끌고 기술팀을 비롯한 모든 인원을 신속하게 퇴피시켜. 불응하면 사살해도 무방하다!"

"팀장님!"

"우리는 조국의 운명이 걸린 전쟁을 수행하고 있다. 너희들 때문에 시간이 지체되면 조국이 위험에 빠질 수 있다는 생각은 왜 하지 않나!"

"……."

"이제부터 여기서 맡을 테니 최대한 신속하게 안전한 지역으로 대피해! 더 이상 반복하지 않겠다!"

시간이 너무도 촉박하다는 걸 서로 잘 알고 있었다. 누군가 결단을 내려야만 했다.

"충성!"

보안팀이 상관에게 마지막 경례를 붙였다. 그리고 자신들이 해야만 할 일을 했다.

나가지 않으려고 안간힘을 쓰는 기술팀을 강제로 끌어내기 시작한 것이다. 피눈물을 쏟기는 보안팀도 마찬가지였다.

그들을 하나하나 지켜보며 최정필은 이를 악물었다.

모두가 대피한 것을 확인한 뒤에야 키보드로 천천히 다가갔다.

김태우도 마침내 결단을 내렸다.

독도함이 출격할 수 없다면 승조원들이라도 살려야 했다. 여기에서 이들을 무의미하게 희생시킬 수는 없었다. 장보고급으로 돌아가 싸우다 죽는 한이 있더라도 그렇게 할 수 있게 해주어야 했다.

그러기 위해서는 여기서 벗어나야만 했다.

독도함은 건조 단계부터 탈출이 고려되지 않았지만, 완전히 불가능하지는 않았다. 내부에서 해치를 개방한 다음 가능한 한 빨리 나가야 했다. 독도함에서 탈출하는 것으로 끝나지 않았다. 게이트의 틈을 통해 단군호 밖으로 나가려다가는 익사할 위험이 높았다.

그래도 독도함에 갇혀 죽는 것보다는 백번 나았다. 분명 이 모든 일엔 누군가는 책임을 져야 했다. 김태우는 함장으로서 독도함에 남을 각오를 굳혔다.

"통신장은 모든 승조원들이 들을 수 있도록 준비해!"

승조원들을 이곳으로 집결한 다음 격문을 폐쇄시키는 것이 첫 번째였다. 설명할 시간조차 부족한 만큼 최대한 빨리 서둘러야 했다.

"상처를 확인하겠습니다."

약품을 준비해서 박예린이 서둘러 다가왔다.

김태우는 탈출에 실패한 박예린이 익사하거나 게이트에 끼어 으깨지는 환영이 자꾸만 떠올랐다.

쿠웅!

이를 악물고 김태우가 명령을 내리려는 순간, 생소한 충격이 닥쳤다. 분명히 게이트에서 들리는 충격이었지만 지금까지와 확연히 달랐다.

"그것 보세요! 제가 액땜을 했다고 말씀드렸잖아요!"

박예린이 약품을 패대기치면서 펄펄 뛰었다.

주철범과 최정우를 비롯한 승조원들의 시선이 일제히 김태우를 향했다.

“기관과 조타파트는 빠져나갈 준비를 갖추고 다른 파트의 승조원들도 충격에 대비해!”

즉시 선수의 방향타가 내부로 접혔다.

탈출할 때 발생할 수 있는 위험을 최대한으로 줄여놓은 독도함이 전진할 태세에 들어갔다.

아득한 절망에 빠졌다가 살아날 수 있다는 희망을 잡은 승조원들이 생애 최대로 긴장했다.

쿠웅!

용량이 훨씬 크고 안전장치까지 제거된 마그네트로부터 공급된 동력을 받은 게이트가 격렬하게 충돌했다. 모터가 과열되면서 아나콘다처럼 두꺼운 동력케이블까지 뜨거워졌다.

“27%나 개방되었습니다!”

박정도가 탄성을 질렀다.

만신창이가 된 게이트가 비틀거리면서 돌아간 다음 무서운 기세로 격돌했다.

쿠우웅!

모터가 비명 같은 연기를 뿜고 동력배전반까지 연기가 뭉클거렸다.

“43%!”

박정도가 다시 미친 듯 외쳤다.

한 모금만 마셔도 정신을 잃을 수 있는 유독한 연기가 그득하고 곳곳에서 화재감지기가 번득이는 유조선 내부는 지옥을 방불케 했다.

아뜩해지는 정신을 다잡기 위해 담배를 꺼내던 박정도의 표정이 이지러졌다.

이제는 담배까지 마지막 한 개비만 남았다. 담뱃갑을 구겨 던진 다음 마지막 담배를 피워 물고 박정도는 털썩 주저앉았다.

그룹에 처음 스카우트되었을 때가 떠올랐다.

상상조차 하지 못했던 급여와 복지혜택에 놀랐던 것도 잠시, 계속 군대에 있었어야 했다고 후회하기에는 긴 시간도 필요하지 않았다.

외부에서 진행되던 독도프로젝트가 공격을 당한 다음 모든 것을 단군호로 옮기고 처음부터 다시 시작했을 때가 생생하게 떠올랐다. 그러나 형언하기 어려운 과정과 난관을 거친 결과물이 다시 위기에 빠지고 말았다.

지금 단군호의 내부는 죽음이 확정된 산모가 출산하는 분만실 같았다.

윙윙거리며 귀를 후비는 소음은 단군호의 울부짖음처럼 들렸고 게이트가 부딪치는 충격과 진동은 단말마의 몸짓으로 느껴졌다.

눈앞의 최정필은 독도함의 아비이자 자식이 사산(死産)당하지 않기 위해 필사적으로 움직이는 의사였으며, 자신은 최정필과 분만실을 지키는 경비원 같았다.

게다가 흉악한 살인범들이 이쪽으로 향하기까지 했다. 독도함이 미처 출산되기 전에 살인범들이 들이닥치는 날에는 모든 것이 끝장이었다. 어떻게든 막아야 했지만 방법이 없었다.

방법이 없어도 움직일 수는 있지!

박정도는 그동안 겪었던 작전과 실전을 떠올렸다.

전멸당할 뻔했던 위기에 빠졌던 게 한두 번이 아니었지만, 그럼에도 불구하고 살아남을 수 있었던 원동력은 멈추지 않았던 행동이었다.

마지막 실탄까지 떨어진 다음 '이제는 끝장!'이라며 울부짖을 시간에 돌멩이라도 집어던져야 했다. 그런 행동들이 모여서 여기까지 올 수 있게 해준 만큼 마지막까지 포기할 수 없었다. 절반도 피우지 못한 담배를 바닥에 문지르고 박정도가 웃옷을 벗었다.

소지하고 있던 대검으로 옷을 길게 자르고 세면대에 적신 다음 출입문의 틈을 틀어막기 시작했다. 최정필에게 단 일 초의 시간이라도 더 벌어주기 위해서는 죽을 때까지 움직여야 했다

같은 시간, 독도

콰앙!

최초의 충격이 독도를 덮쳤다.

일본 해군이 발사한 순항미사일을 필두로 이즈모와 카가에서 출격한 F-35B들이 발사한 공대지미사일이 일제히 작렬했다. 한국 공군을 격멸시킨 F-15J들까지 합세한 공격에 독도가 몸을 비틀며 울부짖었다.

잔혹한 공격이었지만 적들은 필요한 시설들만큼은 교묘하게 건드리지 않았다.

선착장과 헬리포트를 제외한 벙커를 비롯해 방어시설에 집중적으로 불벼락이 쏟아졌다. 미사일이 정확하게 작렬할 때마다 콘크리트 덩어리와 끔찍한 파편들이 난무했다.

알아듣지 못할 소리를 지르며 벙커 밖으로 뛰쳐나오는 병사가 보였다.

공중전이 벌어졌을 때부터 제정신이 아닌 것 같았던 대원이 뭐라고 외치며 기관총을 난사하는 순간 미사일이 작렬했다. 높이 솟구쳤던 기관총이 떨어진 다음 아직도 매달려 있던 팔목이 부르르 경련했다.

중대장은 아무런 명령도 내릴 수 없었다.

이런 방식의 공격이 감행될 것이라고 예상은 했지만 막상 당하고 보니 숨조차 제대로 쉴 수 없을 정도였다. 옆에서 머리를 처박고 벌벌 떨던 통신병이 뛰쳐나가려 했다.

"나가면 안 돼!"

통신병을 만류했지만 소용없었다.

거품을 물고 뛰어나간 통신병을 붙들기 위해 벙커를 나서는 순간 섬광이 번득였다. 폭풍에 날아간 중대장이 데굴데굴 구르다 파괴당한 벙커 뒤에서 겨우 멈췄다.

흐읍!

무심코 호흡을 들이마신 중대장의 눈이 찢어질 것처럼 부릅떠졌다.

뜨거운 공기에 버무려진 흙먼지가 목구멍을 틀어막았다. 숨이 막힌 중대장이 버둥거리는 주변에 잇달아 불벼락이 작렬했다. 거품을 물고 눈이 허옇게 돌아간 중대장이 본능적으로 벙커의 벽을 향해 몸을 밀착시켰다.

다행히 그가 쓰러진 곳은 안전했다.

그뿐 아니라 호흡도 할 수 있었고, 아직 부상도 극심하지는 않았다. 아무튼 계속 살아남아야만 했다. 중대장은 미약하게나마 호흡을 이어가면서 정신을 유지하기 위해 필사적으로 노력했다.

안전하게 자리를 잡은 다음에도 적들은 공격을 그치지 않았다.

섬광이 번득이고 폭풍이 덮칠 때마다 정신이 뒤흔들렸다. 태아처럼 몸을 웅크린 중대장이 어느 순간 모든 움직임을 멈췄다.

같은 시간, 단군호

"빨리 하십시오! 시간이 없습니다!"

박정도가 안타깝게 외쳤다. 동상처럼 굳은 표정을 한 최정필이 다시 엔터키를 눌렀다.

최대치 이상의 동력을 받은 모터가 무섭게 회전하면서 게이트가 미친 것처럼 내달렸다. 폭발하는 것 같은 굉음과 함께 모터가 타버리고 말았다.

"이런!"

박정도가 절망적인 신음을 토해냈다.

게이트가 열린 정도를 지시하는 그래픽이 52%를 가리켰다.

독도함이 안전하게 나가기 위해서는 적어도 70% 이상이 개방되어야만 했다. 지금의 수치로는 독도함이 게이트에 스칠 우려가 높았다. 스텔스 피부가 뜯겨나간 독도함은 아무짝에도 쓸모가 없었다.

"더는 무리야, 우리는 할 수 있는 최선을 다했어."

최정필이 의자에 털썩 주저앉았다.

모든 걸 자포자기한 심정이었지만 대형 모니터에 비친 독도함에서는 눈을 떼지 못했다.

독도함이 탈출하기 위해 안간힘을 다하는 것을 바라보던 박정도의 시선이 최정필에게 향했다. 최정필도 그의 시선을 의식했는지 눈을 마주쳤다.

"궁금한 것이 있습니다."

"지금 이 상황에 궁금한 게 뭐야?"

"독도함이 아무리 핵잠수함을 능가하는 성능에 스텔스까지 갖췄다고 해도 탄도미사일 같은 결정적인 무기가 없지 않습니까?"

"그래서?"

"게다가 단군호마저 폐기당하면 다시 어뢰를 보급 받을 수도 없을 텐데……."

"그건 우리가 할 걱정이 아냐."

"본부장님은 지금까지 살면서 예감을 믿고 행동하신 적이 전혀 없습니까?"

흘긋 박정도를 바라보던 최정필이 고개를 젓혔다.

"너만큼은 아니었어도 예감을 아주 믿지 않은 것은 아니었어."

바닥에 침을 뱉어내며 박정도를 보았다.

"부함장 주철범이 혐의를 벗게 된 결정적인 이유가 거짓말탐지기 조사에서 여러 차례나 걸리지 않고 통과했던 것에 있었지?"

"기종을 바꾸고 질문하는 조사관도 교대시켰는데 여전히 동일한 결과가 나왔으니 결과를 믿을 수밖에 없지 않습니까?"

“내가 아는 사람들 가운데는 거짓말탐지기를 농락하는 사례도 있었거든.”

최정필이 MIT에 유학했을 때 학과사무실에 거짓말탐지기가 있었다. 누군가가 심심풀이로 만든 것 같았던 탐지기는 성능이 대단히 좋았다.

“이따금씩 거짓말탐지기를 이용해 내기를 했는데 어떤 학생의 승률이 100%에 가까웠었어.”

“설마 단 한 차례도 걸리지 않았다는 말입니까?”

“딱 한 번 걸리기는 했지.”

그때를 떠올리는지 최정필의 표정이 씁쓸해졌다.

“하필 내기에 걸린 판돈이 엄청났을 때 그 학생이 걸려들었지. 나를 비롯해 모두가 고소하게 여기는데 당사자가 절대 그럴 리 없다면서 펄펄 뛰는 거야. 나중에 회로의 오작동으로 밝혀졌지만 판정이 번복되지는 않았어. 탐지기까지 속일 수 있었던 것에 대한 대가를 치러야 했으니까.”

“…….”

“재능이 정말 대단했어. 나보다 뛰어났던 유일한 케이스라고 해도 과언이 아닐 정도였고, 최고 가운데서도 최고로 불렸거든. 그런데…….”

최정필이 한숨을 쉬었다.

“자신과 다른 의견이나 주장을 절대 받아들이지 않았어. 반대하는 학생들에게는 노골적으로 적대감을 드러냈으니까. 비록 공학이라도 토론의 비중이 높은 상태에서 자유로운 개진이 기본인데도 그렇게 독선적으로 행동하는 사람을 누가 좋아하겠어?”

그 천재가 따돌림을 당하게 된 결정적인 이유는 라이벌을 지나치게 공격한 데 있었다.

상대방의 약점을 캐내고 공격하는 데도 천재적이었던 그는 지도교수들이 배석한 발표 수업을 엉망으로 만들었다.

"그 여학생도 대단히 뛰어났는데 사사건건 부딪치는 사이였지. 그것에 앙심을 품고 놈이 여학생의 아버지가 마약중독에 폭력전과자이며, 그로 인해 어머니와 이혼했다는 것을 까발렸어. 게다가 유전공학까지 인용해 공격하는 바람에 이성을 잃을 정도로까지 격분하게 만들었거든."

그 결과 수업이 엉망이 되고 말았다. 지도교수들이 배석한 수업은 졸업에 직접 영향을 미칠 수 있었다. 그렇게 중요한 수업을 치졸한 시기심으로 망쳐버린 대가는 퇴학이었다.

"그놈은 어떻게 되었습니까?"

"미국도 의외로 좁은 나라야."

소문이 퍼진 다음 미국에서 성공할 수 있는 가능성이 사라졌다.

독일로 가서 졸업한 천재는 좋은 직장을 잡을 수 있었지만 끝내 본성을 버리지 못했다.

출세에 방해가 되는 동료들을 수단 방법을 가리지 않고 제거하던 천재는 결정적인 프로젝트를 망치고 말았다.

그것도 동료 연구원들이 입을 모아 경고했던 리스크를 무시하고 독선적으로 추진했던 프로젝트가 참담하게 실패로 돌아간 다음 종적이 사라지고 말았다.

박정도는 그제야 확신의 눈빛을 번득였다.

그래, 이번에도 예감이 틀린 게 아니었어!

박정도는 김태우가 함장으로 결정된 직후부터 승조원 하나하나를 철저히 조사했었다.

김태우와 승조원들에게는 미안하지만 단군호에 들어왔을 때부터 전부 모니터링 되고 있었다. 취사병이라고 해도 음식에 독을 타면 승조원을 몰살시킬 수 있는 만큼 누구 하나 빼놓지 않고 철저하게 조사할 수밖에 없었다. 심지어 김태우도 예외가 될 수 없었다.

승조원 가운데 누군가는 위험할 수 있다고 확신한 박정도는 범위를 좁히기 시작했지만, 이번의 예감은 성과에 접근하지 못했다.

게다가 시간도 충분하지 않았다. 아주 약간의 가능성이라도 놓치지 않기 위해 애를 태우던 박정도의 눈길이 주철범에게 향했다. 실제로 주철범은 의심받을 요소가 적지 않았다. 그러나 아무리 조사하고 캐내도 나오는 것이 없었다.

국내는 물론 해외에서의 행적까지 파고들었다.

국정원보다 나으면 나았지 못할 것이 없는 P그룹의 정보파트에 집중 의뢰했어도 원하는 결과가 나오지 않았다. 오히려 주철범은 가장 혐의가 없다는 결과까지 나왔다.

독도함의 출격이 다가올수록 다급해졌지만 꼬투리가 잡히지 않는 이상 어쩔 수 없었다. 나중에는 자신의 예감이 틀렸던 걸까, 의심까지 들었을 지경이었다.

어쩔 수 없이 포기했던 박정도의 눈이 다시 이글거렸다.

"제 예감이 옳다면 트로이 성 안에 목마가 들어간 상태입니다!"

"……."

"주철범은 어떻게 해서든 함장을 발작하게 만들 겁니다! 어쩌면 함장에게 뇌종양이 발생했다는 것까지 알고 있을지도 모릅니다, 게다가 함장이 자신이 지휘할 수 없을 정도의 문제가 발생하면 부함장이 지휘하라고 공언한 이상, 일단 발작하기만 하면 독도함을 합법적으로 손에 넣을 수 있을 겁니다!"

단군호는 어뢰를 보급하는 플랫폼의 역할만 주어지지 않았다.

전투 중 입은 부상 등으로 인해 임무수행이 곤란한 승조원들을 치료하고 교대할 수 있게 하는 것도 단군호의 주요임무였다.

무엇보다 김태우는 뇌종양 환자였다.

단군호에는 그것에 대비한 시설도 급조된 상태였다. 독도함이 어뢰를 보급받기 위해 돌아올 때마다 김태우의 증상을 더디게 하고 안정을 취할 수 있도록 준비된 시설이었다. 그러나 그것마저 단군호와 함께 사라질 것이었다.

독도함에도 약품이 준비되어 있었지만 임시방편에 불과했다.

강력하게 통증을 진정시키는 마약과 다르지 않았다. 무사히 단군호에서 탈출한다고 해도 응급조치 이상을 받지 못할 김태우는 언제든지 발작을 일으킬 수 있었다.

그런 상황에서 거짓말탐지기도 우습게 농락하는 놈이 김태우의 뇌관을 건드리고 독도함의 지휘권을 탈취한다면, 그건 상상조차 하기 두려운 일이었다.

"이렇게 고생한 대가가 사이코패스 같은 놈에게 독도함을 바치는 것이었다니."

"그건 직감일 뿐이야! 부함장이 사이코패스라는 증거가 있어?"

"물론 없습니다. 부함장은 유치원 때부터 지금까지 싸움도 한 번 하지 않았으니까요, 게다가 사관학교에 응시하면서 실시한 적성검사부터 시작해서 여기서 진행한 거짓말탐지기까지 단 한 차례도 이상한 점이 발견되지 않았단 말입니다!"

"문제가 없는 것도 의심받을 이유가 되나? 문제가 있는 놈은 부함장이 아니라 너야!"

"지금까지 살면서 단 한 차례도 문제가 발견되지 않았다는 자체가 의심받을 근거로 충분합니다! 그리고 거짓말탐지기까지 속일 수 있는 놈이 사이코패스가 아니면 뭡니까?"

"그래, 네 예감이 맞았다고 치자! 그래서 부함장을 제거했다면 김태우를 비롯한 승조원들이 가만있을까?"

절대 그렇지 않을 것이다.

입장을 바꿔 박정도가 가장 신임하는 바로 아래의 지휘관을 그런 이유로 강제 전역시키려 했다가는 결코 가만있지 않을 테니까. 실제로 김태우는 박정도가 강제로 조사를 실시했을 때 제정신이 아닐 만큼 격분했었다.

"예감 따위를 들먹거려서 주철범을 포함시키지 않으려 했다간 독도함은 출격하기도 전에 가라앉게 될 거야!"

"……."

"그리고 지금 상황에서 부함장을 끄집어낼 방법이라도 있어?"

"……."

"우리는 독도함이 나갈 수 있도록 최선을 다했으니까 무사히 나가는 것만……."

"그렇습니다, 제가 잘못 판단했을 수도 있겠죠. 그렇지 않다고 해도 이제 와서 어떻게 할 수도 없고. 독도함의 운명은 이미 저희 손을 떠났습니다."

박정도가 리모컨을 꺼내 들었다.

"무슨 짓이야!"

"지금 자폭하지는 않을 겁니다."

자폭 환경을 충격모드로 설정하고 나서 박정도는 리모컨을 집어 던졌다.

"어차피 일본 놈들이 공격할 테니까 그때 함께 자폭하도록 설정했습니다. 일 초라도 더 시간을 벌어야 하니까요."

박정도의 깊은 시선이 최정필을 향했다.

"마지막으로 궁금한 게 있는데 말씀해주시죠."

"곧 죽을 놈이 왜 이렇게 말이 많아?"

"제가 현역 시절 작전에 임할 때는 항상 두 가지를 염두에 두었습니다. 폭파를 할 때도 전선이 끊기거나 배터리를 비롯한 장치에 고장이 발생할 것에 대비하여 격발장치를 이중으로 설치했고, 퇴로 역시 차단당할 우려가 있는 만큼 다른 퇴로를 설정했……."

"얼마 남지 않은 시간 낭비하지 말고 요점만 말해!"

"독도프로젝트에도 '플랜B'가 존재했을 것 같은데요? 국가의 운명이 걸린 프로젝트인데, 플랜B가 없었다면 그게 오히려 이상할 것 같습니다. 우리와 기술을 공유하던 러시아와 다시 은밀하게 거래했을 가능성은 충분하고, 이미 운항하고 있는 초대형 벌크선의 내부에서 독도함의 쌍둥이가 잉태되었을 가능성도 있지 않습니까?"

"나도 그랬으면 좋겠어."

최정필이 씁쓸하게 웃으며 대답했다.

"여기 누구라도 우리가 만들어낸 독도함 같은 잠수함이 하나라도 더 있다면 얼마나 좋겠느냐는 생각이 들지 않았다면 거짓말이겠지. 그러나 머지않아 그런 생각을 하는 것조차 사치였다는 것을 깨닫게 되거든."

"……."

"그리고 플랜A와 플랜B는 서로의 존재를 아예 몰라야지, 보안 전문가라는 놈이 그렇게 질문하면 안 되는 것 아냐?"

"하긴 그렇습니다."

박정도가 씁쓸하게 웃으면서 대답했다.

"나도 궁금한 게 있는데."

최정필의 시선이 박정도에게 향했다.

"말씀하십시오."

"왜 그렇게 주철범에게 집착했지? 그럴 만한 이유라도 있었어?"

순간 박정도의 표정에 균열이 일었다. 잠시 생각하더니 무겁게 입을 열었다.

"어차피 곧 죽을 테니까……."

최정필을 비롯해 그를 아는 사람들은 박정도가 전역을 신청한 이유가 작전 중에 실수로 어린 신병을 잃은 것에 있다고 들었지만 사실은 그렇지 않았다.

박정도의 부대에는 아주 유능한 작전참모가 있었는데, 드물게도 정규사관학교 출신이었다. 그것도 뛰어난 성적으로 졸업했기 때문에 사령부나 국방부 같은 좋은 보직을 받을 수 있었는데도 특수부대를 자원한 극히 드문 특이한 케이스였다.

"누구와 비슷하군 그래."

"그 자식과 저는 사사건건 충돌했습니다. 저의 주장이 채택될 때마다 작전에 성공했기 때문에 저는 잊어버렸지만 그 자식은 그렇지 않았던 모양입니다."

그러던 어느 날 해상침투작전이 실시되었다.

늘 하던 작전이었어도 신병이 배속된 데다 다른 팀들이 여유가 없었던 관계로 박정도가 직접 이끌게 되었다.

"보통은 여럿의 IBS(특수작전용 고무보트)가 참가하지만 그냥 단독으로 나갔습니다. 신병에게 실전의 맛을 조금 보여줄 목적이었는데……."

부대를 떠나 예정된 침투구역에 거의 접근했을 때 갑자기 상황이 꼬이기 시작했다.

IBS의 엔진 둘 가운데 하나에서 고장이 발생한 직후 기다렸다는 듯 바다가 날뛰었다. 그 결과 침투가 예정된 좌표에서 상당히 멀어졌지만, 그 정도 상황이 발생하는 것은 드물지 않았다.

"그래서?"

"다시 작전에 임하려는데 팀원 하나가 거품을 물고 넘어가지 뭡니까."

언뜻 보기에도 급성맹장이었다.

이래서는 작전을 계속할 수 없다고 판단하고 박정도는 긴급 후송을 위해 헬기를 요청했지만 여의치 않았다. 게다가 그날따라 구조에 나설 수 있는 팀이 전혀 없었다.

"플랜B가 있지 않나?"

"물론 1차 침투가 여의치 않으면 2차 좌표로 상륙하여 다시 진행하거나 철수할 수 있게 되어 있지만 상황이 너무 좋지 않았거든요."

사납게 날뛰는 칠흑처럼 어두운 바다에서 팀원 하나가 숨이 넘어가고, 엔진을 하나밖에 사용할 수 없는 상황…….

"본부장님 같으면 어쩌시겠습니까?"

"당연히 팀원부터 구해야지."

작전 취소를 결정하고 박정도가 지휘통제실로 보고하자 즉각 조치가 이루어졌다.

'가장 가까운 해안방어부대에 연락을 취해 구급차를 준비하도록 할 테니 최대한 신속히 이동하라'는 명령을 받고 박정도는 그야말로 사력을 다했다. 겨우 해안에 도착했을 때 박정도를 맞이한 것은 구급차가 아니라 빗발치는 기관총탄이었다.

"그 자식이 지휘통제실에서 상황을 보고받았겠군?"

박정도는 대답하지 않았다.

신병 하나만 잃은 것은 차라리 기적이었다. 진상을 밝히기 위해 소집된 위원회에서 작전참모는 전혀 잘못이 없는 것으로 나타났다. 그 시간에 해안방어부대에 교신을 취한 증거가 있는 데다, 높은 자리에 오를 것이 확실한 인재에게 잘못 보이고 싶어 하는 상관은 아무도 없었다.

"아무튼 누군가는 책임을 져야 하지 않겠습니까?"

"……."

"그리고 그 자식과 계속 함께 있다가는 죽여버릴 것 같았습니다. 그렇게 될 바에는……."

"정말 판단 잘했어."

최정필이 다행스럽다는 표정으로 말했다.

비록 마지막에 당하기는 했어도 박정도가 아니었으면 여기까지 오는 것도 가능하지 않았을 것이 분명했다.

"그런데 말입니다."

갑자기 박정도가 킬킬거렸다.

"그 자식과 부함장이 흡사하게 닮은 겁니다! 얼굴과 체격은 물론이고 목소리까지 거의 똑같았어요, 처음 보는 순간 쌍둥인 줄 알았다니까요!"

"의심하지 않을 수가 없었겠군."

최정필이 너털웃음을 터뜨렸다.

한동안이나 마주 보며 웃던 두 사람 가운데 박정도의 권총이 불을 뿜었다. 심장을 관통당한 최정필이 피를 뿜으며 쓰러졌다.

"그동안 고생 많으셨습니다. 이제부터 편히 쉬도록 하십시오."

최정필의 고난을 끝내주고 나서 박정도가 이번엔 권총을 자신의 관자놀이로 가져갔다.

"저도 마지막까지 따르겠습니다."

뜨거워진 총구를 관자놀이에 밀착한 다음 이를 악물고 방아쇠를 당기는 그의 눈동자에 독도함이 그득 비쳤다.

"최대한 서서히 전진해!"

김태우가 묵직한 목소리로 명령했다.

스크루가 미세하게 회전하는 순간 승조원들의 가슴이 터질 것처럼 두근거렸다. 정체불명의 적과 교전이 벌어졌을 때보다 훨씬 두터운 공포가 독도함을 휘감았다.

"함장님, 게이트에 부딪힐 수 있습니다!"

박예린이 비명처럼 외쳤다.

독도함의 양측이 게이트와 겨우 두 뼘 정도밖에 떨어져 있지 않았다. 박예린이 아니라 누구라도 두렵지 않을 수 없었다.

"액땜을 했다고 말한 사람은 바로 너야! 무사히 나갈 수 있으니까 두려워하지 마!"

김태우가 다시 질타했다. 56미터에 달하는 독도함이 단군호를 빠져나가는 시간이 영원히 끝나지 않을 것 같았다.

어쩌다가 이렇게 된 거야!

김태우는 탄식을 거듭했다. 마지막 작전에 나갔을 때 다른 함장이 공을 세웠으면 이런 고생을 자초하지 않을 수 있었다. 어차피 전쟁이 터지겠지만 단군호에 들어온 다음 계속 닥치는 위기보다 더하지 않을 것 같았다.

제정신이 아닌 것 같은 데다 프랑켄슈타인 비슷하게 생긴 최정필을 만난 다음부터 모든 것이 꼬여버렸다.

그놈에게 속은 나머지 존재가 부정당하고 가족들까지 이별하는 고통까지 감내하면서 독도함의 함장이 될 것을 결심한 것은 최악 이상의 미친 짓이었다. 그것도 모자라 자신을 믿고 따랐던 승조원들까지 동참시킨 것도 차마 못 할 짓이었다.

마지막 테스트에서 발전모터에 이상이 발생하는 바람에 심장이 떨어질 정도로 놀랐던 것은 아무것도 아니었다.

출격에 나서기 직전에 단군호가 공격당한 다음 빠졌던 공포와 절망은 꿈에 나타날까 두려웠다. 만일 다시 한번 그런 상황에 빠질 것 같으면 차라리 목숨을 끊는 편이 나을 것 같았다.

그뿐 아니라 위기가 계속되는 상태였다.

겨우 살아날 기회가 주어졌나 했더니 이번에는 게이트가 충분히 개방되지 않았다. 단군호를 공격하기 위해 적들이 다가오는 것이 분명한데도 달팽이처럼 답답한 속도로 통과하려니 당장이라도 발광할 것 같았다.

죽일 놈 같으니!

최정필에게 욕설을 퍼붓던 김태우는 얼굴을 찡그렸다. 머리가 쪼개지는 것 같았지만 절대 내색할 수 없었다.

필사적으로 인내하던 그의 눈길이 주철범에게 닿았다.

박예린까지 이를 악물고 버티는데도 주철범은 그렇지 않았다. 이 상황과 유리된 것처럼 달라 보였다. 태연하기까지 한 그에게 의아한 시선을 던지는 순간 독도함이 단군호를 거의 빠져나왔다.

"기관전속! 최대한 빨리 탈출해!"

오직 이 순간을 기다렸던 독도함의 스크루가 최고속도로 회전하기 시작했다.

4대의 F-15J가 일제히 단군호를 조준했다.

울산의 조선소를 공격하는 것과 함께 가장 먼저 단군호를 제거하라고 받은 명령도 의아했지만, 명령의 속사정을 궁리할 필요는 없었다. 아무튼 빨리 끝내는 것이 상책이었다.

"목표가 너무 커서 눈 감고 발사해도 명중시킬 자신이 있습니다!"

부편대장이 너스레를 떨었다.

여기까지 오는 동안 전혀 저항도 없었고, 군사 목표도 아닌 탓에 첫 출격의 긴장은 오간 데 없었다.

"임무를 마치고 귀환할 때까지 절대 긴장을 풀지 마!"

편대장을 비롯한 모두가 두 발의 공대함 하푼을 발사했다.

입력된 표적을 찾기 위해 높이 솟구친 여덟 발의 하푼이 단군호를 눈에 담았다.

발사된 하푼들이 '씨 스키밍(Sea-skimming)'에 돌입했다. 바다를 스칠 듯 낮은 고도를 음속에 가까운 속력으로 비행하는 하푼들에 의해 거대한 스키가 활주하는 것처럼 바다의 표면이 갈라졌다. 증오를 그득 품은 하푼들이 단군호를 향해 급격히 거리를 좁혔다.

하푼을 발사한 F-15J 편대가 급격히 고도를 높였다.

그들을 울산까지 보낸 자들은 단군호만 끝장내려 하지 않았다. 여기 조선소에서 건조되는 이지스와 잠수함은 물론, 세계 1위의 조선소 자체를 파괴할 작정이었다.

쾅!

가장 먼저 돌입한 하푼이 단군호의 우측 선체를 뚫고 들어와 폭발했다.

하필 그곳은 최정필과 박정도가 있던 컨트롤 룸이었다. 두 사람이 흔적조차 없이 분해되면서 나머지 하푼들이 일제히 돌입하는 순간 충격모드로 설정된 폭탄이 작렬했다.

콰아앙!

단군호가 갈기갈기 찢기면서 거대한 버섯구름까지 치솟았다.

여덟 발의 하푼에 단군호의 요소요소에 설치된 고성능폭탄이 더해진 위력은 상상을 한참이나 초월했다.

편대장을 비롯한 조종사들이 엄청난 폭발에 입을 다물지 못했다.

그제야 반드시 파괴해야 할 뭔가가 있었다는 생각이 들었지만 작전은 이제부터 시작이었다.

정신을 수습한 편대장이 레이저유도폭탄을 투하했다.

편대장이 노린 목표는 골리앗크레인이었다. 대한민국의 조선공업을 상징하면서 단군호의 건조에도 지대하게 공헌한 거인에게 레이저유도폭탄이 달려들었다.

콰앙!

하체가 박살난 골리앗이 비명을 지르며 무너졌다.

오래도록 온몸으로 봉사했던 거인의 골격이 꺾이고 무너지는 참상은 차마 눈뜨고 볼 수 없었다.

주렁주렁 매달고 온 폭탄들을 남김없이 투하한 F-15J들이 기관포까지 발사하면서 휩쓸었다. 조선소가 온통 불바다로 변했다.

1974년 준공된 이후 대한민국의 발전에 쌍두마차로 이바지한 K중공업이 불구로 전락하기에는 긴 시간도 필요하지 않았다.

"임무 100% 달성했습니다!"

편대장을 비롯한 조종사들 시야에 처참하게 박살난 단군호가 들어왔다. 단군호의 내부에 어떤 것이 존재했든 살아남는 것은 불가능해 보였다.

"투하되지 않은 폭탄이 있는 상태로 착륙하면 안 되니까 철저히 확인해!"

"이상 없습니다!"

"그럼 돌아간다!"

F-15J 편대가 화염에 휩싸인 현장을 선회한 뒤 귀환하기 시작했다.

적들이 사라진 폐허의 바다에서 오랫동안 독도함을 잉태했던 단군호의 잔해가 구슬프게 신음했다.

지옥의 바다

202X년 5월 28일 오전 7시 12분경, 도쿄

한국이 아득한 절망으로 추락할 때 일본은 전범기의 욱일(旭日) 같은 기세로 치솟았다.

도쿄를 비롯한 대도시의 빌딩에 설치된 광고 스크린에 독도에 일장기가 게양되는 영상이 반복해서 재생되었다.

치요다의 야스쿠니신사 앞에서도 함성이 터졌다.

구(舊) 일본군 복장의 사내들이 독도에 일장기가 게양되는 광경을 홀린 것처럼 바라보았다. 그들 가운데 지휘관 차림의 사내가 일본도를 뽑았다.

"한반도를 다시 지배하는 것은 시간문제다!"

동조하는 함성이 사방에서 터졌다.

"이런 영광을 두 차례나 목격하다니……."

휠체어에 앉은 늙은 여성이 말을 잇지 못했다.

일본이 진주만을 공격했을 당시의 흥분된 라디오 방송을 어렴풋이 기억하는 그 여성이 손에 들었던 일장기를 가슴에 품으며 감격의 눈물을 쏟았다.

"나라를 위해 목숨을 바친 영령들께서 주신 기회를 놓치지 말고 아시아를 천황폐하께 바치자!"

불을 토하는 것처럼 외친 사내가 일왕이 있는 방향을 향해 깊이 허리를 숙였다.

움직이기조차 어려울 정도로 모여든 일본인들이 최면에 빠진 것처럼 동일하게 움직였다.

같은 시각, 신주쿠의 이치카야

시부야에서 엎어지면 코 닿을 정도로 가까운 신주쿠의 이치카야에는 육군의 전통적인 주둔지가 있었다.

주둔지 내부에는 국방을 담당하는 방위성과 통합막료감부(합동참모본부) 등등의 주요 기관이 존재했다. 잔칫집 같은 분위기 가운데서도 통합막료감부의 기쁨은 특히 더했다.

"진주만 이래 최고의 대승을 자축하지 않을 수 없군."

통합막료장(참모총장)도 기쁨을 감추지 않았다.

"공군도 대단했지만 해군의 공이 발군이야."

"작전에 따라 움직였을 뿐 칭찬받을 사안은 아닙니다."

해군막료장이 겸양했지만 진심일 수 없었다.

실제로 한국 해군을 완벽하게 격멸했을 뿐 아니라 단 한 척의 함선도 잃지 않았다.

공군도 한국 공군의 주력을 격멸하고 본토를 공격하기까지 했다. 그러나 스무 대에 가까운 손실이 발생했기 때문에 해군에 비하면 순도가 떨어질 수밖에 없었다.

“해군과 공군이 충분히 활약했으니까 육군도 뒤지지 말아야지?”

꿔다놓은 보릿자루 같았던 육군막료장이 그제야 고개를 들었다.

이번 전쟁의 목적은 한국을 제압하는 것에 그치지 않았다. 통합막료장을 비롯한 높은 자들의 원대한 포부는 다시 한반도를 손아귀에 넣은 다음 중국의 동북3성을 비롯한 과거의 만주지역까지 삼키는 것이었다.

육군막료장은 그게 허황해 보이기도 했지만, 명령을 거역할 수 없다는 것만은 사실이었다.

어쨌든 한국은 패배하더라도 공군기와 해군함정을 절대 넘겨주려 하지 않을 것이 분명했다. 공군과 해군은 끝까지 싸우다 전멸당하거나 스스로 파괴하겠지만, 육군은 그럴 수 없었다.

적과 싸울 수도 없고 스스로 목숨을 끊을 수도 없는 육군 병력은 그대로 잔존할 수밖에 없을 것이다. 그렇지만 과연 고스란히 한국의 육군을 손에 넣는다고 해서 그들을 앞세우면 북한도 어렵지 않게 손에 넣을 수 있을까?

일본을 지배하는 자들의 무모한 계획이 결국 대세를 망칠지도 모른다는 우려가 컸지만, 이 자리에서 발설할 수는 없었다. 그래도 북한까지 통합한 다음 일본의 지휘를 받는 거대한 육군이 일장기를 높이 들고 노도처럼 압록강을 건너는 광경은 상상만 해도 황홀했다.

"다시 말하겠지만 육군도 뒤지지 않기를, 아니 앞으로는 육군의 역할이 절대적인 만큼 폐하께 실망을 드리는 일이 없어야 할 거야."

"기대에 부응할 수 있도록 최선을 다하겠습니다."

의무적으로 대답하는 육군막료장의 눈이 스크린을 향했다.

새로운 공격을 준비하는 일본 해군의 위용이 스크린을 그득 채웠다.

오전 7시 47분경, 울릉도 남방 27km 해상

다시 공격할 준비에 들어간 일본 함대는 긴장감이 거의 없었다.

한국 해군과 공군의 주력은 물론 잠수함들까지 섬멸한 데다, 지극히 상징적인 독도를 점령했기 때문에 사기가 충천했다.

그러나 상륙함의 분위기는 전혀 달랐다.

멀찍이 떨어져서 미사일이나 발사할 함대와 달리 완전무장한 수륙기동단을 그득 태운 상륙함에서는 긴장이 넘실거렸다

저항이 아예 없었던 독도와 달리 울릉도는 대대 규모의 해병대가 견고한 진지를 구축하고 기다렸다. 이번에도 해군과 공군이 미사일 세례를 퍼붓겠지만, 울릉도는 독도와 비교할 수 없이 넓었다.

제법 깊은 계곡까지 있는 울릉도에 틀어박힌 적을 미사일로 전멸시키는 것은 불가능했다.

미군도 인정하는 한국의 해병대는 두렵지 않을 수 없었다. 실제로 독도에서 마지막 남은 해병대가 수류탄을 던져 특전대를 몰살시키면서 헬기마저 파괴하기까지 했다. 그런 적들과 싸우려니 도살장

으로 끌려가는 것 같았다.

불안한 요소는 또 있었다.

목숨을 던지면서 끝까지 싸우는 해병대와 맞닥뜨릴 수륙기동단은 거의 전부가 신병이나 마찬가지였다. 자위대를 군대로 재편한 다음 파격적인 조건으로 유혹하여 받아들인 병력들은 두렵고 불안하기 짝이 없었다.

"명령 받은 이외의 행동은 절대 금물이다!"

"각 소대장들은 분대장을, 분대장들은 분대원을 확실하게 통제하라! 모든 병력들은 상륙한 다음 동료들과 헤어지지 않도록 주의하라!"

군대 밥을 오래 먹고 상륙훈련 경험도 갖춘 장교과 부사관들이 고함을 질렀다.

그들 역시 목숨을 걸고 상륙하기는 싫었지만, 통합막료감부의 생각은 달랐다.

이 전쟁의 최상위 관료들에게는 독도에 이어 울릉도에도 일장기가 게양되는 영상이 반드시 필요했다. 그들에 의해 전쟁으로 내몰린 수륙기동단은 지위고하를 막론하고 제발 무사히 울릉도를 점령할 수 있기를 애타게 바랄 뿐이었다.

같은 시간, 마카오 남쪽 413km 해역

아침 식사를 마친 참모들의 표정은 밝지 않았다.

5월 20일 요코스카를 출발한 다음 일주일이 지나도록 전과가 확대되지 못한 탓이었다. 5월 23일에 J-29 넉 대와 이후 쑹급 잠수함한 척을 잡은 다음 지금까지 전혀 실적이 없었다.

"놈들이 코빼기조차 비치지 않는데 어쩌겠나? 우리 잘못이 아니니까 신경 쓸 것 없어."

애써 담담하게 말하고는 있었으나 사령관의 표정도 좋지 않았다.

예정대로라면 이미 중국 해역을 벗어났어야 했다. 그래도 혹시나 싶은 생각에 꾸물거리다가 날짜만 허비한 꼴이 되었으니 사령관의 입맛도 썼다.

"한 말씀 드려도 되겠습니까?"

냉장고에서 나온 것처럼 차가운 인상의 정보참모가 발언을 요청했다.

"7함대의 전부가 출격한 상황에서 전과가 미미한 것 같지만 어디까지나 상대적입니다. 우리에 이어 세계 2위라는 중국의 주력전폭기 편대는 물론, 잠수함까지 격침한 전단(戰團)은 우리 7함대가 최초이자 이후로도 유일하게 될 것입니다. 그리고 중요한 점은……."

정보참모가 머지않아 벌어질 상황에 대해서 요약했다.

일본을 앞세워 중국을 꺾기 전에 반드시 한반도를 제압해야 하는 만큼, 7함대가 출격하여 중국이 개입할 빌미를 주지 않은 자체가 결정적인 공이었다.

"굳이 말씀드리지 않아도 아시겠지만 그동안 중국은 내부의 불만을 외부로 표출시키는 방식을 악용했습니다. 티베트와 위구르 등등의 국가들은 강제적인 방식으로 통치하는 한편 인도 같은 국가들과 국경분쟁을 지속하여 긴장을 고조시켰지만 이제는 그렇게 되지 않을 것입니다."

마음에 들지 않는 국가와 정권을 전복하는 것으로 악명 높은 미국의 해외 공작파트가 이미 움직이고 있었다.

이제까지 분신(焚身) 등의 방식으로 항거했던 티베트가 무장투쟁으로 전환하면서 위구르도 과격투쟁으로 나서게 될 것이었다.

중국은 역사적으로 외부의 침공이 내부의 혼란을 일으켰고 내부의 혼란은 다시 외부의 침공을 불렀다.

그런 과정이 반복되면서 새로운 왕조가 탄생하는 것 또한 중국의 역사였지만, 이번에 멸망할 공산당 왕조를 대체할 왕조는 탄생하지 않을 것이었다.

감히 미국까지 위협하려 들었던 중국, 그들은 실밥 뜯어진 갑옷처럼 해체당한 다음 미국의 하청업체로 전락하는 수순을 밟아야 했다.

앞으로 중국인들은 누적된 경제부진과 소득분배의 불균형으로 불만이 폭발 직전까지 이르렀던 시대를 그리워하게 될 것이었다.

"백악관의 의도대로 세계를 재편하는 선봉에 나선 우리 7함대가 첫 단추를 제대로 끼운 만큼 앞으로의 문제는 상황에 따라 유연하게 움직이고 대처하는 것에 있습니다. 전과를 확대하지 못한 것에 대해서는 중국이 완전히 빗장을 질러버린 이유가 확실하기 때문에 개의치 않아도 될 것입니다."

7함대의 출격을 부추긴 것은 언론이지만 그들의 배후에는 군산복합체가 존재했다.

전쟁을 일으키고 정권까지 좌지우지하는 것은 물론, 돈을 벌기 위해서는 무슨 짓이든 저지를 수 있는 복합체의 비위를 건드리는 것은 절대 피해야 했다. 자칫 그들에게 거슬리는 날에는 백악관은 커녕 연금으로 근근이 먹고사는 것조차 어려울 판이었다.

"괜찮은 의견이야. 그게 정확한 판단이지."

정보참모의 주장은 간단하게 '언론에 따라 움직여야 한다'는 것이었다.

의도를 어렵지 않게 파악한 사령관은 속으로 쓰게 웃었다. 캐디즈 내부에 있는 J-20들을 격추하도록 명령한 것부터가 언론의 뜻을 반영한 것 아니었던가!

아무튼 군산복합체의 이득을 대변하는 언론이 아직 전과에 대해서 논하지 않는 이상 무리하게 움직일 필요가 없었다. 이제라도 예정에 따라 항진하면서 일정을 소화해야 했다. 그러다 요코스카로 돌아갔을 때는 모든 것이 달라져 있을 것이 분명했다.

"흐흠, 그쪽은 어떻게 되었나?"

"곧 시작할 것 같습니다."

부관이 신속하게 대답했다.

스크린에 일본 함대가 울릉도를 공격할 태세에 돌입하는 광경이 비치는 가운데 주위는 실망한 기색들이 역력했다. 속편이 흥행에 성공하기 어려운 것 같은 모양새였다. 한국 해군과 일본 해군이 처음 격돌했던 전투가 워낙 인상적이었던 탓이었다.

미 해군에 비할 수 없기는 했어도 한국과 일본의 주력이 정면으로 맞붙는 광경은 정말 볼만했다. 2차대전 이후 최대 규모의 해전에다 자신들도 사용하는 무기와 장비가 동원된 터라 충분히 흥미로웠다.

게다가 중국의 J-20을 잡을 때 구축된 정보를 공유한 일본에게 한국 공군이 도살되다시피 한 만큼 이번에도 한국을 응원하는 사람은 존재하지 않았다. 이번의 관전은 패티가 빠진 햄버거를 먹는 것처럼 재미가 없을 게 분명했다.

"자, 시작하기 전에 팝콘 필요한 사람은 먼저 주문하도록."

사령관의 조크에 적절한 웃음이 뒤따랐다.

같은 시각, 일본 함대

"이상 없습니다!"

기함 이즈모의 함교에서 보고를 받은 연합사령관의 표정은 여유롭고 밝았다.

울릉도를 공격하기 직전에 마지막으로 실시한 점검도 충분히 만족할 만한 상태였다. 몇몇 초계기를 제외하고 이상이 없었기 때문에 이지스들과 연동된 공격력에는 전혀 지장이 없었다.

"해군의 실패는 한 번으로 충분해!"

연합사령관이 묵직하게 말했다.

과거의 청일전쟁과 러일전쟁부터 시작해 미국과 맞붙었던 태평양전쟁까지 주역은 언제나 해군이었다. 특히 일본이 주력 가운데서도 핵심인 항공모함을 최초로 가졌을 때가 무려 백 년도 지난 1922년부터였다.

일본이 미국에 패배하게 된 계기도 주력 항공모함들이 격멸 당했던 미드웨이해전이었다.

이후 전쟁에 패배한 다음 해군은 해군력을 모조리 빼앗기고 해상자위대로 격하되는 치욕까지 겪어야 했다.

그러나 백 년 전에 항공모함을 건조하고 전투기를 띄웠던 기술까지 빼앗기지는 않았다. 그뿐 아니라 일본은 한반도에서 일어난 전쟁으로 기사회생하는 천운까지 따랐다.

그 뒤엔 미국이 일본의 해군력을 정책적으로 증강시켰다.

하늘이 내린 것 같은 기회를 최대한 활용하면서 과거의 실책에 대해 반성한 일본이 강력한 해군을 가지게 되기에는 긴 시간이 필요하지 않았다.

비록 태평양을 호령했던 과거의 연합함대처럼 거대하고 웅장하지는 않더라도 다시 항공모함을 가지게 되었으며, 전쟁까지 일으킨 이상 반드시 영광을 재현해야만 했다.

"조국을 부흥시킬 주역은 우리 해군이다!"

연합사령관의 음성이 대나무가 박힌 것처럼 단호해졌다.

승리를 확신한 그는 주먹을 으스러져라 움켜쥐었다. 최신예 이지스를 주력으로 편성된 함대가 명령을 기다렸다.

"예정한 대로 마야부터 발사해!"

이미 조준을 마친 마야가 발사하려는 순간, 느닷없이 음탐관이 비명을 질렀다.

거의 동시에 모든 함선들이 어뢰발사음을 캐치했다.

"뭐야, 이건 말도 되지 않아!"

마야를 비롯한 모든 함선이 잠수함을 포착하기 위한 최신장비를 풀가동하는 상태였다.

액티브소나를 촘촘히 발사하고 자기와 소음은 물론, 항적까지 탐지할 수 있는 장비들을 모조리 가동했다.

그뿐 아니라 초계기는 물론 잠수함들까지 전력으로 탐지하고 있는 상태였다. 그런데도 아무것도 포착되지 않았다.

경악하기에는 아직 일렀다.

믿기 어렵게도 어뢰가 눈에 보이지도 않는 속도로 달려들었다. 최초에 발사음을 탐지했던 마야는 미처 대응할 사이조차 없었다.
콰앙!
마야의 아래에서 시퍼런 불덩이가 번득였다.
중앙이 펄쩍 뛰는 것처럼 들려 올라갔다가 내려가더니 양쪽의 이물과 고물이 출렁이며 요동쳤다. 다음 순간 V자 형태로 꺾인 마야가 빠르게 가라앉기 시작했다. 느닷없는 침몰을 목격한 함대가 얼어붙었다.

"다음 표적으로 발사해!"
김태우가 치솟는 흥분을 억누르면서 명령했다.
2번과 3번 발사관에서 초공동어뢰가 뛰쳐나갔다. 이번의 목표는 두 척의 항공모함이었다. 어뢰의 발사음이 캐치된 순간 바짝 다가갔다. 기겁한 적들이 반사적으로 갈라지면서 어떻게든 피하려 했지만 어뢰도 커브볼처럼 방향을 틀었다.
쾅! 콰앙!
내부까지 깊숙하게 꿰뚫린 이즈모와 카가가 단말마의 비명을 질렀다.
무서운 속도로 격돌하는 KHS-100의 위력은 상상을 한참이나 초월했다.
적들도 어뢰를 유인할 목적으로 자신의 스크루와 동일한 소음을 발생하는 기만체까지 끌고 다녔지만 독도함에게는 통하지 않았다. 독도함이 마지막 테스트에 나섰을 때 일본 함대에 바짝 접근해서 모든 것을 알아낸 상태였다.
함선들의 음문은 물론, 추진기관에서 발생하는 특유의 소음까지 캐치한 독도함이 속을 리 만무했다. 그뿐 아니라 유선유도 기능까지 갖춘 KHS-100을 피할 수 있는 적은 존재하지 않았다.

"다음 표적 지정해주십시오."

"당연히 이지스를 잡아야지. 절대 서두르지 말고 정확하게 확인한 다음 발사해."

단호하게 명령을 내리고 있었지만 김태우는 쓰러지려는 몸을 간신히 버티고 있었다.

단군호에 갇혔을 때부터 극도로 심신이 소모된 그는 탈출하는 순간 겪었던 엄청난 폭발에 거의 넋이 나갔었다. 최고속도로 달리는 독도함의 주변으로 우박처럼 쏟아지는 파편을 어떻게 피할 수 있었는지 지금도 믿겨지지 않을 정도였다.

단군호에서의 탈출은 기적이라고 해도 모자랄 정도였지만 새로운 고난이 준비되어 있었다. 적들을 찾아 달리면서 무장과 장비를 점검할 때는 영혼이 녹아버리는 것 같았다.

천만다행으로 스텔스를 비롯한 전투장비에 지장이 없다는 보고를 받았을 때 하마터면 쓰러질 뻔했을 정도였다. 껍데기만 남은 것 같은 힘겨운 상태라 당장이라도 드러눕고 싶었지만 절대 그럴 수 없었다.

그가 이를 악물고 첫 전투를 지휘하는 가운데 박예린도 의약품과 의료장비를 확인하기에 여념이 없었다. 특히 그를 위해 준비된 것들은 극도로 세심하게 확인했다. 빠르게 통증을 완화하고 강력하게 각성시키는 마약과 다름없었지만 김태우가 의지할 것은 그것밖에 없었다.

"이번에는 저놈을 잡아!"

"예?"

작전관 최정우의 표정이 의아해졌다.

이지스를 잡은 다음 김태우가 표적으로 지정한 것은 상륙함이었다. 울릉도에 상륙할 목적의 수륙기동단을 태우고 있는 상륙함은 굳이 격침시킬 필요가 없을 것 같았다. 더구나 어뢰를 보급 받을 수 없는 상황이라는 것까지 감안하면…….

"명령이 들리지 않나? 당장 발사해!"

"알겠습니다!"

상륙함을 향해 SUT가 발사되는 순간 김태우의 눈이 더욱 가늘어졌다.

같은 시간, 치요다의 야스쿠니 입구

화산처럼 들끓던 일본이 순식간에 얼어붙었다.

울릉도에도 일장기가 나부낄 것을 믿어 의심치 않았던 일본인들은 스크린에 비친 광경을 도저히 믿을 수 없었다.

특히 충격적인 것은 상륙함의 최후였다.

울릉도에 상륙할 병력을 그득 태웠던 상륙함은 거대한 정육점이 폭발하는 것 같았다. 갖가지 형태로 찢기고 토막 난 육체들이 피를 뿜으며 날아가는 광경에 정신을 잃고 쓰러지는 자가 속출했다.

"저건 가짜다! 조작된 영상이다!"

일본도를 뽑아들고 날뛰던 자가 침을 튀기며 외쳤다.

그러나 여기를 비롯한 전국의 스크린은 물론 속보를 방송하는 뉴스에서 내보내는 광경도 동일했다.

"조센징들이 정보를 넘겼다! 조센징들을 죽여야 한다!"

발작적으로 일본도를 휘두르는 순간 KHS-100이 엄청난 속도로 바다를 갈랐다.

자신의 진로에 고압의 가스를 뿜어 공간을 만든 다음 로켓처럼 질주하는 초공동어뢰는 저주를 외치며 달려드는 악귀 같았다.

콰앙!

이번의 제물은 8200톤급 하구로였다.

일본이 심혈을 기울인 마야에 이은 여덟 번째 이지스 하구로도 아득한 심해로 가라앉았다. 탄도미사일까지 요격하는 능력에서도 적수가 없다는 이지스들이 속절없이 격침당하는 광경에 일본 전체가 핏기를 잃고 망연자실했다.

정신이 없기는 통합막료감부도 마찬가지였다.

통합막료장은 물론 해군막료장도 아예 넋이 나간 것 같았다. 가장 먼저 정신을 수습한 육군막료장은 적어도 이 상황을 책임질 것이 없다는 사실이 너무나도 다행스러웠다.

같은 시간, 7함대

저, 저게 뭐야?

모두의 입이 악어처럼 벌어졌다.

부모를 따라 처음 놀이공원에 간 어린아이들처럼 넋을 잃고 바라보던 그들 가운데 사령관이 가장 먼저 정신을 수습했다.

"잠수함이겠지?"

참모들은 아직도 믿을 수 없다는 표정으로 스크린에서 눈을 떼지 못했다.

"게다가 초공동어뢰까지 가진 놈이라니, 지금 내가 꿈을 꾸고 있는 건 아니겠지?"

"아무리 초공동어뢰라고 해도 일본 해군이 저렇게 당하다니, 도저히 믿을 수 없습니다."

작전참모를 비롯한 모든 참모들의 표정은 유령이라도 만난 것 같았다.

최고의 대잠능력을 자랑하고 중국의 핵잠수함을 여러 차례나 포착했던 일본 해군이 도살당하는 것처럼 격침당하는 광경은 아직도 믿기지 않았다.

"설마 완벽한 스텔스를……."

누군가가 입을 열다 꿀꺽 삼켰다.

일본 해군을 공격한 잠수함은 당연히 한국 해군 소속일 것이었다.

그러나 한국 해군이 스텔스와 초공동어뢰까지 갖춘 잠수함을 취역시켰다는 것은 더더욱 믿기 어려웠다.

"한국이 그런 잠수함을 가지고 있다면 처음부터 출격시켰을 겁니다. 그랬다면 주력 해군을 잃지도 않았을 것이고, 전쟁을 승리로 이끌 수 있을 텐데……."

"일단 분석부터 하자고."

사령관이 정보참모의 의견을 잘라버렸다.

"소서스(SOSUS, 수중음향감시체계)에는 잡혔겠지?"

이미 냉전시대부터 적의 잠수함들이 반드시 통과할 수밖에 없는 해협이나 통로의 해저에 설치된 소서스는 시대가 갈수록 성능이 좋아졌다.

특히 광통신을 사용하게 된 다음부터 비약적으로 발전한 탐지센서가 줄줄이 연결된 소서스 라인은 쓰시마해협을 비롯하여 러시아 해군의 잠수함이 지나갈 수밖에 없는 지역에도 깔렸다.

미국이 같은 동맹이라고 해서 탐지하지 않을 이유가 없는 만큼 한국 해군의 잠수함들도 음문을 통한 대부분의 정보를 획득당한 상태였다.

그런데 소서스에조차 비교할 음문은커녕 약간의 소음조차 탐지되지 않았다.

그뿐 아니라 부근에서 활동하던 7함대 소속의 정찰함들도 전혀 탐지하지 못했다. 진짜 스텔스라는 것에 생각이 닿은 참모들이 다시 한번 경악했다.

"우리도 가지지 못한 완벽한 스텔스 잠수함을 한국이 실전배치할 수 있다고 믿는 것은 아니겠지?"

"……."

"설령 그럴 수 있다고 해도 우리와 일본은 본질적으로 달라. 놈을 잡을 수 있는 작전을 세우기는커녕 겁쟁이들처럼 웅성거리고만 있을 거야? 제군들에게 실망이 크군!"

사령관이 테이블을 내리치며 질책했다.

"아무튼 간단하게 여길 사안이 아닙니다."

정보참모가 냉정하게 말했다.

한국 해군이 분명한 잠수함에 의해 일본 해군이 박살나는 날에는 미국의 큰 그림이 무위로 돌아갈 위험이 높았다.

큰 그림의 첫 단추가 일본을 지원하여 한국을 제압하는 것인 만큼 특단의 대책이 도출되어야 했다. 그러나 반드시 잡아야 한다는 것 외의 이렇다 할 대책이 나오지 않았다.

"어차피 우리 관할이야, 그리고 해결할 수 있는 팀도 우리밖에 없지 않나?"

사령관의 눈이 나이답지 않게 영롱하게 빛났다.

"즉시 함대 정지시켜."

"아직 돌아가면 안 됩니다!"

정보참모가 다시 말했다.

"그렇습니다. 놈이 한국 잠수함이라면 우리가 공격할 수 없지 않습니까?"

작전참모도 가세했다.

그가 미국이 한국과 일본의 전쟁에 간여하지 않겠다고 공언한 상태라는 것을 상기시켰다. 돌아가는 것 역시 펜타곤(Pentagon, 국방부)의 허가를 받아야 하는 만큼 정보참모와 작전참모의 의견은 충분히 타당했다.

"그런 문제는 백악관에 있는 놈들이 알아서 할 테니까 엉덩이를 걷어차기 전에 그놈의 정체를 알아내!"

돌변한 사령관이 참모들을 노예처럼 부렸다.

신경질적으로 다그치는 사령관도 내심 당황한 상태였다. 조금도 예상하지 못한 상황에 직면하기는 그도 마찬가지였지만, 침착하게 대처하는 모습을 보여주어야 했다. 특히 언론과 백악관을 생각하면 더욱 그래야 했다.

승리의 고통

202X년 5월 28일 오전 7시 59분경, 울릉도 인근 해역

카가와 이즈모는 겨우 격침을 면했다.

체격 덕분이었지만, 피해는 속출했다. 크게 기우는 바람에 갑판에서 출격을 준비하던 F-35B들이 잇달아 바다로 떨어졌다. 게다가 바다로 뛰어든 수병들로 아수라장이었다.

연합사령관이 애타게 헬기를 기다렸다.

패배한 함장이나 사령관이 지휘하던 전함과 최후를 함께 하는 것은 영화에서나 가능할 뿐이었다. 이 지경이 되니 참모들도 상관을 배려하지 않으려 했다. 서로 헬기에 오르기 위해 몸싸움까지 벌이는 광경 역시 생방송으로 중계되고 있었다.

그때는 통합막료감부가 정신을 수습했을 때였다. 추태를 보다 못한 통합막료장이 불같이 호통을 쳤다. 그제야 정신을 수습한 일본 함대가 반격할 태세에 들어갔다.

어뢰가 발사된 지점을 향해 일제히 아스록(ASROC)을 발사했다.

로켓의 형태로 날아가던 아스록들이 목표했던 지점에 도달한 다음 낙하산을 펴고 떨어졌다. 낙하산을 분리하고 어뢰로 변신한 아스록이 적을 찾아 해저를 질주했다.

어렵지 않게 잠수함을 발견한 아스록들이 눈을 번득이며 달려들었다.

그러나 그것은 소류급이었다. 하필 그곳에 있었던 소류급이 기겁하고 도주했지만 아스록이 훨씬 빨랐다. 디코이를 사출하면서 필사적으로 도주하던 소류급이 따라 잡혔다.

콰앙!

애꿎은 소류급의 4천2백 톤에 달하는 동체가 박살난 승조원들과 함께 동해의 아득한 해저로 빨려 들어갔다.

아스록 하나가 독도함이 있는 방향으로 빠르게 다가왔다.

정확하게 포착한 것처럼 똑바로 따라오는 아스록에 승조원들이 사색으로 질렸다.

"회피기동에 들어가야 할 것 같습니다!"

"디코이를 사출해야 합니다!"

주철범과 최정우가 다급하게 외쳤다.

"진로와 심도 그대로 유지해!"

김태우가 명령하는 순간 아스록이 불과 50미터 정도의 거리를 두고 스쳐 지나갔다.

아스록이 뿜어내는 날카로운 소나와 소음이 사라진 한참 다음에야 승조원들이 허파를 토할 것처럼 한숨을 쉬며 식은땀을 닦았다.

"우리 독도함이 스텔스라는 것을 잊었나?"

별것 아닌 것처럼 말하는 김태우도 속으로는 가슴을 쓸어내렸다.

지금 같은 상황에서 디코이를 사출했다가는 오히려 캐치당할 수 있었다. 아스록이 디코이에게 속는다고 해도 디코이에 돌입한 아스록이 폭발할 때 휘말릴 위험도 간과할 수 없었다. 독도함이 아무리 스텔스라고 해도 함장의 판단과 지휘가 가장 중요했다.

게다가 독도함도 100% 정상적인 상태가 아니었다.

단군호가 폭발하는 충격에 의해 우현 측에 배열된 소나가 작동하지 않았다. 폭발의 위력에 비하면 기적과도 같았지만 언제 예상치 못한 다른 이상이 나타날지 몰랐다.

"재장전 완료!"

"확실하게 조준된 표적부터 발사……."

김태우가 명령하는 순간 음탐반이 보고했다.

"어뢰가 접근하고 있습니다!"

김태우가 흘긋 고개를 돌렸다.

모니터에 열 발이 넘는 어뢰가 이쪽으로 향하는 것을 확인하곤 피식 웃었다.

"한 놈이 먼저 발사하니까 근처에 있던 다른 놈도 함께 발사한 것 같습니다."

주철범도 따라 웃으며 말했다.

독도함을 전혀 탐지하지 못하는 적의 잠수함들은 2차대전 당시의 잠수함들처럼 감각에 의지해서 발사할 수밖에 없었다.

"좋다, 저놈들부터 잡는다!"

"어뢰를 아껴야 합니다!"

주철범이 화들짝 놀라 외쳤다.

단군호가 존재하지 않는 지금 상황에서는 KHS-100와 SUT를 최대한 아껴야 했다. 잠수함보다는 당연히 이지스와 준이지스를 잡아야 했지만 김태우는 고개를 저었다.

"다시 명령한다. 잠수함들 먼저 잡아."

이쪽으로 조준된 어뢰들을 스트레칭 하듯 피한 독도함이 먼저 발사한 놈에게 다가갔다.

하필 일본이 보유한 잠수함 전력 가운데서도 최강을 자랑하는 슈퍼소류였다. 슈퍼소류는 미국도 경계하게 만드는 위력을 가지고 있었지만 안타깝게도 상대는 독도함이었다.

잠시 후 SUT가 발사관을 박차고 나갔다.

잔뜩 긴장하던 슈퍼소류가 반사적으로 디코이를 사출했다.

그러나 SUT는 속지 않았다. SUT가 급격히 다가드는 가운데 슈퍼소류는 함장부터 말단까지 사색으로 질렸다. SUT가 발사된 거리는 불과 2km가 되지 않았다. 당연히 탐지되어야 했음에도 적은 유령처럼 모습을 드러내지 않았다.

"왜 탐지되지 않는 거야!"

최신예의 슈퍼소류도 독도함을 상대로는 2차대전 당시의 전투기가 스텔스 전폭기와 싸우는 것과 다르지 않았다. 그나마 전투기 조종사들이 바깥을 볼 수 있는 것에 비해 그럴 수 없는 슈퍼소류의 승조원들은 미칠 것만 같았다.

쾅!

SUT에게 동체를 물어뜯긴 슈퍼소류가 처참하게 울부짖었다. 독도함보다 네 배나 거대한 슈퍼소류의 단말마가 사라지기도 전에 다른 적이 도전했다.

이번의 적은 구면이었다.

인근에 있던 토류가 독도함이 발사한 어뢰의 소음이 캐치된 방향을 향해 어뢰를 전부 발사했다. 토류는 뭔가 어렴풋이 알아차렸지만, 탐지되지 않기는 그때나 지금이나 마찬가지였다.

잠시 후 토류도 슈퍼소류의 뒤를 따라 아득한 해저를 향해 죽음의 여행을 떠났다. 강철이 비틀리고 육체가 짜부라지는 처참한 비명이 해저에 메아리쳤다.

"초계기입니다!"

폭발음을 캐치한 넉 대의 P-1 초계기에서 투하한 소노부이가 강력한 소나를 뿜었다.

"최대한 가속해!"

독도함이 최대속도로 이탈하자마자 폭뢰가 무더기로 투하되었다.

연이은 폭발에 바다가 뒤집혔다. 바로 곁에서 천둥이 작렬하는 것 같은 충격이 계속되는 가운데 김태우의 입가가 설핏 올라갔다.

독도함을 탐지할 수 없기는 초계기도 마찬가지였다.

이런 상황에서는 정해진 심도에서 폭발하는 폭뢰가 가장 유효할 수 있었다. 초계기들도 감으로 폭뢰를 투하할 수밖에 없었지만, 김태우의 판단이 약간만 늦었더라도 위험할 뻔했다.

아스록에 이은 두 번째 위험을 피한 승조원들이 영혼이 묻어나는 것 같은 한숨을 내쉬었다.

초계기들 가운데 일부가 이즈모와 카가를 향해 어뢰를 발사했다.

통합막료감부에서 해군력을 상징하는 항공모함들을 방치할 수 없다고 판단한 결과였다. 또한 한국의 손에 들어가 내부에 있는 F-35B를 비롯한 장비까지 탈취당하는 것을 막기 위한 조치였지만 그렇게 입맛이 쓸 수가 없었다.

퇴각을 허가받은 일본 함대가 일제히 달아나기 시작했다.

이즈모와 카가를 포함하는 26척의 함대 가운데 살아남은 것은 14척에 지나지 않았다. 게다가 바다로 뛰어든 생존자들이 지르는 비명으로 인해 지옥 같은 풍경이 펼쳐졌다.

생존자들이 애타게 외쳤지만 누구도 구해주지 않았다.

구조하기는커녕 그대로 들이받거나 스크루에 말려드는 바람에 처참하게 찢기고 박살난 시체들이 즐비하게 널렸다.

마침내 이즈모와 카가를 격침시킨 초계기들까지 새카맣게 바다를 누비면서 적을 찾았다.

그러나 흔적조차 발견하지 못했다. 어떻게든 찾아내서 죽이라는 통합막료감부의 명령을 받고 있었고, 그들 역시 미치도록 그렇게 하고 싶었다. 아무리 그래도 발견되지 않는 이상에야 어쩔 방도가 없었다. 더구나 체공시간도 거의 한계에 도달한 상태였다.

"폭뢰 투하 준비."

"안 됩니다! 아군의 생존자들이 미처 구조되지 못했습니다. 그리고 아까처럼 우리 잠수함이 당할 수도 있습니다! 다시 한 번 생각……."

"나도 알고 있어. 그러나 명령이 내려진 이상 어쩔 수 없어."

기장이 벌컥 화를 냈다.

유령 같은 적이 한국의 잠수함이 아니라면 이상했다. 어뢰가 발사된 지점들을 중심으로 최대속도로 이탈할 거리까지 계산한 다음 폭뢰가 투하되었다.

“준비가 갖춰진 순서대로 투하!”

84대의 초계기들이 잇달아 폭뢰를 투하했다.

조정된 심도에 도달한 폭뢰들이 폭발할 때마다 바다가 불쑥불쑥 솟구쳤다.

“최대심도에서 최대속도로!”

이번에도 김태우를 향해 납득하기 어렵다는 시선이 쏟아졌다. 김태우가 전속으로 피하라고 명령하는 방향은 폭뢰가 쏟아지는 방향이었다.

“우리가 아무리 빨라도 초계기를 뿌리칠 수 없어! 그런 만큼 이미 폭뢰가 투하되는 방향으로 가야 한다!”

독도함이 곤두박질치는 롤러코스터처럼 심해의 급경사를 달렸다.

머지않아 모니터에 더 이상 내려갈 수 없다는 경보가 떴다. 다시 평형을 잡고 최고속도로 내달리는 순간 폭뢰가 작렬하기 시작했다.

주변에서 폭발할 때마다 승조원들이 하얗게 질렸다.

충격에 의해 폭발성이 강한 수소를 응축해서 저장한 탱크와 배관이 누출되거나, 배터리가 파손되어 유독가스가 발생하면 그야말로 끝장이었다.

“우리를 직접 노리고 투하하는 게 아냐! 공격이 오래가지 않을 테니까 당황하지 말고 임무에 집중해!”

김태우가 다시 외치는 순간 바로 옆에서 폭뢰가 작렬했다.

독도함이 뒤흔들리면서 전투정보실의 조명이 나갔다.

조명이 나가는 즉시 예비조명이 투입되어야 했는데 그렇게 되지 않았다. 모니터와 디지털 계기들 때문에 캄캄해지지는 않았지만 공포의 농도가 몇 배나 진해졌다.

생각 같아서는 액티브소나를 발사하면서 폭뢰를 피해 나가고 싶었다.

그러나 그랬다가는 즉시 탐지당할 것이었다. 이대로 버티는 것 외에 다른 수가 없었다. 그야말로 이를 악물고 견디는 승조원들을 바라보면서 김태우는 숨이 턱 막혔다. 더 이상 견디기 어려운 순간 조명이 복구되었다.

"공격이 멈췄습니다!"

사우나에 들어간 것처럼 땀으로 범벅이 된 주철범이 그제야 환호하듯 외쳤다.

김태우는 겨우 숨이 트였지만 이번에는 머리가 깨질 것처럼 고통스러웠다. 그의 시야가 아득해지는 순간 팔뚝이 뜨끔했다.

"무슨 짓이야!"

김태우가 호통을 쳤지만 이미 박예린이 응급주사를 마친 상태였다.

못마땅하게 박예린을 바라보던 김태우는 고개를 흔들곤 피해 상황을 보고하라고 외쳤다.

초계기들까지 퇴각하기 시작했다.

살려달라고 애걸하는 아군은 물론 애꿎은 물고기들까지 떼죽음 당한 바다는 처참하다는 표현만으로는 한참 모자랐다. 기장이 아직도 입을 다물지 못하는 부기장의 어깨를 툭 쳤다.

"우리는 명령에 따랐을 뿐이야."

"아무리 명령이지만 어떻게 아군들까지 죽일 수 있습니까?"

"우리가 죽인 것으로 발표되지 않는다는 데 이번 달 급여를 걸 수 있어."

"그렇다면 누가 죽인 것으로 발표되는 겁니까?"

"당연히 한국군이어야겠지."

기막혀하는 부기장에게 기장이 다시 한마디 던졌다.

"중요한 건 그 유령 같은 놈을 잡았느냐 하는 것이니까."

기장의 어조에는 확신이 없었다.

한국 해군의 주력을 섬멸했을 때는 전쟁이 끝난 것 같았지만, 이번에는 도무지 믿기지 않을 만큼 일본 해군이 당했다. 통합막료감부에서 퇴각을 명령하고 초계기들이 공격하지 않았다면 한국 해군처럼 전멸 당했을지도 모를 정도였다.

기장을 비롯한 다른 초계기들도 어떻게든 유령 같은 적을 잡고 싶었다.

아군들의 희생을 각오하면서까지 공격했지만 아무래도 비관적이었다. 굳은 표정으로 돌아가는 그들의 뒤로 비웃음이 따라붙는 것만 같았다.

"자신들의 아군이 몰살될 줄 알면서도 이렇게 무자비한 공격을 감행할 줄은 몰랐습니다."

주철범이 침통한 표정으로 말했다. 자폭에 가까운 공격으로 저희 아군들을 죽음으로 내몬 것에 그는 심한 충격을 받았다.

김태우는 너무나 무자비했던 공격에서 피해가 없는 것에 다시 한 번 가슴을 쓸어내렸다.

"교신 예정시간입니다!"

최정우의 보고를 받고 김태우가 흘긋 고개를 돌렸다.

"주변 상황 면밀하게 파악하고 군(軍)통신 연결해!"

잠망경 심도로 부상한 독도함이 극도로 긴장했다.

지금 상황에서 주변에 초계기나 함선 하나라도 있었다가는 끝장이었다. 안전을 몇 번이나 확인한 다음 통신 용도의 플로트를 띄웠다.

다행히 통신도 정상이었다.

위성과 연결된 시간은 10분의 1초도 되지 않았지만 상세한 전황의 경과를 알기엔 충분했다. 특히 해군의 피해가 너무 큰 것에 모두가 침울했다. 전사한 아군들을 위해 묵념이라도 하고 싶었지만 그럴 계제가 아니었다.

"식사 시간입니다! 대승을 자축하기 위해 특식을 준비했지 말입니다!"

박예린이 호들갑을 떨며 말했다. 김태우도 그제야 심한 허기를 느꼈다.

단군호에서 탈출한 다음 처음 입에 대는 식사는 감자탕이었다. 박예린이 말한 특식과는 거리가 멀었지만, 평소 때의 작전에서 먹을 수 있는 식사가 아닌 것은 분명했다.

수저를 들려던 김태우가 멈칫했다.

그릇에 담긴 붉은 국물이 핏물처럼 보였다. 위장을 녹일 것 같은 허기가 깨끗이 증발해버렸다.

그러나 승조원들은 달랐다.

그들은 허겁지겁 뼈다귀를 빨고 감자를 삼켰다. 뼈다귀에 붙은 살점과 국물이 입에 들어가면서 비로소 살아있다는 것을 실감하는 것만 같았다. 죽음의 위기를 벗어난 다음 엄청난 승리를 거둔 그들에게 최대의 전리품은 생존이었다.

"식사 30분 후에 복용하시면 되거든요."

박예린이 슬쩍 어깨를 흔들며 약을 내려놓았다.

흠칫 정신을 차린 김태우가 대충 삼켰다. 겨우 식사를 마치고 화장실로 향했다.

조금 전에 삼킨 감자가 자갈처럼 딱딱하게 굳어지면서 격심한 복통이 덮쳤다. 변기에 얼굴을 디밀자마자 구토가 쏟아졌다. 억지로 삼킨 것을 모조리 토한 다음 겨우 허리를 폈다.

아무리 임무에 집중하려고 해도 남아 있던 사람들이 떠올랐다.

독도함을 내보내기 위해 마지막까지 남아 있었던 최정필과 박정도는 단군호와 최후를 함께했을 것이 분명했다. 자신도 어차피 승조원들과 함께 그들의 뒤를 따를 수밖에 없을 것이다.

이건 꿈이야! 꿈이어야 해!

김태우가 내부를 향해 부르짖었다.

제발 눈을 뜨면 깨어날 꿈이기를 애타게 바랐지만 단군호에서의 나날과 생사를 오갔던 전투와 위기들은 꿈의 자투리가 아니었다. 이제 겨우 임무를 시작한 김태우가 할 수 있는 것은 머리를 감싸고 흐느끼는 것밖에 없었다.

납득하기 어려운 명령

202X년 5월 28일 오전 8시 34분경, 독도

누구도 말을 꺼내지 못했다.

한국 해군을 격멸하고 독도를 강타한 게 오늘 새벽의 일이었다. 그들이 상륙하여 게양한 일장기의 주름이 미처 펴지기도 전에 일본 해군이 휘청거릴 만큼 크게 당했다. 더구나 해군은 애타게 구조를 요청하는 생존자들마저 팽개치고 도주해버렸다.

더욱 놀라운 것은 어떤 적에게 어떻게 당했는지조차 알 수 없다는 것이었다.

한 가지 확실한 건 자신들도 버려졌다는 것. 그와 함께 탈출이 불가능하다는 것밖에 없었다.

그들을 부근까지 태우고 왔던 상륙함도 존재하지 않았다.

독도를 거쳐 울릉도를 공격하기 위해 나섰던 상륙함이 격침당했을 때 그들 역시 죽은 것이나 마찬가지였다.

갓 입대한 신병이 보기에도 항속거리가 150km밖에 되지 않는 쾌속공기부양정(LCAC)으로는 탈출할 가능성이 희박해 보였다. 그뿐 아니라 한국군이 가만있지 않을 거라는 것도 탈출이 가능하지 않은 것 이상으로 확실했다.

쾅! 콰앙!

느닷없는 굉음이 독도를 뒤흔들었다.

선착장에 접안했던 공기부양정들이 흔적도 없이 날아갔다. 자신들의 해군을 박살낸 괴물에 의해 꼼짝없이 갇혔다는 절망이 그들을 뒤덮었다. 바람과 파도 소리가 보복하기 위해 접근하는 한국군의 함성 같았다. 자신들도 독도에 널려 있는 시체들처럼 처참한 형태로 죽어갈 것이 분명했다.

"걱정할 것 없다! 아군이 돌아올 때까지 우리는 다케시마를 지킨다!"

대위가 애써 외쳤지만 분위기는 더욱 가라앉았다.

식량과 실탄부터가 충분하지 않은 데다 방어를 위한 모든 것이 형편없이 부족했다.

본래 그들은 독도에 일장기를 게양한 다음 선착장과 헬리포트를 지키게 되어 있었다. 그러나 완전히 고립당해, 언제 한국군이 반격할지 모르는 현재의 상황에서는 벙커로 이동할 수밖에 없었다.

"식량과 무기를 최대한 확보해라."

그들을 실질적으로 지휘하는 부사관이 나직하게 명령했다.

병력을 나눈 다음 파괴당한 한국군 해병대의 막사와 취사장, 무기고를 비롯한 시설들을 샅샅이 뒤지기 시작했다.

그러나 벙커들이 있는 곳으로 이동한 병력들은 거의 진척이 없었다.

철저하게 파괴당한 탓에 사용할 수 있는 벙커가 남아 있지 않기도 했지만, 내부와 주변에 흩어진 비참한 시체들은 바라보는 것조차 끔찍했다.

그뿐 아니라 시체들을 묻을 수도 없었다.

일단 벙커 주변에 모아두기로 했지만 그것 역시 쉽지 않았다. 이를 악물고 들어 올리면 팔다리가 살아있는 것처럼 덜렁거리면서 내장이 질퍽거리며 휘감겼다. 그럴 때마다 토해낼 수밖에 없었다. 끔찍한 작업은 도무지 익숙해지지 않았다.

"으아아아, 여기는 지옥이야!"

누군가가 미친 것처럼 외쳤다.

처음 상륙했을 때 너무나 참혹한 광경에 푸념하던 대원의 눈이 허옇게 돌아갔다.

"우리는 절대 돌아갈 수 없어! 여기서 전부 죽게 될 거야!"

거품을 물고 날뛰던 대원이 벙커에 기대어두었던 자동소총을 집어 들었다.

"진정해!"

부사관이 다급하게 외쳤다.

급히 달려온 부사관이 만류하려는 순간 총구에서 불을 뿜었다. 박살난 두개골과 시뻘겋게 으깨진 뇌수를 뒤집어쓴 부사관이 털썩 주저앉았다. 머리가 날아간 시체가 어서 도망가라고 외치는 것 같았다.

같은 시간, 독도함

"지금까지의 전과는?"

김태우의 음성이 탁하게 갈라졌다.

제대로 먹지도 쉬지도 못한 상태가 지속되다 보니 김태우는 말하는 것조차 힘에 겨워 보였다.

"항공모함 이즈모와 카가와 최신예 이지스 마야급 2척과 아타코급 이지스 2척에 공고급 이지스 1척, 아시가라급 이지스 1척과 상륙함……."

작전관 최정우가 차분하게 보고했다.

독도함의 성능으로 26척 가운데 14척을 격침시킨 것은 언뜻 기대에 미치지 못할 수 있었지만 '26－14＝12'로 단순하게 산정할 수 없었다.

특히 항공모함을 포함하는 최신예 이지스들을 잡은 것은 스스로 생각해도 대단했다.

살아남은 적들도 즉시 전열에 포함되기 어려울 만큼 단 한 차례의 공격으로 일본 전체 해군력의 거의 30% 이상이나 해치운 전과는 이순신의 명량대첩에 결코 뒤지지 않았다.

"그뿐 아닙니다. 잠수함 2척에 방금 격침시킨 2척의 LCAC까지 포함하면 18척에 이르니까요."

놀라운 전과를 보고하는데도 최정우가 마땅치 않은 표정을 감추지 않았다.

독도함의 원형인 장보고급은 어뢰 14발과 기뢰 20발에 잠대함 하푼도 탑재할 수 있다. 어뢰를 최대한 탑재하기 위해 디코이의 대부분은 물론, 기뢰와 하푼까지 제거한 끝에 24발까지 증가시킬 수 있었다.

"이번에 격침시킨 적 가운데 잠수함과 LCAC는 전혀 중요하지 않았습니다. 잠수함은 그렇다고 해도 LCAC를 무엇 때문에……."

납득하기 어려운 김태우의 명령에 의해 남은 어뢰는 겨우 여섯 발에 지나지 않았다.

그 중에서 KHS-100는 고작 하나밖에 남지 않았으니, 최정우가 노골적으로 불만을 표시하는 것은 당연할 수밖에 없었다.

"작전관의 심정은 충분히 이해하겠지만, 큰 놈보다는 작은 놈을 잡아야 할 때도 있다는 것을 알아둬라."

격멸에 가까운 참패를 당한 것에 이어 침공의 빌미가 되었던 독도를 빼앗았다고 기고만장했던 일본은 기세가 완전히 꺾였을 것이 분명했다.

굳이 공격하지 않아도 되는 상륙함을 격침시킨 것도 같은 맥락이었다. 상륙함이 격침당하면서 연출된 처참한 광경 역시 엄청난 데미지를 주었을 테니까.

"이미 첫 단추부터 잘못 끼워졌습니다."

이번에는 주철범이 부정적으로 말했다.

일본 해군이 공격에 나설 때를 맞춰 7함대가 출격할 시기를 최대한 이용하는 것이 애초의 전략이었다. 독도함이 부지런히 어뢰를 선사하면서 단군호로 돌아와 재보급 받는 것이 반복되면 7함대가 돌아오기 전에 일본 해군을 끝장낼 수 있었다.

그러나 독도함의 신속한 반복 출격으로 일본을 제압한 다음 미국과 담판 짓는다는 전략은 출격 때부터 물거품이 되고 말았다. 독도함을 잉태하고 보급기지의 역할까지 수행할 단군호가 사라진 이상 독도함의 운명도 한없이 불투명했다.

"아군의 기지로 들어가면 어떻겠습니까?"

최정우가 다시 말했다.

"어차피 KHS-100은 구할 수 없겠지만 아군도 동일한 SUT를 사용하지 않습니까? 그러니까……."

"들어갈 수는 있을지 몰라도 나오기는 어렵겠지."

김태우가 자조적으로 웃음을 터트렸다.

암호로 받은 통신에는 일본과 내통하는 무리들을 파악했다는 것도 포함되어 있었다. 단군호가 공격을 당한 이유를 확실하게 알게 되었지만, 배신자들이 어디까지 뿌리를 뻗고 있는지는 알 수 없었다.

"SUT를 보급할 목적으로 적과 내통하는 무리들이 있는 기지로 들어갔다가 어떻게 되겠어? 그 이전에 우리는 존재가 부정되었기 때문에 미국의 눈에 띌 수 있는 행동은 절대 삼가야 한다."

주철범도 한숨을 쉬었다.

단군호가 존재하지 않는 상태에서 어뢰마저 여섯 발밖에 남지 않은 독도함이 무엇을 할 수 있다는 말인가! 그러나 김태우가 당장 잡지 않아도 될 잠수함은 물론 LCAC에까지 어뢰를 낭비한 것은 고도의 기만전술일 수 있었다.

입장을 바꿔 생각해도 지금의 상황에서는 다른 수단이 없었다.

어뢰가 충분한 것처럼 허세를 부리면서 잠수함 특유의 장점을 내세워야 했다. 독도함의 위력을 넘치도록 과시한 만큼, 언제 어디서 나타날지 모른다는 공포를 이용하여 적을 묶어두는 것이 최선일 수 있었다.

그렇지만 시간이 많지 않았다.

독도함이 어뢰가 거의 떨어졌다는 것을 감추는 것도 한계가 있었다. 적들이 그것을 알아채는 순간 모든 것이 끝장이었다. 더 이상 두려울 것 없다고 판단한 적들이 공격에 나서면 어뢰가 없는 독도함은 자폭하는 것 외에 다른 방도가 없었다.

"회의 중에 무슨 생각을 하고 있어?"

"예?"

화들짝 놀란 주철범의 시선이 자신을 노려보는 김태우에게 향했다.

주철범은 가슴이 서늘해지는 걸 느꼈다. 그의 눈빛엔 무언지 모를 의심이 깃들어 있는 것 같기도 하고, 두려움을 감추려는 것 같기도 했다.

아무래도 김태우는 예전 같지 않았다. 속으로 한숨을 쉬는데 옆에 있던 최정우가 차분하게 말했다.

"당연하겠지만 7함대가 가만있지 않을 겁니다."

"그럴 테지. 그들도 임무를 수행해야 할 테니까."

남의 이야기라도 하는 것처럼 말하는 김태우를 바라보며 주철범이 어이없다는 듯 다시 한숨을 쉬었다. 어차피 머지않아 죽을 수밖에 없겠지만, 이 순간 조국에 의해 존재를 부정당한 현실이 더욱 고통스럽게 다가왔다.

오전 10시 41분경, 7함대

"대단한 놈들이야. 대단해, 정말."

사령관이 입을 앙다물고 눈을 크게 떴다.

뽀빠이를 연상케 하는 과장된 몸짓에 참모들이 겨우 웃음을 참았다.

일본 해군을 박살낸 잠수함이 한국 잠수함일 것이라는 지극히 상식적인 추정에 대입된 실마리는 크게 두 가지였다.

먼저 대두된 것은 전쟁이 벌어지기 이전인 5월 15일의 사건이었다.

그때 한국의 북방한계선 부근에서 발생한 잠수함들의 교전은 즉시 소서스에 포착되었다. 그렇지 않아도 날카롭게 주시하던 미국은 정찰위성까지 동원했다.

기습할 목적으로 매복했던 일본의 소류급이 오히려 한국의 장보고급에게 격침당했던 사건이 다시 주목받게 된 것은 행적이 수상쩍었기 때문이었다.

그 장보고급은 자신이 출발했던 잠수함사령부가 있는 진해를 향해 최고속도로 귀환해야 했다.

그런데 어쩐 일인지 1함대가 있는 동해시의 군항으로 향한 다음 함장으로 보이는 인물이 내렸다. 이후 그를 태운 헬기가 K중공업에 착륙한 다음 문제의 인물이 종적을 감추고 사라졌다.

게다가 진해로 귀환한 승조원들은 중범죄라도 저지른 것처럼 엄중한 감시를 받으며 감금이나 다름없는 상태가 되었다.

더불어 전쟁이 벌어진 다음 일본 공군이 울산을 공격한 것도 납득하기 어려웠다.

그러나 K중공업의 조선소에서 잠수함이 건조된다는 사실과 가장 먼저 단군호가 공격당한 점과 함께, 승리를 거둔 장보고급의 함장이 그곳에서 사라졌다는 점 등등을 종합한 결과 하나의 결론이 얻어질 수 있었다.

"놈이 가진 초공동어뢰는 러시아의 쉬크발(Shkval)을 기반으로 했을 개연성이 100%에 가깝습니다."

정보장교가 확신에 차서 말했다.

그들은 이미 한국과 러시아가 체결한 불곰사업의 배후에 P그룹이 존재한다는 것을 파악한 상태였다.

"주고받은 것이 쉬크발 하나가 아니겠지."

사령관이 심드렁하게 말했다.

잠수함을 비롯한 전략무기는 물론, 수십만 톤에 달하는 유조선을 우습게 생산하는 P그룹 같은 거대한 기업이 러시아와 합작하면 만들지 못할 것이 없었다. 그뿐 아니라 국가의 지원까지 받는다면 괴물 같은 잠수함을 탄생시키는 것은 결코 불가능하지 않았다.

"단군호의 내부에서 괴물이 만들어진다는 것을 알아챈 일본이 먼저 공격을 했다고 생각하면 간단하겠군요?"

"한국 내부의 배신자들이 일러바쳤겠지."

사령관이 다시 정정했지만 미국도 전혀 모르고 있었던 건 아니었다.

한국과는 혈맹을 표방하는 관계여서 직접 건드릴 수 없지만, 내부의 배신자들이 가만있지 않을 거라는 건 빤하게 들여다보고 있었기 때문에 굳이 손을 쓰지 않았을 뿐이었다.

"정말 용케 살아남았어. 게다가 활약하는 것 좀 보라니까."

"한국 해군의 역대를 통틀어 최고의 잠수함장이라는 평가가 무색하지 않습니다."

작전장교가 자기도 모르게 은근히 감탄하는 감정을 드러냈다.

그들은 유령 같은 잠수함을 지휘하는 함장이 김태우라는 사실까지 알아낸 상태였다.

한국의 잠수함 전단이 세 척으로 편성된다는 것은 상식 축에도 끼지 못했다. 5월 15일에 있었던 교전 당시 일본의 소류급을 격침시킨 잠수함은 장보고급이 확실했다.

범위를 압축한 결과 김태우가 지휘하던 장보고급이 5월 15일의 현장에 있었던 것으로 확인되었다.

이후 김태우의 장보고급은 전쟁이 발발한 직후 실종된 것으로 처리되었다.

1함대에 나타난 장보고급에서 내린 다음 헬기를 타고 울산으로 날아간 함장은 김태우일 수밖에 없었다. 지금 김태우의 지휘를 받는 승조원들도 그 장보고급에서 한솥밥을 먹던 부하들이 분명했다.

"전우를 죽여야 하다니……."

누군가가 착잡하게 말했다.

미 해군은 한국을 비롯한 동맹국들과 정기적인 훈련을 실시했다.

특히 작년에 실시한 한국 해군과의 연합훈련에는 김태우도 장보고급을 이끌고 참가했다. 김태우를 알고 있는 장교들은 물론, 그렇지 않은 장교들의 표정도 좋지 않기는 마찬가지였다.

"그렇다고 우리 목숨을 바칠 수는 없지 않나? 전쟁은 원래 그런 거야."

사령관이 타이르는 순간 스크린의 화면이 바뀌었다.

앞서 발표했다시피 우리 미국은 가장 강력한 동맹인 일본과 한국 사이에서 발생한 분쟁이 평화롭게 해결될 수 있도록 최선을 다했습니다. 이후 불행히도 전쟁이 발생했지만 우리는 중립을 지킬 것을 천명하고 분명히 실행했습니다.
그런 상황에서 정당하게 교전하던 일본의 해군이 정체불명의 잠수함에 의해 심각한 피해를 당한 사태에 대해 우려하지 않을 수 없습니다. 아시아의 평화에도 극히 좋지 않은 영향을 끼칠 것 역시 충분히 우려되는 바, 불법적인 교전 행위를 저지른 문제의 잠수함이 관련된 국가는 즉시 부상하게 하여 소명하도록…….

외무부의 성명을 바라보던 사령관이 피식 웃었다.

"말이 되는 소리를 해야지, 한국이 미쳤다고 인정하겠나?"

만일 독도함이 7함대와 교전하는 날에는 미국까지 적으로 돌리는 결과를 초래하게 된다. 지금 상황에서 한국이 취할 수 있는 유일한 수단은 침묵하는 것밖에 없었다.

"이건 기회입니다!"

정보참모가 그답지 않게 주먹을 불끈 움켜쥐었다.

7함대가 문제의 잠수함을 격침시키면 일본을 원거리에서 지원하는 전략에서 벗어나 미국의 의도를 직접 관철시키는 결정적 역할을 수행하게 된다는 데 생각이 미친 것이다.

거기다 격침시키는 것도 어렵지 않았다.

한국의 잠수함이 7함대와 교전하는 자체가 상상하기 어려울 뿐더러, 단군호가 사라진 것까지 감안하면 어뢰가 거의 바닥났을 것이 분명했다. 어떻게든 잡으면 사령관에게 백악관은 결코 꿈이 아닐 수 있었다.

일단 대장으로 예편한 다음 국방부장관으로 발탁되는 수순을 밟으면서 정치권의 러브콜을 받아야 했다. 장성 출신으로 백악관에 입성한 34대 대통령 아이젠하워의 뒤를 잇는 것도 불가능하지 않았다.

그뿐 아니라 사령관은 의리가 있었다.

사령관이 백악관에 입성하게 되면 이 자리에 있는 참모들의 인생도 달라질 개연성이 높았다.

"머지않아 놈을 처치하라는 훈령이 내려질 테니까 철저하게 대비하도록."

"알겠습니다!"

힘차게 대답하는 참모들에게 전우를 죽여야 한다는 착잡한 심정들은 어느 틈에 말끔히 사라졌다. 연민과 동정이 순식간에 박멸되고 앞날에 대한 희망이 넘쳐흘렀다.

산채로 포획하겠다는 의도로군.

정보참모가 백악관에서 발표된 성명을 찬찬히 곱씹었다.

사령관이 말했던 것처럼 한국은 인정하지 않을 것이 분명했지만 문제는 잠수함이었다. 아무리 핵잠수함이라고 해도 식량이 떨어지면 항복할 수밖에 없는 이상, 유령 같은 놈 역시 버틸 수 있는 데는 한계가 있었다.

외무부의 입을 통해 발표된 성명은 '목숨을 보장할 테니 항복하라'는 권유로 분석하는 것이 타당했다.

그 잠수함에서도 외부의 통신을 받고 있을 테니까, 궁지에 몰아세워 죽을 때까지 싸우게 만드는 대신 살아남을 수 있다는 희망을 주는 것도 나쁘지 않을 것 같았다.

잠수함 내부에서의 분열을 일으킬 수 있을 뿐만 아니라 미국이 기회를 주면서 아량까지 베푸는 명분도 얻을 수 있기 때문에, 일석이조의 효과를 얻겠다는 전략이 분명했다.

그렇게 되면 한국이 개발한 비밀무기를 고스란히 손에 넣을 수 있으며, 집권당이 다음 대선에서 유리한 고지를 선점할 수도 있었다. 입장을 바꾸어 생각해도 그 이상 좋은 전략이 없었지만, 문제는 7함대에 전혀 도움이 되지 않는다는 점이었다.

살고 싶은 나머지 내부에서 반란이 일어나거나, 식량이 떨어져 굶주린 나머지 항복하는 일은 절대 없어야 했다. 아니, 그런 일이 발생하지 않도록 만들어야 했다.

어떤 경우라도 놈은 반드시 7함대가 잡아야만 했다.

백악관이 노리는 것처럼 목숨을 애걸하기 위해 투항하려 해도 격침시킨 다음 교전의 결과로 포장해야 했다.

그렇게 처리되어야 사령관이 원하는 자리로 이동할 수 있을뿐더러, 자신도 해군에서 힘겨운 생계를 유지하지 않아도 될 것이었다.

또한 그렇게 하는 편이 군산복합체의 구미에도 맞고 언론까지 흡족하게 만들어주는 등등 관련된 모든 사람들이 행복해질 수 있었다.

정보참모가 그렇게 판단할 수 있는 결정적인 요인은 김태우가 전폭적으로 협조할 것이라는 점이었다. 그가 알고 있는 김태우는 끝까지 싸우다 격침당할지언정 투항하지 않을 것이기 때문에, 백악관의 의도대로 되는 일은 절대 없을 것이라고 확신했다.

오후 1시 8분경, 독도함

점심 식사를 마친 승조원들은 하나같이 말이 없었다.

자신들도 믿어지지 않을 만큼 어마어마한 승리를 거둔 기쁨과 환호는 오래가지 못했다. 적들이 퇴각한 다음부터 이어진 침묵이 갈수록 깊어졌다.

스스로 생각해도 엄청난 승리를 거두었지만, 그들을 집행을 앞둔 사형수처럼 절망하게 만든 것은 현실에 대한 자각이었다. 특히 통신을 연결하는 과정에서 미국 외무부가 발표한 성명까지 알게 된 승조원들은 식사조차 제대로 하지 못했다.

김태우는 승조원들에게 사실을 말해주었다.

어차피 죽음을 각오하고 독도함에 들어온 이상 굳이 속이거나 감출 필요는 없었다.

물론 김태우도 가슴이 아팠다.

조국이 그들의 존재를 부정하는 것이 반드시 죽음을 의미하지는 않았다. 극비 가운데서도 극비의 작전을 수행해야 하는 만큼 철저한 보안을 유지해야 했지만, 임무를 완수한 다음에는 새로운 삶을 선택할 수 있었다.

원하는 승조원들은 전투에 나선 경험을 바탕으로 '독도함Ⅱ프로젝트'에 교관이나 운영요원으로 투입하게 되어 있었다.

물론 그때 역시 존재가 부정된 상태로 진행될 것이어서 외부와 단절되겠지만, 그런 상태로도 조국에 이바지할 수 있다면 바랄 것이 없었다.

그러나 단군호가 무너져 내린 다음엔 모든 희망이 삭제되었다.

미국이 기회를 주는 것 같은 상황마저 외면할 수밖에 없는 이상 죽을 때까지 싸우거나 싸우다가 죽을 수밖에 없었다. 오직 자신을 믿고 독도함에 뛰어든 승조원들을 지휘하는 김태우는 영혼을 찢기는 것처럼 고통스러웠다.

"후식 드세요! 제가 직접 재배한 과일이 왔습니다!"

박예린이 호들갑을 떨면서 딸기와 방울토마토를 내밀었다.

박예린 덕택에 약간이나마 밝아졌던 분위기는 박예린이 다른 부서를 격려하기 위해 나간 직후 다시 가라앉았다.

"앞으로 어떻게 하실 계획이십니까?"

부함장 주철범이 조심스레 말했다. 모든 승조원들을 대신하는 질문에 전투정보실이 바짝 긴장했다.

"우리는 본래의 임무를 수행하면 그만이야."

급작스레 초췌해진 얼굴로 돌아보는 김태우에게 냉혹한 냄새가 물씬 풍겼다.

"본래의 임무라면 어떤 것을 말합니까?"

"몰라서 묻나?"

퀭한 김태우의 눈동자가 차가운 광채를 뿜었다.

"독도함은 일본이 다시 침략할 것에 대비해 건조한 결전무기다! 스스로를 희생하는 한이 있더라도 조국이 승리를 거둘 수 있도록 돕는 것이 주어진 임무라는 것을 설마 모르고 있었나?"

"물론 알고 있습니다. 작전관!"

주철범이 최정우를 불렀다.

"어뢰가 얼마나 남아 있지?"

"잘 아시지 않습니까?"

"다시 말하겠다! 어뢰는 얼마나 남아 있어?"

"KHS-100 한 발, SUT 다섯 발, 모두 여섯 발 남아 있습니다."

"재보급이 가능하지 않은 현재의 상황에서 지금 보유하고 있는 어뢰로 목적을 달성할 수 있을까?"

"……."

"상식적으로 대답해!"

"물론 가능하지 않습니다."

깊이 생각할 것도 없었다.

해군이 서해의 2함대를 제외하고 전멸적인 타격을 입은 반면 일본은 아직도 2개 함대를 보유하고 있었다. 1개 함대만으로도 한국을 압도할 수 있는 일본은 출격시키지 않은 2척의 항공모함까지 건재했다.

그냥 여기서 퇴각한 함대를 재편해도 한국 해군을 어렵지 않게 이길 수 있는 일본 해군에게 여섯 발의 어뢰는 너무나도 가당치 않았다.

"굳이 건드리지 않아도 될 잠수함과 독도에 있는 공기부양정을 공격하라는 함장님의 명령은 허세를 이용하려는 의도가 아닙니까. 그렇게 해서 어뢰가 충분하고 우리가 적어도 2척 이상인 것으로 오판하게 만들려는 의도에 다시 한번 놀랐습니다. 독도함의 위력에 결합된 함장님의 지휘력은 그런 오판을 충분히 야기할 수 있을 테니까요. 그러나!"

주철범이 김태우의 시선을 똑바로 받았다.

"어떻게 하더라도 우리가 가진 어뢰의 잔량이 여섯 발에 지나지 않는다는 현실은 바뀌지 않습니다. 당장이라도 다른 적과 마주친다면 그것마저 사라질 것입니다. 그렇지 않다고 해도 앞으로 식량이 떨어지면 그때는 어쩌시겠습니까?"

"부장 같으면 어쩌겠나?"

"어려울 것 없습니다. 상식적으로 판단하면 될 테니까요."

주철범의 음성이 낮아졌다.

"우리가 보여준 위력이 워낙 대단했던 만큼 더 이상 행동하지 않아도 억지력을 발휘할 수 있습니다. 전혀 예상하지 못한 피해를 당한 일본보다 훨씬 유리한 조건으로 협상할 수 있을 테니 가급적 빨리 전쟁을 중단하고 국력을 회복하는 것이 급선무……."

"그렇게 되면 우리들도 죽지 않을 수 있겠군."

김태우도 나지막이 말했다.

"우리는 함께 살고 함께 죽는다고 맹세하지 않았습니까. 함께 사는 것도 맹세를 지키는 방법입니다."

"물론 나도 살고 싶다. 세상에 죽고 싶은 사람이 어디 있겠나. 그러나!"

김태우의 눈이 다시 싸늘해졌다.

"일본의 배후에 미국이 있고 미국을 믿기 때문에 일본이 안심하고 전쟁을 걸 수 있었다는 것은 상식에 가깝지. 그런데도 일본과의 협상이 가능할 것 같나?"

이번 전쟁은 독도를 놓고 벌어진 해묵은 갈등이 격발된 형태가 아니었다.

일본을 앞세워 중국을 꺾으려는 미국의 의도와, 그것을 이용해 아시아를 제패하려는 일본의 야욕이 합치된 결과였다. 예상치 못한 독도함에 의해 상당한 피해를 당했다고 해서 협상 용도의 테이블이 마련될 리 만무했다.

"전혀 그런 움직임이 없다고 할 수는 없겠지. 미국이 본격적으로 개입하면서 일본에게 전열을 가다듬어야 할 여유를 주어야 할 테니까."

김태우가 주철범과 최정우를 비롯해 승조원 하나하나를 강렬하게 주시했다.

"일본이 다시 전열을 정비할 동안 미국은 어떻게 해서든 우리를 찾아내려 하겠지. 세계 최강의 7함대라면 그럴 능력을 가지고 있을 수 있는 반면, 우리는 절대 7함대를 공격할 수 없어. 하지만 목숨이 오가는 전쟁터에서 어떤 상황이 벌어질지 모르기 때문에 조국이 우리의 존재를 부정할 수밖에 없는 거다."

"……."

"앞으로 우리는 어떻게 될 것 같나? 7함대의 추적을 따돌린다고 해도 부장이 말한 것처럼 식량이 떨어지면 어쩔 수 없이 부상해야겠지, 그 이전에 최대 50일 정도 파워를 증폭하게 되어 있는 독도시스템에 지금이라도 문제가 발생하면 어떻게 되겠어?"

훨씬 무거운 침묵이 전투정보실을 점령했다.

그럴 경우 방어력을 상실한 독도함은 고스란히 나포될 것이며 승조원들 역시 포로로 전락하게 될 것이었다.

"미국이나 일본에게 포획당한 독도함의 기밀이 넘어가고 조국에 의해 존재를 부정당한 우리는 처참한 고문 끝에 알고 있는 모든 것을 말한 다음 폐기당할 테지, 그렇게 되느니 차라리 자폭하는 길을 택할 것이다! 어떻게 되든 우리는 함께 죽을 수밖에 없어!"

김태우는 독도시스템이 방전되거나 식량이 떨어질 때까지 기다릴 인물이 아니었다.

자신들에게 설정된 가혹한 운명을 상기한 승조원들이 다시 암울한 절망에 빠졌다.

"다시 말씀드립니다만, 여섯 발밖에 남지 않은 어뢰로 어떻게 임무를 완수할 수 있겠습니까?"

"방법이 없지 않다. 내 명령을 따르기만 하면 돼!"

"구체적으로 말씀해주십시오!"

"머지않아 알게 될 테니까 나를 믿고 너희 자신들을 믿어라!"

단호하게 외치고 나서 김태우가 주철범을 가리켰다.

"일단 부장과 교대하겠다! 내가 다시 지휘할 때까지 엄중하게 통제해!"

자리를 벗어나자마자 그는 곧장 화장실로 들어갔다.

바로 엎어져 변기에 얼굴을 들이밀고 겨우 삼켰던 식사를 모두 토해냈다.

얼굴을 씻기 위해 세면대의 수도를 틀던 김태우가 흠칫 몸을 떨었다. 거울에 비친 자신의 얼굴이 너무나 낯설었다.

잠시 후 거울이 흐릿하게 변하면서 아내와 딸아이가 나타났다.

아내는 물론 딸아이에게도 제대로 뭔가를 해준 기억이 드물었다. 아내와 딸아이의 생일을 통틀어 케이크를 들고 갔던 기억이 손에 꼽을 정도였던 김태우는 입학식과 졸업식조차 함께하지 못했었다.

하루라도 남편과 아비 노릇을 할 수 있다면, 아니 식사라도 한 번 오붓하게 함께 할 수 있다면 한이 없을 것 같았다. 최면에 걸린 것처럼 거울을 들여다보던 퀭한 한 쌍의 눈에서 눈물이 떨어졌다.

돌아가고 싶다! 제발…….

소리 없이 절규하던 김태우에게서 불길한 기침이 터졌다.

내장을 토할 것처럼 격하게 기침을 쏟아내더니 기어이 피를 토했다. 붉은 피를 왈칵 토해낸 김태우가 무너지듯 그 자리에 쓰러졌다.

불안한 함장 2

202X년 5월 28일 오후 3시 25분경, 7함대

마카오 인근에서 정지했던 7함대가 돌아선 다음 속도를 높이기 시작했다.

함대의 중심에 존재하는 로널드 레이건은 인간에 의해 만들어진 것 같지 않았다. 길이가 330m에 달하고 높이가 20층 빌딩과 맞먹었다. 5천 명이 넘는 인원이 생활하는 레이건은 공군이 거주하는 도시라고 해도 과언이 아니었다.

그뿐 아니라 레이건은 시속 50km가 넘을 정도로 빨랐다.

6백만 메가와트의 출력을 뿜어내는 가압수형 원자로 2기에 연결된 4개의 스크루가 11만 톤이 넘는 거구를 믿기지 않는 속도로 달릴 수 있게 해주었다.

더불어 길이가 257미터나 되고 4만6천 톤에 달하며 F-35B를 20

대나 가진 강습상륙함 아메리카는 항공모함에 가까웠다. 아메리카를 비롯한 상륙함에 탑승해 있는 해병원정단도 충분히 공포스러웠다.

사령관은 처음 7함대를 지휘하게 되었을 때의 감격을 잊을 수 없었다.

그러나 단일전력으로 세계 최강인 7함대를 지휘한다는 신앙 같았던 자부심이 흔들리기 시작했다. 미국은 물론 세계를 지휘하는 대통령에 비하면 7함대의 사령관은 유치원을 운영하는 원장처럼 보잘것없었다.

얼마 전까지만 해도 꿈조차 꾸지 못했던 백악관의 입성이 눈에 들어오기 시작한 다음부터 7함대의 사령관 자리는 하찮게 느껴졌다.

"35대 케네디 대통령은 코딱지 같은 어뢰정을 지휘했고 41대 부시 대통령도 고작 함재기를 몰던 해군 조종사 출신에 지나지 않았습니다. 그에 비하면……."

정보참모가 짐짓 말을 줄였다.

아침을 좋아하지 않았던 사령관의 표정이 눈에 띄게 밝아졌다.

같은 시간, 독도함

의무실에 있던 박예린을 급하게 불러낸 주철범의 표정은 그 어느 때보다 심각했다.

화장실에서 피를 토하고 쓰러진 김태우를 발견한 승조원들이 의무실로 옮겼을 때 박예린은 하마터면 기절할 뻔했다. 서둘러 응급 조치를 취한 다음에도 김태우는 정신을 차리지 못했다.

"함장님의 상태는?"

"지금은 괜찮으세요."

대수롭지 않게 대답했지만 박예린이 보기에 상태는 생각보다 심각했다.

"박 대위의 솔직한 의견이 필요해. 비록 어뢰가 몇 발 남지 않았지만 우리가 아니면 일본과 싸울 수 있는 전력이 존재하지 않는다는 사실은 박 대위도 잘 알겠지?"

주철범이 최대한 조심스럽게 말했다.

지금은 부함장 주철범이 김태우의 지휘권을 인수해도 이상할 것이 없을 정도로 상황이 심각했다. 그럴 경우 군의관에 해당하는 간호장교의 의견이 가장 중요했기 때문에 발언이 극히 조심스러울 수밖에 없었다.

"다시 말씀드리지만 괜찮으십니다."

"정말 괜찮다는 거야? 설마 내가 이런 상황에 함장이 욕심나서 이러는 것 같나!"

주철범의 말투가 조바심을 드러내는 것처럼 조심성을 잃고 있었다.

"박 대위도 마찬가지겠지만 나를 포함한 모든 승조원은 최고의 함장님과 함께 싸운다는 자부심에 일말의 의혹조차 품지 않았어! 그동안 함장님께 받았던 혹독한 훈련이 아니었으면 출격한 이후 지금과 같은 대승은 거두지 못했을 거야. 그뿐인가, 장보고급에서 겪었던 최초의 전투에서 살아남지 못했을 거라는 것 역시 누구도 이의를 제기할 수 없을 테니까."

"……."

"함장님이 최고의 상태가 아니라 해도 당연히 보필해야 하겠지만, 최악의 상태가 된다면 차선의 선택을 하는 것도 부장의 의무야. 그뿐 아니라 함장님은 자신이 제대로 지휘하지 못하게 되면 부장인 나로 하여금 대신 지휘하라는 발언까지 하셨어. 현재 상황에서 판단의 근거로 작용할 열쇠는 박 대위가 쥐고 있지만, 제대로 판단하지 못했을 때는 누구도 책임지지 못할 상황이 발생할 수밖에 없어."

박예린은 대답하지 않았지만 주철범은 거의 결론을 내린 상태였다. 그가 대답을 재촉하려는 순간 의무실의 문이 열렸다.

"여기서 무엇들 하고 있나?"

느닷없는 목소리에 두 사람이 화들짝 놀랐다.

"내가 얼마나 누워 있었지?"

피투성이가 된 제복과 삽으로 떠낸 것 같은 얼굴에 박힌 퀭한 눈이 마치 사지를 헤매다 겨우 돌아온 사람처럼 보였다.

"두 시간 이십 분 정도입니다."

박예린이 대답한 다음 주철범이 보고했다.

"아까의 좌표를 지키다가 함장님의 상태가 걱정되어 간호장교와 이야기 중이었습니다. 전투정보실에는 작전관이 있으니까……."

"내가 다시 지휘하겠다."

"괜찮으시겠습니까?"

대답하지 않고 전투정보실로 향하던 김태우가 흘긋 뒤를 돌아보았다.

"박 대위는 왜 따라오지?"

"아무래도 제가 근접하는 것이 좋을 것 같습니다."

"좋을 대로 해."

김태우가 전투정보실에 들어섰다.

살아있는 것 같지 않은 몰골을 일별한 승조원들이 귀신과 마주치기하도 한 것처럼 딱딱하게 굳어졌다.

"통신 예정시간은?"

"마침 지금입니다."

최정우 대위가 대답하자마자 김태우가 명령했다.

곧 독도함이 통신을 수신했다. 돌아가는 상황을 파악한 그의 눈이 예리하게 번득였다.

"지금부터 내가 명령하는 좌표로 간다!"

김태우가 명령한 좌표는 부산해협이었다.

"설마…… 7함대와 싸울 계획인 겁니까?"

주철범의 음성이 표가 나게 떨렸다.

입장을 바꾸어 생각해도 일본 해군이 절대 단독으로 나서지 않을 거라는 건 분명했다.

7함대가 오는 즉시 합류한 다음 공격하기에 가장 좋은 지점으로 이동하겠다는 의도가 빤하게 보였다.

독도함은 당연히 그들보다 빨리 부산해협에 도착할 수 있었다.

굳이 전속력을 다하지 않아도 얼마든지 먼저 가서 매복이 가능했다. 그러나 7함대와 교전하는 과정에서 하나라도 격침시키면, 아니 교전하는 자체로 미국이 가만있지 않을 것 역시 분명했다.

"상황에 따라서는 교전할 수밖에 없겠지."

"절대 안 됩니다!"

"항명하겠다는 건가!"

김태우가 허리춤으로 손을 더듬어 권총을 뽑았다. 권총의 무게마저 힘든지 팔이 가늘게 떨렸다.

"실전상황에서의 항명은 즉결처분이라는 거 모르지 않겠지."

피가 굳어가는 제복마저 무거워 보이는데 김태우가 얼음을 뱉듯이 서늘하게 말했다. 주철범과 최정우를 비롯한 모두가 찬바람을 삼켰다.

"누구나 한 번은 죽는다. 모든 승조원은 명예롭게 전쟁을 끝낼 각오를 다져라!"

냉혹하게 외치던 김태우가 박예린과 눈이 마주쳤다.

"여자도 예외일 수 없으니까 간호장교도 각오해!"

"……."

"왜 대답이 없어? 함장의 명령이 우스운가!"

박예린은 눈물이 쏟아지려는 것을 겨우 참았다.

"며, 명령에 따르겠습니다."

"그래야지. 그래야 해……."

팔이 뚝 떨어지더니 손을 더듬어 권총을 집어넣었다.

정상적인 행동은 거기까지였다. 김태우는 갑자기 비틀거리다가 다시 쓰러졌다.

"지금은 절대 안정을 취하셔야 합니다. 어서 의무실로……."

박예린이 급하게 김태우를 부축했다.

"알았어, 알았다니까."

흐릿한 눈빛으로 전투정보실을 바라보던 김태우가 나직하게 말했다.

“다시 부장이 지휘한다! 내가 돌아왔을 때 진척이 없거나 다른 좌표에 가 있을 때는 즉결처분이야!”

비틀거리며 전투정보실을 나가는 김태우. 그를 바라보는 주철범의 시선에 불신이 그득했다.

오후 4시 27분경, 7함대

기함 블루리지의 사령관실에 정보참모가 앉아 있었다.

사령관은 시간이 날 때마다 한 사람의 참모를 동반해서 이런저런 이야기를 나누기도 했지만, 정보참모는 다른 참모들과 비중이 달랐다.

‘35대 케네디 대통령은 코딱지 같은 어뢰정을 지휘했고 41대 부시 대통령도 고작 함재기를 몰던 해군 조종사 출신에 지나지 않았다’는 그의 말은 의미심장했다. 그뿐 아니라 ‘새로운 맥아더가 등장했다’는 최근의 소문을 알려준 사람도 정보참모였다.

“맥아더가 실패한 원인이 어디에 있다고 생각하나?”

“필요 이상으로 적을 많이 만들었던 것이 첫 번째고, 여론의 지지를 받지 못한 것이 두 번째입니다.”

“세 번째는?”

“말씀 드린 두 가지로 충분하지 않겠습니까?”

정보참모의 대답은 이번에도 간결했다.

“내가 보기에 귀관은 앞으로 보다 많은 일을 해야 할 것 같은데?”

“뭐든지 맡겨주시면 실망시켜드리지 않겠습니다.”

"하하하! 역시 일반 참모들과는 격이 다르다니까."

느긋한 얼굴로 아낌없이 칭찬을 늘어놓던 사령관이 흘긋 정색을 하고 바라보았다.

"만일 그놈이 투항하면 어떻게 하지?"

"투항할 일이 없도록 해야지요."

이어지는 명쾌한 대답에 사령관이 기대한 대답을 들었다는 듯 고개를 크게 끄덕였다.

"당연히 우리 손으로 끝장을 내야겠지. 그런데 신경 쓰이는 점이 없지 않거든."

"어떤 점 때문에 그러십니까?"

"그게 말이야……."

정보참모의 상체가 저도 모르게 앞으로 기울어졌다.

같은 시간, 독도함

비좁기는 의무실도 마찬가지였다.

관 같은 침대에 누워 있던 김태우의 눈빛이 맑아지기 시작했다.

"박 대위가 고생이 많군."

"승조원들에 비하면 아무것도 아녜요."

"후, 함장이 이렇게 힘들 줄은 정말 몰랐어."

김태우가 영혼이 부식되는 것처럼 고통스럽게 웃었다.

"그렇게 힘드시면 부장에게 지휘권을 넘기면 되지 않나요?"

"이길 수 있는 상태였다면, 아니 살아서 돌아갈 수 있는 약간의 희망이라도 있다면 그렇게 해야겠지."

어떻게든 승조원들을 살리고 싶은 주철범의 뜻을 모르지 않았다.

그러나 조국에 존재를 부정당한 독도함이 포로로 전락하는 것은 죽는 것보다도 못했다.

군인의 명예와 조국의 이름을 더럽히느니 깨끗하게 사라지는 것이 백번 나았다. 그런 책임과 고통을 주철범을 비롯한 부하들에게 떠넘길 수는 없었다.

"박 대위까지 동참시킬 생각은 없어. 박 대위는 전투원이 아니니까……."

"저는 함께 살고 함께 죽겠다는 맹세를 주도했었습니다."

미처 말이 끝나기도 전에 박예린이 단호하게 잘랐다.

"그리고 저는 함장님과 승조원들에게 반드시 필요합니다!"

새로운 주사를 준비하는 그녀의 손이 눈에 띄게 떨렸다.

아무리 맹세하고 결의를 다졌어도 죽음이 두렵지 않을 수 없었다. 그리고 자신들에 의해 죽어갔던 적들의 처참한 최후는 더더욱 죽음을 두렵게 만들었다.

무엇보다 어뢰까지 보급 받을 수 없는 상황에서 임무를 완수할 수 있는 희망도 없지 않은가. 독도함의 모든 곳을 자유롭게 돌아다닐 수 있는 그녀는 처음의 맹세와 결의가 흔들리는 것을 피부로 체감할 수 있었다.

솔직히 그녀도 주철범에게 동조하고 싶을 정도였다.

"나도 인간이야, 어떻게든 살고 싶은 인간이라고."

처음 나오는 김태우의 자조에 박예린이 흠칫했다.

"나라고 해서 왜 가족과 함께 살고 싶지 않겠어. 그렇게 하고 싶었으면 독도함에 승함하지 않았어야지. 이제는 어쩔 수 없……."

"알았으니까 그만하세요!"

박예린이 아프게 주삿바늘을 꽂았다.

오후 6시 27분경, 7함대

전속력으로 항진하는 7함대에서는 전혀 긴장감이 느껴지지 않았다. 교대로 저녁식사를 하는 로널드 레이건을 비롯한 주요 함선의 승조원들은 피크닉이라도 가는 것 같았다.

"많이들 먹게나. 잘 먹어야 잘 싸울 수 있는 법이니까."

사령관이 너스레를 떨면서 사슴고기 스테이크를 썰었다. 함께 하는 참모들의 표정도 밝았다.

그들이 모인 식당은 라스베이거스에서도 보기 드문 초특급 호텔의 레스토랑을 방불케 했다. 사령관을 비롯한 고위급 장교들이 장병들과 함께 줄을 서서 배식 받는 것은 언론에 배포할 필요에 의했을 뿐이었다.

사령관 옆에서 식사를 하던 정보참모는 맥아더를 떠올리고 있었다.

맥아더는 언론을 적극적으로 이용하기로도 유명했다. 맥아더가 참모들을 대동하고 바다에 뛰어들어 해변으로 상륙하는 사진들은 연출된 것에 지나지 않았다.

맥아더가 전투 현장에 도착했을 때는 안전이 충분히 확보된 다음이었다. 이미 마련된 지휘소를 향해 수륙양용상륙정을 타고 안전하게 들어갔을 맥아더는 기자들을 위해 아낌없이 퍼포먼스를 벌였다.

특히 유명한 인천상륙작전에서도 마음에 드는 앵글을 잡기 위해 여러 차례나 반복하는 바람에 참모들이 곤욕을 치렀을 정도였다.

"오늘따라 식사가 마음에 드는군."

"저도 그렇습니다."

정보참모도 기껍게 맞장구쳤다.

자신의 상관이 맥아더에 비견되는 것이 반드시 좋은 의미는 아니었다. 맥아더는 한국전쟁에서의 실패로 인해 백악관에 입성하려던 야망을 접어야 했다. 지나치게 오만하고 독선적으로 행동하는 바람에 적이 많았던 것이 화근으로 작용한 결과였다.

그에 비해 자신의 상관은 오만하거나 독선적이지는 않았지만, 맥아더에 필적할 만한 공이 부족했다. 그런 점은 일본 해군을 박살낸 한국의 잠수함을 때려잡은 다음 언론이 알아서 부풀려주겠지만, 이후부터의 행보에 더욱 신중을 기울여야 했다.

"건배나 할까?"

사령관이 핏물 같은 레드와인을 들이켰다.

참모들도 함께 마셨지만 백악관에서의 만찬까지 동반할 수 있는 자는 극소수일 것이었다. 술을 거의 마시지 않은 정보참모도 모처럼 기분 좋게 와인을 삼켰다.

5월 29일 오전 7시 55분경, 독도함

부산해협에 진입한 다음 휴식을 취하던 독도함이 흠칫 깨어났다.

"전방의 적은 오야시오급의 7번함 쿠로시오, 거리 3700, 방위 1-3-4-0, 심도 230……."

음탐반에서 잠수함의 흔적을 포착했지만 대수롭지 않게 여겼다.

4천톤급의 오야시오급은 소류급보다 약간 먼저 취역했다. 4천2백 톤의 소류급에 비해 조금 작은 오야시오급은 그러나 독도함보다는 거의 세 배나 컸다. 장보고급 같으면 어림도 없었겠지만 독도함은 장보고급이 아니었다.

"물론 혼자 나오지는 않았을 겁니다."

주철범도 대수롭지 않게 말했다.

"디핑소나 발사해!"

"지금 뭐라고 하셨습니까?"

주철범과 최정우는 물론 전투정보실 전체가 화들짝 놀랐다.

"다시 명령하겠다. 디핑소나 발사해서 다른 놈들까지 찾아!"

"함장님!"

주철범은 하마터면 미치지 않았냐고 외칠 뻔했다.

여섯 발밖에 남지 않은 어뢰로는 적의 항공모함이나 이지스를 잡아야 마땅했다. 그런데도 기껏해야 미끼에 지나지 않는 오야시오급 따위에게 어뢰를 낭비하려는 김태우는 누가 보아도 정상적이지 않았다.

"디핑소나 발사하지 않고 뭣들 하고 있어!"

"함장님!"

주철범이 다시 소리쳤다. 거기엔 항명의 감정이 다분했다.

"지금 상황에서 명령불복종은 즉결처분이다."

김태우는 단호했고, 주철범은 고개를 푹 숙였다. 그의 입에서는 결국 자포자기한 것 같은 음성이 나왔다.

"알겠습니다."

다시 한 번 김태우를 바라보던 주철범이 나직하게 명령을 하달했다.

"함장님의 명령대로 디핑소나 발사해!"

곧 세 척의 오야시오급이 걸려들었다. 기겁하고 달아나는 오야시오들을 향해 SUT가 발사되었다.

쾅! 콰앙!

익숙한 폭발음과 함께 두 척이 잡혔지만 가장 멀리 떨어진 한 척이 계속 달아났다.

그러나 SUT보다 빠를 수는 없었다. 절체절명의 위기에 몰린 적이 수면을 향해 치달렸다. 오야시오급이 바다 위로 솟구치는 순간 따라붙은 SUT가 작렬했다.

쾅!

아랫배를 물어뜯긴 오야시오급이 비명을 지르며 나뒹굴었다.

그 순간 SUT에 적중당한 후부를 빠르게 폐쇄하여 침몰당하지 않을 수 있었다. 70명의 승조원들 가운데 절반 이상이 해치를 열고 탈출하기 시작했다.

"저 상황에서도 부하들을 살리다니, 아무리 적이지만 함장을 칭찬하지 않을 수 없습니다."

김태우의 뒤통수를 노려보는 주철범의 시선에서는 적의마저 느껴졌다.

다시 일방적인 승리를 거둔 독도함이 우울하게 가라앉았다. 희망을 삭제당한 승조원들이 기계적으로 움직이는 가운데 최정우가 뭔가를 골똘하게 생각했다.

더 이상 싸울 필요는 없어!

흘긋 김태우를 주시하는 최정우의 눈빛이 매섭게 번득였다.

30분 후, 7함대

"보면 볼수록 대단한 놈이야!"

사령관이 다시 아낌없이 칭찬했다.

"비록 미끼라고 해도 세 척이나 되는 오야시오급들을 한주먹에 날려버리다니, 할 수만 있다면 내 휘하의 잠수함장으로 데려오고 싶을 정도라니까."

김태우를 격찬하던 사령관의 표정이 다시 유머러스해졌다.

"게다가 고맙기까지 하단 말이지."

유령 같은 한국의 잠수함은 최후의 전투를 부산해협에서 벌일 결심을 굳힌 것 같았다.

7함대는 물론 일본도 그렇게 나오리라 예측했지만, 아무튼 다행스러웠다. 그렇지 않고 특수한 연료시스템까지 갖춘 것으로 추정되는 잠수함이 여기저기 들쑤시고 다닌다면 7함대로서도 골치가 아플 수밖에 없었다.

"이제는 시간문제일 뿐입니다."

"승전을 거두신 다음 저희들을 잊으시면 안 됩니다."

참모들이 마치 전쟁이 다 끝난 것처럼 웃으며 거들었다.

그들 가운데 정보참모가 유일하게 무표정한 얼굴을 그대로 드러냈다.

"무슨 걱정거리라도 있나?"

사령관이 문득 정보참모의 굳은 표정을 보고 물었다.

"전쟁은 이제부터 시작이라고 해도 과언이 아닙니다."

"그래서 우리가 샴페인을 너무 일찍 터뜨리기라도 한다는 건가?"

"호랑이는 토끼를 잡을 때도 최선을 다한다는……."

"하고 싶은 말이 있으면 해! 나는 누구 앞에서도 서슴없이 말하는 사람을 좋아하니까."

그러나 말이 그럴 뿐이었다.

사령관이 지금 위치에 오를 수 있었던 이유 가운데는 그렇게 처신하지 않았던 것도 포함되지 않았던가. 참모들의 흥미로운 시선이 정보참모에게 집중되었다.

"로널드 레이건은 물론, 상륙함들도 작전에 참가시키지 않는 것이 좋을 것 같습니다."

"무엇 때문에?"

사령관의 표정에 날이 섰다.

정보참모에게 집중된 시선들도 의심스럽게 변했다. 사령관을 비롯한 모두의 운명이 달린 작전에 7함대 자체라고 해도 과언이 아닌 레이건을 포함시키지 않는다는 것은 생각하기 어려웠다.

"놈은 스텔스인 데다 초공동어뢰까지 가지고 있습니다."

"그래서?"

"놈에게 일본 해군의 주력 항공모함이, 그것도 두 척이나 당했습니다. 게다가 상륙함까지 말입니다."

"지금 제정신인가? 우리 7함대와 장난감 같은 일본 함대가 어떻게 같을 수 있어!"

벌컥 화를 냈지만 사령관의 내심은 그렇지 않았다.

이판사판으로 몰린 놈이 로널드 레이건을 저승길 동반자로 삼기 위해 덤비는 날에는 보통 일이 아니었다. 그렇다고 해서 자신의 입으로 말하기는 곤란했다.

작전참모를 비롯한 참모들 역시 충분히 짐작하고 있었지만 그러한 가능성을 입 밖으로 내기 어려웠다. 머지않아 당면할 전투는 일반적인 전투가 아닌 만큼, 사령관의 눈 밖에 나지 않기 위해서는 누군가가 대신 나서주기를 바라고 있는 상태였다.

"반드시 레이건이 아니라 상륙함들이 당해도 결과는 마찬가지일 겁니다."

"흐흠, 궁지에 몰린 쥐는 고양이도 무는 법이니까."

"우리의 적은 쥐가 아니라 스텔스에 초공동어뢰까지 가진 무서운 놈입니다."

"……."

"위험을 일으킬 수 있는 요소는 아예 배제하는 것이 상책입니다. 더구나 최근처럼 중대한 시기에는 더더욱 주의해야 하고요."

사령관이 다시 한번 생각을 가다듬었다.

그 유령 같은 놈을 잡는 것은 어떻게든 가능하겠지만, 정보참모가 경고한 것처럼 레이건이 당하기라도 하면 모든 것이 끝장이었다.

그뿐 아니라 미국을 상징하는 아메리카를 비롯한 상륙함들과 해병원정단이 당해도 결과는 마찬가지였다. 일본의 상륙함이 격침당했던 참상이 떠오른 사령관은 오싹 소름이 끼쳤다.

만일 그렇게 되는 날에는 백악관에 입성하기는커녕 단두대로 끌려갈 판이었다.

"일리가 있어! 가정한 대로 시뮬레이션 해봐."

사령관이 한껏 웃으면서 정보참모를 치하했다.

정보참모에게 향하는 시선이 부러운 형태로 바뀌었지만 본인은 그렇지 않았다.

사령관이 당부한 것을 이행한 것에 지나지 않았지만, 사령관의 가방을 들고 백악관에 입성하기 위해서는 고양이 목에 방울을 다는 정도쯤은 해주어야 마땅했다.

트로이의 목마

202X년 5월 29일 오후 2시 29분경, 대한민국

공군을 비롯한 모든 기지들이 숨 가쁘게 움직였다.

지대지미사일을 탑재한 트럭들도 경부고속도로를 달렸다. 장거리를 빠르게 이동하기 곤란한 궤도차량에 탑재된 미사일들은 철도를 통해 수송되었다. 다연장로켓포과 K-9 자주포들도 동일한 방법으로 이동했다.

일본 전역을 타격할 수 있는 장거리 순항미사일은 물론, 후쿠오카를 비롯한 지역을 충분히 공격할 수 있는 지대지미사일 기지들이 눈을 번득였다.

사거리 800km의 현무-2C 탄도미사일과 사거리 1500km의 현무-3C 순항미사일에 최신예의 현무-4 초정밀 탄도미사일과 사거리가 3000km에 달하는 현무-3D까지, 2천 기에 달하는 미사일에 설정된 목표를 다시 확인하기 시작했다.

포항에 주둔한 해병사단을 비롯한 각 군의 특수부대들과 비정규전 대대들까지 일제히 투입될 준비에 들어갔다. 그뿐 아니라 얼마 남지 않은 해군도 결전에 나설 준비에 분주했다.

같은 시간, 고마쓰 공군기지

단군호를 폭격했던 고마쓰의 F-15J들이 묵묵히 출격 명령을 기다렸다.

고마쓰는 물론 오키나와 방면을 제외한 대부분의 공군기지들이 바쁘게 움직였다.

고마쓰를 포함하는 여러 기지들은 압도적인 우위에 있는 공군력의 엄호를 받아 한국의 미사일 기지들을 격멸하는 한편, 비교적 먼 거리에 배치된 목표는 신형 장거리 순항미사일로 제거할 계획이었다.

그 과정에서 요격에 나설 한국 공군까지 전멸시키겠다는 것이 이번 작전의 전모였다.

같은 시간, 독도함

"이럴 시간이 없어."

의무실에 들어오자마자 김태우가 얼굴을 찌푸렸다.

"가급적 빨리 끝내겠습니다."

혈압부터 체크하던 박예린이 속으로 한숨을 훅 쉬었다.

단군호를 탈출한 다음 불과 이틀도 지나지 않았는데 김태우의 상태는 벌써 너무나 심각했다. 형언할 수 없었던 그때의 공포에 함장의 책임감과 심리적 부담까지 더해진 결과 종양이 급격히 활성화되는 것이 분명했다.

게다가 기적적으로 탈출한 직후부터 반복된 전투는 김태우의 심신을 급격히 부식시켰다. 그런 상태에서도 움직이는 자체가 놀라울 정도였다.

"승조원들이 걱정이야. 임무를 완수할 때까지 무사해야 할 텐데……."

김태우의 걱정은 성격이 달랐다.

승조원들은 극한을 초과하는 공포와 처절한 혈투까지 겪었다. 어떻게 되었든 죽을 수밖에 없는 현실에 절망한 나머지 극단적인 상황이 조장될 가능성을 배제하기 어려웠다.

"이럴수록 박 대위의 역할이 중요해. 승조원들을 성심껏 돌보면서 정상적이지 않은 조짐이 발견되면 신속히 보고해서 조치할 수 있도록 해줘."

"걱정 마세요. 우리 승조원들은 절대 나약하거나 비겁하지 않을 테니까요."

달래듯 대답하던 박예린이 흠칫했다.

그들이 당면한 현실에서 가장 바람직한 것은 체념과 포기였다. 자살에 가까운 죽음을 맞기까지 승조원들을 다독이면서 자연스레 체념하고 포기할 수 있도록 유도하는 것이 박예린에게 주어진 임무라고 해도 과언이 아니었다.

그러나 박예린의 도움이 전혀 필요하지 않을 것 같은 승조원도 존재했다.

놀랍게도 부함장 주철범은 단군호에 갇혔을 때부터 탈출하는 순간까지 조금도 동요하지 않았다. 동요하고 두려워하기는커녕 너무나 침착했던 태도에 박예린마저 소름이 끼쳤을 정도였다.

그뿐 아니라 심상치 않은 점이 또 있었다. 작전관 최정우도 충분히 수상했다.

단군호에 갇혔을 때는 물론, 승조원들이 갈수록 암울해지는 반면 뭔가 희망을 가지는 것 같은 느낌까지 들었다. 하필 가장 핵심적인 부함장과 작전관이…….

“왜 그래? 이상한 점이라도 있어?”

김태우가 넌지시 말하는 순간 박예린이 화들짝 놀랐다.

"저, 정상입니다."

서둘러 혈압체크를 마치고 나서 박예린이 다음 순서로 들어갔다.

체크를 마친 후, 박예린은 굳이 보고하지 않기로 결정했다.

아무튼 부함장 주철범의 결과가 가장 좋았던 데다 작전관 최정우도 차질 없이 임무를 제대로 수행하고 있었다. 어차피 전부 죽을 상황에서 분란을 일으킬 필요는 없다고 판단했다.

“더할 나위 없이 유능한 장교와 부사관들이 하필이면 나 같은 함장을 만나다니…….”

이제는 김태우도 체념한 것 같았다.

주사를 준비하는 박예린의 시야가 뿌옇게 흐려졌다.

5월 30일 오후 3시 11분경, 쓰시마 남단

일본을 공포로 몰아넣은 국적불명의 잠수함을 목표로 7함대는 물론, 일본 함대들도 쓰시마 방면으로 집결했다. 7함대가 유령 같은 잠수함을 때려잡는 즉시 일본 해군이 잔존한 한국 해군을 격멸한다는 계획이었다.

이후 공군과 연합작전을 펼쳐 쓰시마를 비롯한 본토에 침투하기 위해 집결한 한국의 특수전력까지 쓸어버리기로 되어 있었다. 7함대를 앞세운 일본이 다시 한번 한반도를 삼킬 야욕을 불태웠다.

5월 31일 오후 4시 21분경, 규슈 남단

"오늘따라 왜 이렇게 넓어 보이는 거야?"

"투덜거리지 말고 체중부터 줄이라고!"

레이건의 갑판 요원들이 일렬로 늘어서서 전진했다.

작은 나사못 같은 것들도 함재기의 이착륙에 치명적인 사고를 초래할 수 있는 만큼 갑판을 수시로 치워야 했다. 그러나 축구장 3개나 되는 면적의 갑판은 끝이 없는 것 같았다.

"뭐가 있어?"

"전혀."

음탐관들이 심심해 죽겠다는 표정으로 말을 주고받았다.

물론 레이건도 잠수함의 공격에 대비하고 있었다. 최고 수준의 대잠헬기와 초계기를 운용하고 있으며, 타이콘데로가급과 알레이버크급 이지스 각각 한 척에 샤이엔의 호위까지 받고 있었다.

중국의 쌍급을 격침시켜 기세가 등등한 샤이엔의 호위를 받는 것은 더없이 든든했다.

어느 적이라도 미치지 않은 다음에야 감히 레이건을 공격할 리 만무했다. 로널드 레이건이 동굴로 돌아가는 티라노사우루스처럼 당당하게 요코스카를 향해 달릴 때 아메리카를 비롯한 상륙함들도 각각의 기지를 향했다.

레이건을 비롯하여 기지로 돌아가는 승조원들의 표정은 평온하고 밝아 보였다.

일본의 항공모함 2척을 비롯하여 함대까지 삽시간에 몰살시킨 괴물 같은 잠수함은 그들도 켕기지 않을 수 없었다. 그 잠수함을 피할 수 있는 데다 예정보다 일찍 귀환할 수 있게 되었으니, 기분이 좋지 않을 수 없었다.

같은 시간, 독도함

링거를 꽂은 채 김태우는 의자에 앉아 맥없이 어깨를 떨구었다. 측은하게 바라보던 박예린이 슬며시 다가왔다.

"수액을 교환하겠습니다."

김태우가 그제야 고개를 들고 자신의 팔뚝에 꽂힌 링거를 멍한 눈길로 바라보았다. 링거를 맞고 있는 것은 물론 의자에 앉아 있는 것조차 몰랐던 것 같았다.

링거를 한참이나 바라보던 그가 결심이라도 한 듯 외쳤다.

"지금부터 마지막 작전을 개시한다. 작전 자체는 어렵지 않지만 돌발적인 변수가 예상되는 만큼 최선을 다하기 바란다. 질문들 있나?"

"저는 반대합니다!"

주철범이 김태우만큼이나 단호하게 나섰다.

거의 반사적인 거부 반응에 김태우가 움찔할 정도였다.

"두 번이나 항명하려는 이유는?"

지그시 노려보는 김태우의 눈에서 섬뜩한 광기가 배어났다.

"다시 말씀드리지만 7함대와의 교전은 절대 안 됩니다! 미국을 적으로 돌리면 어떤 결과가 초래될지 잘 아시지 않습니까!"

"7함대가 이곳으로 오는 이유는 우리를 잡기 위해서야. 우리가 적에게 선사할 것은 어뢰밖에 없어!"

"이제는 외교력으로 싸울 때입니다! 우리가 충분히 위력을 보였으니 일본과 협상으로 풀어나가도 꿇리지 않을 수 있습니다."

"협상이라는 건 대화가 통하는 상대방에게나 가능하지, 더 큰 이익을 보겠다고 동맹을 팽개쳐버리는 놈들에게는 오직 힘으로만 상대할 수 있을 뿐이야."

"일본의 배후에 미국이 있다고 말한 사람은 함장님입니다! 그리고 자신을 지킬 힘도 없었던 주제에 병자호란과 남한산성의 비극을 자초한 주역들도 충신을 자처하는 신하들이었습니다!"

냉철하게 외치는 주철범에게 전투정보실의 시선이 집중되었다.

"당시의 충신들이 어떻게 했습니까? 청나라의 권유를 끝까지 듣지 않다가 끝내 침공당하고 왕이 항복하는 치욕을 자초했습니다! 얼마나 되는지조차 알 수 없는 백성들을 끌려가게 만든 그들은 충신이 아니라 반역자들입니다!"

"……."

"문제는 지금도 그런 역사가 반복되려 한다는 겁니다! 일본과 전쟁이 벌어졌지만 일방적이던 전황이 우리에 의해 제동이 걸렸습니다. 그뿐 아니라 미국이 소명할 기회까지 부여하고 있지 않습니까? 지금이라도 독도함을 부상시켜 소명하면 일본과의 전쟁이 중단되고 협상에 임할 수 있을 것입니다."

"다시 말하지만 협상은 절대 안 돼! 협상이 가능하다고 해도 일본의 배후에 버티고 있는 미국이 공정하게 심판을 봐줄 것 같나?"

"아무리 불공정해도 미국을 적으로 돌리려는 게 과연 제정신입니까?"

"부장님, 너무 지나치세요!"

보다 못한 박예린이 나섰다. 그러나 주철범은 그치지 않았다.

"우리가 있을 곳은 여기가 아닙니다. 어뢰도 보급 받지 못하는 상태에서 무의미하게 죽을 이유도 없습니다. 우리는 자랑스러운 대한민국의 해군으로 당당하게 태극기를 달고 나가 진짜 적, 북한과 중국을 궤멸시키는 데 앞장서서 싸워야 합니다! 승조원들을 살려 조국을 위해 다시 공을 세울 기회를 주기는커녕 전부 죽이려는 함장님의 행위는 반역을 저지르는 것에 지나지 않습니다!"

"지금 반역이라고 했나?"

서서히 몸을 일으키는 김태우의 눈에서 얼음 줄기가 뻗치는 것 같았다.

살아있는 것 같지 않은 몰골을 한 김태우가 싸늘하게 노려보자 전투정보실이 순식간에 얼어붙었다.

"다시 말해라. 내가 반역을 저지른다고 했나?"

"그렇습니다!"

주철범도 지지 않고 시선을 부딪쳤다.

"미국까지 적으로 돌린 다음 초래될 상황을 더 말해야 합니까? 얼마든지 이로운 방도가 있는데도 승조원들을 위험에 빠뜨리는 행위가 반역이 아니면 무엇입니까!"

"닥치지 못해!"

격분한 김태우의 눈에서 새파란 불꽃이 튀었다.

"비겁한 자식!"

김태우의 손이 권총으로 향했다.

함장의 돌발적인 행동에 승조원들이 사색으로 질렸다.

권총을 뽑은 손이 덜덜 떨렸다. 그게 두려움에서 기인하는 경련인지, 총을 드는 것조차 무거워 그런 건지 구분이 되지 않았다. 총구가 주철범의 이마에서 연신 흔들리는 것만으로도 충분히 공포스럽고 충격적인 상황이었다.

지금 사태를 막지 못하면 무슨 일이 벌어질지 알 수 없었다.

그러나 아무도 나설 수 없었다. 저렇게 손이 떨리는 상태라면 얼마든지 우발적으로 격발될 수도 있었다. 건드리는 것 자체가 폭탄이나 다름없었다.

다행인지 불행인지 일촉즉발의 상황은 거기까지였다.

김태우의 팔이 스르르 내려오더니, 총이 바닥으로 떨어졌다. 그리고 김태우가 견디지 못하고 무릎을 꿇었다.

"나, 나는 괜찮아!"

승조원들이 다가오려는 걸 저지하려는 듯 손을 휘저었다.

"지금 즉시 작전을 수행한다. 작전을……."

채 말을 끝맺지 못하고 그대로 머리부터 바닥으로 쓰러졌다.

"함장님!"

박예린이 정신을 잃은 그의 어깨를 흔들었다.

어깨를 뒤집어 몸을 똑바로 누이자 김태우가 가만히 눈을 떴다. 박예린은 못 볼 것을 본 것처럼 흠칫 놀랐다.

그의 흐릿한 동공이 무엇을 보고 있는지 무슨 생각을 하고 있는지 더 이상 알 수 없었다. 간신히 눈을 뜨고 있었지만, 정신은 까무룩 하게 잠들어 가는 것만 같았다.

한동안이나 정적이 흐르는 가운데 최정우가 비통한 표정으로 나섰다.

"여기 있는 승조원들이 똑똑히 목격했듯이 함장님은 더 이상 직책을 수행하기 어려운 상태입니다. 그리고 함장님은 모든 승조원들이 보는 앞에서 '앞으로 직책을 수행하기 어렵게 되면 즉시 부장이 권한을 인수하라'고 공표한 사실이 있습니다."

침통하게 외치고 난 최정우가 박예린에게 시선을 던졌다.

"박 대위! 간호장교로서 현재의 함장님이 정상적으로 직책을 수행할 수 있을 것 같아?"

"그, 그렇지 못……."

박예린의 깨문 입술에서 피가 배어났다.

"그뿐 아니라 '지휘관이 직접 지휘할 수 없는 사유가 발생하면 차위의 장교나 지휘자가 대행할 수 있다'는 조항이 있습니다. 결정에 필수적인 간호장교까지 동의했기 때문에 권한을 인수하는 절차에 문제가 없습니다. 그렇지만 부장님이 직접 시행하기 어려울 것으로 판단되기 때문에 작전관인 제가 대신하는 겁니다. 반대하는 승조원 있습니까?"

최정우의 선언에 누구도 반대하지 않았다.

"승조원들의 안전을 위해서라도 함장님의 무기를 회수해야 하지 않겠습니까?"

"그렇게 할 수밖에 없겠군."

허락하는 주철범의 표정도 무겁고 침중했다.

"필승! 그동안 노고 많으셨습니다!"

떨리는 손으로 김태우에게 경례를 하고 나서 최정우가 권총을 가져갔다.

함장의 권위와 지휘권을 상징하는 권총을 빼앗기는데도 고개를 깊이 숙인 김태우는 조금의 움직임도 없었다.

"리모컨도 주셔야 할 것 같습니다."

김태우가 자신의 말을 듣고 있는지도 모르는 상태였으므로 최정우는 과감하게 그의 손가락을 펼쳐 리모컨을 가져갔다.

"지금부터 부장님에게 함장님의 직책과 권한을 인수하겠습니다."

최정우가 주철범에게 권총과 리모컨을 건네려는 순간 박예린이 나섰다.

"뭐야? 왜 그래!"

박예린이 최정우를 무시하고 말했다.

"함장님의 정신이 정상적이지 않다는 건 누구보다도 제가 잘 알고 있습니다. 그리고 부장님이 권한을 인수해도 될 상황이라는 것 역시 충분히 동의할 수 있습니다!"

"그래서?"

"작전관에게 질문할 것이 있는데 허락해주십시오!"

가만히 생각하던 주철범이 고개를 끄덕여 허락했다. 최정우를 똑바로 바라보며 박예린이 또박또박 질문하기 시작했다.

"우리가 단군호에 갇혀 있을 때 '이렇게 된 이상 운명으로 받아들일 수밖에 없다', '우리는 절대 일본을 이길 수 없다'고 말한 사실이 있지?"

"그게 뭐가 어쨌다는 말이야!"

"사람은 누구나 살고 싶은 법이고 특히 위기에 빠졌을 때는 어떻게든 살기 위해 모든 행동을 다하기 마련이야. 그런데도 운명을 말하면서 삶을 포기하는 태도를 납득하기 어려웠어. 게다가 '일본을 이길 수 없다'는 것이 모든 것을 포기하는 이유였다면 더더욱 이상하지 않아?"

주철범을 위시한 승조원들이 일제히 최정우를 주시했다.

순간적으로 표정이 일그러졌던 최정우가 다시 평정을 되찾았다.

"다시 말하지만 그게 어쨌다는 말인데?"

"우리가 존재까지 부정당하면서 독도함의 승조원이 된 이유는 일본을 이기기 위해서였어! 그런데도 일본을 이길 수 없다고 삶을 포기하는 자체가 납득될 수 있다고 생각해? 더구나 작전관이라는 장교가 어떻게든 난관을 헤쳐 나갈 수 있는 방도를 강구하기는커녕 그런 이유로 모든 것을 포기하는 이유가 어디에 있지?"

박예린이 심문을 하듯 몰아세웠지만 최정우의 표정에는 어떠한 변화의 기미도 없었다.

"상식적으로 생각해도 그때 정신이 온전한 사람은 존재하지 않았을 거다! 그렇지 않아?"

최정우가 차분하게 반격하기 시작했다.

소류급의 매복을 간파하고 목숨을 건 전투가 벌어졌던 다음부터 독도함에 승함한 모든 순간들은 누구도 예상조차 할 수 없었다. 특히 단군호에 갇혔을 때 겪었던 위기는 지금도 소름이 끼칠 정도로 심각하고 위험했었다.

"나 역시 인간이다 보니 두려웠던 나머지 의도하지 않았던 헛소리가 나올 수 있겠지, 그런 걸 가지고 꼬투리를 잡는 이유가 뭔데? 설마 함장님이 정상이라고 생각하는 건 아니겠지?"

"……."

"방금 박 대위도 간호장교로서 직접 동의한 이상 모든 것이 끝났어! 함장님을 생각하는 심정은 충분히 알겠지만 그만하는 것이 좋겠군."

최정우가 다시 권총과 리모컨을 건네려는 순간 김태우의 입이 열렸다.

어느새 조금 정신을 차렸는지, 흐리멍덩하던 눈에 초점이 잡혀 있었다. 중얼거리는 것처럼 낮은 목소리였지만, 못 알아들을 정도는 아니었다.

바닥에 손을 짚고 간신히 몸을 일으켜 의자에 몸을 기대듯 앉았다.

가만히 있는데도 다리가 후들거리고 있었다. 숨을 한참이나 몰아쉰 뒤 조금 더 맑아진 눈으로 모두를 둘러보았다.

"한마디 할 수 있을까?"

"그렇게 하십시오."

김태우가 무슨 생각인지 알 수 없는 눈으로 자신을 응시하자, 주철범이 담담한 목소리로 허락했다.

"그렇지만 시간을 많이 드리지는 못합니다."

"알아. 가급적 빨리 끝내도록 하지."

김태우는 단군호에서 탈출한 것부터 시작했다.

"그렇게 된 이상 완전히 새로운 작전을 구상할 수밖에 없었어."

그가 구상한 작전은 '단번에 적장을 잡는 것'이었다.

적장에 해당하는 로널드 레이건을 잡기 위해서는 필요 이상으로 위력을 과시하면서 철저히 기만하는 작전이 필요했다. 독도함의 위력에 켕긴 7함대는 레이건은 물론 상륙함까지 들려 돌려보내는 조치를 취할 수밖에 없었다.

"이제부터는 어떻게 해야 하지? 레이건을 돌아가게 하고 우리가 여기서 최후의 전투를 치를 거라고 믿게 만든 다음에는 어떻게 해야 전쟁에서 이길 수 있을까?"

김태우가 이후의 작전에 대해 상세히 설명하려는 순간 최정우가 가로막았다.

"제정신이 아닌 상태에서 소중한 어뢰를 낭비하고 승조원들까지 헛되이 죽음으로 몰고 가려고 했던 행위는 모두가 알고 있습니다! 이제 그런 것에 대한 변명은 그만두시는 게 좋겠습니다."

주철범에게 권총과 리모컨을 건네고 나서 최정우가 박예린을 노려보며 말했다.

"이제부터 함장실은 권한을 대행한 주철범 소령님이 사용해야 할 테니까 전임 함장님은 의무실에 모시도록 해!"

쿨럭, 기침을 터트리던 김태우가 박예린에게 부축을 받아 일어섰다. 전투정보실을 나서려는 발걸음이 무거웠다. 문을 나서려다 말고 김태우가 우뚝 멈춰 섰다.

굽은 허리를 들고 돌아서서 혼자 힘으로 버티며 서 있었다.

그는 더 이상 자신의 일이 아닌 것처럼 관망하는 눈길로 주철범과 최정우의 판단을 지켜보았다.

"일단 7함대에 우리의 의사를 밝혀야 할 테니까 통신심도로 부상해야 하지 않겠습니까?"

"아니, 그럴 필요 없어."

주철범이 나지막하게 대답했다.

"지, 지금 뭐라고 하셨습니까?"

최정우가 잘못 듣기라도 한 것처럼 되물었다.

"독도함을 부상시킬 필요가 없다고 했어. 계속 전투에 임해야 할 독도함을 무엇 때문에 부상시켜야 하지?"

"그게 무슨 말씀입니까? 승조원들을 살리기 위해서는 독도함을 부상시키고 미국에 소명해야 한다고 주장하지 않았습니까?"

"함장님의 의도를 몰랐을 때는 그랬었지."

주철범은 김태우의 계획을 알게 된 다음에야 자신이 얼마나 알량한 생각을 품고 있었는지 깨달을 수 있었다.

자신의 목숨을 보전하기 위해 얼마나 막중한 책임을 회피하려 들었는지도. 나를 버려야 산다는 의미가 비로소 생생하게 느껴지는 순간이었다.

나를 온전히 버려야 가장 성공 가능성을 높일 수 있는 계획을 짤 수 있는 것이다.

함장 김태우는 그걸 해냈던 것이다. 오롯이 자신을 버려서야 만들 수 있던 계획을.

"함장님은 제정신이 아닙니다! 방금 똑똑히 목격하지 않았습니까?"

최정우가 흥분한 나머지 다시 언성을 높여 다그쳤다.

"비록 명령이 부당하다고 해도 따르는 것이 군인의 본분이야. 특히 지금처럼 조국의 운명이 풍전등화인 상황에서 전쟁에서 이길 수 있는 가능성이 조금이라도 있다면 목숨을 바치는 한이 있더라도 명령을 수행해야 마땅해!"

"그렇다면 왜 7함대와 교전하면 절대 안 된다고 주장했습니까? 미국을 적으로 돌리면 안 된다고……."

"길게 말하지 않겠어, 나는 부함장의 직책을 수행할 테니 최 대위도 작전관의 위치로 돌아가!"

"부함장님도 승조원들을 모두 죽일 작정입니까? 지금 당장 독도함을 통신심도로 부상시켜야 합니다!"

"우리는 죽더라도 임무를 완수해야 할 군인이야!"

고함을 치듯 외친 주철범이 통신장을 불렀다.

"통신장은 여기서의 대화가 모든 승조원들에게 들릴 수 있도록 조치해!"

"알겠습니다!"

독도함 내부가 바늘 떨어지는 소리도 들릴 정도로 적막해졌다.

"작전관의 주장대로 우리에게 부여된 임무를 저버리면 포로가 될지언정 살아남을 개연성이 높다. 반면 함장님의 작전에 따르면 임무의 성공 여부와 상관없이 돌아가지 못할 개연성이 100%에 달한다. 나는 죽는 한이 있더라도 함장님을 따르겠지만 그렇지 않은 승조원들까지 억지로 죽음에 동참시킬 생각은 없어. 그런 만큼 모든 승조원들은 자유롭게 판단하기 바란다!"

"함장님이 제정신이 아니라는 것은 분명히 입증된 상태다! 게다가 독도시스템에 언제 이상이 발생할지 모른다. 함장님의 명령을 따르면 어떻게 해도 살아남지 못하게 되어 있는 이상 모든 승조원은 객관적으로 판단해라!"

최정우도 설득력 있게 외쳤다.

"간호장교 대위 박예린은 함장님을 따르겠습니다!"

가장 먼저 박예린이 외쳤다.

"닥쳐! 목숨만큼 중요한 건 없어."

최정우가 다시 외쳤지만 승조원들이 따르지 않았다.

모든 승조원이 김태우를 따를 것을 맹세하며 자신의 의사를 분명히 밝혔다. 더 이상 주저하지도 않고 겁내지도 않는, 자신의 목숨을 던진 선택이라는 게 확연하게 느껴지는 분위기였다. 그만큼 열기가 팽팽하게 차올랐다.

이런 분위기를 눈으로 훑고 나서 주철범의 시선이 최정우를 향했다.

"최정우 대위를 작전관에서 해임하겠다. 당장 수갑 채우고 엄중하게 감시해!"

궁지에 몰렸는데도 최정우는 조금도 위축되지 않았다. 오히려 강렬한 시선으로 주철범을 노려보았다.

"이제라도 늦지 않았습니다! 이미 함장님의 권한을 인수한 만큼 독도함을 부상시키면 모든 승조원을 살릴 수 있으니까 다시 한번 신중하게 생각해보십시오!"

간곡한 호소를 무시하고 주철범이 김태우에게 권총과 리모컨을 돌려주려 했다.

“그 자식은 단순히 제정신이 아닌 정도가 아냐! 두뇌에 종양이 발생하는 바람에 올바른 판단이 불가능한 상태라고!”

발작적인 최정우의 외침에 모두의 시선이 집중되었다.

“지금 뭐라고 했지?”

주철범이 권총으로 최정우를 겨누었다.

“네놈들이 따르는 함장이 뇌종양 환자라고 했다! 게다가 극도의 스트레스 때문에 완전히 미쳐버릴 놈에게 다시 함장을 맡긴 다음 떼죽음을 당하려는 네놈들도 제정신이 아니기는 마찬가지야. 망할, 이러다가는 나까지 미쳐버릴 것 같다!”

이번에는 모든 시선이 김태우에게 향했다.

그의 표정은 모든 것을 받아들이기라도 할 것처럼 담담해 보였다.

“내가 뇌종양이라는 사실은 굳이 부인하지 않겠다, 그런데…… 어떻게 알게 되었지?”

“그게 뭐가 중요해? 어차피 전부 다 죽을 텐데!”

광기에 사로잡힌 듯한 최정우를 바라보며 김태우가 나직하게 한숨을 쉬었다.

“박정도가 옳았어. 다만 사람을 착각했을 뿐이었군.”

“기왕 이렇게 되었으니 전부 말해줄까?”

그가 꺼낸 말은 믿기지 않을 만큼 충격적이었다.

모든 걸 포기한 상태가 아니라면 도저히 실토할 수 없는 내용이었다.

단군호를 공격했던 조직과 같은 소속인 최정우의 임무는 독도함이 출격한 다음 내부에서 교란하여 독도함의 가능을 마비시킨 다음 일본에 넘기는 것이었다.

반신반의한 상태로 모두의 눈길이 최정우에게 쏠렸다.

"왜 그렇게 하지 않았지?"

김태우가 의아한 표정으로 말했다.

최정우가 임무를 완수했다면 일본 함대가 온전히 무사했을 뿐 아니라 지금쯤 전쟁이 끝났을 개연성이 높았다.

"그 자식들이 나까지 죽이려 들었기 때문이야! 독도함에 내가 있다는 걸 알고 있으면서 단군호를 공격하면 안 되는 것 아냐?"

최정우의 눈빛이 분노로 이글거렸다.

그때 폭파지점이 약간만 근접했어도 독도함까지 당할 뻔했기 때문에 최정우가 가졌을 배신감은 충분히 납득할 수 있었다.

"그렇게 된 이상 계속 충성할 이유가 없었어. 독도함의 위력을 충분히 보인 다음 미국에 넘기면 돈방석에 앉을 수 있겠다고 계산하고 있는데, 예상 외로 부장이 잘하더라고."

최정우가 바라보자 주철범의 표정이 씁쓸해졌다.

"이럴 줄 알았으면 권총을 꺼냈을 때 네놈을 사살하고 내가 함장이 될 걸 그랬어. 그랬으면 여기 승조원들 내가 다 살릴 수 있었다고! 내 덕분에 살았다고 기뻐했을 거라고."

노골적인 욕망을 드러내던 최정우가 고개를 돌려 은근한 시선으로 주철범을 보았다.

"이제라도 마음을 바꾸는 게 어때? 독도함과 승조원들을 넘긴 다음 돈을 나눠서 다른 나라로 뜨는 거야. 그러면 평생……."

타앙!

총성이 좁은 내부를 요란하게 울렸고, 최정우가 그 자리에서 피를 뿜으며 쓰러졌다.

더러운 것을 대하는 시선으로 최정우를 바라보던 주철범이 문밖의 김태우에게 다가갔다. 그리고 권총과 리모컨을 내밀었다.

김태우가 씁쓸하게 웃으며 고개를 저었다.

"어차피 나는 함장에 적합하지 않아. 그리고 절차까지 정상적으로 진행되었기 때문에 주 소령이 함장을 대리하는 데는 전혀 문제가 없어."

"함장님!"

"이 시간 부로 모든 것을 부장이 책임질 것을 정식으로 명령한다!"

무거운 짐을 내려놓은 표정으로 김태우가 주철범을 지그시 바라보았다.

주철범도 마주 응시하며 생각을 가다듬었다.

잠시 뒤 그는 이를 악물었다. 그리고 경례를 붙였다.

"필승! 신고합니다. 부장 소령 주철범은 지금 이 시간 부로 함장의 직책을 수행하라는 명을 받았습니다. 이에 신고합니다, 필승!"

신고를 받은 다음에야 김태우가 돌아섰다.

함장실로 향하는 그의 어깨가 격하게 떨렸다. 다시 멈춰 서서 등을 돌린 채 천천히 말을 남겼다.

"결단을 내려준 승조원들에게 진심으로 감사한다!"

김태우가 함장실로 향한 다음 그를 대리하는 주철범의 첫 번째 외침이 터졌다.

"앞으로 우리는 더 이상 서로를 불신하지 않을 것이며, 죽음을 두려워하지 않을 것이며, 조국에 승리를 바치기 위해 독도함을 이끌고 마지막까지 싸울 것이다!"

다시 단단하게 뭉친 승조원들이 숙연하게 경청했다.

잠시 후 독도함이 통신심도로 부상하기 시작했다. 조국에 처음이자 마지막으로 보내는 각오가 광속으로 뿜어졌다.

마지막 전투

202X년 6월 3일 오전 6시 11분경, 쓰시마 남단

마침내 7함대와 일본 함대가 합류했다.

로널드 레이건과 아메리카를 비롯한 강습상륙함들과 타이콘데로가급 알레이버크급 각각 한 척, 공격원잠 샤이엔이 포함되지 않았지만 전혀 지장이 없었다. 오히려 레이건과 상륙함들이 공격당할 우려가 사라진 데다, 일본 함대가 합세하여 전력이 배가되었다.

독도함을 단숨에 씹어 삼킬 것 같은 기세로 달려온 7함대가 즉시 행동에 나서지 않는 것은 중국 때문이었다. 북한까지 전시체제에 돌입한 상황에서 세계가 중국의 움직임을 주목하고 있었다.

그러나 중국은 적극적으로 대응하지 않았다.

'해로의 자유작전'을 발표한 7함대가 대만해협을 통과할 때 J-20 편대와 잠수함을 잃은 다음부터 중국은 침묵으로 일관했다.

그뿐 아니라 중국은 북한을 외면하기까지 했다.

북한이 미국과 마찰할 때마다 북한과의 국경으로 병력을 집결시키던 중국이 전혀 움직이지 않았다. 심지어 기존에 파견되었던 부대를 철수하기까지 했다. 누가 보아도 한국 다음 목표가 북한인 상황에서 중국의 행동은 실망을 한참이나 넘어선 형태였다.

그럼에도 7함대가 행동에 나서지 않는 것은 혹시라도 모를 상황에 대비하는 것과 함께, 일본 해군과의 조율이 있었기 때문이다.

아직도 독도함의 공포와 충격에서 벗어나지 못하고 있는 일본 해군을 비교적 안전한 위치에 배치하는 등의 조율이 끝나는 즉시 움직일 것이 분명했다.

그러나 일본 해군은 여전히 역대 최강이었다.

2척의 항공모함을 포함하는 완전한 규모의 2개 함대는 한국 해군을 전멸시켰던 함대에 조금도 뒤떨어지지 않았다.

더구나 일본은 독도함에게 호되게 당하고 퇴각했던 함선들까지 다시 편성해서 내보냈다.

34척에 달하는 최강의 함대가 공격 명령이 떨어지기를 기다리고 있었던 것이다. 한국의 운명이 달린 전투에 그놈이 나타나지 않을 리 만무했다.

일본 해군은 물론 공군들까지 7함대가 작전에 성공하기를 애타게 기다렸다.

유령이 무색할 정도로 신출귀몰하던 잠수함이 격침당하는 순간이 바로 한국의 숨통이 끊기는 순간이 될 것이었다.

한국 해군이 최후의 결의를 다졌다.

마지막 남은 이지스 세종대왕함과 늙어버린 이순신함을 중심으로 뭉친 초계함과 호위함을 전부 합쳐도 12척에 지나지 않았다.

유일한 이지스 세종대왕함이 취역한 게 2007년이었고, 이지스 아래 단계인 이순신함이 취역한 시기는 2003년이었다. 함대의 전체적인 규모와 전력이 일본 해군에 비교할 수 없이 열세한 데다 초계기도 마찬가지였다.

한국 해군이 유일하게 앞서는 전력은 고속정과 고속함들이었다.

익숙한 이름의 참수리급 고속정과 비룡 유도로켓으로 무장한 신예 검독수리급은 물론, 대함미사일까지 갖춘 윤영하급 고속함들까지 전부 나섰다.

70척이 넘는 고속정 가운데 유도로켓이나 대함미사일을 갖추지 못한 참수리급까지 해전에 나설 필요는 없었다.

2선에서 지원할 것을 권유받았지만 그들은 한사코 함께 출격하기를 원했다. 그렇게 편성된 최후의 함대가 죽을 장소를 향해 전진했다.

공군도 출격에 나섰다. 지난 공중전에서 대패하는 바람에 40%가량이나 손실을 당한 공군은 그야말로 이를 악물고 나섰다.

잔존한 F-35A와 F-15K, KF-16들은 물론 F-4E 팬텀도 출격했다. 2024년에 퇴역했다 서둘러 복귀한 F-4E를 포함해 공군을 마지막으로 지휘할 E-737 피스아이와 그들의 배를 마지막으로 채워줄 급유기들까지 출격하기 시작했다.

육군도 가만있지 않았다.

은폐된 미사일들과 해안에 배치된 K-9자주포들까지 명령을 기다렸으며, 죽음을 각오한 특수부대들이 묵묵히 무기를 쓰다듬었다. 그들과 함께 밤을 새운 촛불들이 애타게 기원하는 가운데 한반도는 물론 아시아의 운명이 걸린 전투가 시시각각 좁혀들었다.

"계속 예상대로 움직이는군. 아무튼 고마운 일이야."

사령관이 싱거운 스프를 마시는 것처럼 덤덤하게 말했다.

정체불명의 잠수함이 보낸 교신을 포착했을 때 기함 블루리지를 비롯한 7함대 전체가 발칵 뒤집혔다. 전파가 포착된 지점은 오야시오들이 박살난 근처, 그 지점에서 활보할 수 있는 잠수함은 오직 하나밖에 없었다.

"그런데 여론이 좋지 않습니다."

부관이 조심스럽게 말했다.

"무슨 여론?"

"레이건을 돌려보낸 것에 대한 여론이 부정적으로 형성되는 것 같습니다."

7함대를 상징하는 로널드 레이건을 비롯한 상륙함들을 귀환하도록 한 조치에 대해서 언론의 반응은 긍정적이지 않았다.

특히 중국을 완전히 무릎 꿇리려는 지금의 시점에서 잠수함 하나 때문에 레이건을 돌려보내는 사령관이 비겁하다는 논조까지 등장하고 있었다.

"만일 레이건이 다치기라도 하면 책임은 누가 지지?"

"그, 그것은……."

"중요한 건 우리가 피해를 당하지 않으면서 그놈을 잡는 것이니까 여론 따위에 무작정 휘둘릴 필요는 없어."

사령관에게 무사히 백악관에 입성하는 것이 가장 중요한 만큼 언론의 우려는 다음의 일이었다.

"그리고 나는 유능한 참모가 충심으로 제안한 작전을 쉽게 번복하는 꽁생원이 아니야."

사령관이 흘긋 정보참모를 바라보았다.

그것으로 언론에 대한 발언은 더 이상 나오지 않을 것이었다.

오전 8시 6분경, 독도함

"1번 발사관 SUT 이상 없음."

"4번 발사관 KHS-100 이상 없음."

"6번 발사관 SUT 이상 없음."

세 발밖에 남지 않은 어뢰를 확인하는 동안 주철범의 표정이 동상처럼 굳어졌다.

반드시 잠수함을 지휘하고 싶었고 그럴 날이 오리라는 걸 의심하지 않았지만, 막상 지휘권을 갖게 되자 숨이 막힐 것 같았다.

게다가 김태우를 대리하여 지휘하는 첫 전투가 마지막 전투라니, 길지 않았던 생애의 운명이 너무나 가혹하게만 여겨졌다.

연료를 주입하는 것처럼 식사를 삼킨 다음 김태우가 세운 작전을 다시 검토하면서 주철범은 한숨을 쉬었다가 눈을 비볐다가 하는 행동을 수없이 반복했다.

그러다 깜빡 졸기 일쑤였는데, 고개가 푹 꺾여 화들짝 깨어났을 때는 약한 모습을 보였을까 봐 괜스레 두리번거려야 했다.

자신은 물론, 부장과 작전장교를 물려받은 후임 장교를 비롯한 모든 승조원들이 거의 수면을 취하지 못했다. 마지막이라는 것에 연연하지 않으려 해도 도무지 그렇게 되지 않는 그들에게 시간은 너무 빨리 흘러가고 있었다.

오전 10시 23분경, 부산해협

한국과 일본의 해군이 대치하는 가운데 마침내 7함대가 나섰다.

모든 함선에서 액티브소나를 비롯한 탐지장비의 출력을 최대로 뿜어내자 바다가 끓어올랐다. P-8포세이돈 초계기와 대잠헬기는 물론, 핵잠수함들까지 포함된 작전은 절대 실패하지 않을 것 같았다. 아무리 유령 같은 놈이라도 7함대가 전력을 다해 추적하면 흐릿하게나마 캐치될 것이 분명했다. 어떻게든 포착되면 끝장이었다.

사령관의 표정에 섬뜩한 날이 서기 시작했다.

잠수함 하나를 잡기 위해 7함대 전체와 일본 해군의 거의 전부가 투입된다는 것이 우습기도 했지만, 그럴 가치가 충분했다. 이놈의 한국 잠수함은 일본을 앞세워 중국을 제압하려는 미국의 의도는 물론, 세계를 새롭게 재편하려는 궁극의 목적까지 가로막을 만큼 위험한 장애물이었다. 무슨 수를 써서라도 제거해야 마땅했다.

그놈을 잡게 되면 미국의 의도와 목적을 원래 계획대로 관철시킬 수 있게 된다.

그것은 다시 사령관이 원하는 목표를 사정거리에 잡을 수 있다는 것을 의미했다. 그런 만큼 이번 작전은 반드시 성공시켜야만 했다.

문제는 놈이 아직도 어뢰를 가지고 있을 것이라는 점이었다.

특히 피할 사이조차 없이 격돌하는 초공동어뢰는 담대하기로도 적수가 없는 사령관마저 소름이 끼칠 정도였다. 이판사판으로 몰린 놈이 상대를 가리지 않을 게 분명한 만큼, 사령관이 지휘하는 블루리지도 안전을 보장할 수 없었다. 그러나 원하는 것을 얻기 위해서는 반드시 직접 지휘해야 했다.

같은 시간, 일본 요코스카

환호와 함성이 포화처럼 쏟아졌다.

격렬한 환영을 받으며 들어오는 레이건은 개선하는 제왕 같았다.

레이건은 찬사 받을 자격이 충분했다. 레이건에서 출격한 F-35A들이 중국이 자랑하던 J-20을 박살낸 것을 모르는 사람이 없었다.

그뿐 아니라 대만해협을 통과한 다음 일부러 바짝 접근했을 때 중국이 몸을 잔뜩 웅크리고 침묵했다는 자체가 승리와 다름없었다. 중국이 받아들일 수 없는 조건을 들이민 다음 벌어질 앞으로의 전쟁이 어떻게 전개될지 빤하게 보였다.

주제 모르고 날뛰던 중국의 콧대를 꺾고 돌아오는 항모 레이건을 향해 일본 전체가 경배했다. 일본을 공포에 몰아넣었던 잠수함도 7함대가 처치해줄 테니 더 이상 걱정할 것이 없었다.

승조원들도 한껏 들떴다. 두둑한 수당과 그동안의 피로를 해소할 쾌락을 지급받게 될 그들은 어서 지상으로 내리기를 원했다. 일단 갑판에 도열한 다음 자신들을 향해 쏟아지는 환호에 답하는 애피타이저부터 즐겨야 했다.

“호위를 하는 건지 시위를 하는 건지…….”

투덜거리는 음탐관들의 표정도 상기되었다.

그들을 호위했던 핵잠수함 샤이엔은 아예 자신을 대놓고 드러내었다. 원자로를 냉각하는 펌프의 소음이 맹수가 으르렁거리는 것만 같았다. 적지 않게 시끄러웠지만 샤이엔도 수당과 쾌락을 지급받을 자격이 충분하기는 마찬가지였다.

"어디로 갈 계획이야?"

"나는 거래처가 있으니까 계획은 너나 세우라고!"

"돈 좀 빌려주면 좋겠는데?"

"저번에 빌린 거나 갚아!"

시시덕거리던 음탐관들의 표정이 동시에 굳어졌다.

"이게 무슨 소리지?"

헤드폰을 통해 급격히 다가드는 소음은 어뢰가 분명했다.

어뢰가 맞다는 걸 인정하면서도 의심할 수밖에 없는 건 지금 이 상황이 레이건에서 벌어지고 있기 때문이었다.

모니터에 상황이 뜨는 동시에 비상을 알리는 경보가 울부짖었다.

감히 레이건을 공격하고 있다는 것 자체가 믿기 어려웠지만, 그게 전부가 아니었다. 주먹을 뻗으면 닿을 정도로 가까운 거리에서 어뢰를 발사한 잠수함은 일말의 흔적조차 없었다.

그, 그놈이다!

콰앙!

경악이 그치기도 전에 스크루가 있는 부분에서 물기둥이 치솟았다.

처음에는 어뢰를 탐지한 부서를 제외한 대부분의 승조원이 전혀 눈치를 채지 못했다.

그러나 함장부터 이등병까지 급속냉동 당한 참치처럼 얼어붙기에는 긴 시간이 필요하지 않았다.

"발사 준비완료!"

두 번째 어뢰를 조준하는 독도함 좌현의 코팅이 승용차 크기로 떨어져 나갔다.

"유, 유령이 나타났습니다!"

"그놈이 레이건을 공격했습니다!"

샤이엔도 기절할 듯 놀랐다. 코팅이 떨어져 나간 부분에서 반사된 액티브소나는 형편없이 적었지만 AN/BQQ-10소나와 연동된 전투시스템은 이미 어뢰를 조준하고 있었다.

"뭐 하고 있나, 빨리 발사하지 않고!"

"함장님, 지금 거리에서는 우리도 위험할 수 있습니다!"

창백하다 못해 시퍼렇게 질린 샤이엔의 부함장이 악을 쓰듯 외쳤다.

"시끄러! 당장 발사해!"

"안 됩니다! 놈은 초공동어뢰까지 가지고 있습니다!"

"레이건을 호위하는 데 실패했을 때부터 우리는 살아있는 목숨이 아냐. 그리고 지금 저놈을 잡지 못하면 언제 잡을 수 있을지 장담할 수 없어!"

마침내 샤이엔의 533mm 발사관 4문에서 최신형 MK48-Mod9 어뢰가 으르렁거리며 뛰쳐나갔다. 미세한 자취를 드러낸 유령 같은 적을 향해 어뢰가 달려들기 시작했다. 상황을 지켜보는 승조원들의 얼굴이 터질 것처럼 붉어졌다.

"디코이 사출하고 SUT 발사해!"

주철범도 피를 토하는 것처럼 외쳤다.

마지막까지 남겨둔 두 발의 TAU 2000이 사출되는 동시에 독도함의 어뢰가 발사관을 박찼다.

"급속잠항!"

샤이엔이 어뢰를 따돌리기 위해 디코이를 사출하면서 전투기가 급강하하는 것처럼 잠항했다. 동시에 샤이엔이 발사한 어뢰들이 급격히 접근하자 독도함의 승조원들이 흔들리기 시작했다.

"이번에도 이길 수 있어. 자신과 서로를 믿고 임무에 충실해!"

김태우가 단호하게 외쳤다.

위기를 직감하고 달려온 그의 질책에 정신을 수습한 승조원들이 이를 악물고 임무에 집중했다. 다들 상기된 표정들에는 김태우의 존재가 든든한 위안이 되고 있었다. 반송장이나 다름없었지만 김태우가 지휘하는 독도함은 전혀 달라졌다.

"어뢰가 우리를 탐지하기 어렵도록 하고 최대한 가속해!"

독도함이 스텔스가 훼손된 좌현측을 어뢰 반대방향이 되도록 몸을 튼 다음 최대출력을 뿜었다. 동시에 샤이엔이 발사한 어뢰들이 주춤하면서 흔들리기 시작했다. 잠시 후 두 발이 엉뚱한 방향으로 질주하는 가운데 나머지 두 발도 디코이를 향해 돌진했다.

그러나 독도함에서 발사된 SUT는 그렇지 않았다.

샤이엔이 사출한 기만체들에게 눈길도 주지 않은 SUT가 물어뜯을 것처럼 달려들었다.

"이러다가 당하겠습니다!"

샤이엔의 부함장이 절망적으로 외쳤다.

함장의 잘못된 판단 때문에 7천 톤에 달하는 최신예 로스앤젤레스급 공격핵잠수함과 130명의 승조원들이 요코스카의 해저를 무덤으로 삼을 판이었다.

"조심해, 핵잠수함을 격침시켜서는 안 된다!"

쾅! 콰앙!

이쪽에서 발사한 SUT가 자폭하는 동시에 디코이를 따라갔던 어뢰가 폭발했다.

SUT가 자폭한 덕택에 샤이엔은 간발의 차이로 살아남을 수 있었다. 그러나 목표를 거의 따라잡은 상태에서 폭발한 SUT의 위력은 샤이엔을 불구로 만들기에 충분했다.

익사한 시체처럼 부력에 의지하여 떠오르는 샤이엔의 승조원들은 눈물콧물은 물론 오줌까지 지리면서 울먹였다.

그들뿐만 아니라 레이건을 호위했던 타이콘데로가급과 알레이버크급은 아직까지도 정신을 차리지 못했다. 그들은 물론 요코스카에 남아 있던 일본 해군들까지도 넋이 나간 나머지 망연자실한 채 레이건을 바라만 볼 뿐이었다.

"마무리는 박 대위에게 맡기고 싶은데 어떻게 생각하나?"

"그, 그렇게 하겠습니다."

주철범을 비롯한 승조원들은 아직도 꿈을 꾸는 것만 같았다.

독도함이 통신심도로 부상하는 가운데 죽었다 살아난 것처럼 창백한 표정의 통신장이 마이크를 건넸다.

김태우가 마이크를 잡은 박예린의 어깨를 힘 있게 두드렸다.

"영어도 잘할 수 있지? 놈들이 한 번에 알아들을 수 있어야 하니까."

당장 쓰러져도 이상하지 않을 정도로 쇠약해진 김태우가 웃으며 당부했다. 그를 아프게 바라보던 박예린이 마이크가 으스러질 정도로 움켜잡았다.

"지금부터 우리를 향해 돌멩이 하나라도 던졌다가는 이렇게 될 것이다!"

독도함이 마지막 어뢰를 발사했다.

레이건의 함수를 아슬아슬하게 스친 KHS-100 초공동어뢰가 요코스카의 항만을 강타했다. 그때까지도 넋을 잃고 있던 일본 군중들이 비명을 지르며 도주하기 시작했다.

"우리에게는 아직도 어뢰가 남아 있다! 방금 경고했듯 조금이라도 적대적인 행위가 저질러지는 즉시 지옥을 맛보게 될 것이다! 더 이상의 경고는 없다!"

매서운 경고를 마친 박예린도 다리가 후들거렸다.

"이번에도 수고들 많았어."

담담하게 치하한 김태우가 함장실을 향해 돌아섰다.

그제야 승조원들이 눈물까지 쏟으며 환호했다.

목숨을 건 싸움에서 다시 한번 승리를 거둔 기쁨을 뒤로하고 함장실로 향하는 김태우는 쓰러지지 않기 위해 안간힘을 썼다.

마지막 전투를 마친 독도함의 코팅이 허물처럼 떨어져 나갔다.

테스트를 마치자마자 바로 실전에 투입된 데다, 그동안 겪었던 혹독한 상황과 전투들을 감안하면 이때까지 상태가 유지된 것 자체가 기적에 가까웠다.

어뢰도 없고 스텔스도 아닌 독도함이 평온한 휴식에 들어갔다.

레밍들의 나라

같은 시간, 부산해협

로널드 레이건이 포로 신세로 전락하는 영상을 바라보고 있던 사령관과 참모들은 입이 없어진 것처럼 침묵했다. 그뿐 아니라 하마터면 샤이엔까지 격침당할 뻔했다는 사실은 꿈속에서 또 꿈을 꾸는 것처럼 현실감이 없었다.

특히 레이건을 귀환시킬 것을 건의한 정보참모의 표정은 살아있는 것 같지 않았다.

"정말…… 대단한 놈이군!"

사령관이 침묵을 깨고 너털웃음을 터뜨렸다.

김태우 함장은 자신이 지휘하는 잠수함 이상으로 신출귀몰한 작전을 구사했다.

잠수함과 공기부양정을 가리지 않고 격침시키면서 부산해협에서 최후의 결전을 벌일 것으로 확신하게 만들어놨지만, 정작 그가 노렸던 것은 바로 로널드 레이건이었다.

레이건을 비롯한 상륙함들까지 참가하는 것을 부담스럽게 여긴 사령관이 정보참모를 이용하려 했을 때 이미 김태우의 작전에 걸려든 것이나 마찬가지였다.

자신의 작전대로 레이건이 돌아간다는 것을 파악한 김태우가 쾌재를 부르며 전속력으로 요코스카를 향해 달리라는 명령을 내리는 광경이 눈에 선했다.

게다가 레이건은 단순한 포로가 아니었다.

내부에 장착되어 거대한 출력을 뿜어내는 가압수형 원자로 2기에 연료로 투입한 우라늄 U235의 농축도가 95% 이상이었다. 상업 용도의 원자력 발전소에서 사용되는 농축도가 10% 미만이라는 것에 대입하면 레이건은 움직이는 핵폭탄이라고 해도 과언이 아니었다.

지금의 레이건은 안전핀 뽑힌 수류탄과 다르지 않은 상태였다.

만일 다시 공격을 당해 방사능이 누출되는 날에는 사령관을 비롯한 고위급들이 사표를 제출하는 것으로 끝나지 않을 것이 분명했다. 백악관마저 사색이 되어 주시하는 것은 물론 세계의 이목이 요코스카로 집중되었다.

오후 4시 28분경, 도쿄

“요코스카에 잠입한 정체불명의 잠수함이 발사한 어뢰에 항공모함 로널드 레이건이 피격되어 원자로에서 방사능이 유출되었다는 소문은 사실무근입니다. 시민들께서는 안심하시고…….”

안간힘을 다하는 정부의 발표대로 레이건에서는 아무런 이상이 없었다.

그러나 정부의 발표를 곧이곧대로 믿는 사람들은 없었다.

그뿐 아니라 침묵하는 독도함에서 뿜어지는 공포가 급격히 두터워졌다.

언제 어뢰를 발사하여 원자로를 손상시킬지 모른다는 공포가 걷잡을 수 없이 확산되고 있었다.

게다가 그게 전부가 아니었다. 저런 잠수함들이 곳곳에 잠입하고 있다는 등등의 소문이 꼬리를 물었다.

모든 도로가 주차장으로 전락했다.

곳곳에서 욕설이 난무하고 살벌한 몸싸움이 벌어졌다. 타인을 배려하고 질서와 공중도덕을 강박적으로 준수하던 일본인은 존재하지 않았다.

오직 탈출할 생각밖에 없는 시민들 사이에서 벌어진 몸싸움이 유혈극으로 번졌다.

탈출에 방해가 되는 것은 누구라도 떠밀고 짓밟았다. 죽어가는 사람들의 비명과 부모를 잃은 어린아이들의 울부짖음이 거리에 그득했다.

지하철마저 정지했다.

차량을 포기하고 지하철을 이용하여 더 안쪽의 내륙으로 탈출하려는 사람들이 성난 파도처럼 밀려들었다.

인파에 떠밀려 쓰러지는 순간 밟혀죽었다.

지하철이 정지했다는 것을 인식해도 뒤에서 떠미는 바람에 나갈 수 없었다. 밖으로 나가려는 사람들과 들어가려는 사람들이 뒤엉키면서 짓밟혀 죽는 참상이 속출했다.

권총의 발사음이 날카롭게 울려 퍼졌다.

탈출하면서 거추장스러운 시민들을 사살하기까지 하는 야쿠자들과 경찰들이 정면으로 충돌했다. 수효와 무장이 앞서는 경찰에 의해 야쿠자들이 제압당했지만, 중심가에서 벌어진 총격전에 의해 혼란이 엄청나게 증폭되었다.

설상가상으로 야스쿠니에서까지 총성이 터졌다.

공포에 감염되고 이성을 상실한 시민들이 야스쿠니신사를 향해 달렸다. 믿어 왔던 신사의 영험과 호국영령으로 포장된 전범들이 자신들을 지켜줄 것으로 확신한 그들이 야스쿠니를 향해 돌진했다.

신사를 지키는 경찰과 보안요원들이 안간힘을 썼다.

그러나 집단자살에 나선 레밍들의 무리처럼 맹목적으로 달려드는 시민들을 막을 수 없었다. 어쩔 수 없이 발사한 권총과 기관단총의 소음이 잦아든 다음 신사의 내부에서 불길이 치솟았다.

총리공관의 옥상에서 헬기가 이륙했다.

총리뿐 아니라 국무총리에 해당하는 관방장관과 방위상(국방부장관)을 비롯한 고위급들까지 헬기를 타고 도쿄를 벗어나기 시작했다. 헬기에서 야스쿠니가 불타는 광경을 내려다보는 총리의 표정이 처참하게 일그러졌다.

헬기들을 목격한 시민들이 아우성치며 소리 질렀다.

그들은 자신들을 버리고 탈출하는 헬기를 향해 휴대폰까지 집어던지며 분노했다.

잠시 후 격분한 시민들의 물결이 총리공관을 비롯한 정부기관으로 향했다. 경찰서가 불타고 은행이 약탈당하면서 총성과 비명이 곳곳에서 난무하기 시작했다.

"여기도 위험하지 않겠습니까?"

육군막료장이 다급하게 말했다.

통합막료감부가 입주한 이치카야의 주둔지도 혼란에 휩싸인 상태였다.

통합막료장이 대답하려는 순간 자동소총의 연사음이 빗발쳤다.

차단된 정문을 향해 막무가내로 들어오려는 사람들을 향해 발포하는 영상을 바라보는 막료장들이 창백하게 질렸다.

다시 총성이 빗발치는 순간 통합막료장이 뛰쳐나갔다.

덜덜 떨면서 엘리베이터에 오른 다음 마지막 층에서 내린 그들이 서둘러 옥상으로 뛰어 올라갔다.

잠시 후 헬기가 옥상을 향해 다가왔다.

조종사는 베테랑이었지만 극도로 당황한 상태였다. 도쿄 곳곳에서 벌어지는 참상을 직접 목격했다. 가족이 요코스카에 살고 있는 조종사는 평소의 기량을 발휘하기 어려웠다.

더구나 바람까지 심하게 불었다.

강풍이 부는 상태에서 비좁은 옥상에 정확히 착륙하는 것은 베테랑에게도 쉽지 않았다. 이런 상황에 대비한 훈련을 하지 않았던 것도 착륙을 곤란하게 만들었다.

"왜 꾸물거리는 거야? 당장 내려오지 못해!"

그런 상황에서 빨리 착륙하라는 명령이 빗발쳤다.

헬기가 간신히 착륙하는 순간 시민들이 옥상으로 들이닥쳤다. 좀비 무리처럼 피투성이가 된 시민들 가운데 몇몇은 경비병들에게 탈취한 자동소총까지 가지고 있었다.

막료장들이 탑승하는 순간 시민들이 자동소총을 발사하면서 달려들었다. 부기장이 권총으로 응사하면서 아수라장이 벌어지는 가운데 시민들이 꼬리를 물고 달라붙었다.

"뭐하고 있어! 어서 이륙하지 않고!"

황급히 이륙한 헬기는 중심을 잡지 못했다.

자동소총에 수십 발이나 타격당한 데다 외부에 달라붙은 시민들 때문에 비틀거리던 헬기가 강한 측풍에 떠밀렸다.

균형을 잃은 헬기가 휘청거리며 회전하다가 옥상에 처박혔다.

동력을 잃지 않은 회전날개가 콘크리트 바닥과 불꽃을 일으키며 마찰하다가 떨어져 나갔다. 미친 것처럼 날뛰는 회전날개에 말려든 시민들이 처참하게 찢겼다.

잠시 후 새어나온 연료에 불이 붙은 동체가 폭발했다.

"통합막료감부가 공격당했다!"

"한국에서 발사한 미사일이 통합막료감부를 강타했다! 막료장들을 비롯한 전부가 몰살당했다!"

새로운 소문이 터졌다.

이전까지 발생한 혼란과는 비교조차 되지 않는 혼란과 공포가 지진파처럼 전국으로 퍼져 나갔다.

같은 시간, 부산해협

"혼란을 수습하기 위해서는 우리가 돌아가야 합니다."

정보참모가 사색이 된 얼굴로 말했다.

백악관으로 입성한 사령관에 의해 빛나는 미래를 선사받기는커녕, 무료급식을 기다리는 대열에 합류해야 할 그의 모습은 참담하다는 것으로 다 표현하기가 어려웠다.

"이러다가 도쿄가 무너지면 어떻게 되겠습니까? 상황을 수습하고 일본을 안정시키기 위해서는 지금이라도 빨리 돌아가는 수밖에 없습니다."

사령관도 모르지 않았지만 전혀 내키지 않았다.

잘못된 판단으로 인해 7함대를 웃음거리로 전락시키고 미국의 대전략까지 망쳐버린 그는 요코스카로 돌아갈 면목이 없었다.

되지도 않을 야심에 사로잡힌 나머지 모든 것을 잃어버렸다는 절망감으로 사령관은 차라리 여기서 목숨을 끊고 싶었다.

"이거 어떻게 책임질 거야!"

작전참모가 정보참모에게 삿대질을 했다.

"당신이 그 따위 건의를 하는 바람에……."

"그만해."

사령관이 손을 저었다.

"경위야 어쨌든 결과에 대한 책임은 내게 있어. 자네들의 제안대로 했다가 좋은 결과를 얻었다면 내가 이득을 보게 되어 있는 만큼, 반대의 결과 역시 내가 책임질 수밖에 없지 않겠나?"

짐짓 타이르던 사령관이 속으로 땅이 꺼질 것처럼 한숨을 쉬었다.

빛나던 명예와 경력은 끝장이었다. 7함대의 사령관에서 해임당한 다음 내쫓기듯 예편하는 광경이 눈에 선했다.

"이럴 시간이 없습니다! 어서 요코스카로 귀환해야 합니다!"

"……."

정보참모가 다시 외쳤지만 사령관은 쳐다보지도 않았다.

경력이 끝장나고 군복을 벗어야 할 사람은 사령관과 정보참모뿐만이 아니었다. 참모들과 부관을 비롯한 전부가 자신들의 장례식에 참가하고 있는 것처럼 침통하게 가라앉았다.

"아직 완전히 끝난 것은 아닙니다."

"지금 뭐라고 했나?"

"아직 완전히 끝나지 않았다고 했습니다."

정보참모가 주먹을 움켜쥐고 외쳤다.

"앞으로 더 이상 한국과 일본의 전쟁에 개입하지 말아야 합니다. 계속 여기에 있다가는 어떻게든 개입될 수밖에 없는 만큼, 가급적 빨리 요코스카로 귀환한 다음 놈을 잡아야 합니다."

"그러다가 놈이 어뢰를 발사하는 날에는 진짜 파멸이야."

"놈은 절대 어뢰를 발사하지 못합니다!"

"어떻게 확신할 수 있지?"

"김태우가 그 유령의 함장입니다. 바로 김태우이기 때문입니다. 우리의 예상마저 뛰어넘을 정도로 뛰어난 대신 야비하거나 무자비하지도 않다는 게 그의 약점입니다. 샤이엔을 살려준 것만 봐도 알 수 있지 않습니까? 그러니까……."

"그만, 충분히 알아들었어!"

잠시 후, 7함대가 함수를 돌리기 시작했다.

일본 함대가 기절할 것처럼 놀랐다.

도무지 이 상황을 어떻게 받아들여야 할지 너무도 혼란스러웠다.

7함대가 함수를 돌리자 어떻게 해야 할지 알 수가 없었다.

그들이 받은 '한국 해군을 완전히 격멸할 것'이라는 명령은 7함대가 그놈을 잡는 것이 전제된 것이었다.

그런 7함대가 그놈에게 완전히 속은 다음 터덜거리며 돌아가려 했다.

7함대가 없어도 한국 해군의 씨를 말리는 것은 얼마든지 가능했다. 그러나 애초의 전제가 바뀌었기 때문에 적절한 명령이 내려져야 했다.

그런데 상황을 정리하고 명령을 내려야 할 통합막료감부가 전멸당한 상태였다.

게다가 최상급기관인 방위성까지 연결되지 않았다.

그들을 주저하게 만드는 것은 또 있었다.

요코스카로 돌아갔던 로널드 레이건이 그놈에게 공격당한 다음 언제 폭발할지 모른다는 점이었다.

수틀린 그놈이 발사한 초공동어뢰가 레이건의 원자로를 냉각시키는 순환펌프를 정지시키기라도 한다면 후쿠시마와는 비교조차 되지 않는 피해가 발생할 수 있었다.

원자폭탄을 맞은 경험이 있던 일본인들이 공포에 질린 나머지 도쿄를 탈출하느라 도시가 온통 아수라장이 벌어지고 있었다. 통합막료감부까지 전멸당하는 결과가 초래되기까지 했다.

한국으로 치면 서울이 핵 공격을 당할 위기에 처하고 탈출하기 위해 아비규환이 벌어진 것과 같았다.

청와대와 국방부, 합동참모부가 전부 마비된 상태에서 한국군이 제대로 싸울 리가 만무한 것처럼 일본 함대 역시 마찬가지였다.

격렬한 의견이 교차한 다음 아무튼 공격할 수밖에 없다고 결론을 내렸다.

지난번처럼 초계기들이 먼저 하푼을 발사하고 한국 공군을 완전히 격멸한 공군들까지 가세하면 쉽게 끝낼 수 있을 것이 분명했다.

한국과 일본의 공군기들은 서로의 사정거리 밖에 있었지만 해군은 그렇지 않았다.

한국 해군의 공격쯤이야 얼마든지 막아낼 수 있다는 자신감에 넘쳐 있던 일본 함대는 이미 공격거리 내로 접근한 상태였다.

하나로 연결된 이지스를 비롯한 함대와 초계기들이 의사를 주고받은 다음 공격 순서를 배정하고 있던 그때, 일제히 딱딱하게 굳어졌다.

어, 어뢰다!

모든 음탐관들의 안색이 시체처럼 창백하게 변했다.

더 놀라운 건 어뢰가 한두 발이 아니었다.

그때까지 살아남은 장보고급 2척과 손원일급 3척, 안창호급 1척에서 일제히 발사한 1백 발에 달하는 어뢰가 일본 함대를 향해 쇄도했다.

"그놈이다! 그놈이 나타났다!"

"7함대가 또 속았다. 그놈이 하나 더 있다!"

느닷없이 어뢰 공격을 당한 일본 함대가 미친 듯 외쳤다.

독도함이 한 척이 아닐 것이라는 추측에 결합된 공포는 이지스마저 얼어붙게 만들었다.

독도함이 나타났다고 경악하는 게 아주 틀리진 않았다.

천신만고 끝에 출격한 독도함이 잠수함들마저 닥치는 대로 격침시키자 일본 해군은 감히 접근할 엄두조차 내지 못했다.

그 덕택에 살아남았던 한국 해군의 잠수함들은 안전하게 여기까지 이동할 수 있었다.

그뿐 아니라 독도함을 잡기 위해 7함대가 내뿜은 소나를 비롯한 탐지 수단에 해협이 뒤집어질 지경이었다.

7함대의 오판 덕분에 완전히 은신할 수 있었던 잠수함들이 일제히 발사한 어뢰는 독도함까지 나타난 것 같은 착각을 불러일으키기에 충분했다.

경악이 그치기도 전에 한국 함대가 일제히 함대함미사일을 발사했다.

동시에 육상에 은폐했던 기지들이 지대공과 지대함미사일을 쏟아내면서, 해안에 전개한 K-9자주포들까지 155mm 포탄을 퍼부었다.

마침내 공중전까지 벌어졌다.

이번에도 일본 공군이 4대1 이상으로 우세했지만, 용기와 사기는 그렇지 않았다.

일본 공군도 해군과 동일한 문제를 가진 상태였다.

요코스카에 이어 도쿄까지 아수라장이 되고, 통합막료감부와 방위성마저 마비된 직후 공군이 공포에 질리기에는 긴 시간도 필요하지 않았다.

초음속으로 기동하면서 연료까지 걱정해야 하는 공군은 해군처럼 여유를 가지고 논의하면서 상황을 정리하는 것이 가능하지 않았다.

조직력에 균열이 발생한 상황에서 급격히 접근한 한국 공군이 먼저 암람을 발사했다.

방해전파와 플레어를 뿜으면서 회피하던 F-15J 편대 가운데 순식간에 일곱 대가 격추당했다.

공포의 동심원이 퍼져나가는 가운데 일본 공군도 반격에 나섰다.

이전에 승리한 경험도 있고, 전력도 충분히 우세했기 때문에 이번에도 그렇게 될 것으로 여겼다.

그러나 일본 공군의 작전을 경험했던 한국 공군은 달랐다.

이전처럼 공격당할 때까지 기다리지 않고 먼저 발사하여 기선을 제압한 한국 공군은 E-737 피스아이가 배정한 목표를 확실하게 처치했다.

그뿐 아니라 일본의 E2D에 의해 F-35A의 위치가 탐지되어도 당황하지 않았다.

독도 상공에서 F-35A가 당했던 것은 전혀 예측하지 못했던 기습에 의했을 뿐, 빤하게 알고 있는 상황에서 빤하게 나오는 적들을 상대하는 것은 수월했다. 거기다 대등하게 싸울 수 있게 된 F-35A의 조종사들은 최강 가운데서도 최강이었다.

이번에도 공을 세우겠다고 환호를 지르며 선불리 덤벼들었던 F-35 계열과 F-15J들이 잇달아 나가떨어졌다.

F-15K를 후속하는 KF-16들의 움직임도 확연히 달라졌다.

아군의 F-35A가 있는 방향으로 쇄도하는 적들을 추격하다 뒤에 매복한 F-35A와 F-35B에게 뒤통수를 맞았던 처음의 실수는 반복되지 않았다.

가장 달라진 점은 E-737도 F-35 계열을 탐지할 수 있다는 것이었다.

E2D 정도는 아니었어도, F-35 계열이 매복한 대략의 위치를 탐지한 E-737의 좌표에 한국 공군이 급가속하기 시작했다.

"적들이 이쪽으로 향하고 있다!"

"어떻게 된 거야?"

당황한 일본 공군의 F-35A와 F-35B가 암람을 발사했다.

동물적인 감각으로 회피하며 접근하던 F-15K가 잇달아 격추당했지만, 일단 시야에 들어온 F-35 계열은 하나도 살아남지 못했다.

공중전이 근접전의 양상으로 전개되자 F-4E팬텀마저 제 몫을 해내기 시작했다.

퇴역했다가 일본 때문에 급히 복귀한 F-4E는 '유령(Phantom)'이라는 별칭으로 30년 이상이나 하늘을 주름잡았던 최강자였다.

최고속력이 마하 2를 초과하는 F-4E의 공대공무장은 피차 눈에 들어온 거리에서 충분히 유용했다.

게다가 기관포까지 발사하는 초근접 난타전에서는 오히려 압도했다.

카라라락!

편대장을 역임하고 대령으로 예편했던 F-4E의 조종사가 발사한 기관포가 F-2의 동체를 관통했다.

혼자서 F-15J 하나와 F-2 둘을 잡은 다음, 새로운 적을 향해 기관포를 발사하던 대령은 배후에서 발사된 사이드와인더를 피하지 못했다. 온몸이 산화하기 직전 후회 없이 싸운 것에 대해 하늘에 감사했다.

근접전으로 들어간 다음부터 일본 공군이 일방적으로 밀리기 시작했다.

이번에도 반드시 성공할 것 같았던 작전이 실패로 돌아가는 조짐이 확연해졌다.

그리고 숫자가 많다고 좋은 것도 아니었다.

한국 해군을 몰살시키고 미사일을 제거하기 위해 공대함과 공대지 무장에 치중했던 일본 공군과 오직 공대공 무장을 갖춘 한국 공군은 숫자의 차이가 무색했다.

연료가 부족하면 급유기를 찾아가면 되었지만, 소모한 무장은 보충할 길이 없었다.

반면 한국 공군은 바로 뒤에 있는 김해를 비롯한 기지로 돌아가 재무장할 수 있었다.

일본 공군도 김해를 비롯한 기지들을 공격하려 했지만 자신들을 지키기에도 벅찼다.

드물게 발사된 것들도 단단히 대비하고 있던 방공망에 요격 당했고, 겨우 요격을 뚫은 것들도 별로 도움이 되지 못하는 곳에 명중했다.

그뿐 아니라 한국 공군의 정비사와 무장사들은 적의 공격을 무릅쓰고 임무를 완수했으며, 조종사들 역시 재보급을 마칠 때까지 침착하게 기다려주었다.

필승으로 믿었던 작전이 무위로 돌아가고 한국 공군에 운마저 따르는 상태에서 일본 공군은 전투에 집중하는 자체가 어려웠다.

해군처럼 도쿄와 요코스카의 공포에서 벗어나지 못한 상태여서 기본적인 명령조차 받을 수 없는 일본 공군은 우왕좌왕하다 격추당하는 광경이 반복되었다.

미치도록 갑갑하기는 해군도 마찬가지였다.

이지스를 주력으로 구성된 함대였기 때문에 미사일은 어렵지 않게 방어할 수 있었어도 눈이 달리지 않은 포탄은 그렇지 않았다.

쾅! 콰앙!

1분에 여섯 발을 발사할 수 있는 K-9들이 퍼붓는 포탄이 마침내 명중탄을 기록했다.

게다가 하필이면 레이더를 명중당한 이지스가 장님이 되는 동시에 촘촘했던 방어망에 구멍이 뚫렸다.

애타게 공군을 불렀지만 지상의 미사일기지와 K-9를 제거해주어야 할 공군은 자신의 앞가림조차 어려운 처지였다.

K-9의 포격을 무시하고 반격하는 것은 다음 문제였다.

전방위와 초고공을 탐지하는 동시에 탄도탄을 비롯한 수십 개의 목표를 공격할 수 있는 이지스의 능력이 전혀 발휘되지 못했다.

예상하지 못한 포격에다 일백 발에 달하는 어뢰공격을 당하고 있는 그들은 손발이 맞지 않았다.

게다가 어뢰를 발사한 잠수함 가운데 독도함마저 포함되었다는 공포에 감염되기까지 했다. 조금만 합리적으로 생각하면 그렇지 않다는 것을 알 수 있겠지만, 급격히 확산된 공포는 이성까지 마비시켰다.

쏟아지는 K-9의 포탄 세례 속에서 미사일을 막아내고 허둥지둥하는 사이에 어뢰들이 바짝 접근했다.

기만체를 비롯한 방어수단이 효과를 발휘했지만 전부 속일 수는 없었다. 방어망을 돌파한 어뢰들이 이빨을 드러내고 달려들었다.

쾅!

거의 1만 톤에 달하는 이지스 초카이가 일격에 격침당했다.

계속해서 6천5백 톤의 호위함 사라누이와 아사히가 박살났다.

기겁해서 회피하려던 두 척의 항모 가운데 하나의 옆구리에 안창호급에서 발사한 중어뢰 범상어가 틀어박혔다.

콰앙!

울부짖으며 몸을 뒤트는 항공모함에서 수병들이 뛰어내리고, 헬기들이 사령관과 참모들을 구출하기 위해 안간힘을 썼다. 독도함이 처음 출격했을 때와 흡사한 광경이 펼쳐지는 가운데 독도함에게 공격당했다는 공포가 사실로 굳어졌다.

약간의 노력으로 자신들을 공격한 적의 위치를 어렵지 않게 파악할 수 있음에도 공포에 질린 일본 함대는 아스록을 발사할 생각조차 하지 못한 것이다.

함대를 방어해야 할 잠수함들까지 반격할 엄두를 내지 못하는 가운데, 어뢰를 전부 발사한 한국 잠수함들이 새로운 선물을 선사했다. 바다를 뚫고 치솟은 잠대함미사일들이 함대와 지상기지에서 계속 발사되는 미사일과 합세했다.

미사일을 방어하면서 등을 돌려 퇴각하는 일본 함대는 전열을 재정비하면 충분히 반격할 수 있었음에도 오직 벗어나기 위해 안간힘을 다했다.

그때는 공군전의 저울도 기울어진 상태였다.

일단 무너지기 시작하자 걷잡을 수 없이 붕괴된 일본 공군은 비명을 지르면서 도주하기에 바빴다. 쓰시마 너머까지 추격한 한국 공군에 의해 도살당하는 기체의 파편들이 불타는 우박처럼 떨어졌다.

일본 해군 가운데는 독도함에 주눅 들지 않는 집단도 존재했다.

독도함이 처음 출격했을 때 이즈모와 카가를 비롯한 아군들이 도륙당하는 것을 똑똑히 목격하고도 끝내 독도함을 놓쳤던 초계기들은 퇴각하지 않았다.

"함대부터 잡은 다음 잠수함을 끝장낸다!"

이미 해군과 공군이 다시 한 번 협동작전을 펼쳐 한국에 치명타를 입히고 본토를 위협할 수 있는 전력까지 제거한다는 작전은 물거품이 되었다.

하지만 한국 해군을 격멸하는 것은 아직도 가능하다고 판단한 것이다.

70대가 넘는 초계기들이 일제히 하푼을 발사하면 세종대왕함과 이순신함을 포함하는 한국 해군을 충분히 전멸시킬 수 있다고 보았다.

한국의 주력함들은 공군기와 달리 국외에서의 구입이 가능하지 않은 건 물론, 건조하는 기간이 길고 비용이 엄청났다.

게다가 K중공업에서 건조하던 이지스를 비롯한 함선들이 박살난 상태였다.

그러기에 지금 해군을 완전히 끝장내면 한국은 불구가 될 수밖에 없었다.

수출과 수입의 거의 100%를 바다에 의존하는 한국에게 해군력의 의존도는 절대적이었다. 그뿐 아니었다.

자신들의 해군도 엄청난 피해를 당한 상황에서 한국 해군의 마지막 남은 이지스를 비롯한 함대는 절대로 그냥 둘 수 없었다.

또한 잠수함들도 반드시 잡아야만 했다.

독도함이 포함되었을 가능성을 완전히 배제할 수 없는 만큼, 이번 기회에 반드시 전멸시켜야 했다.

초계기들이 발사에 들어가려는 순간 참수리와 윤영하급이 불을 뿜었다.

참수리의 40mm 보포스 단장포와 20mm 발칸, 윤영하급 2연장 40mm포와 76mm 주포가 발사되었다. 모조리 출격한 고속정들이 일제히 불을 뿜자 붉은 소나기가 거꾸로 치솟는 것 같았다.

퍼퍼펑!

순식간에 세 대의 초계기가 연기를 뿜으며 떨어졌다.

다시 두 대가 관통상을 당했지만 초계기들은 당황하지 않았다.

초계기들이 최고속도로 산개하면서 하푼을 발사할 태세에 돌입했다.

참수리와 윤영하급들도 최고속도로 따라가면서 포격을 퍼부었지만 소용없었다.

일부 초계기들이 기어이 하푼을 발사했다.

계속해서 모든 초계기들이 발사 태세를 갖춘 순간, 한국 함대가 눈을 질끈 감았다.

콰앙!

느닷없는 폭음과 함께 초계기 가운데 하나가 산산이 분해당했다.

이건 참수리나 윤영하급에 의한 포격이 아니었다.

그뿐 아니라 초계기들이 연속해서 폭발하기 시작했다.

"와아아, 아군이다!"

고속정들은 물론 모든 해군이 주먹을 휘두르며 날뛰었다.

죽을힘을 다해 싸우다 무장을 보급받기 위해 김해기지로 갔던 KF-16 두 대가 날카로운 굉음을 울리며 다가왔다.

대부분의 공군기가 쓰시마 너머까지 날아가 적을 도살하고 있는 상태에서 출현한 두 대의 KF-16은 목이 메도록 반가웠다.
지옥에서 부처님을 만난 것처럼 기뻤다.
반대로 일본 초계기들은 저승사자를 만난 것과 다르지 않았다.
사이더와인더를 피하기 위해 플레어를 투사하던 초계기들이 잇달아 불덩이가 되었다.
다급하게 회피하다 서로 충돌하기까지 했다.
잠깐 사이에 미사일을 전부 소모한 KF-16들이 기관포를 조준했다.
미사일에 비할 수 없이 작아도 매서운 공격력을 자랑하는 M61A1 20mm 발칸포탄은 512발밖에 장전되어 있지 않았다.
트리거를 약간 오래 눌렀다가는 순식간에 소모되기 때문에 주의를 기울여야 했다.
최고속도가 1000km 정도인 초계기들을 어렵지 않게 조준에 넣은 다음 트리거를 슬쩍 만지는 것처럼 발사하는 것을 반복했다.
두 대의 KF-16이 기관포탄을 전부 소모하기에는 긴 시간이 필요하지 않았다.
뒤도 돌아보지 않고 도주하는 초계기들은 아쉽지만 보내줄 수밖에 없었다.
그러나 해군이 전멸당할 위기를 결정적으로 막은 데다, 단일 공중전에서 무려 사십 대 이상을 격추하는 불멸의 기록을 세운 것은 충분히 기뻐할 만한 전과였다.
다시 무장을 보급받기 위해 돌아가는 KF-16들 아래에서 울음 섞인 함성이 바다를 진동시켰다.

오후 6시 11분경, 독도함

독도함이 폭발하기라도 할 것처럼 함성이 터졌다.

제정신이 아닌 듯 날뛰는 승조원들은 실제로 미친 것 같았다. 군(軍)통신을 통해 대략적인 전황을 알게 된 승조원들은 장교와 부사관을 가리지 않고 흠뻑 도취했다.

모처럼 전투정보실에 나온 김태우가 멍한 눈길로 승조원들을 바라보았다.

아무리 정신을 집중하려 해도 상황을 파악하는 것은 쉽지 않았다. 승조원들이 환호하면서 날뛰는 모습에서 뭔가 아주 바람직한 상황이 전개되고 있다는 것을 느낄 따름이었다.

"무슨 일이 있었나?"

"네, 아군이……."

곁에 있던 박예린이 대강 정리해서 말해주었다.

김태우는 아군의 해군과 공군이 결정적인 승리를 거두었다는 사실을 받아들이기 어려웠다. 아니, 자신이 왜 그런 보고를 들어야 하는지 그 자체가 납득되지 않았다.

얼굴까지 찌푸리며 필사적으로 생각하던 김태우에게 뭔가 떠오르기 시작했다.

가장 먼저 건져진 것은 매복했던 소류급과의 혈투였다. 자신이 지휘하던 장보고급에서 발사한 어뢰들이 해저를 가르는 굉음과, 적이 마주 발사한 어뢰들에서 뿜어지는 소나가 바로 곁에서 들리는 것 같았다.

그것을 시작으로 하나씩 조립되기 시작했다.

끌려가다시피 했던 단군호에서 맞닥뜨린 사건들이 흐릿하게 재생되었다.

출격 직전에 당했던 불시의 공격으로 단군호에 갇혔다가 기적적으로 탈출한 다음 벌어진 전투와 격전들이 스멀스멀 떠올랐다.

믿었던 최정우의 믿을 수 없던 배신과, 그로 인해 주철범에게 함장을 넘겨준 것도 기억났다. 로널드 레이건을 잡기 위해 요코스카에 매복했다가 벌어졌던 샤이엔과의 마지막 혈투까지 떠올린 김태우의 주먹이 덜덜 떨렸다.

설마 임무에 성공했다는 말인가?

단군호에서 탈출한 다음 어쩔 수 없이 변경시켰던 작전이 완벽하게 들어맞았을 줄이야!

게다가 독도함으로 인해 도쿄가 아비규환이 되면서 지휘계통까지 붕괴되는 바람에 놈들의 해군은 물론, 공군마저 궤멸 당했다는 것이 믿어지지 않았다.

잠시 후 김태우는 씁쓸하게 웃었다.

상식적으로 생각해도 뇌에 종양이 자라고 있는 사람의 정신이 멀쩡하기 어려웠다.

지금 앞에 보이는 것은 뇌종양으로 인한 환각이거나, 아니면 꿈을 꾸고 있는 것에 지나지 않을 것이 분명했다.

“여기까지 이끌어주신 함장님을 향해 경례!”

주철범의 구령으로 승조원들이 경례를 붙였다.

김태우도 정중하게 답례했다. 자신의 경례가 낯설었다. 오랜 군대생활에서 배어든 습관이 무의식에서까지 나타나는 것에 불과하다고 여겼다. 김태우를 바라보는 승조원들의 표정에는 신뢰가 그득했지만, 그것 역시 환각이거나 꿈에 지나지 않을 것으로 치부했다.

그만, 그만하자!

꿈이든 환각이든 너무나 고통스러웠다. 이쯤에서 모든 것을 끝내고 싶었다.

그나마 불가능할 것 같았던 작전에 성공해 조국을 기사회생시키는 꿈을 꾸는 상태에서 끝낼 수 있어 다행이었다. 모든 것을 내려놓은 다음 영원히 깨지 않을 꿈의 해저를 잠항하면 그만이었다.

잠시 후 머릿속에서 스위치 같은 것이 끊어지는 느낌이 들었다.

멈칫하며 승조원들을 바라보던 김태우가 검붉은 피를 토하면서 무너졌다. 승리에 도취했던 승조원들이 일제히 경악했다.

“아악, 함장님!”

박예린이 김태우를 끌어안았다.

주철범을 비롯한 승조원들이 황급히 김태우를 의무실로 옮겼다.

박예린이 응급처치를 했지만 전혀 반응이 없었다. 당황한 나머지 치료의 강도를 높였어도 오히려 상태가 급격히 나빠졌다. 의지를 놓아버린 김태우는 치료마저 거부하는 것 같았다.

이를 악문 박예린이 심장에 직접 주사했다.

움찔하는 반응을 포착하곤 미리 연결한 제세동기에 전류를 흘린 다음 가슴을 강하게 압박하는 것을 반복했다. 그때마다 김태우의 내부에 존재하는 무언가가 격렬하게 반발하고 나섰다.

“함께 살고 함께 죽자고 했잖아요!”

전류를 최대치로 높인 박예린이 늑골을 부서뜨릴 것처럼 압박했다.

“우리의 전쟁은 아직 끝나지 않았어요! 완전히 이긴 다음 모두 함께 죽을 때까지는 살아있어야 해요!”

힘겨운 전투를 치르는 박예린의 절규가 요코스카의 해저로 퍼져

나갔다.

같은 시간, 7함대

사령관과 참모들은 다시 한번 말문이 막혔다.

그들이 빠져나온 다음 벌어진 전투의 결과는 도무지 믿을 수 없었다. 일본 공군은 주력인 F-35 계열을 비롯한 기체들을 무려 2백 대가량이나 잃은 건 물론이고, 해군의 초계기는 아예 전멸에 가까웠다.

반면 한국은 F-4E를 포함하는 32대를 잃은 정도였다.

이전의 공중전에서 전력의 40%가량이나 손실했던 한국으로서는 결코 적지 않았지만, 지리멸렬에 가까운 일본에 비하면 충분히 만족할 수 있는 교환비율이었다.

"일본이 항공모함과 이지스가 포함된 여덟 척을 상실한 반면 한국은 단 한 척도 상실하지 않았습니다. 그리고 잠수함은……."

"알았으니까 식사나 준비하라고 해."

작전참모의 브리핑을 중단시킨 사령관이 정보참모만 남게 했다. 잠시 후 입맛이 거의 없는 표정으로 저녁을 먹던 사령관이 나직하게 말했다.

"앞으로는 어떻게 될 것 같나?"

"일본은 회복하기 어렵겠지만 한국은 그렇지 않을 것으로 여겨집니다."

이미 파산 직전까지 몰렸던 일본은 그야말로 천문학적인 피해 규모를 단기간에 복구할 여력이 없었다.

혹심한 피해를 당하기는 한국도 마찬가지였지만, 문제는 중국의 태도였다.

미국이 일본을 앞세운 의도가 자신들을 파멸에 이르게 할 작정이었다는 것을 너무나 잘 알고 있을 중국은 한국을 지원하지 않을 수 없었다.

거대한 중국의 경제력을 흡수할 수 있는 한국이 빠르게 회복할 수 있는 반면, 외부의 지원을 전혀 받을 수 없는 일본은 패전에 따른 배상까지 하게 되면 계산이 나오지 않을 정도였다.

"그렇게 되면 북한도 한국의 영향권에 들어가겠군."

북한까지 한국과 손을 잡게 되면 아시아의 판도가 한국을 중심으로 재편된다고 해도 과언이 아니었다. 그렇게 접근하면 한국에게 이번 전쟁은 엄청난 전화위복이었다. 게다가 잠수함 한 척에 의한 결과라는 사실은 누구도 받아들이기 어려웠다.

"멍청한 자식들!"

종이라도 씹는 것 같은 표정을 한 사령관이 뱉듯이 말했다.

일본이 단군호를 공격하지 않았다면 이렇게까지 처참하게 당하지는 않았을 것이었다. 독도함이 예정된 작전대로 계속 어뢰를 보급 받으면서 일본 해군을 격멸하고 미국과 담판을 지었더라면 일본의 공군력은 보존될 수 있었다.

그뿐 아니라 일본 전체가 대혼란에 빠지는 사태를 겪지 않을 수도 있었다.

그렇게만 되었다면 나중에라도 보복할 수 있었겠지만, 지금 말해봤자 입맛만 썼다.

"그런데 놈을 잡을 수, 아니 투항시킬 수 있을까?"

"솔직하게 말하는 것밖에 방법이 없습니다."

"그래도……."

"놈들은 더 이상 잃을 것이 없는 반면 우리들은 더 이상 잃어서는 안 됩니다. 세상에 가장 무서운 놈이 아무것도 잃을 것이 없는 놈이라고 각오하고 대담하게 나가셔야 합니다. 가능성이 아예 없지 않은 만큼 시도할 가치가 충분합니다."

언론들도 바보가 아닌 이상 범인이 한국의 잠수함이라는 것을 알고 있을 것이었다,

또한 로널드 레이건은 격침당한 것이 아니었고, 샤이엔 역시 무사한 상태였다. 무엇보다도 핵심은 백악관과 군산복합체가 사실이 까발려지는 것을 절대 원치 않을 것이라는 점이었다.

"그러니까 놈을 어떻게든 투항시키면 레이건은 사고로 인한 것으로 떠들고 샤이엔은 아예 그런 사실조차 없는 것으로 묻어버릴 수 있게 됩니다. 백악관의 주인도 바뀌지 않고 군산복합체도 계속 장사를 해먹으려면 그렇게 하는 수밖에 없을 테니까요."

잠시 후 사령관이 고개를 끄덕였다.

백악관의 꿈은 아득히 멀어졌지만, 그나마 단두대로 끌려가지 않고 그럭저럭 먹고살기 위해서는 정보참모의 조언에 따르는 수밖에 없을 것 같았다.

침몰하는 열도

202X년 6월 4일 오전 7시 38분경, 도쿄

빗물이 눈물처럼 도쿄를 적셨다.

곳곳에 멈춰선 차량들로 인해 기능을 상실한 도로에서 신호등이 멍하게 껌뻑였고, 경매에 넘어간 것처럼 비어버린 빌딩 사이로 음울한 바람이 마찰했다.

출근하는 직장인들 대신 넋 나간 군상들이 배회하고 처참한 시체들이 곳곳에 나뒹구는 이곳이 도쿄라는 사실을 믿을 수 없었다.

처참하게 몰락한 도쿄에서도 가장 처참한 장소는 지하철이었다.

평소에도 극도로 혼란했던 지하철에서 뒤엉키면서 밟히고 깔려 죽은 시체들에서 악취가 풍기기 시작했다.

나중에 시체들을 치우고 피해를 복구할 수 있겠지만, 복구가 가능하지 않은 피해까지 발생했다.

야스쿠니신사의 곳곳에 시체들이 널리고 불타기까지 했다.

일본의 혼과 정신이 담겼다는 신성한 장소가 전락한 몰골은 충격과 경악으로 표현되기 어려웠다. 게다가 자신들에 의해 그렇게 되었다는 사실로 인한 절망이 쓰나미처럼 퍼져나갔다.

오후 4시 11분경, 독도함

식당에 모인 승조원들이 떠들썩했다.

두 팀으로 나뉜 그들이 환호를 지르며 열중하는 것은 '알까기 시합'이었다. 병뚜껑 같은 것으로 만든 알을 손가락으로 튕겨 상대방의 알을 밀어내는 시합의 열기가 절정으로 치달았다.

패색이 짙다가 역전승을 거둔 팀의 승조원들이 함성을 지르며 승리를 만끽했다.

이긴 팀에게 주어진 상품은 음료수와 과자 약간에 지나지 않았다.

약소하기 짝이 없는 상품인데도 올림픽에서 금메달이라도 딴 것처럼 펄펄 뛰는 승조원들을 바라보며 주철범은 의외로 한숨을 쉬었다.

의무실의 침대에 누운 김태우는 약간의 움직임조차 없었다.

겨우 되살아난 다음 계속 독한 약과 주사를 처방받은 그는 의무실에 누워 있는 시간이 훨씬 많았다. 김태우의 상태를 잘 알고 있는 박예린은 잠에 빠진 그에게 방해가 되지 않도록 주의했다.

독도함의 승조원이 된 다음부터의 나날은 위기의 연속이었다.

특히 단군호에 갇혔을 때는 정말이지 눈앞이 캄캄했었다. 승조원들에게 용기를 주기 위해 일부러 쾌활하게 행동했지만 그때는 박예린도 꼼짝없이 죽는 줄 알았었다.

어제 아군이 결정적인 승리를 거뒀다는 통신을 받은 다음부터 모든 것이 달라졌다.

임무를 넘치도록 완수했어도 훈장과 포상을 받기는커녕 돌아갈 수조차 없는 현실에 직면한 박예린도 절망할 수밖에 없었다.

그러나 끝까지 승조원들을 다독여야 했다. 깨끗한 최후를 마칠 때까지 절망한 누군가에 의한 사고가 발생하지 않기 위해서는 흔들리지 않아야 했다.

그녀가 혼자 있을 수 있는 공간은 의무실이 유일했다.

여기서는 보이지 않는 누군가를 향해 푸념도 하고 신세 한탄도 할 수 있었다.

이따금씩 눈물을 흘리기도 했지만 오늘따라 더욱 슬프고 괴로웠다.

우리는 어떻게 되는 거예요?

김태우를 향해 소리 없는 질문이 던져졌다.

이제는 돌아가고 싶어도 불가능하거든요. 그것은 함장님이 누구보다도 잘 아시잖아요?

어뢰가 떨어진 독도함은 더 이상 스텔스도 아니었다.

나가고 싶어도 독도함에 의해 엄청나게 당한 일본 해군이 곱게 보내줄 리 만무했다. 격분한 7함대가 돌아온 다음 요코스카를 철통같이 봉쇄해버리면 탈출은 절대 불가능했다.

우리들을 여기까지 데리고 왔으면 뭐라고 말을 해보세요!

애타게 호소하던 박예린이 끝내 눈물을 쏟았다.
김태우가 깨지 않도록 속으로 삼키는 울음은 더욱 슬프고 처연했다.
시체처럼 잠들었던 김태우의 손이 부르르 떨렸다.

6월 6일 오전 5시 22분경, 부산해협

상륙돌격장갑차들이 세차게 바다를 달렸다.
특수병력이 쓰시마의 전략목표에 투입된 다음 해병대가 후속하는 중이었다. 공군의 전폭기들은 물론, 중무장한 공격헬기들까지 살벌하게 기동하면서 작전을 수행했다.
"반복하겠지만 우리의 목표는 한국전망대 근처의 레이더기지다!"
어두운 내부에서 분대를 이끄는 중사가 말했다.
부산과 50km도 떨어지지 않은 쓰시마의 최북단에 있는 한국전망대는 맑은 날이면 부산이 바라보일 정도로 가까웠다.
한국전망대는 쓰시마 최북단에서 최남단을 관통하는 도로망을 장악하기 위한 출발점이었기 때문에, 최대한 빠른 시간 내 쓰시마를 확보해야 할 한국군에게 특히 중요한 목표였다.
"전망대 근방의 방어시설은 공군이 파괴했지만 수륙기동단 병력들이 완강하게 항복을 거부하고 있는 상태다. 놈들을 제압하고 레이더기지를 확보해야 하는 만큼 각오를 단단히 다져라."
중사가 지시를 마친 다음 무거운 침묵이 감돌았다.
"그런데 너무 조용하지 말입니다."
불안한 표정의 신병이 조심스럽게 말했다. 옆에 있던 병장이 뒤통수를 툭 쳤다.

"쪽바리들 정부까지 붕괴되었는데 군대라고 온전하겠냐? 이미 아군이 제공권을 장악했고 해군도 마찬가지야. 그런 상황에서 짝퉁 해병대 따위는 어렵지 않게 제압할 수 있으니까 걱정하지 마."

"그, 그렇다면 정말 다행이지 말입니다!"

잠시 후 상륙돌격장갑차가 연막을 뿜으면서 육상으로 오르기 시작했다.

극도로 긴장한 신병이 소총을 움켜쥐었다. 중사가 어깨를 강하게 두드리며 격려했다.

"드디어 복수를 할 수 있게 되었지만 반드시 정당하게 교전하면서, 민간인들은 절대 건드리지 마라."

"알겠습니다!"

"무장과 임무 다시 한번 확인하고 상륙돌격 준비!"

"상륙돌격 준비!"

장갑차의 후문이 열리면서 눈부신 광채가 쏟아졌다.

"나가자, 해병대!"

이를 악문 중사가 앞장서서 뛰쳐나갔다.

애써 수송한 병력을 내보내는 장갑차들도 가만있지 않았다. K-4 고속유탄기관총과 K-6 중기관총이 불을 뿜는 순간 웅크렸던 적들이 반격하기 시작했다. 기관총탄이 빗발치면서 미리 조준된 포화가 소나기처럼 쏟아졌다.

허억!

기관총탄에 가슴을 관통당한 병장이 허공을 움키면서 쓰러지는 바로 옆에 박격포탄이 작렬했다. 순식간에 두 명이 전사하고 세 명이 쓰러진 다음 중사와 신병밖에 남지 않았다.

방금 전까지 쾌활하게 용기를 주던 병장의 시체를 바라보던 신병의 눈이 허옇게 돌아갔다.

"거기 서!"

중사가 목이 터져라 부르짖었다.

그러나 K-2소총을 난사하면서 돌격하는 신병은 멈추지 않았다. 알아듣지 못할 함성을 지르며 적과 아군의 사격이 촘촘하게 교차하는 죽음의 해안을 돌파하던 신병이 피를 뿜으며 쓰러졌다.

"안 돼!"

중사가 절규하는 순간 신병이 꿈틀거리며 움직였다.

"저, 저것 보십시오!"

인근에서 화력을 퍼붓던 아파치의 부조종사가 안타깝게 외쳤다.

기관총탄이 관통하는 바람에 허벅지 하나가 거의 떨어져 나갔는데도 악착스럽게 기어가는 신병을 목격한 조종사가 혀를 찼다.

잠시 후 아파치가 신병이 목표로 하는 벙커를 향해 헬파이어(AGM-114 Hellfire) 미사일을 발사했다. 8km 거리에서도 전차와 벙커를 격파할 수 있는 헬파이어가 말 그대로 지옥의 불을 선사했다.

투투투투!

이번에는 아파치 하단에 장착된 M230 체인건이 불을 뿜었다.

장갑차를 그대로 관통할 수 있는 위력의 30mm 체인건을 발사하여 도주하는 적들을 으깨버린 아파치가 신병의 상공을 크게 회전한 다음 다른 먹잇감을 향해 달려들었다.

"그만, 그만하자!"

실탄이 떨어진 소총을 버린 다음 대검을 움켜쥔 채 기어가는 신병을 만류하는 중사가 목이 메었다.

"우, 우리가 이긴 겁니까?"

"그래, 네가 이겼어! 네가 저 벙커를 파괴한 거야!"

중사가 벙커를 가리켰다. 그러나 피를 너무 쏟은 신병은 아무것도 보이지 않았다.

자신이 거둔 승리를 확인하기 위해 힘겹게 들어 올리던 신병의 머리가 툭 떨어졌다. 일그러진 얼굴로 영원한 휴식에 들어간 어린 전우의 부릅뜬 눈을 중사가 감겨주었다.

같은 시간, 쓰시마 공항

공항에서도 치열한 교전이 벌어졌다.

쓰시마 최북단의 한국전망대를 비롯하여 각각 북부와 남부의 항만으로 반드시 확보해야 할 히타카츠와 이즈하라는 해병대가, 공항은 특전사가 각각 맡기로 되어 있었다.

쓰시마를 발판 삼아 앞으로 작전을 펼치기 위해서는 가급적 빠른 시간에 공항을 확보하는 것이 관건인 만큼, 특전사가 육군의 명예를 걸고 나섰다.

"뭐하는 짓이야?"

착륙 지점을 지나친 수송헬기 하나가 적을 향해 날아갔다.

현장은 물론 통합지휘소에서까지 경고가 빗발쳤다. 비로소 상황이 파악된 헬기가 황급히 방향을 트는 순간 91식 휴대용 대공미사일이 날아들었다.

콰앙!

순식간에 불덩이로 변한 수송헬기에서 육체의 파편이 쏟아졌다.

저고도로 침투하는 전투기도 잡을 수 있는 91식에게 굼뜨기 짝이 없는 수송헬기는 너무나 손쉬운 먹이였다.

전우들이 싸워보지도 못하고 전멸당하는 광경에 넋을 잃은 특전사 앞으로 괴물까지 나타났다. 일본 육군의 10식 주력전차들이 거대한 맹수처럼 그르렁거리며 육박하기 시작했다.

쿠웅!

120mm 활강포에서 발사된 고폭탄이 작렬할 때마다 처참한 시체들이 나뒹굴었다.

어떻게든 전차들을 제압하지 않으면 전멸당할 판이었다. 그러나 함께 하기로 했던 대전차 팀은 조금 전에 당한 수송헬기에 타고 있었다.

게다가 다른 대전차 팀은 어디 있는지조차 알 수 없었다. 데이터링크를 통한 통합지휘체계가 구축되었어도 처음 겪는 대규모의 실전에서는 손발이 맞지 않았다.

"아파치는 뭐 하고 있어!"

안타깝게 외칠 때까지 기다렸다는 듯 네 발의 91식이 아파치를 향해 날아갔다.

플레어를 투사하면서 필사적으로 회피하던 아파치마저 격추당했다. 믿었던 아파치까지 당하는 것을 목격한 특전사가 암울한 절망에 빠지는 순간 하늘이 무너질 것 같은 굉음이 다가왔다.

위기에 몰린 특전사의 환성을 뚫고 F-15K와 FA-50 경공격기 편대가 나타났다.

지대공미사일을 가볍게 따돌린 F-15K가 정밀유도확산탄을 투하했다. 모탄(母彈)에서 분리된 자탄(子彈)들에서 낙하산이 펴졌다. 기세등등하게 특전사를 몰아세우던 전차들이 비명을 지르며 달아났다. 그러나 이미 목표를 포착한 자탄들이 잇달아 추적하여 파괴하기 시작했다.

이번에는 FA-50 편대의 차례였다.

KF-16보다 작았어도 자체 개발된 다음 여러 국가로 수출되어 크게 호평 받았던 FA-50의 공격력은 매서웠다. FA-50 편대가 정밀폭격으로 지상을 쓸어버리자 안전이 확보된 아파치들이 달려들어 화력을 퍼부었다.

적시에 도착한 항공지원에 용기백배한 특전사가 일제히 난사하면서 돌격했다.

오후 4시 53분경, 7함대

요코스카를 완전히 봉쇄한 7함대의 사령관이 레이건을 착잡한 눈으로 바라보았다.

환자를 비롯한 불필요한 병력들이 작은 선박을 이용해 하선하는 광경에 한숨이 절로 났다. 독도함의 배려로 모든 병력이 철수한다고 해도 원자로를 가져갈 수 없는 이상 달라질 것은 아무것도 없었다.

"후임자에 대한 말은 없나?"

"전혀 없습니다."

부관이 자포자기한 표정으로 대답했다.

이렇게 된 이상 마지막까지 책임지라는 백악관의 압력에 질식할 것 같았다.

주먹을 움켜쥔 사령관이 묵묵히 레이건을 바라보았다.

한국의 잠수함이 더 이상 레이건을 공격하지는 않겠지만, 손상당한 7함대의 체면과 미국의 위신은 회복하기 어려웠다.

그러나 체면과 위신이야 애써 무시할 수 있었다. 미국의 국력으로 로널드 레이건보다 강한 항공모함을 가지는 것도 어렵지 않았지만, 대전략이 좌절당한 것은 너무나 뼈아팠다.

중국을 제압할 목적으로 앞세웠던 일본이 당한 피해는 계산 자체가 나오지 않을 정도였다.

공군의 주력이 궤멸당하고 해군은 네 척의 항모 가운데 세 척을 잃었으며, 전체 함대의 70%가량이나 상실했다.

게다가 초계기는 물론 잠수함 전력마저 심각한 타격을 당한 일본은 더 이상 파트너가 될 수 없었다.

그렇다고 해서 중국이 안심할 단계도 아니었다.

미국이 압박하는 상태에서 대만과 베트남, 인도와 필리핀 등등의 국가들에 의해 견제되는 구도가 견고해질 것이다. 티베트와 위구르에서 발생할 소요로 인해 팽창정책을 지속하기 어려울 것도 확실했다.

그러나 사령관의 오판에 의해 공산주의 왕조가 존속된다는 점과 함께, 중심과 질서가 한국을 중심으로 재편될 기회가 제공된 것은 절대 변명할 수 없었다.

조금이라도 처벌의 수위를 낮추려면 문제의 잠수함과 승조원들을 끌고 가야 했다.

레이건의 아래, 독도함이 있을 해저를 향하는 사령관의 눈빛이 날카롭게 빛났다.

영원한 승리

202X년 6월 8일 오후 4시 29분경, 독도함

느닷없는 충격에 독도함이 뒤흔들렸다.

전투정보실을 비롯한 곳곳에서 비명과 절규가 뒤엉켰다. 어뢰에 당했는지 폭뢰에 당했는지조차 분명하지 않은 상황에서 얼음물 같은 바닷물이 폭포처럼 쏟아져 들어왔다.

순식간에 허벅지까지 차오른 전투정보실에 거칠게 잘려나간 팔다리와 내장들이 떠다녔다. 아뜩해지는 정신을 다잡은 김태우가 이를 악물었다.

"절대 당황하지 말고 침착하게 행동해! 훈련받은 대로 대응하면서 피해 상황 보고해!"

김태우가 사력을 다해 외쳤어도 상황이 변하지 않았다.

다시 외치려는 순간 두 번째 충격이 덮쳤다. 중심이 흐트러진 김태우가 그대로 엎어졌다. 핏물을 그득 삼킨 그는 정신이 분해당하는 것처럼 혼란스러웠다.

"누구 있나? 어서 대답해!"

이번의 외침은 메아리가 되어 떠돌았다.

잠시 후 독도함이 아득한 해저를 향해 곤두박질치기 시작했다.

꿈에서조차 상상하기 두려운 위기에 직면한 상황에 김태우가 필사적으로 움직인다고 해서 침몰을 막을 수는 없었다. 무서운 수압에 눌린 함체가 짜부라드는 끔찍한 소음이 귓전을 때렸다.

잠시 후 김태우가 킬킬거리며 웃었다.

어차피 이렇게 끝나게 되어 있었으니까…….

독도함의 함장이 되기로 결심했을 때부터 이런 최후가 예정되지 않았던가.

지금의 상황은 스스로의 사형을 집행하는 과정에 지나지 않았다. 약간의 시간이 지나면 자신과 독도함은 존재하지 않을 테니까 자연스레 받아들이면 그만이었다.

"함장님! 함장님!"

절망적으로 주저앉은 김태우를 누군가가 집요하게 흔들었다.

악몽에서 깨어난 김태우가 고시원 같은 좁은 침상에서 몸을 일으켰다.

"무슨…… 일이야?"

"함장님께 드릴 의약품을 가지고 왔거든요."

커다란 생수병을 들고 온 박예린이 주머니에서 육포를 꺼냈다.

"이게 뭐지?"

"간호장교가 처방하는 의약품이라는 것을 반복하게 하시겠습니까?"

박예린이 소주 냄새가 진하게 풍기는 투명한 의약품을 종이컵에 그득 따랐다.

"단숨에 드셔야 합니다."

"육포도 의약품이야?"

"말이 많으시네요!"

얼결에 삼킨 김태우에게 박예린이 육포를 건넨 다음 다시 한 컵을 내밀었다.

"대체 뭐하는 건가!"

"지금은 간호장교의 지시를 따르셔야 합니다!"

강제로 마시게 한 박예린이 장난스럽게 웃었다. 김태우도 어이없는 웃음이 나왔다.

"내가 보기에는 박 대위도 의약품이 필요할 것 같은데?"

"한 잔 주시면 감사하죠!"

두 사람이 건배한 다음 김태우가 박예린의 어깨를 두드리며 격려했다.

"특히 박 대위가 고생이 심했어."

"그렇지 않습니다."

"그냥 하는 말이 아냐. 박 대위가 아니었으면 승조원들의 건강은 물론 사기가 유지되기 어려웠을 거야."

"……."

"머지않아 일본이 항복하면 돌아갈 수 있을 테니까 조금만 더 고생하자. 그리고……."

오늘따라 김태우가 말이 많았지만 박예린은 계속 들어주었다.

"박 대위도 그만 결혼해야지? 군대는 여자들이 오래 있을 곳이

못 되거든."

"주례는 함장님께서 서주시는 겁니까?"

"나는 말주변이 없으니까 다른 함장을 소개해주지."

"그건 절대 안 돼요!"

티격태격하던 두 사람이 다시 잔을 비웠다.

"나는 귀환하는 즉시 예편할 거다. 건강도 좋지 않지만 이번 작전에 공을 세운 주 소령과 최 대위도 포상을 받고 진급할 테니까 길을 열어주도록 해야지."

"해군을 그만두시면 갈 곳이라도 있으세요?"

"본부장을 찾아가면 되겠지."

최정필을 떠올린 김태우가 빙그레 웃었다.

"그 친구의 능력이라면 자리 하나쯤은 얼마든지 마련해줄 수 있을 테니까."

김태우는 이상하게 기분이 좋은 것 같았다.

"본부장뿐 아니라 보안팀장도 보고 싶어. 아마 이름이 박정도라고 했었지? 그 자식이 감히 우리 승조원들을 의심했던 것 때문에 내가 한 방 날렸는데, 아무렴 내 부하들 가운데 적과 내통하는 놈이 있을 것 같아? 그때 몇 대 더 때려줄 걸 그랬어."

"처방이 끝났으니 돌아가겠습니다."

"왜? 더 있다 가지 않고?"

"다른 업무도 봐야 하고 귀환할 것에 대비해서 보고할 문서도 작성해야 하기 때문에 그만 돌아가야 할 것 같습니다."

"잠깐만!"

김태우가 나가려던 박예린을 불렀다

"하실 말씀이라도 있으십니까?"

"용무를 마쳤으면 경례를 하고 나가야지, 아무리 전쟁 중이라도 기본적인 예절은 준수해야지?"

"아, 죄송합니다. 필승! 간호장교 대위 박예린 용무 마치고 나가겠습니다!"

"그래, 수고 많았어."

경례를 주고받은 박예린이 함장실을 나섰다.

"지금처럼 식사는 내부에서 드실 수 있도록 하고 화장실에 가실 때도 반드시 동행해."

교대로 함장실을 지키던 승조원에게 단단히 당부하고 돌아가는 박예린은 울음을 터뜨리지 않기 위해 무진 애를 썼다.

6월 9일 오전 10시 45분경, 독도 서남 방향 24km 해역

"바야흐로 아군이 독도를 수복하기 위한 작전에 나섰습니다!"

이순신함의 갑판에 선 여성 아나운서가 또랑또랑한 목소리로 외쳤다.

마지막까지 살아남은 이순신함과 함께 편성된 함대 가운데 천왕봉급 상륙함(LST-II)의 4번함 노적봉함이 분주했다. 노적봉함에 대기하던 해병특수수색대를 태운 마린온이 으르렁거리며 날아오를 준비를 마쳤다.

해병대 중대 병력이 탑승한 솔개급 상륙정이 먼저 출발했다.

솔개급이 70km가 넘는 최대속도로 독도를 향해 접근할 때, 울릉도에서 먼저 출발한 3대의 상륙돌격장갑차가 파도를 갈랐다.

“두려워 할 것 없어! 증원군이 파견될 때까지 다케시마를 지키면 돼!”

권총을 든 대위가 갈라지는 목소리로 외쳤지만 전혀 반응이 없었다.

“오지도 않을 증원군을 기다리는 것보다는 현명하게 판단하는 것이 좋을 것 같습니다.”

부사관이 불길한 소음이 다가오는 바다를 가리키며 말했다.

“무슨 헛소리를 지껄이는 거야!”

대위가 신경질적으로 외쳐도 부사관은 위축되지 않았다.

“우리는 죽으라면 죽었던 과거의 일본군이 아닙니다. 그리고!”

부사관이 벙커 뒤에 모아둔 시체들을 가리켰다. 형체를 알아보기 어렵게 찢기고 부패한 시체들에서 죽음의 냄새가 진하게 풍겼다.

“저들에게는 여기를 죽음으로 지켜야 할 확고한 이유가 있었겠지만 우리는 그렇지 않습니다.”

“그래서?”

“현실을 직시하시고 모두 함께 무사히 돌아갈 생각을 하시는 것이 좋겠습니다.”

“이 새끼가!”

대위가 권총을 겨누었다.

“제가 대위님이라면 숨을 곳도 없는 상태에서 무의미하게 전멸당하느니 항복하는 길을 택하겠습니다.”

“닥쳐! 한마디만 더 했다가는 항명으로 즉결처분하겠어!”

"아무것도 모르는 신병들을 보아서라도 부디……."

날카로운 총성과 함께 부사관이 가슴에서 피를 뿜으며 엎어지는 순간 포격이 쏟아졌다.

"독도는 반드시 우리가 되찾는다!"

이순신함의 함장이 질타했다.

공군과 합동작전을 펼치면 훨씬 수월하게 되찾을 수 있겠지만, 해군의 자존심이 용납하지 않았다.

순항미사일을 사용하는 것도 전멸당할 것을 알면서도 끝까지 지키다가 처참하게 전사한 용사들에 대한 예의가 아니었다. 지형이 바뀔 정도로 물어뜯긴 독도를 위해서도 최소한의 타격으로 목적을 이루어야 했다.

작전 타이밍에 맞춰 울릉도에서 출발한 상륙돌격장갑차가 가장 먼저 독도에 도착했다.

미처 접안하기도 전에 사격이 쏟아졌지만 누구도 두려워하지 않았다. 오히려 적들이 투항할까 봐 조바심하던 해병대원들은 술이라도 사주고 싶을 정도로 반갑기까지 했다.

"왜 돌격명령을 내리지 않습니까?"

"전우들의 복수를 할 수 있게 해주십시오!"

"기다려, 아직 나갈 때가 아니야!"

장갑차들이 화력을 흡수하는 틈을 이용하여 마린온이 우회했다.

마린온에서 거미처럼 빠르게 레펠 하강한 해병특수수색대원들이 측면을 강타했다. 하나하나가 특등사수인 수색대원들이 퍼붓는 사격에 적들이 속절없이 쓰러졌다.

벙커들이 파괴당하는 바람에 변변하게 숨을 곳조차 없는 상태에서 함포사격이 쏟아지고, 수색대원들에게 강타당한 적들은 지리멸렬 직전이었다.

오직 이 순간을 기다렸던 울릉도의 해병대원들이 함성을 지르며 뛰쳐나갔다. 그뿐 아니라 솔개급에서 중대 규모의 병력까지 상륙하기 시작했다.

"더 이상 버틸 수 없습니다!"

즉결처분당한 부사관 다음으로 서열이 높은 부사관이 절망적으로 외쳤다.

50명이 넘었던 처음의 인원이 겨우 열 명도 남지 않은 상태였다. 공포에 질린 나머지 눈물까지 쏟는 부하들을 애처롭게 바라보던 부사관의 얼굴에 권총이 들이밀어졌다.

"투항은 절대 안 돼!"

"지금이라도 올바로 판단하십시오!"

"할 수 없군."

비릿하게 웃으며 방아쇠를 당기려던 대위의 머리가 박살났다.

지휘관을 사살한 다음 어쩔 줄 모르고 벌벌 떠는 신병의 소총을 부사관이 빼앗아 쥐고 이를 악물었다.

"전사한 대위님을 대신해서 내가 지휘한다. 더 이상 전투를 지속할 수 없는 상황이기 때문에 투항한다."

부사관을 비롯한 생존자들이 앞 다투어 무기를 던졌다.

해병특수수색대가 투항한 적들을 결박하고 부상자를 응급조치하는 한편 울릉도에서 도착한 해병대가 독도의 게양대를 향해 달렸다.

같은 시간, 독도함

"어쩔 수 없는 놈들이야."

주철범이 나직하게 한숨을 쉬었다.

1923년 일본의 관동지방에서 대지진이 발생했을 때 곳곳에서 벌어진 학살이 재현되고 있었다. 심지어 일본인들은 야스쿠니에서 발생한 화재와 인명피해까지 한국인에 의한 것으로 날조하기까지 했다.

무고한 동포들이 학살당하는 것에 격분한 한국은 물론, 북한까지 강력하게 경고했어도 민낯을 드러낸 일본인들은 그치려 하지 않았다.

"죄책감이 사라지게 해준 걸 감사해야 하나요?"

박예린도 씁쓸하게 웃으며 말했다.

로널드 레이건을 공격하여 불구로 만들어버린 다음 생성된 공포에 의해 민간인들이 피해를 당하는 것에 죄책감이 들었던 것은 사실이었다. 그러나 일본에서 몇 세대를 거주하던 동포들을 잔혹하게 죽이는 자들도 민간인들이었다.

"쓰시마를 확실하게 장악한 다음 규슈로 진격하는 작전이 실행에 옮겨질 것 같아. 그렇게 되면 규슈도 더 이상 일본의 영토일 수 없겠지."

그렇지 않아도 해군력이 일본의 상대가 되지 못했던 상황에, 이지스가 하나밖에 남지 않은 한국의 입장에서는 반드시 규슈를 공략해야만 했다. 일본 정부와 국방지휘부가 기능을 하지 못하고 공군력과 해군력이 치명타를 입은 지금이 규슈를 공략할 절호의 기회였다.

한국이 유일하게 우세한 보병과 기계화사단을 포함하는 지상 전력을 규슈에 파종하면 일본의 목구멍까지 조를 수 있게 된다.

후쿠오카와 나가사키로 대표되는 규슈는 전통적으로 일본의 돈줄이자 외세의 출입구였다. 포르투갈을 비롯한 제국과 열강이 규슈를 통해 접촉하는 과정에서 엄청난 돈과 함께 전쟁이 잉태되었다.

임진왜란 당시 조선을 제압했던 조총도 규슈를 통해 수입되었으며, 일본을 근대화시킨 계기 역시 지정학적으로 접근한 열강에 의해서였다.

일찍부터 바다가 개방된 규슈를 통한 수출입과 물류산업이 일본을 먹여 살린다고 해도 과언이 아니었다. 그런 규슈까지 빼앗기면 일본은 수출입이 대폭 줄어드는 것은 물론, 본토가 직접 위협당하는 결과마저 초래될 수밖에 없었다.

일본 본토와 한국이 한강을 사이에 둔 정도의 거리라면, 규슈와 본토는 개울을 건너는 것 정도에 지나지 않았다. 그런 만큼 규슈를 빼앗긴 다음에는 본토마저 위태로울 수밖에 없었다. 게다가 한국이 그럴 의사를 숨기지 않는 만큼 일본의 처지는 절망적이었다.

"함장님은 어떠시지?"

박예린이 침울하게 가라앉았다.

김태우의 상태는 심각한 상태를 한참이나 지나 있었다. 함장실에 틀어박힌 다음 박예린이 만들어준 유사주류로 연명하다시피 하는 김태우는 당장 숨을 거두어도 이상하지 않을 정도였다. 이제는 박예린마저 포기한 상태였다.

"산소발생장치에 이상이 발생했습니다."

뜻하지 않은 보고에 두 사람은 물론 승조원들의 안색이 변했다.

"수리 가능해?"

"가능하지 않을 것 같습니다."

주철범이 이지러진 표정으로 한숨을 쉬었다.

잠수함에 가장 필수적인 산소를 발생하는 장치에 이상이 발생했다는 것은 시한부 선고나 다름없었다.

"얼마나 견딜 수 있을 것 같아?"

"완전히 망가진 것은 아니기 때문에 일주일 정도는……."

"더 이상 건드리지 말고 현재 상태를 유지하도록 해."

주철범이 담담하게 명령했다.

어차피 식량이 떨어지거나 시스템이 방전되기 전에 결단해야 하는 만큼 설정된 운명을 피할 수는 없었다. 주철범이 함장을 대리하고 있으니 최후의 순간을 판단하고 자폭을 결정하는 것도 자신의 몫이었다. 상황을 인식하지 못할 정도로 피폐하여 죽어가는 김태우가 부럽기까지 했다.

그들을 더욱 고통스럽게 하는 것은 죽음을 당하는 자체가 아니었다.

독도함을 완전히 포위한 7함대와 일본 함대는 독도함에 대한 모든 것을 파악했을 것이 분명했다. 조국은 물론 미국과 일본마저 독도함의 정체에 대해 입을 다무는 상황에서 자폭한 다음 영원히 사라지게 된다는 사실이 형언할 수 없이 두려웠다. 그것도 일주일 이내에…….

6월 11일 오전 9시 42분경, 오사카

콰앙!

도쿄에 이은 거대도시 오사카의 항만이 몸을 비틀며 진동했다.

처음 실전에 투입된 현무-4D는 우주에서 2톤짜리 운석이 마하 12에 달하는 속도로 지상에 충돌한 것과 같은 충격을 일으켰다. 정밀하게 컨트롤된 여덟 발의 현무-4D가 명중한 빌딩들은 물론, 주변까지 처참하게 무너졌다.

여덟 발에 지나지 않았어도 현무-4D에 의한 피해는 상상을 한참이나 초월했다.

2톤이나 되는 탄두에 의해 직접 살상반경이 1.2km에 이르며, 2km 이내는 반파, 10km 내부의 모든 유리창이 깨진다는 예상은 사실이었다.

재일한국인이 가장 많이 거주하고 일본인에 의한 피해가 가장 많이 발생한 오사카를 직접 타격한 한국의 의도는 분명했다. 무고한 동포를 더 이상 해치면 민간 목표까지 공격하겠다는 무서운 경고에 일본 전역이 공포에 떨었다.

더구나 현무-4D를 발사한 한국이 본격적으로 전쟁에 돌입하겠다고 선포하기에 이르렀다. 동시에 가급적 빨리 항복하지 않으면 2,000발에 달하는 원거리 타격자원을 일본 주요지역에 발사하겠다고까지 공표했다.

그런 상황에서 북한마저 가만히 있지 않았다. 북한이 발사를 준비하는 탄도미사일의 탄두에 생화학무기가 탑재되었다는 소문에 새로운 공포가 다시 한번 열도를 휩쓸었다.

6월 12일, 오전 10시 정각, 도쿄 황거(皇居)

짐이 오늘 이 자리에 선 것은 나라와 국민의 안위를 위해 어쩔 수 없었기 때문이다. 우리가 군대를 폐지하고 자위권을 행사하기 위한 군사력 이상을 보유하지 않게 된 것은 잘못된 판단에 의해 일으킨 전쟁으로 인해 이웃과 세계는 물론, 자신에게까지 형언할 수 없는 피해를 끼친 대가였음이다. 그 결과 군대를 가지지 못하고 전쟁을 할 수 없게 규정한 '평화헌법 9조'가 제정되었음에도 헌법을 철폐하고 군대를 재건하여 이웃을 침략했다가 다시 불행에 처하게 된 것은 짐의 부덕한 소치가 아닐 수 없노라.

할아버지에 이어 다시 항복을 선언하게 된 젊은 일왕의 심정은 형언할 수 없었다.

……금번에 자초한 불행을 거울삼아 다시는 전쟁을 일으켜서는 안 될지니, 강철을 망치는 것은 내부에서 돋아난 녹이라는 것을 각골하여 명심할 것이다. 또한 우리에 의해 발생한 피해에 대해서는 적절한 이상으로 배상하고 사과해야 마땅할 것이며, 과거에 저질렀던 잘못 역시 충심에서 우러난 배상과 사과가 동반되어야 할 것이다. 그리고 이 시간 이후로 총리를 비롯하여 전쟁에 직간접으로 관련된 모든 자들의 직위와 직책을 박탈하고 엄벌에 처함은 물론, 함부로 날뛰고 인명을 해쳤던 자들은 짐에 대한 대역으로 간주하여 엄중하게 처벌할 것이니…….

간곡하고 눈물 어린 일왕의 호소에 극도의 혼란이 잦아들었다.

일본 정부가 현실을 인정하고 전쟁 종식에 대한 태도를 표명함에 따라 한국도 일단 긍정적으로 받아들였다.

항복을 위한 외교가 논의되면서 일본의 주요 목표를 조준한 미사일들이 발사모드에서 대기모드로 다운되었다. 더불어 규슈 공략을 위해 쓰시마에 대기하던 해병대와 특전사를 비롯한 특수부대들도 관망에 들어갔다.

같은 시간, 7함대

일왕의 발표가 끝난 직후 중국이 즉각 환영을 표시했다.

사령관이 씁쓸하게 웃는 순간 중국의 국가주석이 한국을 방문하겠다는 성명까지 발표되었다. 비록 일본이 항복했지만 7함대가 돌입한 전쟁 상황이 유지되는 상태에서 국가주석이 전용기를 이용하여 한국을 방문하겠다는 것은 쉽지 않은 결정이었다.

또한 그것은 외교적 공세로 보아도 무방했다.

독도함으로 인해 7함대가 웃음거리로 전락하고 일본이 참패한 다음 우려되었던 '한국을 중심으로 하는 재편'이 실행에 들어가는 조짐이 분명했다. 한국 덕택에 살아남을 수 있게 된 중국이 수출입을 대폭 확대하고, 일본에 배상을 받은 한국은 빠르게 회복할 것이 분명했다.

"저들의 정상회담에서는 놀라운 내용이 등장할 겁니다."

정보참모도 씁쓸한 표정으로 말했다.

한국과 중국이 기존의 수출입을 대폭 확대하는 선에서 그치지 않을 것이라는 것 역시 충분히 예견되었다. 서로의 관계를 동맹 수준으로 격상한 다음 군사적 교류까지 시도할 개연성이 높았다.

문제는 교류와 동맹의 레벨과 규모였다.

해군력과 공군력의 회복이 절실한 한국과, 그토록 자랑하며 떠들었던 해군력과 공군력이 별로 소용되지 못한다는 것을 절감한 중국은 빅딜에 나설 수 있었다. 중국이 그동안 찍어내다시피 취역시킨 이지스를 비롯한 해군력은 물론, 최신예 공군기까지 제공하면 누구도 한국을 건드릴 수 없게 될 것이다.

그뿐 아니라 핵전력까지 보유한 북한마저 한국의 편에 서게 될 것 역시 자명했다.

그런 한국과 손을 잡고 동맹 수준으로 격상하는 것은 물론, 해군력과 공군력을 공유한다는 자체로 중국도 안전을 보장받게 될 것이었다.

죽일 놈 같으니!

사령관의 주먹이 덜덜 떨렸다.

샤이엔의 4분의 1에도 미치지 못하고, 어뢰밖에 가진 게 없는 놈에게 당해도 이렇게 당할 수 있다는 말인가! 당장이라도 격침시키고 싶은 생각이 굴뚝같았다.

“참으셔야 합니다.”

사령관의 표정을 살피던 정보참모가 타이르는 것처럼 말했다.

독도함으로 인해 파멸당하는 것은 분명한 사실이었지만, 자신들이 단두대에 끌려가는 것을 막아줄 수 있는 면죄부인 것도 사실이었다. 나직하게 한숨을 내쉰 정보참모가 레이건이 있는 방향을 바라보았다.

같은 시간, 독도함

모든 승조원들이 자신의 위치를 지켰지만 긴장감은 전혀 느껴지지 않았다.

음탐과 전투부서들은 아예 할 일이 없었고 기관과 통신도 많이 다르지 않았다.

평소와 다름없이 움직이는 부서는 취사반이 유일했으며, 모든 부서를 돌아다니면서 살피는 장교도 박예린이 유일했다.

"교신이 들어왔습니다!"

느닷없는 보고에 주철범의 표정이 의아해졌다.

조국과는 애초부터 단절된 데다 군통신밖에 수신하지 않는 상태에서 교신이 들어왔다니, 얼떨떨한 심정으로 교신을 받으려던 주철범이 동상처럼 굳어졌다.

"내가 누군지 굳이 소개할 필요는 없을 것 같군."

독도함의 통신에 접속한 인물은 너무나 뜻밖이었다.

모니터에 나타난 7함대의 사령관을 바라보던 주철범은 놀란 나머지 말이 나오지 않을 정도였다.

"김태우 함장의 상태는 어떤가? 이미 부함장에게 지휘권을 넘겼을 것 같은데?"

"그렇습니다! 저는 함장을 대리하고 있는 부장 소령 주철범입니다!"

정신을 수습한 주철범이 단정하게 경례했다.

독도함이 스텔스가 아니라는 사실이 새삼스러웠다.

아직까지 '정체불명의 잠수함'으로 불리고 있는 독도함의 내부에서 발생한 외침들은 어렵지 않게 청음이 가능했을 것이다.

그런데도 미국과 일본이 공식화하지 않으려는 움직임 역시 새삼스레 실감할 수 있었다.

"함장 대신 고생이 많겠군 그래."

답례한 사령관이 빙그레 웃었다.

"작년에 실시한 연합훈련에 함장을 비롯한 승조원들도 참가했으니까 우리는 전우였던 셈이지. 그런데 어제의 전우를 적으로 만나다니, 그것도 상상조차 할 수 없는 참패를 당하다니 인생은 정말 알 수 없다니까."

"용건을 말씀하십시오."

"그래, 피차 시간이 없는 것 같으니 간단하게 말하지."

"……."

"이제 전쟁은 끝났어, 일본 왕이 직접 사과하면서 항복에 가까운 내용을 낭독했으니까 귀관들도 더 이상 싸울 필요가 없겠지."

"피차 시간이 없다고 하지 않으셨습니까?"

"내가 귀관들이라면 자폭하지 않겠어."

주철범의 눈이 찢어질 듯 흡뜨였다.

동시에 모든 승조원들이 뚫어지게 모니터를 주시했다.

"귀관의 함장을 비롯한 승조원들은 일본은 물론, 우리 미국까지 상대로 하는 전쟁에서 승리를 거두었다고 해도 무방할 정도로 잘 싸웠어. 불가능한 임무를 완수한 것도 모자라 중국을 상대로 벌어질 전쟁까지 막아낸 영웅들이 무엇 때문에 스스로 목숨을 끊어야 하지?"

"왜 그런 말씀을 하는 겁니까?"

"귀관들이 조국에게 존재를 부정당했기 때문이야. 임무를 완수한 이상 앞으로의 운명은 자신들 스스로 결정해도 될 것 같은데?"

"……."

"다시 말하지만 전쟁은 끝났어. 그리고 나는 공격할 생각이 없으니까 현명하게 판단하기 바라네."

"미국의 공식적인 입장입니까?"

"아직은 그렇지 않아, 자신들에게 개망신을 선사한 영웅들을 곱게 보내줄 정도로 미국의 아량이 넓지는 않을 테니까."

씁쓸하게 웃고 난 사령관이 간곡하게 말했다.

"다시 권유하겠는데 이쯤에서 투항하게나."

"……."

"귀관들이 투항한다면 나의 명예를 걸고 안전을 보장하겠어. 귀관들은 애초부터 레이건을 격침할 의사가 없었고, 정당방위로 격침시킬 수 있었던 샤이엔까지 살려주었던 점들을 고려하면 미국도 충분히 이해하고 대우할 테니까."

"우리들보다 잠수함이 필요해서 투항을 권유하는 것 아닙니까? 우리가 자폭하면 잠수함을 얻을 수 없을 테니까요!"

"굳이 부인하지는 않겠네."

사령관의 얼굴이 더욱 간곡해졌다.

"귀관들은 가미카제가 아니야. 조국에 의해 존재가 부정당한 만큼 투항해서 부끄러울 것도 없어. 임무를 완수한 다음 자폭하든 투항하든 사라지는 게 마찬가지라면 당연히 살아남아야겠지?"

"……."

"앞으로 24시간 내 답변을 주지 않으면 나도 어쩔 수 없어. 탈출을 시도하겠다면 굳이 말리지 않겠지만, 지금 귀관들의 상태로는 일본 해군조차 감당하기 어려울 테니까 부디 잘 판단하기 바라네."

그것을 마지막으로 교신이 끝났다.

단군호에 갇혔던 때보다 훨씬 무거운 침묵이 독도함을 휘감았다.

오후 9시 17분경, 대한민국

오늘도 촛불이 화사하게 타올랐다.

애국의 성지인 광화문 광장은 물론, 전국 곳곳의 작은 마을들과 독도에 이르기까지 촛불이 타오르지 않는 국토는 존재하지 않았다.

전쟁에 이겼으면서도 대한민국의 국민들은 일본처럼 날뛰거나 환호하지 않았다.

전사자의 가족들을 위로하고 전국적인 모금에 나서는 한편 온라인분향소가 설치되었다.

5천이 넘는 전사자의 절대다수는 해군이었다.

중상을 당했다가 끝내 목숨을 잃은 해군장병들이 계속 분향소의 명단에 포함되는 상태였다.

실종자들도 전사자와 동일하게 취급되었다.

크게 다치지 않은 상태에서 구명조끼를 착용하고 바다에 뛰어들었다가 기적적으로 생환하는 사례가 없지 않았지만, 실종자의 절대

다수도 희망을 갖기 어려웠다.

그들의 가족이 할 수 있는 것은 제발 시신이라도 찾을 수 있도록 도와달라며 울부짖는 것밖에 없었다.

실종자 가운데는 아예 포기하는 사례가 적지 않았다.

격침당하거나 교신이 되지 않는 잠수함의 승조원들은 수색할 엄두조차 나지 않았다.

시신조차 찾을 수 없는 그들은 가장 확실한 실종으로 분향소에 등록되어야 했다.

그러나 그들의 가족들은 희망을 가질 수 있었다.

정부가 철저히 존재를 부인했지만, 일본 해군을 박살내고 7함대마저 농락한 정체불명의 잠수함은 아군이 분명했다. 실종된 잠수함에 승함했던 승조원의 가족들은 아들과 남편과 아버지가 전쟁을 승리로 이끈 잠수함에 있었기를 간절히 바랐다.

6월 13일 오전 8시 2분경, 독도함

말끔히 씻고 면도까지 한 김태우에게 새로운 제복이 주어졌다.

이렇게 씻은 것은 출격한 이후 처음이거니와, 이제까지 잠수함에 근무하면서 거쳤던 모든 작전을 통틀어도 처음이었다.

무심코 거울을 바라보던 김태우가 흠칫 놀랐다.

해골처럼 수척하고 퀭한 사내가 자신을 바라보고 있었다.

거울 속의 육체도 자신의 것이 아니었다.

탄탄한 바위 같았던 육체 대신 굶어 죽은 시체처럼 피폐한 육체가 겨우 버티고 선 상태였다.

갑자기 온몸의 힘이 빠지고 머리가 빙빙 돌기 시작했다.

함장실에 쓰러진 김태우는 한동안이나 정신을 차리지 못했다.

무엇 때문에 씻고 새로운 제복이 주어졌는지 알 수 없었지만, 분명한 것은 감금당한 상태라는 것이었다.

화장실을 갈 때조차 승조원들이 따라다니는 데다, 지금도 거의 강제적으로 씻은 다음 함장실로 돌아와야 했다.

잠시 후 주철범이 항명한 것이 떠올랐다.

자신이 포로처럼 감금되고 감시당하는 것은 주철범에 의한 것이 분명했다.

항명에 이은 반란으로 독도함을 장악했을 주철범이 박예린과 최정우도 그냥 두지 않았을 것 같았다.

그렇다면 독도함은 7함대의 포로가 되었을 것이었다.

절망한 나머지 스스로 목숨을 끊으려 해도 볼펜조차 눈에 띄지 않았다.

하긴, 어차피 가능하지 않았던 작전이었어.

모든 것을 포기한 김태우가 제복을 갈아입으려 했다.

그러나 그것조차 쉽지 않았다.

이를 악물고 일어난 다음 겨우 갈아입은 바지는 주먹이 쑥 들어갈 정도로 헐렁했다.

상의의 단추를 채우던 김태우는 자신의 수의를 입는 것 같았다.

모자까지 새로운 것으로 쓴 다음 단정하게 하기 위해 거울을 바라보는 순간, 누군가가 노크를 했다.

"함장님, 환복 다하셨습니까?"

주철범의 묵직한 음성에 김태우가 나지막이 한숨을 쉬었다.

마침내 최후가 닥친 것 같았지만 애걸하고 싶지 않았다.

비록 임무를 완수하지 못하고 죽는다고 해도 대한민국의 군인답게 당당하게 죽음을 맞이하고 싶었다.

"들어와."

주철범이 문을 열고 들어서자 그렇지 않아도 비좁은 함장실이 가득 차는 것 같았다.

"괜찮으십니까?"

"괜찮지 않으면 어쩌겠나!"

도발적으로 대꾸하는 김태우를 유심히 바라보던 주철범이 권총을 꺼냈다.

김태우의 눈빛이 흠칫 흔들렸다.

아무리 각오했어도 눈앞에 닥친 죽음 앞에서 초연하기는 어려웠다.

한참이나 눈을 감고 있었지만 권총이 불을 뿜지 않았다.

권총 앞에 서 있는 순간이 몇 년이나 지나가는 것 같았다.

견디다 못한 김태우가 빨리 쏘라고 외치려는 순간 주철범이 권총을 내밀었다.

김태우가 멍한 눈길로 주철범을 바라보았다.

처형장에 나타난 사형집행인이 사형수를 처형하기는커녕 무기를 넘겨주는 것이 있을 수 있는가?

그러나 눈을 부릅뜨고 다시 바라보아도 상황이 바뀌지 않았다.

권총을 건네받은 김태우의 손이 눈에 띄게 떨렸다.

실탄이 장전되어 있는 만큼 주철범을 사살하는 것은 간단했다.

상황을 역전시킨 다음 다시 독도함을 지휘하여 임무에 나서야 한다는 생각으로 묵묵히 권총을 바라보았다.

손바닥을 통해 스며드는 것은 차갑고 묵직한 권총의 질감뿐만이 아니었다.

되찾은 함장의 권위와 함께 포함된 다른 것들을 음미하던 김태우가 뚫어지게 주철범을 바라보았다.

주철범이 최정우를 향해 권총을 발사하던 광경과 그에게 함장을 넘겨주었을 때의 상황이 떠오른 김태우의 입술이 바짝 말랐다.

"임무는?"

"완벽하게 성공시켰습니다!"

주철범이 간략하게 설명했다.

자신이 구상한 작전대로 로널드 레이건을 포로로 잡은 다음 벌어진 경과를 듣고 난 김태우는 갑자기 표정이 비틀렸다.

다시 엄습하는 고통에 머리는 물론 온몸이 분해당하는 것 같았다.

뼈밖에 남지 않은 팔뚝에 굵은 힘줄이 휘감고, 감전당하는 것처럼 부들부들 떨면서도 김태우는 사력을 다해 버텼다.

적지 않은 시간이 흐른 다음 그의 눈빛이 맑아지기 시작했다.

김태우를 주시하던 주철범이 다시 뭔가를 내밀었다.

자폭용 리모컨까지 받아든 김태우가 깊은 잠에서 깨어난 것처럼 머리를 흔들었다.

"지금부터 마지막 임무를 실시하겠다! 부장이 앞장서!"

함장실을 나선 주철범이 식당으로 향했다.

"왜 전투정보실로 가지 않지?"

"가보시면 압니다."

식당까지 가는 거리가 아득하게 멀었다.

쓰러지려는 것을 간신히 인내하면서 식당에 들어서자마자 날카로운 외침이 터졌다.

"함장님께 대하여 경례!"

박예린의 구령으로 승조원들이 일제히 경례했다.

"필승!"

무거운 아령을 들어 올리는 것처럼 힘겹게 답례하는 김태우의 눈에 커다란 케이크가 들어왔다.

오늘이 박예린의 생일이라는 것까지 기억해낸 김태우의 눈빛이 차분하게 가라앉았다

잠시 후 케이크에 스물여덟 개의 초가 꽂혔다.

독도함 같은 잠수함 내부에서 촛불을 켜는 것은 화약고 내부에서 라이터를 켜는 것이나 진배없었다.

그런데도 주인공 박예린은 물론 주철범을 비롯한 승조원들은 전혀 개의치 않았다.

더구나 김태우는 모르고 있었지만, 산소발생장치에 고장까지 발생한 상태였다.

그러나 김태우가 직접 불을 붙여주었다.

어차피 마지막인 만큼 축하라도 마음껏 해주고 싶었다.

박예린을 비롯한 모든 승조원은 축하를 받을 권리가 충분하고도 넘쳤다.

잠시 후 식당의 조명이 꺼졌다.

은은하게 흔들리는 촛불에 비친 박예린은 너무나 아름다웠다.

박예린이 힘껏 촛불을 불어 끄는 순간 어뢰가 폭발하는 것 같은 박수가 터졌다.

"생일 축하합니다! 생일 축하합니다! 사랑하는 간호장교님, 생일 축하합니다!"

환하게 웃으며 축하를 받고 난 박예린이 케이크를 잘랐다.

가장 먼저 케이크를 받은 김태우가 조심스레 입에 넣었다.

죽음을 앞둔 공간에서도 케이크는 아뜩할 정도로 달았다.

케이크를 나눈 승조원들이 각자의 위치로 돌아갔다.

김태우가 모든 부서를 돌아다니며 승조원 하나하나와 악수를 나누고 치하했다.

간신히 쓰러지지 않고 버티는 김태우를 따르며 박예린은 애써 울음을 삼켰지만, 김태우는 아주 조금밖에 남지 않은 마지막 시간을 온전한 정신으로 보낼 수 있는 것에 한없이 감사했다.

김태우가 전투정보실로 돌아오자 모두가 결연하게 위치를 지키고 있었다.

그는 새삼스럽게 승조원들을 바라보았다.

곁에 있는 박예린은 죽기에는 너무 젊은 나이였다.

또한 자신을 따라 함께 싸우면서 여기까지 동반한 승조원들 역시 죽기에는 너무나 아까웠다.

"혹시 제안이 있었지 않나?"

"있었습니다."

주철범이 있었던 그대로 대답했다.

김태우도 사람인 이상 죽고 싶지 않았다.

지금도 아내와 딸이 눈앞에서 어른거릴 정도였다.

그러나 최정필과 박정도를 비롯한 사람들이 목숨마저 버리면서 만들고 탈출시킨 독도함을 포기한다는 것은 절대 있을 수 없었다.

그뿐 아니라 독도함은 대한민국의 잠수함이었다.

자신들이 살아남기 위해 독도함을 넘기는 것은 독도함이 탄생할 수 있도록 아낌없이 지원한 조국은 물론, 저마다 응원해준 국민을 향한 배신이었다.

"자폭하는 데는 나 혼자서도 충분해, 7함대에서 제안한 24시간이 얼마 남지 않은 만큼 독도함을 빠져나갈 수 있는 기회를 부여하겠어."

그러나 누구도 응하지 않았다.

다시 권유해도 움직이지 않는 그들을 바라보는 김태우에게 의미를 알 수 없는 웃음이 떠올랐다. 승조원들도 서로를 처음 만났던 순간부터 이제까지의 나날들이 주마등처럼 스쳤다.

"누구보다도 용맹한 영웅들과 함께 싸웠던 함장이었다는 사실을 무한한 영광으로 여기는 바이다!"

죽어가는 사람답지 않게 강렬하게 외친 김태우가 떨리는 손으로 리모컨을 꺼내들었다.

나는 한 마리 이름 없는 새
새가 되어 살고 싶어라
아무도 살지 않는 곳 그곳에서 살고 싶어라
날 부르지 않는 곳 바로 그곳에서
나는 한 마리 이름 없는 새로 살리라
길고 기나긴 어둠 뚫고서 날아가리라 하늘 끝까지……

박예린이 김태우의 애창곡을 불렀다.

모든 승조원이 장중하게 합창하는 가운데 박예린이 김태우의 가슴에 머리를 기댔다.

김태우가 부드럽게 감싸자 박예린이 더없이 행복한 표정으로 눈을 감았다.

"지금부터 마지막 임무에 들어간다!"

독도함의 심장에 최후의 파워가 투입되었다.

눈을 뜨고 되살아난 독도시스템의 출력이 급격히 높아졌다.

로널드 레이건을 순식간에 우회한 독도함이 요코스카의 출입구로 향했다.

당장이라도 어뢰를 발사할 것 같은 기세로 달려드는 독도함의 기세에 7함대는 물론 일본 해군까지 경악했다.

사령관의 표정이 딱딱하게 굳어졌다.

여기 있다는 듯 강력한 소나를 뿜으며 전속력으로 다가오는 독도함을 바라보던 정보참모의 얼굴도 일그러졌다.

이미 조준하고 있던 7함대가 방아쇠를 당겼다.

로스앤젤레스급 핵수함들이 어뢰를 발사하는 동시에 이지스를 비롯한 함선들이 일제히 아스록을 발사했다. 초계기와 대잠헬기들까지, 합세할 수 있는 모든 전력이 일제히 발사하는 충격에 요코스카가 뒤집어졌다.

헤아릴 수조차 없는 어뢰와 아스록이 다가오는데도 누구도 두려워하지 않았다.

마지막 시험까지 이겨낸 순교자들이 서로를 격려하며 기쁘게 최후를 향해 다가갔다.

"다 함께 가자! 하늘 끝까지!"

가장 앞선 아스록이 돌입하는 순간 김태우가 리모컨을 눌렀다.

독도함의 내부에서 불길한 섬광이 번득이는 것과 동시에 어뢰와 아스록이 작렬하기 시작했다.

독도함이 흔적조차 없이 사라진 다음에도 폭발이 그치지 않았다.

마지막 어뢰가 작렬한 요코스카의 해저를 향해 사령관이 정중하게 경례했다.

(끝)

미래를 꿈꾸는 오늘은 위대한 순간

저자 김태우

'역사는 꿈꾸는 자의 것'이라는 말이 있다. 국가건 개인이건 현재보다 더 좋은 가족과 더 좋은 회사와 국가를 만들기 위해서는 미래 발전을 위한 꿈이 있어야 꿈틀거릴 수 있다. 대한민국도 선진국을 넘어 세계 최고의 일류국가, 최강의 군사강국으로 거듭나기 위해서는 정부와 국민이 일심동체가 되어야만 할 것이다.

이 나라를 이끄는 정부와 정치인은 국민과 국가 발전의 국익을 위해 청사진을 제시하고 온 국민이 그 목표에 대하여 동감하는 공동의 꿈과 목표가 있어야 할 것이다. 나는 소설을 통해 대한민국이 일본의 야욕을 무찌르고 세계 일류국가가 될 수 있다는 자신감을 모두에게 전하고 싶었다.

과거 저자가 이스라엘을 방문했을 때, 시몬 페레스 대통령의 집무실에 가본 적이 있다. 그가 쓴 책에서 '미래는 꿈을 꾸고 상상하는 대로 된다'라는 말을 보았다.

이 문장은 대한민국에도 적용된다고 생각한다. 한국전쟁을 겪고 난 이후 가난했던 시절을 어떻게든 잘살아 보겠다는 마음으로 모든 국민이 열심히 일해서 세계 무역 강국 6위까지 올라왔고, 10위권의 경제대국을 이루어냈다. 이 조그마한 한반도에서 한강의 기적이 이루어진 것이다. 세계에서 메이드 인 코리아의 위세를 떨치고 있고, 각 분야에서 최고의 제품으로 우수한 실적을 거두고 있다.

우리 국민은 위기 때마다 힘을 합쳐 수많은 위기를 극복했다. IMF 때 온 국민이 금을 모아 위기를 극복했고, 안면도 태안에 기름유출 사고가 있었을 때는 수많은 자원봉사자들이 맨손으로 그 기름을 모두 닦아내었다. 우리는 스스로 자긍심을 가져도 좋을 위대한 민족이다.

여기서 멈추어서는 안 된다. 세계 최고의 일류국가가 되는 그날까지 꿈을 꾸고, 온 국민이 힘을 합친다면 그 꿈은 반드시 이루어진다. 그 어떤 어려움과 위기가 닥쳐오더라도 극복할 수 있다는 자신감과 용기를 가지고 도전하는 자세가 필요하다. 어떤 전쟁이라도 반드시 승리할 수 있다는 필승의 정신으로 무장하고 싸운다면 이기지 못할 전쟁은 없다.

이순신 장군이 명량해전에서 목숨을 걸고 '생즉사 사즉생(生卽死死卽生)' 정신으로 싸운 것처럼, 독도함에 오른 승조원들도 대한민국을 위해 한목숨 기꺼이 불사른다. 이처럼 지금도 이름 없이 싸우는 영웅들의 위대한 정신이 이 나라를 든든하게 지탱하고 있는 것이다.

우리 민족은 그동안 수많은 국난의 어려움이 있었지만, 그것을 극복하고 현재의 국가를 일구었다. 그리고 다시 우리의 후손에게 훌륭한 일류국가를 유산으로 만들어 대대손손 물려주어야 할 것이다. 세계 최고의 일류 국민의식과 세계 최고의 군사강국과 문화강국이 되는 그날까지 우리 온 국민이 힘을 합쳐 위대한 대한민국으로 나아가길 간절히 바라는 마음으로 이 책을 대한민국 국민 모두에게 바친다.

독도함이 오래도록
독자의 가슴속에 잠항하길 바라며

저자 **배상열**

"지금 뭐라고 하셨습니까?"

편집장의 전화를 받았을 때가 아직도 생생하다.

역사 전문가로 활약했던 나는 역사서와 역사소설을 가장 많이 출간한 작가 중 하나로 손꼽힌다. 편집장과 함께 작업했던 『안시성』도 나쁘지 않은 성과를 거두었기 때문에, 이번에도 역사물에 대한 제안일 것으로 생각했다.

그런데 잠수함이라니?

처음에는 뭔가 잘못 들은 것 같았다. 그러나 잘못 듣지 않았다는 것을 알게 된 순간 멍하게 베란다 밖을 바라보았다.

그동안 현대전쟁에 대한 소설을 출판하지 않았던 것은 아니지만, 『독도함』은 내가 공저자로 참여할 수 있을 것 같지 않았다. 한편으로 어렵겠지만 도전해보고 싶다는 호기심도 고개를 꺾지 않았다. 이후 출판사의 계속되는 설득과 이 작품의 의미를 곱씹게 되면서 끝내 계약서에 사인하게 되었다.

나는『독도함』의 건조에 참여했을 때 두 가지의 원칙을 세웠다.

한일전쟁의 효시이자 전설인『무궁화 꽃이 피었습니다』부터 최근의 웹소설들까지, 우리와 일본의 대결로 일관되는 것은 피해야 했다.

일본이 침공하기 위해서는 가장 먼저 '평화헌법 9조'가 폐기되어야 한다. 또한 그것은 평화헌법으로 족쇄를 채웠던 미국이 일본과 야합했다는 근거가 되는 동시에, 어떤 형태로든 중국이 무력을 상실했다는 전제가 형성될 수 있다.

다음의 원칙은 1999년에 개봉되었던 잠수함 영화「유령」처럼 파멸적 위력의 무기를 보유하고 있지 않아야 한다는 것이었다. 완벽한 스텔스의 투명망토를 두른 독도함이 처음에는 일본 해군과 교전하다 이후 7함대와 겨루는 설정과 전개는 그런 필요에 의했다.

예상한 대로 시작한 직후부터 첩첩산중이었다.

편집장과는 물론,『독도함』을 설계한 원작자와도 논쟁이 벌어졌다. 심지어 3차 세계대전을 방불케 하는 방대한 스케일로 제작한 분량이 통째로 폐기되기까지 했다. 수십 권을 출판하면서도 겪어보지 못했던 우여곡절을 경유한 끝에 마침내 무적의 잠수함이 출격할 수 있었다.

『독도함』의 설계자이자 처음부터 마지막까지 동반하신 김 대표님과 무사히 출격할 수 있도록 도와주신 고즈넉이엔티의 편집장에게 심심한 감사를 드린다. 아울러 내 생애 두 번째로 영화사와 계약되는 작품이 될 수 있기를 기대하며, 속편을 쓰고 싶은 심정 역시 간절하기 그지없다. 두 분께 다시 한번 진심으로 감사드리며, 새로운 안시성인 『독도함』이 오래도록 독자님들의 가슴속에 잠항할 수 있기를 간절하게 기원한다.